Cysgodau y Blynyddoedd Gynt
Gwyneth Vaughan

Gwyneth Vaughan oedd yr enw a ddefnyddiodd Annie Harriet Jones (1852-1910) i gyhoeddi ei nofelau oddi tano. Er y bu'n gweithio'n flaenorol fel golygydd ar dudalennau'r merched rhai o bapurau newydd Cymraeg a Saesneg y cyfnod, ni fentrodd ysgrifennu nofel tan yn gymharol hwyr yn ei bywyd, pan drodd at ysgrifennu i gynnal ei theulu'n dilyn marwolaeth ei gŵr yn 1902. Un cymharol fyr oedd ei gyrfa lenyddol, ond hi oedd un o nofelwyr pennaf ei hoes.

Cysgodau y Blynyddoedd Gynt oedd ei thrydedd nofel, a'r olaf iddi ei chwblhau. Ymddangosodd gyntaf ar dudalennau'r *Brython Cymreig* yn 1907-08; mae'n ymddangos yma ar ffurf cyfrol am y tro cyntaf erioed.

Dyluniad y clawr:
Adam Pearce; gan ddefnyddio
delweddau parth cyhoeddus gan:
1) *Aurora Borealis* (1865)
Frederick Edwin Church (1826-1900)
2) *Mondaufgang am Meer* (1821)
Caspar David Friedrich (1774-1840)
©Melin Bapur, 2024

Hoffai'r cyhoeddwr ddiolch i
Lyfrgell Genedlaethol Cymru.

ISBN:
978-1-7394403-9-8

Gwyneth Vaughan
(Annie Harriet Jones)

Cysgodau y Blynyddoedd Gynt

Gyda rhagymadrodd gan
Rosanne Reeves

Llyfrgell Gymraeg Melin Bapur
Golygydd Cyffredinol: Adam Pearce

Gwyneth Vaughan (Annie Harriet Jones)
mewn gwisg barddol yn 1904.

Noder:
Ymddengys enw Gwyneth Vaughan weithiau fel
Annie (neu Anne) Harriet Hughes, sef ei henw
priod. Jones oedd ei henw bedydd.

Cynnwys

Rhagymadrodd
gan Rosanne Reeves

Pwy oedd Gwyneth Vaughan?

Enw bedydd awdur *Cysgodau y Blynyddoedd Gynt* oedd
Annie Harriet Jones (1852-1910) a ddaeth yn enwog erbyn
diwedd y bedwaredd ganrif ar bymtheg o dan ei henw
llenyddol Gwyneth Vaughan. Fe'i magwyd yn ferch i
felinydd, yr hynaf o bump o blant ar aelwyd grefyddol
Fethodistaidd, Bryn y Felin, uwch Talsarnau,
Meirionnydd. Pan ddaeth ei haddysg elfennol yn ysgolion
Llandecwyn a Thalsarnau i ben, fe'i hyfforddwyd fel
milliner yn Llan Ffestiniog, a chafodd waith wedi hynny yn
Coed Helen House, siop ddillad yng Nghlwt y Bont, ger
Caernarfon.

Achlysur arwyddocaol ym mywyd y ferch ifanc
ddisglair hon, yn bedair ar ddeg mlwydd oed, oedd
ymweliad Cranogwen â'i hardal adeg Sasiwn
Methodistaidd yn 1866. Siaradwraig oedd hon a fedrai
hoelio sylw cynulleidfa. Ar adeg pan ystyriwyd y fath
hyfdra yn nodwedd annerbyniol ac annaturiol i ferch,
phenderfynodd hithau ei hefelychu.[*] Ni wnaeth Gwyneth
Vaughan fyth golli golwg ar yr uchelgais honno.

Yn dilyn marwolaeth ei mam a'i thad yn 1874 priododd
John Hughes Jones, mab Coed Helen House. O dan ei
hanogaeth hi, hyfforddodd ei gŵr i fod yn feddyg a
symudasant i Lundain lle cafodd waith yn Ysbyty Sant
Bartholomew. Dyn addfwyn oedd ei gŵr yn ôl John
Bennet Jones, brawd Gwyneth Vaughan, ond fel llawer

---

[*] J. Bennet Jones 'Gwyneth Vaughan' *Y Geninen*, XXX,
Rhifyn Gwyl Dewi, 1912, 44.

o'r un alwad, cafodd ei "lithio at y ddiod", a "dechrau gofidiau"[*] fu hynny iddynt yn Llundain.

Tra'n byw yn y brifddinas ganwyd tri o'u pedwar plentyn, ond er hynny, ac er gwaethaf ei "gofidiau" llwyddodd i fanteisio ar bob cyfle a ddaeth i'w rhan. Dysgodd Ffrangeg ac Eidaleg a darllenodd yn eang. Dysgodd lawer am feddyginiaeth drwy astudiaethau ei gŵr, ac ymunodd â BWTA (British Women's Temperance Association) gan wneud ffrindiau oes â sefydlwragedd eraill y Gymdeithas, yn eu plith Lady Henry Somerset, Margaret Holden Illingworth a Priscilla Bright Mclaren. Ymddiddorodd mewn materion cyfoes ac erbyn 1880, yn wyth ar hugain mlwydd oedd, cychwynnodd gyfrannu erthyglau i brif gyhoeddiadau'r cyfnod, yn cynnwys y *Manchester Guardian*, y *Telegraph*, y *Daily Mail* a'r *North Wales Chronicle*. Pwysig nodi hefyd mai dyma oedd cyfnod 'Cymru Fydd' ac arweinydd y mudiad, T. E. Ellis AS, yn Rhyddfrydwr o Feirionnydd. Uniaethodd Gwyneth Vaughan ag amcanion Cymru Fydd, gan roi ei ffydd fel llawer o'i chyfoedion benywaidd yn y Blaid Ryddfrydol, a oedd yn ymgyrchu nid yn unig dros hunan reolaeth i Gymru ond dros gyfartaledd i'r Gymraes.

Yn 1888 symudodd gyda'i theulu i Derherbert, lle bu ei gŵr yn feddyg i'r glöwyr. Yma canolbwyntiodd ar berffeithio'i Chymraeg a thrwytho'i hunan ym mhob agwedd ar faterion cyfoes Cymreig a hanes ei chenedl. Yn ôl ei brawd, dyma pryd y sylweddolodd ei "gwir allu",[†] ac aeth ati, yn nhraddodiad Cranogwen, i deithio ledled Cymru a thu hwnt i hyrwyddo dirwest, gan sefydlu 243 o ganolfannau yn ystod ei bywyd.

Yn 1891 aethant i fyw i hen gartref ei gŵr yng Nghlwt y Bont yn dilyn genedigaeth eu pedwerydd plentyn, a'i

---

[*] J. Bennet Jones 'Gwyneth Vaughan' *Y Geninen*, XXX, Rhifyn Gwyl Dewi, 1912, 44.
[†] Ibid.

hymgyfraniad mewn materion cyhoeddus erbyn hyn wedi talu ar ei ganfed, gan arwain yn 1892 at wahoddiad i fod yn un o gyd-olygyddion y *Welsh Weekly*. Manteisiodd ar ei chyfle i arbrofi ym myd ffuglen drwy gyhoeddi ynddo ddwy stori fer a stori gyfres pedair pennod, ynghyd â'r *Ladies Column* lle rhoddodd gyngor heb flewyn ar ei thafod ar bob pwnc o dan haul, yn bennaf i'w darllenwyr benywaidd. Ni fu erioed o dan unrhyw amheuaeth nad oedd potensial y Gymraes cystal os nad gwell na photensial y Cymro. Fel y dywedodd wrth "Medica" yn y golofn honno: "we do not think 'going for a degree unsexes a woman'. By all means go on as you have begun, and pay no attention to narrow-minded critics." [*]

Aeth ymlaen yn 1893 i ysgrifennu i'r *Dowlais Weekly Gazette*, ac yng ngeiriau golygydd yr wythnosolyn hwnnw:

> Gwyneth Vaughan requires no introduction to the reading public of South Wales, her dazzling reputation has already travelled throughout the land and vain indeed would it be for us to try and add to the very flattering comments so recently made upon this lady's literary talents, and lecturing powers, by the leading South Wales newspapers. [†]

Byr fu parhad y *Welsh Weekly* a'r *Dowlais Weekly Gazette* ac o hynny ymlaen, heblaw am dair stori fer i *Celtia*—mynegiant o'i diddordeb angerddol yn rhagoriaethau Cymru Fu—glynodd wrth y Gymraeg yn ei holl ysgrifennu. Rhwng 1893 a 1910 ymddangosodd colofnau, erthyglau a storïau cyfres o'i heiddo yn *Y Cymro, Cymru, Y*

---

[*] Gwyneth Vaughan, 'The Ladies Column', *The Welsh Weekly*, 20 May 1892, 7.
[†] *The Dowlais Weekly Gazette*, 4 November 1893, 4.

Genedl Gymreig, Y Goleuad, Y Geninen, Papur Pawb, Cymru'r Plant, Perl y Plant, Yr Haul, Y Brython a *Young Wales*.

Ochr yn ochr â'i hymdrechion llenyddol, parhaodd Gwyneth Vaughan gyda'i hawydd i wella cymdeithas. Pan agorwyd drysau'r Cynghorau Lleol i fenywod yn 1894 neidiodd ar ei chyfle, a rhwng 1894 a 1901 bu'n aelod o Gyngor Dosbarth Gwyrfai, yn aelod o Gyd-bwyllgor Iechyd Sir Gaernarfon, a hi oedd y fenyw gyntaf i eistedd ar Fwrdd Gwarcheidwaid Undeb Caernarfon. Rhwng 1898 a 1907 bu'n Ysgrifennydd (mygedol) Undeb Cymdeithasau Menywod Plaid Ryddfrydol Cymru, ac ar y cyd â'r awdures genedlaetholgar Mallt Williams, sefydlodd "Undeb y Ddraig Goch" mudiad â'i fryd ar hybu'r Gymraeg fel iaith yr aelwyd. Bu hefyd yn aelod brwdfrydig o'r mudiad Celtaidd—diddordeb a gynyddodd yn dilyn ei dyrchafiad i Orsedd Beirdd Ynys Prydain yn 1895. Yn 1900 yn Eisteddfod Genedlaethol Lerpwl, Gwyneth Vaughan oedd aelod benywaidd cyntaf yr Orsedd i wneud anerchiad o'r Maen Llog, pan ddywedodd "bardd o fri" am ei haraith "na fu yn gwrandaw erioed ar un yn cael y fath ddylanwad ar y gynulleidfa... roedd yn ysgubo'r cyfan o'i blaen." [*] Prin fod angen nodi, o ystyried yr holl weithgareddau a'r diddordebau hyn, na ellir gwahanu llenyddiaeth Gwyneth Vaughan oddi wrth ei rôl mewn bywyd cyhoeddus a'i dyheadau cenedlaethol a chenedlaetholgar.

Yn 1902, bu farw ei gŵr gan adael pedwar o blant o dan ofal ei mam, dau ohonynt yn dioddef o salwch difrifol. Dyblodd Gwyneth Vaughan ei hymdrechion llenyddol mewn ymgais i gadw'r blaidd o'r drws. Yn eironig iawn, bu ei haberth hi yn gaffaeliad i ddarllenwyr Cymru wrth iddi ymdrechu â'u holl egni i'w diddanu drwy ysgrifennu rhyw 4,000 o eiriau'n wythnosol hyd ei marwolaeth yn

---

[*] Anhysbys, 'Mae Sôn Amdanynt', *Papur Pawb*, 10 Chwefror 1900, 5.

1910, a'i chyfres olaf heb ei chwblhau, oherwydd "cwympodd Gwyneth Vaughan yn ei gwaed," [*] gan ddwyn i gof yr arian pitw a dderbyniai awduron Cymru am eu gwaith o gymharu â'u cyfoedion dros y ffin.

Cysgodau y Blynyddoedd Gynt

Trydedd stori gyfres Gwyneth Vaughan oedd *Cysgodau y Blynyddoedd Gynt*, yn dilyn *O Gorlannau y Defaid* (*Y Cymro* 1903-05)—hanes Diwygiad mawr 1859 yn portreadu rhagoriaeth Ymneilltuaeth a'r bendithion a ddaeth i drigolion Bro Dawel yn sgil tröedigaeth Gristnogol; ac wedi hynny, *Plant y Gorthrwm* (Y Cymro, 1905-06) – stori am fuddugoliaeth y Rhyddfrydwyr yn etholiad 1868 pan fentrodd trigolion capeli Bro Cynan bleidleisio yn erbyn y Toriaid a chael eu taflu allan o'u cartrefi gan eu tirfeddianwyr. Yn 1905 a 1908, y naill ar ôl y llall, cyhoeddwyd y ddwy gyfres hon, a'u themâu hanesyddol, ar ffurf nofelau.

Ni chafodd *Cysgodau y Blynyddoedd Gynt* (Y Brython, Chwefror, 1907- Ebrill 1908) erioed ei chyhoeddi fel nofel. Mae'n bosibl nad oedd y cynnwys yn plesio cyhoeddwyr Anghydffurfiol y cyfnod gan fod Gwyneth Vaughan yn y gyfres hon yn ein dwyn yn ôl i'r adeg cyn i oleuni'r efengyl "hel y tywyllwch i ffwrdd o'n gwlad" (t.111) i gwmni tylwyth teg, gwrachod, morforynion, telynorion ar y traeth, canhwyllau corff ac ysbrydion yn tarfu ar heddwch meddwl y trigolion. Nid codi ofn ar ddarllenwyr dechrau'r ugeinfed ganrif oedd ei bwriad ond eu hargyhoeddi, a'u dysgu, bod y chwedlau a'r ofergoelion hyn yn rhan bwysig a chyfoethog o hanes eu cenedl. Nodweddion unigryw oeddynt, yn creu bwlch rhwng Cymru a Lloegr gan ddangos gwreiddioldeb a rhagoriaeth Cymru'r gorffennol.

---

[*] 20 Ebrill 1910, *Y Glorian*.

Mil gwell ganddi hi "wrando ar hanesion glân a hyber y tylwyth teg" nag ar "lenyddiaeth ysgrifenedig isel ei chwaeth ddaw atom bob dydd dros Glawdd Offa" (t.161). Dyma genedlaetholwraig yn trosglwyddo'i neges drwy ffuglen ddramatig, ac, yn nhraddodiad y stori gyfres, yn cadw darllenwyr ar bigau'r drain wrth orffen ei phenodau ar nodyn disgwylgar.

Yn y bennod gyntaf un, cynhyrfir trigolion Bro Einion (Penrhyn Llŷn mewn bywyd go iawn), gan longddrylliad yn "Sarn uffern, Porth yr Ellyll" a'r drychineb yn destun trafod dwys yn y *Ship and Castle*, pan aeth si ar led fod dau ddyn wedi eu gweld yn lladrata "tri choffr trwm" o'r llong. Man cyfarfod cwbl annisgwyl yn ffuglen Gwyneth Vaughan oedd tafarn. Ond dyna lle byddai morwyr, pysgotwyr a ffermwyr Tre Einion yn cwrdd yn y dyddiau cynnar hynny i ddadansoddi pynciau'r dydd, nid mewn festri neu gwrdd gweddi, ac felly bu'n rhaid ildio er mwyn credadwyedd.

Fodd bynnag, i awdur â'i bryd ar amlygu trychinebau'r ddiod feddwol, diolch i aelodau pybyr y ffydd Fethodistaidd newydd, Lewis a Margaret Pennant, Llys Gwenllian (cymeriadau seiliedig ar rieni Gwyneth Vaughan ei hunan), sefydlwyd cymdeithas ddirwestol yn Nhre Einion. Y nod oedd cyfnewid "cwrw'r achos" am baned o de, er mawr ofid i lawer pregethwr sychedig "ots o ffond o lymad wyddoch, Lewis Pennant, wedi iddyn nhw fod yn chwysu a thagu am oriau bwy gilydd" (t.169) dwrdiodd Sian Tŷ Capel. Mynd yn eu blaen wnaeth y dadleuon mewn cymdeithas a oedd yn gyndyn i roi'r gorau i'r hen ffordd o fyw.

Yn y cyfamser, arweiniodd y storom ar y môr hefyd at storom bellgyrhaeddol ym mywydau dau deulu. Charlie Munro, bonheddwr tlawd, oedd yr unig un i gael ei achub o'r llongddrylliad, un o ddisgynyddion Robert the Bruce. Pan ddarganfu'r Sgweiar, Rhydderch Gwyn, perchennog

Plas Llwyd—Eglwyswr a fethodd wrthsefyll temtasiwn
"gwragedd dieithr", bod Charlie Munro yn ŵr "o dras",
cynigiodd loches i'r truan yn ei gartref, o dan ofal ei ail
wraig, Magdalen, a'u plentyn anghyfreithlon Alys, y ddwy
yn dioddef rhagfarn negyddol teuluoedd eraill Eglwysig
tuag atynt.

Credai Gwyneth Vaughan, fel Charlie, mai gwreiddiau
pendefigaidd yn ymestyn yn ôl dros ganrifoedd, yn ddi-
gwestiwn, oedd gwir olud cenedl, nid cyfoeth materol -
thema a amlygir yn ei hysgrifennu drwyddi draw.
Honnodd y gallai hithau olrhain ei hachau yn ôl i dylwyth
Owain Gwynedd yn nechrau'r ddeuddegfed ganrif, dull,
mae'n debyg, o ddangos ei chyfartaledd â'i chyfoedion
gwell eu byd fel merch "o waed" er gwaethaf ei
magwraeth dlawd.

Roedd Rhydderch Gwyn o'r un farn, a gwelodd ei gyfle
i ddatrys y cywilydd a ddioddefid gan Alys, ac ar ôl llawer
o ymgynghori rhwng y ddau deulu, llwyddodd i ddwyn
perswâd ar Charlie Munro i briodi Alys, heb ddatgelu ei
statws anghyfreithlon i'r priodfab, ei frawd y *Laird*, na'i
fam foneddigaidd yn ucheldiroedd yr Alban. Gwyddai
Rhydderch Gwyn petai Charlie'n dod i wybod am ei
gyfrinach cyn y briodas na fyddai unrhyw obaith gan Alys
i godi yn y byd, a hyn, ynghyd ag ymateb Charlie pan
ddaeth y gwir i'r fei, yn creu tensiwn cynyddol wrth i'r
stori ddatblygu. Ac i daflu cysgod bygythiol dros eu
tynged, gwelid ysbryd Mrs Gwyn, cyn-feistres Plas Llwyd,
yn hofran fin nos yn y coedwigoedd cyfagos. Cymdeithas
ofergoelus oedd cymdeithas Bro Einion.

Yr oedd rhywun arall hefyd â'i bryd ar dalu nôl i
Rydderch Gwyn wrth i'w orffennol pechadurus ei
oddiweddid. Datguddir i'r darllenwyr bod gan Alys
hanner chwaer o'r enw Judy, merch anghyfreithlon arall
Rhydderch Gwyn, nad oedd erioed wedi ei chydnabod.
Ac yn awr, wrth i'r plot symud yn ei flaen cyflwynir ni i

Sidi Wood, pennaeth matriarchaidd teulu'r sipsiwn ar eu hymweliad tymhorol â Beudy'r Foel, Llys Gwenllian, yr unig eiddo nad oedd o dan ofal Rhydderch Gwyn; croesawid hi i letya ym Meudy'r Foel drwy natur eangfrydig Margaret Pennant, ar yr amod ei bod hi a'i theulu'n ymatal rhag codi ofn ar bobl yr ardal.

Nid pobl yr ardal a wnaeth ddioddef drygioni teulu Sidi. Yn awr eir â ni ar draws y Swnt i Ynys Enlli, wrth i Gwyneth Vaughan ehangu ei his-blot—stori Tegwen Rhys a Derfel Gwyn. Oherwydd y pwysau aruthrol ar awduron cyfresi i gynhyrchu mor gyflym, gellir dadlau bod hygrededd y stori, yn y fan hon, wedi dioddef o'r herwydd. Tegwen oedd merch ofergoelus Hywel Rhys, brenin Ynys Enlli, a Derfel Gwyn oedd nai Rhydderch Gwyn, a fabwysiadwyd ganddo yn dilyn marwolaeth ei dad. Ond pan ddarganfu Derfel mai Alys oedd i etifeddu Plas Llwyd, fel gŵr ifanc—di-addysg oherwydd ei gyfoeth tybiedig—bu'n rhaid iddo fynd i Galiffornia i ennill bywoliaeth amgen drwy gloddio am aur gan adael ei gariad Tegwen ar ôl ar Enlli wedi torri ei chalon yn llwyr.

I gymhlethu'r sefyllfa mae Romo ac André, meibion lladronllyd Sidi, sydd wedi glanio'n llechwraidd fin nos yn eu cwch ar "Ynys y Seintiau", yn llwyddo i godi arswyd ar Tegwen a'i thwyllo mai tylwyth teg oeddynt, nid dau leidr amheus, gan lwyddo rywfodd i roi modrwy aur ar ei bys. Manteisiodd Rhydderch Gwyn ar hyn yn ei awydd i gadw Derfel yn ddigon pell; ffugiodd mewn llythyr at ei nai bod Tegwen wedi priodi, gan ei fod, meddai, wedi gweld y fodrwy. Chwalodd ei dwyll mileinig ddisgwyliadau'r ddau gariad, a bu'n rhaid aros tan ddiwedd y gyfres i ddod i wybod eu ffawd.

Nôl ar y tir mawr, cafodd Sidi rwydd hynt i ragweld y dyfodol drwy'r planedau yn yr awyr, i ddarogan bendithion i'r cyfiawn, a melltith i'r anghyfiawn, gan ddychryn Rhydderch Gwyn pan wêl Sidi'n siarad ag Alys wrth fynedfa Plas Llwyd. I'w ddrysu ymhellach aeth si ar led bod dynes hardd ganol oed, tywyll ei gwedd, wedi cyrraedd Tre Einion, ond yn sydyn wedi diflannu o olwg y pentrefwyr. Hagar, merch Sidi oedd hon, ac nid diflannu a wnaeth ond cael lloches gan Siani, Ty'n y Coed. Hen wreigan athritig oedd Siani a neb yn mynd ar ei chyfyl am mai Siani'r Witsh oedd hi yng ngolwg trigolion Tre Einion; roedd newydd gael ei chyhuddo o felltithio buddai fenyn Catrin Meurig yr Hendre, a pheri marwolaeth chwech o'u moch bach. Yng nghwmni Siani yn niogelwch Ty'n y Coed bu Hagar wrthi'n paratoi ei chynllun dirgel, dialgar. Gyda'i gilydd llwyddodd Sidi, Hagar a Siani, drwy bwerau nad oedd angen bod yn wrywaidd, yn gyfoethog nac yn bwysig i'w gweithredu, i lorio'r mwyaf grymus yn eu plith, a gellid rhyw led-dybio bod Gwyneth Vaughan o'u plaid, ac yn eu hedmygu am herio'r drefn rywiaethol batriarchaidd. Yn wir yr oedd hi ei hunan wedi bod yn gocyn hitio lawer gwaith. Ar yr un llaw, fel y gwelsom, fe'i hedmygwyd gan ddeallusion mwyaf goleuedig Cymru; ar y llaw arall fe'i gwawdiwyd am fentro buddsoddi ei hegni a'u gallu, fel mam i bedwar o blant, mewn ymgyrchoedd tu allan i'r cartref.

Fel y dywedodd mewn llythyr at ei mab Guy o Lundain, yn dilyn rhannu llwyfan gyda phobl blaenllaw Prydain ac America—Miss Willard, Dr. Kate Whitehall, Mrs. Wynford Phylipps, Canon Leigh, Lady Hope, Dr. Macgregor: "You see I like to go about with these meetings and things. They make me feel so unlike the woman that those people about there look down upon. I am loving Mummy".[*]

---

[*] Gwyneth Vaughan, Llythyr at ei mab Guy, 25 Mawrth 1893; gweler Papurau Guy Hughes, XD85/1/2.

Llenyddiaeth "Y Ddynes Newydd"

Dyma gyfnod felly oedd yn pontio dau fydolwg—
roedd y "Ddynes Newydd" wedi cyrraedd Cymru yn sgil
y mudiad ffeministaidd yn chwarter olaf y bedwaredd
ganrif ar bymtheg, ond nid ar chwarae bach y gellid
argyhoeddi'r cyhoedd eu bod ar drothwy newidiadau
chwyldroadol ym myd y Gymraes lenyddol; newidiadau a
adlewyrchir yn arbennig yn ei dull o bortreadu ei
chymeriadau benywaidd yn eu ffuglen. Daeth "cywion"
Cranogwen "allan o'i hogofau" i ysgrifennu i'w
chylchgrawn *Y Frythones* rhwng 1879 ac 1889 ac wedi
hynny i'r ail *Gymraes* o dan olygyddiaeth Ceridwen Peris.
Dilynwyd eu hymdrechion cynnar cymharol ddifflach
hwy gan do o ysgrifenwyr llawer mwy hyderus, yn eu plith,
Gwyneth Vaughan, Sara Maria Saunders, Wini Parry ac
Eluned Morgan.

I ddangos y gagendor rhwng awduron benywaidd a
gwrywaidd yn hyn o beth, ni ellir cael gwell enghraifft na'r
Pentre Gwyn gan Anthropos (Robert David Rowland,
c.1853—1944), a ddewiswyd gan addysgwyr gwryw-
ganolog fel darlun delfrydol o "gymdeithas
ddemocrataidd" ac a adargraffwyd bum gwaith i blant
ysgolion Cymru. Os oedd merched yn byw yn y Pentre
Gwyn yr unig beth a wyddom amdanynt oedd eu bod yn
"nôl dwr... gyda'r nos"[*] ar ôl dod adref o'r ysgol. Ni
chyfeirir at un ferch wrth ei henw ac mae pob
gweithgaredd ffurfiannol, addysgol yn cael ei gyflawni gan
fechgyn, o dan arweiniad dynion amlycaf y gymuned.

Chwa o awyr iach yw cwrdd â thoreth o gymeriadau
benywaidd gwreiddiol yn ffuglen awduron benywaidd y
cyfnod ac nid yw *Cysgodau y Blynyddoedd Gynt* yn eithriad yn
ei hamrywiaeth lliwgar: mae Tegwen, Susan y *Lodge*, Alys

---

[*] Anthropos, *Y Pentre Gwyn*, t. 49.

a Judy'n allweddol ar gyfer symud y stori yn ei blaen; Sidi, Hagar a Siani yn creu cyffro drwy eu pwerau goruwchnaturiol; Betsan Morus, y *Ship*, a Sara Tŷ Capel yn holl bresennol, â'u llygaid barcud ar bawb a phopeth; a Margaret Pennant ddoeth, ddiwylliedig, yn cadw'r ddysgl yn wastad.

Cyfoethogir y stori ymhellach drwy ddeialog ddifyr. Fel y dywed Mari Ellis am arddull Gwyneth Vaughan: "Mae ymddiddan y bobol gyffredin yn ddiddanwch pur. Maent mor naturiol ac mor Gymreig...Rydan ni'n arfer cymaint efo Cymraeg llipa, di-liw y dyddia' yma, mi wnâi les i ni ddarllen nofelau Gwyneth Vaughan er mwyn yr iaith". [*]

Felly, er gwaethaf rhai gwendidau, fel cyd-ddigwyddiadau anghredadwy, a thueddiad i orlwytho'i phenodau â sylwadaeth gymdeithasol gyfoes, llwydda Gwyneth Vaughan yn *Cysgodau y Blynyddoedd Gynt* i gadw sylw'i darllenwyr drwy ei huodledd a newydd-deb ei themâu. A phwy a ŵyr nad y stori gyfres hon a symbylodd sylwadau R. Hughes Williams yn y *Traethodydd* ym Mawrth 1909, pan ddywed: "Am Gwyneth Vaughan, anhawdd yw dweud ym mheth y rhagora hi. Y mae ganddi wybodaeth drwyadl o fywyd gwledig Cymru, ac ysgrifenna ei nofelau mewn arddull ragorol, arddull nad yw'n perthyn i neb arall." [†]

Am amryw resymau, ynghyd â nifer o awduron benywaidd eraill ei chyfnod, aeth Gwyneth Vaughan a'i llenyddiaeth yn angof yn gynnar yn yr ugeinfed ganrif fel a gyflëir yn 1944 yn y llyfr *Hanes Llenyddiaeth Gymraeg* hyd 1900 gan Thomas Parry, lle nad oes unrhyw drafodaeth o lenyddiaeth awduron benywaidd a dim sôn am *Frythones* Cranogwen, nac *Ail Gymraes* Ceridwen Peris. Yn y 1980au

---

[*] Mari Ellis, 'Gwyneth Vaughan' (Sgwrs a ddarlledwyd ar Radio Cymru; dim dyddiad)

[†] R. Hughes Williams, 'Y Nofel yng Nghymru', *Y Traethodydd*, 64, 1909, 123.

hwyr, fodd bynnag, diolch i ddiddordeb o'r newydd ymhlith academyddion yn ein mamau llenyddol, mae eu gwaith unwaith eto'n gweld golau ddydd, a'u cyfraniad hollbwysig yn natblygiad llenyddiaeth awduron benywaidd Cymru'n cael ei ail-asesu a'i osod mewn cyd-destun hanesyddol. "Erbyn heddiw" medd Huw Walters, gellid cyfrif eu gweithiau llenyddol hwythau hefyd fel rhan o'r "ganrif fwyaf cynhyrchiol yn holl hanes ein llên". [*]

Rosanne Reeves, 2024

Rosanne Reeves yw awdures *Dwy Gymraes, Dwy Gymru: Hanes Bywyd a Gwaith Gwyneth Vaughan a Sarah Maria Saunders*, llyfr a seiliwyd ar y ddoethuriaeth a enillodd ym Mrifysgol Morgannwg yn 2010. Roedd yn un o sylfaenwyr Gwasg Honno, ac mi olygodd *Plant y Gorthrwm* gan Gwyneth Vaughan a *Llon a Lleddf a Storïau Eraill* gan Sarah Maria Saunders ar gyfer y wasg honno.

---

[*] Huw Walters, *Y Wasg Gyfnodol Gymreig 1735–1900: Arddang-osfa yn Llyfrgell Genedlaethol Cymru, 18 Gorffennaf – 5 Medi 1987*, t. 34.

Ynghylch y Kale Cymreig

Rhoddir lle blaenllaw yn *Cysgodau y Blynyddoedd Gynt* i'r Sipsiwn neu'r Romani Cymreig, neu i ddefnyddio'r enw yn eu hiaith eu hunain, y Kale. Yn yr oes ramantaidd honno roedd cryn ddiddordeb gan lenorion Cymreig yn y bobloedd hyn, a dim ond un o sawl nofel o'r cyfnod i'w trafod oedd *Cysgodau y Blynyddoedd Gynt*. Fodd bynnag, fel a welir yn y nofel hon, digon ystrydebol ar y cyfan oedd y driniaeth ohonynt, hyd yn oed pan yn gydymdeimladol.

Yn ôl traddodiad, y Kale cyntaf yng Nghymru oedd Abram (neu Abraham) Wood, a groesodd y ffin o Loegr rywbryd yn ystod y ddeunawfed ganrif. Gallai gyfran sylweddol o sipsiwn Cymru hawlio eu bod yn ddisgynyddion iddo ef a'i deulu, neu nifer fach o deuluoedd mawr eraill; a daeth "Teulu Abram Wood" yn derm arall a ddefnyddiwyd i gyfeirio at y Kale yn gyffredinol, fel yn y nofel hon.

Sonnir ym mhennod XXXV am y Sipsiwn yn siarad eu hiaith eu hunain, iaith na allai'r Cymry ei deall, ac nid rhyfedd hynny, gan mai dim ond ambell i fân air benthyg o'r Gymraeg sydd yn yr iaith honno. Iaith y Kale oedd Kalá, neu fel y gelwir hi weithiau, Romani Cymreig. Perthyn yr iaith yn agos i ieithoedd Romani gwledydd eraill yng Ngogledd Ewrop gan gynnwys Lloegr a'r Ffindir; fodd bynnag, parhaodd yn iaith fyw yn sylweddol hirach (yng Ngogledd Cymru gan fwyaf) na'r un o ieithoedd eraill y Romani ym Mhrydain. Mae ymchwil ieithegol wedi olrhain tras yr ieithoedd hyn i is-gyfandir India, sy'n cyd-fynd gyda'r disgrifiadau mynych o'r sipsiwn fel pobl dywyll eu croen ('melynddu', i ddefnyddio term Gwyneth Vaughan).

Credir mai Howell Wood, a fu farw yn 1967, oedd siaradwr rhugl olaf Kalá.

Nid oes cofnod o unrhyw fath am unrhyw un o'r ieithoedd hyn yn Ewrop cyn 1542 ac er mae'n debyg na fyddwn byth yn gwybod pryd na pham yn union y gadawyd India gan gyndeidiau'r Romani, mae ymchwil ieithegol wedi awgrymu na allai hyn wedi digwydd llawer yn gynharach na'r flwyddyn 1000. Roedd y Romani'n grŵp daearyddol cydlynus am o leiaf ychydig ganrifoedd wedi gadael yr India, a rhaid eu bod yn trigo rhywle yn nwyrain môr y canoldir pan gawsant eu gwasgaru, oherwydd bod geiriau benthyg o iaith Groeg (*lingua franca* y rhan honno o'r byd) ym mhob un o'r ieithoedd hyn. Hwyrach mai ymosodiadau o'r dwyrain gan y Mongoliaid a'u disgynyddion a yrrodd y Romani o'u blaenau a'u gwasgaru ledled Ewrop.

Nid oes sôn am garafán o gwbl yn *Cysgodau y Blynyddoedd Gynt* ac yn hynny o beth mae'r portread yn un cywir, oherwydd mewn pebyll y byddai'r Kale Cymreig yn byw yn draddodiadol, yn hytrach na mewn carafannau fel y Romani Seisnig. Roedd rhai ohonynt yn gerddorion medrus, ac yn wir, mae llawer o hen benillion, alawon a dawnsfeydd gwerin Cymreig yn hysbys i ni heddiw dim ond oherwydd i'r Sipsiwn eu cadw drwy'r cyfnod pan oedd Anghydffurfiaeth yn elyniaethus i ddiwylliant werin y wlad.

Am drafodaeth fanwl o'r Kale Cymreig a'u lle yn hanes a diwylliant Cymru, argymhellwn *Hanes Cymry* gan Simon Brooks (Gwasg Prifysgol Cymru).

Nodyn Esboniadol ynghylch y Testun

Mae'r testun yn y gyfrol hon yn seiliedig ar yr unig fersiwn o *Cysgodau y Blynyddoedd Gynt*, sef yr un a gyhoeddwyd yn *Y Brython Cymreig* yn ystod 1907. Arddull flodeuog iawn yw arddull ysgrifenedig Vaughan: roedd yn hoff iawn o eiriau a brawddegau hirion, ac yn ymylu weithiau ar fod yn rhy hir a chwithig. Hwyrach y byddai golygydd oedd yn fwy parod i ymyrryd wedi herio ei chystrawen yn amlach nag y gwnaeth golygydd *Y Brython Cymreig*, ac, hwyrach, wedi gwneud cymwynas â hi drwy wneud hynny. Serch hynny, nid oeddem yn teimlo fod gennym ni yn yr unfed ganrif ar hugain yr hawl i newid gormod arni, ac oni bai mewn ambell achos lle'r oedd yr ystyr yn bur aneglur rydym wedi cadw at gystrawen a geirfa'r awdur. Rydym wedi torri ambell baragraff i fyny lle teimlodd yn briodol gwneud hynny.

Rydym wedi diweddaru'r orgraff a'r iaith mewn rhai mannau lle nad oeddem yn teimlo bod hynny'n amharu ar arddull yr awdur (e.e. cyfnewid *cydrhwng* yn *rhwng*, *nis gallaf* yn *ni allaf*, *camrau* yn *camau*, ac ati); fodd bynnag rydym wedi cadw hen eiriau hyfryd megis *swmerydd* ac wedi rhoi ambell i droednodyn i'w hesbonio lle nad yw ystyr y rhain yn debygol o fod yn amlwg o'r testun. Heblaw am ddiweddaru sillafu lle na fyddai'n effeithio ar ynganiad, nid ydym wedi newid unrhyw ddeialog dafodieithol.

Rydym wedi cywiro ambell i fân anghysondeb; er enghraifft cyfeiriad at Charlie fel "Angus" mewn un o'r penodau cynnar.

Yn y testun gwreiddiol defnyddir y sillafiadau "Morus" a "Morris" ill dau mewn gwahanol rannau o'r testun ar gyfer y teulu'r *Ship & Castle* a theulu'r garddwr sy'n byw ym mhorthdy'r Plas. Er mwyn cysondeb, ac i wahaniaethu rhwng y ddau deulu hyn, defnyddiwyd y sillafiadau a ddefnyddiwyd amlaf yn y gwreiddiol ar gyfer y naill deulu a'r llall, sef "Morus" ym mhob achos ar gyfer teulu'r *Ship* a "Morris" ar gyfer teulu'r *Lodge*.

Cysgodau y Blynyddoedd Gynt

Gwyneth Vaughan

Prolog

Un bore yn y gwanwyn, tua hanner can' mlynedd yn ôl, cerddai dynes ganol oed yn ôl ac ymlaen ar hyd y lawnt o flaen ei thŷ. Bore ardderchog oedd—y wawr ysblennydd yn torri ar ben y mynyddoedd, yr adar yn uno i ganu eu hanthem o fawl i Greawdwr y dydd, ac anian yng ngwisgoedd ei morwyndod ieuanc wedi ymdrwsio mewn gwyn a gwyrdd. Ond ni welai y wraig drallodus brydferthwch anian, ac ni chlywai garol yr adar. Treiddiai ei golygon hi tua'r bae a ymledai o'i blaen, a gwyliai y llongau yn lledu eu hwyliau, ac yn dawnsio ar frig y tonnau, cyn mynd draw ymhell i'r fangre lle cwrdd y môr a'r ffurfafen â'i gilydd. Wedi hir wylio, canfu un llong lawer mwy na'r rhai aethai o'i blaen, a daeth ochenaid dromlwythog dros ei gwefusau. "O, Derfel! Derfel! O, fy Nuw, pa hyd y goddefi drawsedd a drygioni i lywodraethu ar y ddaear? O, fy machgen diniwed i!"

Ar dywod glannau Ynys Enlli edrychai geneth ieuanc ddwy ar bymtheg oed ar yr un llong, a dolefai hithau hefyd, "Derfel! Derfel!"

Er fod milltiroedd o fôr rhyngddynt, yr un oedd cri y fam unig yng nghesail y mynyddoedd a'r enethig a wylai ar lan traeth hen Ynys y Seintiau: "Derfel! Derfel!"

Ar fwrdd y llong a wylient hyd nes iddi groesi'r bar o'u golwg, cynrychiolid bron bob math o gymdeithas yng Nghymru, a bryd pob un ohonynt ar geisio yr un peth, er mor wahanol eu sefyllfaoedd. Aur oedd wedi dwyn eu calon, ac i wlad yr aur yr hwylient, i gyrchu adref, fel y tybient hwy, ddigonedd o'r metel melyn y rhed plant dynion ar ei ôl drwy bob rhwystrau a pheryglon. Clefyd ofnadwy fu y clefyd aur yng Nghymru, fel mewn gwledydd eraill; rhwygwyd cannoedd o deuluoedd na chyfannwyd mwy yr ochr yma i'r bedd, a dinistriwyd cysuron syml aml i fwthyn gan y gorawydd am ymgyfoethogi yn gyflym. Ymysg y lliaws a safent ar y bwrdd, canfyddid bachgen ieuanc heb gyrraedd llawn ugain mlwydd oed, ei wyneb yn welw, a'i lygaid yn llawnion. Weithiau edrychai tua'r mynyddoedd gysgodent ei gartref, bryd arall troai ei olwg tua'r ynys fechan. Cofiai ei rodfeydd dedwydd ymysg adfeilion yr hen fynachlog. Gwir fod holl ogoniant yr Ynys Sanctaidd, pan elwid hi yn Borth Paradwys, wedi diflannu. Ond Porth Paradwys y galwai Derfel hi er hynny, a'r ffermdy bychan lle trigai y "brenin" roddai y ddirnadaeth orau i'w feddwl ieuanc ef am brydferthwch puraf anian, canys y gronglwyd honno gysgodai Tegwen, merch y brenin, yr eneth decaf yn y byd, yn ôl barn Derfel, a'r orau hefyd o ran hynny. Yna heibio'r Eifl a mynyddoedd Eryri tremiai tua'r llechwedd y llechai ei gartref. Gwyddai Derfel fod ei fam yn sicr o fod ar ben y drws yn edrych arno yn cychwyn. Nid oedd mor siŵr y gwyliai Tegwen ieuanc ef, ond yr oedd yn gwybod y safai ei fam yno hyd y foment olaf, ac esgynnai gweddi dorcalonnus o'i fynwes am gael dod yn ôl eto—yn ôl i weld ei fam. Bu ymron â glanio pan gyffyrddwyd tir y tro olaf cyn gadael glannau Prydain, a wynebu'r gorllewin pell, ond cofiodd am yr aur, a cheisiodd ymwroli a phenderfynu y mynnai ddangos i'w ewythr ei fod yn meddu ar well ddynoliaeth nag ef.

"Ie, bachgen ieuanc wyf, mi wn, ond mi wnaf fy ngorau, ni chaiff efe fy nhynnu dan y dwfr er ei waetha," ebe fe wrtho'i hun, ac ymlaen ag ef â'i wyneb ar Galiffornia, ond ei galon ar dorri gan hiraeth am ei fam a Tegwen.

Gwnâi gyfeillion o'r morwyr, a gwrandawai arnynt yn adrodd eu chwedlau rhyfedd, ond ni chai neb byw wybod gair o'i gyfrinach ef. Tynnai y teithwyr anturiaethus eraill lawer o gynlluniau, ond ni ddwedai'r bachgen yr un gair.

Tybiai rhai ohonynt ei fod yn rhy falch, canys gwyddent ei fod yn "ŵr ieuanc o waed," ond un yn unig ddeallodd ing enaid hiraethus Derfel. A phan ddarfu iddynt lanio'r ochr draw, wele law garedig ar ysgwydd y bachgen, ac ebe llais tadol yn ei glust:

"Yr ydych yn ieuanc, dewch gyda mi, gofalaf amdanoch, fel na bo i chwi syrthio ymysg y lladron sydd mor aml yn y wlad hon â thwr morgrug ar ei orau. Bu hiraeth arnaf innau 'stalwm. Beth yw eich enw? Cewch ddweud gair o'ch hanes os mynnwch, ryw dro eto,"

"Fy enw yw Derfel Gwyn," ebe'r bachgen, yn wylaidd ac ofnus, ei lygaid gleision tywyll yn llenwi at yr ymylon.

"Derfel Gwyn," ebe'r gŵr dieithr, "Derfel Gwyn—oes rhyw berthynas rhyngoch chwi â Rhydderch Gwyn, y marchog o'r Plasllwyd?"

"Y mae yn ewythr i mi, syr, ac yr oeddwn yn aer iddo, ond gwelodd yn dda fy amddifadu o bob peth. Yn wir, syr, nid arnaf fi roedd y bai."

"Dim chwaneg, 'machgen i, o hanes yr hen gnaf. Wel, mae'ch dyled chwi a minnau gyda'n gilydd iddo yn un bur sownd 'i gwala. Ydi. Ceiff ei thalu yn y man. Medd ein teulu ni gof gwych, a mwy o anrhydedd na llawer marchog, er y gorfu i ni yn aml letya yn y beudai, neu ar y comins, yng ngolwg eu plasau."

Ni wyddai Derfel ddim am ei gyfaill newydd, ond teimlai ymddiried ynddo, a chychwynnodd ei yrfa gydag ef yn ddibryder.

*   *   *

Yn nistawrwydd ei hystafell yng Nghymru plygai boneddiges ar ei gliniau lawer o weithiau yn y dydd i erfyn am yr Amddiffyn Mawr, a chysgod adenydd ei Harglwydd dros ei mab ar y cyfandir pellennig, a sibrydai angel wrthi

ym mreuddwydion y nos fod y Duw yr ymddiriedai ynddo
yn cadw Derfel fel cannwyll ei lygad.

I.
Toll y Môr

Un noson stormus ym mis Mawrth, cerddai dynion yn ôl ac ymlaen ar hyd y cei ym mhorthladd bychan Tre Einion, gan sibrwd wrthynt eu hunain weithiau, neu bryd arall waeddi nerth eu pennau ar ei gilydd ryw sylwadau ynghylch y "tywydd mawr." Mor ofnadwy y rhuai y tonnau cynddeiriog wrth ymdaflu yn erbyn muriau y cei nes y lluchient yr ewyn gwyn am lathenni ar hyd wyneb y tir, fel pe creadur â'r gynddaredd arno fuasai'r mor, ac wedi penderfynu llyncu i ddifancoll tragwyddol y bae bychan a edrychai y prydferthaf ymysg holl dlysau anian ar ddiwrnod teg o haf. "Dacw'r llong eto, mi wnaf lw mai dyna ydi'r gola acw," gwaeddai un o'r dynion.

"Lle gweli di ola', Twm?" gofynnai hen bysgotwr gan godi ei *so'wester* o'i lygaid, a cheisio tremio draw i'r tywyllwch a ordoai'r* môr, yna ychwanegai, "Rwyt ti yn dy le, mae acw lygedyn, ond pwy allodd fynd i'r fath fôr â hwn hefo'r un cwch? Duw a'u helpo nhw druain, ma nhw ymhell iawn tu hwnt i allu dyn. Ddôn nhw byth heibio i greigia Parwyd, os dôn nhw cyn belled â hynny."

"Mae'r *Lisa Jane* ar ôl 'i hamser rai dyddiau," ebe un arall, "hwyrach ran hynny mai llong ddiarth wedi colli'r ffordd sydd yna."

Y foment nesaf dyna foryn yn golchi tros y cei, a'r dynion yn gorfod cilio yn ôl oddi arno rhag iddynt hwythau hefyd gael eu tynnu i'r dyfnder yng ngrym y don wrth ddychwelyd. Nid oedd dim i'w wneud: ni feddent hwy ond cychod pysgota bychain, na chwaith ond dwy

---

* *Gordoi:* Gorchuddio neu guddio'n llwyr.

long fechan yn y porthladd, a'r rhai hynny ar ganol eu hatgyweirio. Na, ni feddai dynion Porth Einion un math o lestr allai aros ar frig y don yn y fath dymestl, a chyda wynebau athrist troesant tua thŷ tafarn safai ryw ganllath yn nes i'r pentref na'r cei. Gofynnodd rhai ohonynt am hanner peint o gwrw poeth, i'w cynhesu ar ôl bod yn sefyllian ar y cei, ebe hwy. A phrysurai'r dafarnwraig i'w roddi ar y tân wedi taflu ychydig o *spices* iddo, a thipyn o siwgr brown, gan eu cysuro hwy trwy "lefaru y geiriau arferol iddi hi" bob amser pan ofynnai rhywun am ryw fath o ddiod iddi: "Yn y munud, ffrindia, yn y munud."

Fe allai fod Betsan Morus yn tybio fod ei "yn y munud" hi yn help i basio'r amser, fodd bynnag dyna ei hunig ateb i bob un, "yn y munud," ac ymaith â hi yn sioncach ar ei throed na llawer geneth ugain oed, er ei bod wedi pasio trigain ac un o flynyddoedd yn yr hen dafarn ym Mhorth Einion. Ni siaradai Betsan Morus lawer, ond gwrandawai y cwbl lefarai pawb ddeuent i'r *Ship and Castle*. Cadwai ei thŷ yn lân, a'i pherson ei hunan hefyd. Arferai y bobl ddweud fod Betsan mor laned â'r carlwm. Gofalai ei mab Josiah—yr hwn a elwid gan ei gydnabod yn Josh—am y ceffyl a'r cerbyd a logid i deithwyr, a gwaith y fferm fechan a feddent, tra yr edrychid ar ôl y ddwy fuwch, y moch, a'r da pluog gan Gaynor y ferch, neu Gayney fel y gelwid hithau. Ni fynnai Betsan Morus na gwas na morwyn o gwmpas ei thŷ, ond byddai digonedd o help ewyllysgar ar gael iddi amser y cynhaeaf gwair, a deuai rhyw ffermwr neu'i gilydd am ddiwrnod i aredig y tir, ac i helpu Josh i blannu'r tatws. Gwyddent bob un yn y fro y ceid tamaid o fwyd da yn y *Ship*, a hanner peint o gwrw cartref wedi i Betsan Morus ei ddarllaw [*] ei hun. Weithiau dywedai ambell un na fynnai Betsan Morus neb yn weinydd rhag i hanes y tŷ fynd allan, canys credai rhai fod cryn lawer o

---

[*] *Darllaw:* Bragu.

eiddo yng ngafael teulu'r *Ship* na ddylasai fod. Ond sibrydion oedd yr oll ynghylch smyglo, a phethau cyffelyb; y farn gyffredin oedd na allasai Betsan Morus gael neb i'w phlesio ond "ei phlant ei hun, ma nhw i gyd mor barticlar."

Wedi tywallt y cwrw poeth i'r hanner peintiau *pewter*, a'u rhoddi i'w chwsmeriaid, gofynnodd Betsan Morus i Gayney fynd â choflaid o fawn ar y tân "i ni fod yn gynnes, ynte, ffrindia bach; fedrwch chi na minna ddim meddwl am wely tra byddwn ni'n gwbod fod yna long yn y bae, er na fedrwn ni neud dim help iddi hi."

Dechreuodd y tân mawn gynnau a chynhesu pob cwr o'r ystafell, ond pur ddistaw oedd y cwmni, a chodai un ohonynt yn awr ac yn y man a cherddai at y drws ac agorai ef, yna ceisiai chwilio am y goleuni egwan yn y tywyllwch, gan obeithio fod y llong yn dal ar wyneb y môr, eto'n methu gwybod sut y gallai yn y fath dywydd ofnadwy. Yna troesant yn ôl at y tan mawn gan ocheneidio yn ddifriddwys.

"Fel yma bydd hi os cawn ni storom fawr yr un amser a llanw coch Mawrth," ebe Ifan Dafydd yr hen bysgotwr. "Welodd neb yrioed ddim dioni o storom ar unwaith â'r llanw coch; roedd yr afon yn uchel iawn y bora, morwyn Plasllwyd yn gorfod cerdded ar ben wal wedi bod yn godro yn y beudy isa', a'r piseri llefrith un ymhob llaw. Llanw ofnadwy ydi llanw coch Mawrth, os bydd hi'n ddrycinllyd yn enwedig."

Gyda bod y gair olaf o'i enau, dyna sŵn fel ergyd o fagnel i'w glywed, a rhedodd Gayney i'r ystafell.

"Mae'r llong yn saethu," meddai Josh, "yn saethu am help!"

Agorwyd y drws allan yn sydyn a gwaeddai llais clir arnynt, "Mae'r llong yn colli, mae hi yn ymyl, y gwynt wedi chwythu hi, dowch allan, ddynion!"

Cododd pawb ar ffrwst, ond nid oedd neb i'w weld yn y drws, dim ond dwy neu dair o wragedd yn crynu fel dail yn yr awel, ac yn mynnu dweud fod ysbryd wedi bod yn codi'r pentref, fod pawb wedi clywed y llais ond yn methu gweld neb. Nid oedd un anhawster perswadio un dyn yr adeg honno am fodolaeth ysbrydion, a chan y tybiai pawb fod perygl anufuddhau i'r hyn a erchai ysbryd, wele'r dynion yn gadael y tân cysurus yn y *Ship*, ac unwaith eto'n mynd ar y cei. Erbyn hyn, gwelent fod y llong yn agosach atynt, a'i bod yn llong fawr iawn hefyd, fwy o lawer na'r un allodd forio erioed i Borth Einion, ac wedi ei thaflu, dybient hwy, ar ei hochor, er na allent fod yn sicr am ei bod mor dywyll.

"Ysbryd neu beidio, bois," ebe Ifan Dafydd, "does un dyn meidrol feder gyrraedd y llong yna yn y ddrycin yma," ac fel pe bai'n ategu ei eiriau, dyna don anferth yn bwrw ei hewyn gwyn wrth ei draed.

Gwyddai'r oll ohonynt fod yr hen bysgotwr yn ei le. Pe bai'n bosibl, nid oedd un yn eu mysg na wnaethai ei orau i achub bywydau y trueiniaid oedd mewn perygl, ond nid oedd diben taflu eu hunain yn aberth i gynddaredd y dymestl, ac yn ôl i ddiddosrwydd eu cartrefi yr aeth y gwragedd, a'u gwyr gyda hwy, tra'r aeth eraill am stelc arall i'r *Ship*, i ddisgwyl, meddent hwy, am awr neu ddwy a liniarai y storm. Wedi iddynt ddechrau gwneud eu hunain yn gysurus unwaith yn rhagor, a chael hanner peint yn ychwaneg o'r cwrw poeth gan Betsan Morus, dywedodd *mate* un o'r llongau oedd yn y porthladd ei fod yn gweld wyneb ar y ffenestr, a rhywun yn codi llaw arno.

"Wel Huw, fedri di na minna neud dim, wedyn waeth i ni aros wrth y tân, heblaw hynny, hwyrach mai llun y tonna oedd yna o bin i ti."

"Mae'n debycach o beth aneiri, Ifan Dafydd, mai Mistras Gwyn sydd wedi dewis 'i noson i gerdded," ebe Josh Morus. "Roedd Elin y llaethrag yma echdoe, ac roedd hi'n deud na synna neb weld yr hen Syr yn gorfod cau'r tŷ i fyny a mynd i ffwrdd, am fod Mistras Gwyn yn aflonyddu cimin, a bod y wraig newydd yna ofn am 'i hoedal."

"Ofn?" ebe Ifan Dafydd, "Ofn? Mi ddyla fod ar yr hen jâd ofn. Begio'ch pardwn chi, Betsan Morus, ond mae rhai merched yn capio'r hen Susi 'i hunan mewn cythreuldeb. Pe cawn i fy ngwyn ar y ladi yna, mi rown i ôl 'y 'nwylo ami hi, mi gymra i fy llw. Tasa hi'n ferch i un ohonom ni, Gymry tlodion ym Mhorth Einion yma, mi fasa digon o sôn amdani hi, gŵyr dyn, ond mae'r hen Saeson yma yn meddwl y meddan nhw raff rydd i bob drygioni. Meistras dda oedd Meistras Gwyn, a rŵan dyma hon yn 'i lle hi. Ma rhai pobl yn ddigywilydd, ac yn ymfalchïo am wn i yn 'u drygioni."

"Mi fydd yn biti gin i dros yr eneth ifanc yna, does genni hi ddim help," ebe Josh Morus.

"Roedd rhywun yn deud bod hi'n holi ac yn stilio byth ers pan mae hi yna; mi ddaw i wybod y cwbl ryw dro, yn wir, mae'n well gen i fod yn gweithio yn y *Ship* yma, fynswn i er dim fod yn sgidia'r eneth, dyn a'i helpo," ebe Gayney.

"Hust, be sydd ar y cei yma?"

Neidiai pawb ar eu traed yn nychryn y foment.

Beth oedd ar y cei? Haws o lawer fuasai dweud beth nad oedd yno y noson ofnadwy honno, canys gorchuddid ef â rhyw dryblith rhyfedd o goed, cerrig, hwyliau llongau a phobl, a thonnau cynddeiriog y môr megis mewn cynghrair â'r gwynt a ruthrai yn ddidrugaredd ar draws y cwbl ddeuai i'w gyfarfod. Cariai y dynion eu lanternau corn, a cheisient lapio y golau gwan yn eu cotiau *oil* tra'r oedd y corwynt ar ei waethaf. Gellid tybied fod yr holl bentrefwyr wedi codi o'u tai, ac yn cyrchu at y cei. Gruddfannai'r merched yn uchel, a chlywid sŵn wylofain plant yn gymysg â thwrf y dyfroedd, ac ni allai'r meibion— er eu bod oll yn ennill eu tamaid ar y môr mawr llydan ryw ffordd—lai nag ochneidio yn nhristwch eu heneidiau. Ambell waith, deuai cawodydd o dywod yn gymysg â'r glaw ar eu pennau, nes dallu eu llygaid. Bryd arall clywid y llechi yn cael eu hyrddio i rywle o bennau y tai, yna sŵn megis daeargryn yn ysgwyd y lle y safent arno gyda'r fath nerth fel ag i beri iddynt ofni fod y dydd olaf yn eu hymyl, a natur yn dangos y gwrhydri allai hi gyflawni cyn cadw noswyl ar derfyn ei gwaith. Gafaelai y bobl yn ei gilydd fel rhai yn ceisio rhyw fath o nodded, a llechent yng nghysgod rhywbeth nesaf atynt. Weithiau tybiai rhai eu bod yn clywed bloeddiadau ingol am ymwared yn dyfod hyd atynt ar adenydd gwynt nerthol, a cheisient dremio tua'r llong fawr oedd erbyn hyn megis wedi hanner suddo. Gweddïai ambell i hen forwr duwiol am y wawr, a cheisiai y naill berswadio'r llall mai'r peth doethaf o lawer oedd mynd i'w cartrefleoedd i ddisgwyl golau'r dydd, ond ni fynnent gredu nad oedd rhyw ddrychiolaeth o gwmpas yn aflonyddu arnynt, a thynnent ryw fath o gysur a nerth o gymdeithas ei gilydd. Deallai preswylwyr glannau'r moroedd yn bur dda beth ydoedd brawdgarwch—nid oes odid deulu yn eu mysg na wyddant beth yw colli eu hanwyliaid yn y dyfnder mawr. Felly ym Mhorth Einion: bodolai rhyw gydymdeimlad ysbrydoedd rhwng y trigolion barai iddynt garu bod yng nghwmni ei gilydd mewn pob math o ddrycin. Heblaw hynny, chware teg iddynt, ni allai yr un ohonynt ymdawelu yn eu bythynnod tra y gwelent ryw fath o long yn ymladd gyda'r elfennau, er iddynt fod yn eithaf sicr nad oedd a wnelent hwy â neb o'i mewn. Ond ymhen hir a hwyr aed â'r plant i ddiddosrwydd, a dywedai Ifan Dafydd, a meistr yr harbwr, fod yn rhaid i'r merched aros gyda'r plant, canys pan ddeuai'r bore y byddai'n dda fod eu tai mewn trefn os ceid fod rhai o'r trueiniaid oedd ar y llong yn fyw.

Ac felly fu. Cerddai y dynion yn ôl ac ymlaen i'r *Ship and Castle*, nid i yfed, ond i fynd o dan do weithiau o ddannedd y dymestl, pan fyddai'r gwynt a'r tonnau yn eu lluchio yn ddidrugaredd yn ôl eu mympwy eu hunain. Hir yw pob ymaros, ond o'r diwedd daeth y bore, ac er ei fod yn gymylog ddigon, a'r glaw yn parhau i ddisgyn, eto yr oedd y gwaethaf drosodd. A phan gafwyd goleuni, gwelwyd llong fawr na fu ei bath erioed ym mhorthladd dinod Einion, yn sefyll ar ei hochr yng nghanol y bae.

Ymgynghorodd y llongwyr a'r pysgotwyr â'i gilydd, a phenderfynwyd mynd allan i'r môr yn y cwch gorau feddent hwy, i edrych beth a welent yn y llong. Daeth amryw o'r gwragedd at y cei i'w gweld yn cychwyn, eu hwynebau tyner dwys yn llawn o'r *pathos* rhyfedd a geir bob amser ar wynebau trigolion glan y môr. Mae dylanwad yr hyn a elwir yn ein dyddiau ni yn "ofergoeledd y môr" yn gryf iawn ar yr oll ohonynt. Yn yr hen amser credent oll ym modolaeth y for-forwyn, a'i hymddangosiad yn darogan drygau i bawb a'i gwelent yn cribo ei gwallt hir ar frig y don. Ac ni feddyliai yr un ohonynt am amau y chwedlau ynghylch y llongau a elwid gan y morwyr yn *phantom ships*, yr adar broffwydent drallod, a'r arwyddion yn yr awyr oeddynt yn ragredegwyr ar long-ddrylliadau. Heb yn wybod iddynt eu hunain, dengys y bobl drigant ar lannau'r moroedd effeithiau y pryder yna yn wastadol. Ni chysgant yn sŵn y gwynt, canys bydd un neu ragor o'u rhai annwyl uwchben yr eigion, a chlywir hwy'n sibrwd wrth ei gilydd, "Mae hi'n sobor iawn ar y môr heno," neu "Mae hi'n o lew ar bobl sydd ar dir sych," ac fe allai, "Mi fydd llawer newydd drwg ar ôl y gwynt mawr yma. Mae llawer o longau yn siŵr o golli." Gorffwys toll y môr yn drwm iawn ar eu hysgwyddau, ac mae ei arlliw ar eu holl fywyd heb yn ddiau iddynt hwy ddychmygu y gwahaniaeth sydd rhyngddynt hwy a dynion eraill.

Bu tipyn o ddadleu pwy elai yn y cwch, ond ymhen ychydig funudau wele'r rhai oedd i fynd yn neidio i mewn iddo.

"Cadwch yn glir o'r ras,[*] fechgyn, rwy bron yn sicr mai yn yr union fan lle mae'r llong y rhed o, ac mi fydd y'ch peryglon chi yn saith mwy fan honno," llefai hen gapten arnynt. Gwyddai Capten Parri beth oedd morio ar dywydd drwg yn ymyl y lan a edrychai mor brydferth a rhamantus, ond yr oedd ei môr yn un o'r rhai mwyaf bradwrus i'r llongwyr, yn gymaint felly fel y rhoddwyd enwau megis "safn uffern," "creigiau'r cythraul," "Porth yr ellyll," ac eraill tebyg iddynt ar rai rhannau ohono. Ofnai y morwyr y glannau am eu bywyd, a throent i ryw gilfach i lechu yn hytrach na dyfod yn agos atynt, nes elai'r tymhestloedd heibio. Nid rhyfedd, gan hynny, oedd fod y criw a aethant allan o Borth Einion yn ofalus pan yn wynebu tua'r llong ddrylliedig y bore ar ôl y storm fwyaf a welodd yr un ohonynt erioed, ac y gwyliai y rhai oedd ar y lan hwy gyda phryder y tu hwnt i'r cyffredin hyd yn oed yn eu hanes hwy.

Gorfu iddynt ddisgwyl am yn agos i dair awr cyn i'r cwch ddyfod yn ôl i'r lan. Tyrrai y bobl yn lluoedd o bob man tua'r cei erbyn hyn, safai rhai ohonynt ar ben y grisiau ddisgynnent i lawr i gyrraedd y dwfr pan fyddai yn drai. Heddiw, codai'r dwfr bron yn gydwastad â wyneb y cei a'r morglawdd, ymestynnai am bellter ffordd o'r ddeutu iddo. Pan welwyd fod y criw bychan i gyd yno'n ddiogel, ac hefyd fod yno un yn rhagor yn y cwch yn dyfod yn ôl nad oedd ynddo yn cychwyn allan, dechreuodd y dynion twymgalon ar y lan floeddio "Hwrê!" nerth eu pennau, ac atebwyd hwy yn galonnog gan eu brodyr yn y cwch. Daeth Josh ymlaen gyda chenadwri oddi wrth ei fam fod yno bopeth yn barod yn y *Ship* ar gyfer rhoddi ymgeledd i bwy

---

[*] *Ras:* Yn y cyd-destun hwn, llif neu gerrynt.

bynnag y byddai ei eisiau arno, felly aed â'r un enaid a achubwyd yno yn ddiymdroi, a throsglwyddwyd ef i ofal Betsan Morus tra y rhoddai'r rhai fu yn y llong yr hanes gorau allent hwy o'r helynt. Bachgen ieuanc, prin wedi cyrraedd ei un-ar-hugain oed oedd yr un a waredwyd, Albanwr, neu *Scotsman*, fel y'u gelwir fynychaf. Wrth gwrs, ni fedrai ef air o Gymraeg, a Saesneg digon clapiog fedrai y llongwyr Cymreig yr adeg honno, oddigerth ambell i gapten yma a thraw. Am drigolion Porth Einion, ni feddent odid air o un iaith ond eu hiaith eu hunain, a mawr oedd eu llawenydd pan welsant yr yswain o'r Plasllwyd yn dyfod ar ei geffyl tuag atynt i holi am y llongddrylliad, neu y *wreck*, yn ôl ei ddisgrifiad ef.

Wedi i'r Marchog fynd i'r *Ship and Castle* i ymddiddan â'r dyn ieuanc y cytunent oll ei fod yn fonheddwr, bu cryn dipyn o ymddiddan hefyd rhwng plant y werin ar y cei a chan eu bod yn ofalus i beidio siarad yn uchel, ac yn cadw rhyw led-olwg o'u deutu yn barhaus, gellid tybied nad oeddynt am hysbysu eu cyfrinach i bawb. Ymhen ychydig, wele Sgweiar Gwyn yn gweiddi arnynt o ben drws y dafarn, ac aeth dau ohonynt ato.

"Pwy â i'r Plasllwyd ar unwaith i ddweud wrth yr *housekeeper* am baratoi *rooms* i'r gŵr bonheddig ifanc yma? Well i ti fynd, Wil, mi fedri di fynd ar 'y ngheffyl i, a dywed wrth Mistres Pugh am drefnu popeth yn *first rate*, mae y gŵr bonheddig yn un o deulu Robert the Bruce," a throdd y Sgweiar ar ei sawdl ac yn ôl i'r tŷ. Ffwrdd â Will ar garlam ar gefn y ceffyl tua'r Plas, a'i gyfaill Ffowc Tomos yn ôl at y dynion oeddynt yn sefyll ac yn parhau i siarad â'i gilydd.

"Dwn i ddim be sy yn y gwynt," ebe fe, "mae'r Sgweiar wedi gyrru Will nerth traed y ceffyl i'r Plasllwyd i siarso yr *housekeeper* i neud lle crand ddiwedd i'r llanc ddoethon ni o'r llong, achos bod o'n perthyn i deulu rhyw Robat y Briws."

"Rhobat y Briws," ebe'r hen Gapten Parri, "fuo yma 'run Robat yn byw yn y Briws yma yn fy oes i, a mi rydw i yma o flaen Mr. Rhyddarch Gwyn o spel."

"Wel, Rhobat y Briws ddeudodd o, mi clywes i o â'm dwy glust, a mi synnodd 'y nghalon i, dyna i chi, Capten, achos mi wn i nad ydi o ddim mor ots o ffeind wrth bobol y Briws rŵan, beth bynnag."

"Gwyddaist, dyffeia di, Ffowc, fydd Siân ddim ar ôl o ddeud wrthat ti," a chwarddodd un o'r llongwyr, "Mi fydd Ffowc yn sgrifennu llythyra cyd â 'nghoes i Siân bob cyfle geith o pan fydd o heb fod o fewn cyrraedd galw."

"*Well done*, Ffowc, synnwn i ddim na chei di geiniog ddel hefo Siân, mae yna burion ffarm yn y Briws, a tasa pawb yn chwilio am gystal gwraig, mi neuthan yn reiol," ebe Ifan Dafydd. "Sut na wela un ohonoch chi Gayney'r *Ship* yna, deudwch? Dyma i chwi le i roi het ar yr hoel, siort nobla."

"Rhaid i Betsan Morus gicio'r bwcad yn gynta, Ifan Dafydd, dydi hi yn leicio gweld neb yn troi o gwmpas Gayney. A mi fydda'n gofyn i ddyn fentro tipyn er mor wen deg ydi Betsan, os na fydda hi o ochor dyn."

"Treia, Twm, treia, mi neuthat ti dafarnwr dan gamp," chwarddai Ffowc. Perthynai Twm i'r "Clwb Du," a byddai ei gyfeillion yn dannod iddo yn fynych ei fod yn *teetotal*.

"Wel, deudwch chi fynnoch chi, mae o yn beth syn gweld y dyn ifanc diarth yna yn mynd i'r Plas yn syth," sylwai Capten Parri, "ond dowch i ni fod yn barod yn y p'nawn eto i fynd am dro i'r hen long yna, hwyrach y down ni i wybod rhwbath am y llanc yn y fan honno. Os ydi'r Sgweiar am roi croeso iddo fo, mae yna rwbath o dan gantal het yr hen law, rwy'n siŵr, pwy bynnag oedd Rhobat y Briws. Ond mae'r enw'n ddiarth i mi."

Cychwynnodd yr hen gapten a'r oll o'r dynion gydag ef tua'u cartrefi yn y pentref i ymolchi a bwyta, a gorffwys tipyn ar ôl eu gwaith, er nad oedd fawr o dawelwch ym mhentref Porth Einion mwy nag ar y cei. Holai y gwragedd ynghylch y llong yn ddi-baid, a deallodd y trigolion oddi wrth yr hanes gan y rhai fu ar ei bwrdd nad llong gyffredin ydoedd, ac y gallai fod yno drysorau ynddi lawer iawn pe bai'n bosibl eu cael i dir.

"Gore pan gynta i ni fynd o'i chwmpas hi," ebe Ffowc wrth ei fam tra'n ymddiosg o'i ddillad gwlybion. "Mae Capten Parri yn deud, a does dim nad ŵyr yr hen Gapten am y râs, na ddaw yr hen long byth yn rhydd os na ddaw hi bob yn styllan, ac hwyrach bydd hi wedi mynd ormod i'r tywod i ni neud dim ohoni hi cyn yfory."

"Achubwyd yr un o'r lleill, druain, tybad? Roeddan nhw'n blant i rywun i gyd," ebe'r hen wraig.

"Wel, mam, chawson ni fawr o sgwrs gin y dyn ifanc, roedd o'n hanner hurt am wn i, ond roeddan ni yn meddwl fod yn rhaid bod nhw wedi mynd o'r llong yn y cychod. Mi gawn ryw wybodaeth pan awn ni yno i overholio, reit siŵr."

Ond tra bu preswylwyr Porth Einion yn cymryd eu gwynt atynt, ac yn ceisio paratoi i fynd eilwaith ar frig y tonnau yn eu cychod, ni wybuant ddim am gwch arall fu yn ymweld â'r hen *wreck*, a'r dynion oedd ynddo yn "overholio," yn ôl Ffowc, drostynt eu hunain.

II.
Tre Einion

Nid oedd fawr o debygolrwydd rhwng yr ychydig dai a orweddent yn dawel a digyffro yng nghesail y bryn rhyw deng munud o Borth Einion a'n trefi poblog ni heddiw, ond barnodd rhywun neu gilydd rywdro fod y pentref bychan yn deilwng o'r enw tref, a Thre Einion a fu o hynny hyd heddiw. Byddai yn gryn gyrchfan pobl am flynyddoedd lawer, canys er nad oedd y lle ond bychan, ceid fod yno ryw fath o ddarpariaeth ar gyfer holl angenrheidiau dyn ac anifail yn y wlad oddi amgylch yr adeg honno ar ein byd, cyn i'n hanghenion fod hanner cymaint ag ydynt yn awr. Gallem dybio fod yr adeiladydd fu'n cynllunio'r dref yn cymryd ei batrwm oddi wrth yr hen gastell adfeiliedig ychydig filltiroedd oddi yno, gan fod y sgwâr fawr lydan yn ei chanol a'i maint allan o bob rheswm os aem i ystyried mor ychydig o dai oedd yn y dref ar wahân i'r rhai amgylchent y sgwâr fel mur o'i ddeutu, oddigerth y deuai tair ffordd fawr, lydan, i gyfarfod ei gilydd yn Sgwâr Tre Einion. Ar hyd un o'r ffyrdd, yr hon a gyfeiriai at y gorllewin, yr eid i Borth Einion at lan y môr; a phrifffordd y Frenhines, neu "y ffordd bost," fel y galwai'r hen bobl yr holl ffyrdd y rhedai y goets fawr ar hyd-ddynt, a cherbyd y llythyrau, oedd y ddwy arall. Mewn gwirionedd, un oeddynt, ond fod Sgwâr Tre Einion yn eu rhannu megis yn ddwy, am fod rhediad y ffordd fawr trwy ganol y Sgwâr. Gelwid y ffordd gyrchai tua'r dehau yn Ffordd Aberddwyryd, a'r llall, gychwynnai tua'r gogledd, yn Ffordd Caer Saint, am mai hwy oedd y trefi mwyaf oedd yn rhywle yn y pellter o'r naill ochr a'r llall, yn sefyll ar draws y briffordd fel y gwnâi Tre Einion.

Adeilad pwysicaf Tre Einion oedd neuadd y farchnad helaeth. Ystyrid marchnad Tre Einion yn un o'r rhai gorau, a rhoddai y farchnad oleuni i ni paham y bu raid cael sgwâr mor fawr: ar ambell ddiwrnod marchnad ni cheid prin le i droi ynddi, er lleted oedd. Ar ddiwrnod ffair, byddai'r dref fechan yn llawn o bobl ac anifeiliaid, "at y ddwy geulan ymyl," fel y dywedent hwy. Yn llofft neuadd y dref y cedwid ysgol ddyddiol i'r plant. Dynes oedd yn ysgolfeistres, gweddw capten llong. Saesnes oedd hefyd, a thybiai hynny fod ei phen yn llawn o bob gwybodaeth angenrheidiol, gan fod medru siarad Saesneg yn gosod pob creadur ar binacl uchaf dysgeidiaeth yr adeg honno yng Nghymru. Ychydig iawn a wyddai Lucy Morgan, ond dysgodd i'r plant ysgrifennu, a darllen, ac ychydig rifyddiaeth, a siarad rhyw fath o Saesneg anghofiai plant y wlad ar fyrder, ond byddai yn parhau yn ei werth i'r llongwyr fordwyent o'u gwlad eu hunain. Fel rheol, enillent hwy ychydig yn rhagor ato. Yn nesaf at neuadd y farchnad mewn pwysigrwydd deuai y gwesty hen ffasiwn, yr *Inn*, fel y galwai pawb y tŷ. Wrth yr *Inn* y byddai'r holl gerbydau a ddeuent i Dre Einion ddydd marchnad a ffair yn aros. Yno y byddai'r goets fawr yn noswylio ar ei thaith i Gaer Saint, a mawr oedd yr helynt a welid wrth ei chychwyn i ffwrdd bore drannoeth gyda'r wawr.

Y drws nesaf i'r *Inn* safai siop *druggist* fechan eithaf di-nod yr olwg arni, ond y fwyaf adnabyddus yn Ngogledd Cymru am faith flynyddoedd fel man cyfarfod beirdd a llenorion y genedl, yn ogystal ag yn fangre gwneuthuriad meddyginiaeth syml ddaeth yn fyd-enwog cyn i'r ffisig cwacyddol ddyfod mor boblogaidd ymhob siop ag yw heddiw. Yn y siop fechan ddestlus yma y cedwid y Post hefyd, a rhedai gwragedd y llongwyr yno yn lluoedd am eu llythyrau pan welent y cerbyd coch wrth y drws. Pe gallai'r garreg lefain arnom o'r mur, mor ddiddorol fuasai ei chlywed yn mynd dros hanes yr ymgomio difyr yn y parlwr bach tu cefn i'r siop: ar un pryd cadwai hanner dwsin o feirdd eisteddfod yno a byrlymai eu henglynion allan bob yn ail; hebryngid y delyn yno bryd arall, ac yna am y gorau ganu penillion fyddai hi hyd oriau man y bore. Erbyn heddiw nid oes un yn aros o'r cwmni dedwydd gwrddent gynt oddeutu'r tân ym mharlwr Ifan Noah Ifans. Mae man cyfarfod lawer o'r beirdd hynny yn sicr o fod rywle yng ngwlad y dydd, lle na fydd cam mewn eisteddfod na chwerylon o un rhyw fath yn llesteirio eu hathrylith mwy. Ar un ochr i'r sgwâr lle deuai'r ffordd o Borth Einion i mewn safai siop Owen Lewis, a deuai gwŷr a gwragedd o bell y ffordd yno i brynu eu holl ddillad gorau, os meddent ychydig o dda'r byd hwn: heb hwnnw, nid oedd diben troi i siop Owen Lewis. Cadwai nwyddau rhagorol; siopwraig dan gamp oedd Mary Lewis, ond yr oedd yn rhaid wrth arian i allu prynu yno am fod y siop yn cael ei hystyried yn un ddrud iawn. Yr ochr arall i'r ffordd i siop Owen Lewis safai siop Huw Huws. Yn honno cedwid tipyn o bopeth, siop dda iawn at holl anghenion ffermwyr a llongwyr a phawb arall oedd siop Huw Huws. Ar un gornel i'r ffordd bost y ceisiai Harri Dafis gadw ei siop yntau ar gynllun digon tebyg i un Huw Huws, sef cadw tipyn o bopeth, ond ni feddai y ddwy siop yr un gronyn mwy na hynny o debygrwydd. Ni waeth pa awr o'r dydd yr elai cwsmeriaid Huw Huws i'w siop ef, byddai ef yn barod iddynt, y llawr yn lân, y cownters heb lwch, a'r nwyddau â golwg ddeniadol arnynt. Ond am siop Harri Dafis, teyrnasai anrhefn ymhobman ynddi. Os am bwys o sebon y gofynnid, odid fawr na fyddai hwnnw wedi syrthio i'r gasgen siwgr; os pâr o glocsiau, ni synnai neb o weld Harri yn codi y rhai hynny o'r sach flawd, neu o'r gist de. Waeth beth a geisid byddent oll yn sicr o fod yn y lleoedd mwyaf anghymwys iddynt, a Harri druan yn meindio busnes pawb ond ei fusnes ei hun: yn dechrau adeiladu tai heb ddigon o arian i'w gorffen, yna'n eu colli trwy godi benthyg gan rywun pur annhebyg iddo ef ei hun. Nid oedd un dyn a wyddai am fodolaeth Harri Dafis na wyddai am ei gymeriad fel y dyn bleraf yn yr holl wlad. Sut y bu iddo gadw ryw lun ar wyneb y dŵr sydd yn parhau yn ddirgelwch i bawb a'i adnabu.

Roedd siop lestri brydferth Jane Ellis hefyd, yn yr hon y ceid mil a mwy o bethau heblaw llestri, yn siop bur bwysig yn Nhre Einion; a'r siop sadler ar gyfer yr *Inn* yn un a fynychid gan fawrion y wlad oddi amgylch: y ffermwyr, a phawb arall fyddent mewn angen cyfrwy, pilyn, neu ffrwyn a phob ger, o ran hynny, fu erioed eisiau at geffylau o bob math, o'r ceffyl gwedd gweithgar hyd at y ceffyl marchogaeth ystwythaf ei gymalau. Gwyddai pawb fod yno docyn o arian lled ddel yn siop y sadler, canys rhoddid addysg dda i'r mab. Gwir fod y ferch mor amddifad o fanteision addysg ag oedd yr oll bron o ferched y gymdogaeth. Ychydig o sylw cymharol a delid i addysg y merched bonheddig, heb sôn am ferched y werin bobl a'r masnachwyr. Fe allai fod yno dair neu bedair o siopau bychain, "siopau *India rock*," fel y'u gelwid, er bod cryn lawer o fân betheuach ynddynt heblaw yr *India Rock* a'r *gingerbread* hefyd.

Ar y ffordd i Borth Einion safai Eglwys y Plwyf; eglwys fechan hen ffasiwn heb wybod dim am y Ddefodaeth ddiweddar sydd yn gwneud canolfur y gwahaniaeth mor anodd ei weld rhwng Eglwys Loegr ac Eglwys Rhufain. Yn yr Eglwys yr addolai'r holl foneddigion, ac ychydig o'r gwasanaethyddion—nid oedd rhwymau ar was na morwyn i fynd i'r Llan—ac ambell un o ddisgyblion y torthau. Cynulleidfa fechan fynychent y Llan, ond nid oedd yr hen offeiriad tawel yn poeni dim o'r herwydd. Gwyddai Mr. Lloyd y telid y degwm yn ei adeg, ac fod y bobl i gyd yn mynd i ryw fath o addoliad: os oedd yn well ganddynt fynd i'r capel, popeth yn iawn. Blinai ef ei hun weithian ar unoliaeth y ffurf wasanaeth, er ei fod ef yn ei ddarllen yn ddigon dealladwy, nid fel yr oernadau annedwydd eu nod a glywir gan glerigwyr ein hoes ni na ŵyr un dewin o ddyn, na neb arall, pam y lleisiant mor annaearol ac annealladwy. O fewn ergyd carreg i'r Llan wele'r capel Methodistaidd, adeilad pur dda, heb lawer o addurniadau arno i mewn nac allan, a dim dyled chwaith. Bu'r hen gewri Methodistaidd yn traddodi'r genadwri lawer gwaith yng Nghapel Tre Einion, ac er nad oedd yno olau trydanol na'r un o'r newydd-bethau eraill: dim ond yr hyn a alwai'r bobl y "seren" yng nghanol y capel yn dal wyth o ganhwyllau cwyr wedi eu gwneud gartref, dwy gannwyll, un o bob ochr i'r pregethwr yn y pulpud, ac ambell i gannwyll gyda'r ochrau. Eto cafwyd yno arddeliad ar Air y Bywyd na wyddom ni ddim amdano, er i ni weld Diwygiad 1904. "Canys," meddent hwy, "y symlrwydd ydym ni wedi ei golli ers llawer blwyddyn, wedi i ni ddysgu ein hunain sut i fod yn debyg i'r Saeson, a gollwng ein gafael o'r ben ddelfrydau cenedlaethol y magwyd enwogion Cymru ar eu gliniau." Ar y ffordd yn nes wedi hynny at Borth Einion, mewn congl ddistaw, yr oedd capel y Bedyddwyr, ac wrth fynd ar hyd y ffordd gyrchai tuag Aberddwyryd yr adeiladodd y Wesleyaid eu haddoldy hwythau, ar gŵr eithaf Tre Einion.

Yma a thraw o gylch y wlad roedd y ffermydd mawrion a bychain ac ambell i blasdy hynafol yn awr ac yn y man, ond y plasdy nesaf at y dref fechan oedd y Plasllwyd, cartref yr Aelod Seneddol, Mr. Rhydderch Gwyn. Safai hwnnw yng nghanol y llecyn prydferthaf o dir glas, â'i gefn tua'r bryniau, a'i wyneb at y mor. Hen blasdy hardd oedd Plasllwyd, cyflenwad o dderw du wedi'i ddefnyddio i brydferthu'r oll ohono, o ddrws y ffrynt hyd at y swmerydd a'r distiau*. A meddai Mr. Gwyn A.S. ddigonedd o arian hefyd i gadw yr oll o'i

---

*Swmerydd: Prif drawst y nenfwd; *Distiau*; trawstiau eraill y nenfwd, sydd wedi'u gosod yn groes i'r swmerydd.

feddiannau mewn trefn, ac i borthi ei ddymuniadau yn ddrwg a da.

Ychydig yn nes i Dre Einion na Phlasllwyd yr oedd tŷ bychan, hardd yr olwg arno, i gyd ar yr un llawr. Tyfai'r rhosynnau tlysaf o gylch ei ddrws, a phob math o flodau heirdd yn yr ardd o'i flaen. Yng nghefn y tŷ roedd perllan, a choeden afalau brydferthaf y fro yn tyfu ar ei chanol. Ymddangosai fod pob cornel yn wrthrych sylw arbennig llaw ofalus rhywun. Yma, yn y Tŷ Gwyn, y trigai gwraig weddw, boneddiges a gerid gan bawb, canys carai hithau bawb o'i chwmpas, a gwnâi ei gorau erddynt. Brawd oedd ei gŵr i Rhydderch Gwyn, Plasllwyd, a chollodd ei fywyd ar un o longau rhyfel ei wlad. Gan na feddai Sgweiar Plasllwyd blant ei hun, mabwysiadodd ei nai bychan, unig blentyn ei frawd, yn aer iddo ei hun, ac am flynyddoedd rhoddwyd i'r bachgen bob mantais i'w baratoi i fod yn Sgweiar cymwys ar ôl ei ewythr. Fel y bu wedi hynny, gwaetha'r drefn, buasai'n llawer amgenach i Rhydderch Gwyn fod wedi rhoddi rhyw alwedigaeth i'r bachgen i'w alluogi i ennill ei fywoliaeth pan ddaeth y diwrnod tywyll du i'w gyfarfod yn nyddiau ei ieuenctid, ac y gorfu iddo ymadael â bro ei enedigaeth.

O fewn rhyw hanner milltir i Dre Einion, ar y ffordd i Aberddwyryd, safai y ffatri wlân, a'r pandy, a "thŷ'r gwydd", neu'r gwehydd, y tri yn ddigon agos i'w gilydd i fod yn hwylus i wragedd y ffermydd i gario eu gwlân, eu hedafedd, a'u brethyn a'u gwlanenni cartref i'r naill a'r llall fel byddai'r galw. Rhwng y tai hynny a'r dref roedd gefail y gof a gweithdy'r crydd, ac yn bur agos at y capel Wesleyaidd ceid gweithdy'r saer coed. Trigai y meddyg rhyw ddau gan llath i fyny yng nghesail y bryn. Dywedai'r trigolion ei fod y meddyg gorau yng Nghymru—fe allai ei fod, os gellid ei gael yn sobr; ond y farn gyffredin amdano oedd fod gofyn bod yno yn ei ddisgwyl i godi neu ni fyddai fawr o siawns o'i weld yn sobr am y gweddill o'r dydd.

Hen gymeriad rhyfedd oedd y Doctor Prys. Medrai fod yn garedig iawn wrth ei ffrindiau, ond gwae i'r neb a'i tynnent yn eu pennau. Os cyfarfyddai hwynt rywle ar hyd y ffyrdd, ceisiai yrru ei gerbyd ar eu traws; os marchogaeth wnâi byddai'n waeth fyth arnynt, canys gallai'r Doctor wneud i'r ceffyl ei hun fynd i aml gornel na fedrai lwyddo i lusgo y cerbyd iddi. Bu llawer o'r trigolion mewn perygl bywyd wrth geisio osgoi mympwyon rhyfedd Dr. Prys yn ei ymgais i ddial ar y rhai fyddent wedi pechu yn ei erbyn, a chan ei fod yn dal dig, ac yn meddu cof rhagorol er ei holl feddwdod, nid oedd yn bosibl cymodi ag ef, ac er pob ymdrech o eiddo'r troseddwr i wneud iawn am ei fai, parhâi yr hen ddoctor mor anfaddeugar ag erioed. Er mor hynod oedd, roedd iddo'i rinweddau. Nid oedd neb yn barotach ei gymwynas, ni chymerai dâl gan un wraig weddw dlawd am weini arni, ond gorfodai i'r cyfoethogion dalu crocbris am yr oll a gaent ganddo: felly gwnâi i'r boneddigion dalu am feddyginiaeth i'r tlodion. Ni fuasai fawr o siawns i Dr. Prys fel doctor heddiw: mae dyddiau'r meddygon meddwon drosodd, trwy drugaredd. Gwir fod llawer meddyg yn meddwi eto, ond nid ydym ni yn meddu ffydd ynddynt, ac nid ydynt hwythau chwaith yn llwyddo. Mae'r bobl wedi deall erbyn hyn mai'r creadur mwyaf peryglus i ymwneud ag ef ar y ddaear hon yw'r meddyg meddw, gan fod bywyd ac angau yn sefyll ochr yn ochr ar estyll ei *surgery*, ac yn gofyn llygad clir a llaw ddi-gryn i'w trin yn iawn, ac ni chlywir yr hen ynfydrwydd a ddwedai ambell rai, mai'r "amser y bydd y doctor feddwa' y bydd o glyfra'." Os ydym yn colli rhai pethau y dymunem eu cadw, yr ydym, trwy drugaredd, yn llawer amgenach mewn pethau eraill.

Un arall o drigolion Tre Einion y byddai yr holl ardal mewn cryn helbul i "gadw'r ddysgl yn wastad" gyda hi oedd Sara Jones, yr hen ferch a gadwai dy capel y Methodistiaid. Ofnai y plant dafod Sara Tŷ'r Capel gymaint â charnau ceffylau Dr. Prys. a rhedent am eu bywydau os gwelent hi yn agos i'w chyffiniau ei hun. Gwisgai Sara bais a becwn o wlanen cartref dda, hosanau wedi iddi eu gwau ei hunan, ac esgidiau â byclau gloywon iddynt. Am ei phen, byddai cap gwyn a dwy fordor iddo wedi ei cwicio yn ofalus. Elai y fordor o gwmpas wyneb Sara, ac nid fel y byddai cap ambell un o'r merched, gyda'r fordor wedi ei chwicio am ryw bedair modfedd bob ochr, ac uwchben y talcen yn blaen fel y gallai yr het silc orwedd yn hwylus ar dop y pen[*]. Ond bonet wisgai Sara, a dyna yr unig beth ffasiwn newydd oedd yng ngwisgiad yr hen ferch. Ni wyddai Sara ddim o hanes yr het silc; ni ddywedodd neb erioed wrthi na feddai yr het honno yr un hawl i'r enw o "het merched Cymru," gan mai perthyn i Sbaen y mae mewn gwirionedd, ond i rywun ddod â hi i'n gwlad ni yn amser Iago'r Ail. Na, nid oedd Sara wedi holi dim yn ei chylch, ond gwyddai ei bod yn beth digon anghysurus am ben dynes, ac ni hoffai hi gur yn ei phen; felly, penderfynodd fod bonet ysgafn o wellt *tuscan*, a thipyn o riban gwyrdd arni, ac yn dyfod ymlaen i'w glymu dan yr ên, yn well er ei lles; ac er iddi dynnu gwg rhai o'r merched, eto i gyd, er gwaethaf pawb, gwisgo ei bonet wnâi Sara nes y bu iddynt roddi i fyny ei phoeni, a dannod iddi ei bod yn ceisio efelychu "y byddigions." Gweithiai yr hen ferch yn hwyr ac yn fore, ni fu tŷ glanach erioed yn perthyn i un capel, a chadwai y capel mor lân â'i thŷ. Nid oedd gymaint â llathen o garped yn y tŷ, nac yn y capel, a sgwriai Sara y coed gyda thywod o lan y môr, ac yna golchai hwynt drachefn â dwr glân, nes yr aeth glanweithdra Sara Tŷ'r Capel yn ddihareb yn y gymdogaeth. Ar y Saboth, byddai yn eistedd mewn sêt fechan yn ymyl y drws agosaf at ei thŷ, a chan fod y pulpud, yn ôl yr hen ddull, rhwng y ddau ddrws ac nid ymhen draw

---

[*] *Becwn:* Bodis neu ŵn nos. *Bordor:* ymyl. *Cwicio:* Crychu bordor o las ar ymyl gyda haearn poeth.

y capel fel yn yr oes hon, gwelai Sara bob creadur byw yn y capel o'i sêt fach ei hun yn ymyl y drws, a gwyliai rhag y byddai rhywun yn y gynulleidfa yn edrych o'i gwmpas neu yn gwneud rhywbeth na ddylasai. Tybiai Sara ei bod yn ddyletswydd ar bawb gadw eu llygaid ar y pregethwr, ond ni feddyliodd erioed, yn ddiau, fod ei llygaid hi yn gwylio pawb ond y pregethwr, a mawr y ceryddu fyddai fore Llun ar y troseddwyr. Meddai barch mawr i'r pregethwyr, a gofalai fod yr oll mewn trefn ar eu cyfer yn Nhŷ'r Capel. Ni feddai ond un bai, sef ei harfer o gwyno beunydd beunos. Pe goeliet Sara, ni fyddai byth ddiwrnod yn iach; eto gweithiai fel ceffyl, a blinai y pregethwyr ar wrando ar gwyno oedd i bob ymddangosiad mor ddiangen amdano. Sara Jones fygythiai y mamau ar eu rhai bychain os gwnaent gam-ymddwyn, a hi fyddai yn gwastadhâu holl ymrafaelion y dref. Dynes ryfeddol o bwysig oedd Sara, yn llawer mwy ei dylanwad nag un cwnstabl yn ei hardal.

Drannoeth y llongddrylliad yn y bae, cerddai trigolion Tre Einion o'r naill dŷ i'r llall, pawb â'i bwt yn y stori, a'r oll yn bryderus ynghylch tynged y llongwyr druain. A gwaeth fyth, wedi i Mr. Gwyn fynd â'r bonheddwr ieuanc i Blasllwyd nid oedd bosibl cael gair o'r hanes ganddo ef. Pe gadawsid y bonheddwr yng ngofal Betsan Morus yn y *Ship and Castle,* cawsai y bobl fu yn ei waredu siawns i'w holi wedi iddo ddod ato ei hun. Ond ni feiddiai neb o breswylwyr Tre Einion ond y Person a'r doctor fynd at y Plasllwyd oni bai fod rhyw neges yn eu gorfodi i fynd yn wylaidd i guro at ddrws y cefn i'w dweud yn y fan honno. Ni hoffai'r bobl eu cynrychiolydd yn Senedd eu gwlad, a gwnaeth ei ymddygiad at ei nai ef yn fwy amhoblogaidd fyth yn ei ardal ei hun.

Safai Sara Jones yn nrws siop Huw Huws—ni fyddai Sara byth yn rhoddi ei throed yn siop Harri Dafis, oherwydd, yn ôl ei geiriau hi, "yr oedd y lle yn ddigon i godi gwrthwyneb arni"—ac amryw eraill gyda hi yn trafod helynt y llong fawr a'r ddyletswydd oedd arnynt i gael hanes y bobl oedd ynddi, pan waeddodd Owen Lewis fod tri o ddynion yn dyfod tua Thre Einion ar eu rhedeg o'r Porth, ac ymhen munud neu ddau wele hwy wedi cyrraedd, ac yn tywallt eu geiriau y naill ar draws y llall.

"Ma Capten Parri yn deud ma gora po gynta' i'r cwnstabl ddŵad i wybod fod yna betha ymhell o'u lle. Mi a'th wyth ohonom ni yn y cwch—cwch gora Ifan Dafydd—at y llong, ma'r mor yn ddifai'r p'nawn yma. Roedd gynon ni amcan symol sut y bu i ni adael yr hen *wreck* y bora, ond fel rydan ni byw doedd yno ddim byd fel y gadawson ni'r lle."

"Ie," ebe un arall, "roedd yno werth arian hylldod o betha na fydd dyn ddim yn eu gweld nhw bob dydd mewn llong na nunlla arall ran hynny, ond ma nhw wedi mynd i gyd: a ma'r Bod mawr yn dyst, ddoethon ni â dim o'r hen sgerbwd, dim gwerth dima goch. Roedd yno dri o goffra trymion a does yno ddim un, ond be na'i yn dechra mynd drostyn nhw?"

"Wel," ebe Sara, "y cam cynta ydi'r cam gora i chi, ne does wybod be fydd y cowdal neith y Sgweiar, mi fydd yn ots o beth os na fydd yr hen law wedi stwffo yr hen long yna i'w boced 'i hun fel y rhan fwyaf o'r cwbl o'i gwmpas o."

Cytunent oll fod Sara yn iawn. Gan ei bod wedi rhwyfo yr ail waith at y llong, gallent gael eu drwg dybio o ladrata yr eiddo eu hunain, pe celu a wnaethent yr helynt. Er fod digon o dystion yn eu disgwyl yn ôl i dir, eto gwyddai y bobl yn rhy dda beth allai y Sgweiar Gwyn feiddio er mwyn cyfoethogi ei hun, a deallent fod rhyw reswm cryfach na'r cyffredin yn peri i Rhydderch Gwyn fynd â gŵr ieuanc dieithr i Blasllwyd yn lle ei adael yn y *Ship*. Nid y dyn ieuanc y dwedai y Sgweiar ei fod o deulu Robert the Bruce oedd y cyntaf i gael ei achub o safn marwolaeth ym mae Porth Einion, ond efe oedd yr unig un erioed yr aed ag ef i'r Plasllwyd i'w ymgeleddu.

Felly nid rhyfedd fod y bobl mewn penbleth ynghylch y digwyddiadau anghyffredin o'u deutu. Penderfynwyd mynd i ymgynghori â Mr. Lloyd y Person ar y pwnc, a hynny a wnaed, ac aeth y gŵr parchedig gyda'r dynion i ddweud yr hanes yn y Plas. Aeth Sara Tŷ'r Capel hefyd tuag yno dan yr esgus o ofyn i Mrs. Pugh yr *housekeeper* am asgwrn cig moch i'w ferwi gydag ychydig lysiau. Ambell waith, byddai Mrs. Pugh yn rhoddi asgwrn rhyw fath o gig i Sara, dro arall botiad o ddripin biff iddi i wneud brywes. Ond amcan Sara y prynhawn hwnnw oedd cael tipyn o hanes drosti ei hun ynghylch derbyniad y dynion yn y Plas. Diau iddi gael ei dymuniad, canys daeth yn ôl i Dre Einion â'i "chalon yng nghorn ei gwddw," ebe hi.

"Bobol annwyl, mi roedd y Sgweiar yn rhegi ac yn rhwygo fel dyn cynddeiriog, doedd o'n hitio dim yn y Person na neb, ma raid bod rhwbath yn ots yn y *wreck* yna ddoe. Roedd y dyn yn rhegi fel tasa fo am gyflog. Fase rhywun yn meddwl mai fo oedd pia'r llong a'r cwbl oedd ynddi hi."

III.
Cartref y Brenin

Hen ffermdy bychan taclus oedd y Llety, yng nghesail y bryn mewn mangre gysgodol yn hen Ynys y Seintiau. Heb fod nepell oddi wrtho safai adfeilion y Fynachlog fu yn nodded i gymaint o'r saint yn y dyddiau gynt, ac yn gyrchfan mor dawel o sŵn drycinoedd y byd, fel y mynnent oll gael gorffwys yn llwch daear Ynys Enlli, a dyna pham y galwyd hi yn Ynys y Seintiau, ac weithiau Ynys y Beirdd, oblegid iddynt hwythau gyrchu'n lluoedd yno. Dechreuai y meysydd lasu yn nyddiau cyntaf gwanwyn, a blagurai y coed ffrwythau ym mherllan gysgodol y Llety. Gwelid blodau tlws yr eithin yn ysgwyd eu pennau melyn aur yn y gwynt, a chanai yr adar ar frigau pob pren, megis yn offrymu aberth o fawl ben bore i'r Un sydd â'i eisteddfa yng nghanol y moroedd am iddo weld yn dda beri fod tawelwch mawr unwaith yn rhagor ar ôl y fath dymestl ofnadwy.

Yn y Llety y trigai y gŵr adnabyddid fel Brenin yr Ynys. Efe fyddai yn setlo pob cwestiwn o bwys, a rhaid oedd i'w ddyfarniad fod yn derfynol. Yr unig briodoledd angenrheidiol mewn brenin oedd henaint. Rhaid i'r neb ddewisid i'r swydd urddasol fod y gŵr hynaf yn yr Ynys, a'r adeg honno digwyddai Hywel Rhys haeddu y goron, er nad oedd ond trigain mlwydd oed, a'i wraig rywbeth o gwmpas yr hanner cant. Meddent fab oddeutu dwy ar hugain oed, a merch ryw bedair blwydd ieuengach. Bachgen distaw oedd Ednyfed, ond gweithgar a diwyd. Trinid pob llathen o dir y Llety yn dda ar gyfer y gwahanol fathau o gynhyrchion a ddisgwylid oddi wrtho, ac ychydig o gymorth neb geid at y gwaith oddieithr pan ddeuai Ieuau

Meurig, cefnder Ednyfed a mab yr Hendre yn agos i Dre Einion, yno yn awr ac yn y man.

Llafuriai Hywel Rhys ac Ednyfed fore, prynhawn, a hwyr, a byddai Tegwen a'i mam lawn mor brysur o gylch y tŷ. Meddent eneth o forwyn, ond byddai honno yn amlach lawer allan yn curo biswail, neu yn gosod tatws, yn chwynnu neu yn cyflawni rhyw waith neu gilydd ar y tir yn ôl arfer merched Cymru Fu. Daeth Tegwen i'r drws â basgedaid o ddillad cannaid yn ei dwylo, edrychai o'i chwmpas, ac i fyny tua'r awyr las uwchben, ac ymaith â hi at y perthi oedd ogylch yr ardd. Ni chlywsai Tegwen erioed sôn am y fath beth â rhaff i ddal dillad i sychu: eu taenu ar y perthi oedd ei harfer hi, ac weithiau yn yr haf ar lawr ar y cae glas tu cefn i'r tŷ. Tra yn taenu y dillad, canai Tegwen rai o hen alawon ei gwlad yn ddistaw mewn llais mor beraidd, ac eto'n cyfleu y syniad fod yna gyflawnder o lais pe byddai'r angen amdano. Wedi gorffen taenu a throi'r fasged wag ar ei hwyneb o dan un o'r perthi, esgynnodd i ben carreg fawr a safai mewn congl o'r ardd, ac edrychai'n ddyfal tua'r môr. Llawer gwaith y bu Tegwen yn gwylio'r môr o ben y garreg honno, er pan aeth y llong a gludai Derfel Gwyn ymaith o'i golwg. Gwelodd aml i dymestl yn chwythu ar y llongau a hwythau yn cilio yn ôl rhag dyfod yn agos i ras Enlli yn y tywydd mawr, oblegid ei pheryglon. Canfyddai y ferch ieuanc y llong fawr heb ond un pen iddi i fyny o'r mor, a llanwodd ei llygaid gan ddagrau gofid dros y trueiniaid oeddynt yn ddiau mewn dyfrllyd fedd, a sibrydai yn ddistaw,

"Mae'n anodd peidio gofyn, 'Paham y creaist holl blant dynion yn ofer,' druain bach. Biti na allasai rhywun fod wedi eu helpu, a hwythau yng ngolwg y lan."

"Tegwen, Tegwen, lle rwyt ti, mae'n amser mynd â'r llith i'r lloeau," gwaeddai Ceridwen Rhys ar ei merch, "ac mae ar dy dad flys mynd i Dre Einion i'r farchnad. Brysia, 'ngeneth i."

Rhedodd Tegwen at y tŷ, a gwelai ei thad a'i brawd yn ymbaratoi.

"Rwyt ti am fynd hefyd, Ednyfed?"

"Ydw, mae 'nhad yn meddwl bydda well i mi ofyn i Ieuan am help llaw hefo'r 'redig gynta byth bosib, a rhaid i mi bicio i'r Hendre tra bydd 'nhad yn y farchnad."

"Faset ti'n licio dŵad, Tegwen?" gofynnai ei thad.

"Na, ddim ar unwaith â chi ac Ednyfed, 'nhad," ebe'r eneth. Gwyddent oll ei meddwl: ni fyddai neb o drigolion yr Ynys yn anghofio peryglon y croesi. Elent i bysgota o gwmpas yn llawen eu calonnau, ond peth hollol wahanol oedd mynd i Lŷn drwy'r cerrynt cryf rhyngddynt a'r Penrhyn nesaf atynt oedd bob amser yn anodd ei forio, a bodolai rhyw gyd-ddealltwriaeth ymhob teulu nad oeddynt oll i fentro drosodd ar unwaith os byddai'r fam adref rhag iddi hi gael ei gadael ei hunan, pe orchfygai y môr ei rhai annwyl. Rhyfedd cymaint oedd ymlyniad a serch ychydig drigolion Ynys Enlli tuag at ei gilydd. Ond dyna Elin, y forwyn, yn dyfod i'r gegin, ac yn dweud fod dau ddyn wrth y beudy yn gofyn am damed, eu bod heb ddim ers meitin, ac eisiau croesi'r môr arnynt.

"Sut y daethon nhw yma, Elin, ers faint ma nhw yn yr Ynys?"

"Wn i ddim, mistras, ddaru mi ddim gofyn, maen nhw'n debyg i ddynion digon bethma, ond ma nhw'n felyn fel hen deulu Abram Wood, 'ddyliais i ma sipsiwn oeddan nhw."

"Na, Elin bach, fydd yma ddim sipsiwn yn rhoi tro yma. Mae'n well o lawer i'r gweilch aros mewn ardal haws symud ohoni na'r hen ynys yma," ebe Ceridwen Rhys.

Ond dyma Tegwen yn rhedeg allan, ac yn gofyn i'r dynion dieithr ddyfod i'r tŷ. Deallai'r hen Gymry i'r dim beth oedd lletygarwch, a rhoddwyd y dynion i eistedd ar y fainc un ochr i'r bwrdd a'u gwala a'u gweddill o'u blaen. Powlenni o *gruel* peilliad gwenith cartref wedi ei wneud trwy lefrith, digon o fara haidd, ceirch, a gwenith, printan o fenyn peraidd y Llety, a darn o gosyn glân heb i neb ond Tegwen a'i mam fod yn cyffwrdd ag ef o'r amser y bu yn llaeth hyd nes y tynnwyd y cosyn o'r wasg yn barod i'w roddi, pryd y mynnid, ar y bwrdd. Gwyliai y dynion ieuainc symudiadau ysgafndroed Tegwen, yna edrychent ar ei gilydd.

"Cofiwch fyta'n harti, ffrindia," ebe Hywel Rhys, "mae i chi groeso, rhyw deulu go symol a'n cymyd ni i gyd hefo'n gilydd sydd yn yr hen ynys yma, ond does yma neb na rydd groeso calon i bob dieithr-ddyn gonest ddaw i'n mysg ni."

Wedi iddynt ymddigoni, gofynnodd y dynion dipyn o hanes yr ynys, ac ni fyddai y Brenin fyth yn fwy hapus na phan yn adrodd hwnnw i bawb, a diau yr aethai ymlaen wrth ei fodd oni bai i Ednyfed weiddi arno, "'Nhad, mi fydd yn ben set cyn yr awn ni i'r farchnad, mae hi'n tynnu at wyth o'r gloch."

"Wel ie, mae'n rhaid i ni gychwyn," a chanwyd ffarwel i'r ddeuddyn ieuanc, a rhoddwyd cyfarwyddyd iddynt ynghylch y ffordd orau i weld yr ynys.

"A chofiwch, lancia bach, gychwyn cyn i'r nos fedru'ch dal chi."

"O, mi ofalwn ni am hynny, diolch i chi, ddaw dim drwg i'n cyfarfod ni, mi aethon ni i Gapel Mair i erfyn ei nawdd hi drosom ar ein mordaith, ac mae Mair yn sicr o ofalu amdanom."

"Pabyddion ydyn nhw," sisialai Elen yng nghlust Tegwen.

"Wel, ffrindia, gobeithio y gofala Mab Mair amdanoch chi, mae o'n alluog i neud, sut bynnag mae hi," ebe Hywel Rhys. "Tegwen," ychwanegai, "dangos yr hyn sy'n weddill o'r hen fynachlog i'r llancia' ifanc."

Ac mewn ufudd-dod i orchymyn ei thad aeth yr eneth â hwy at yr hen adfeilion, nad oeddynt waith pum munud o'r Llety. Tybiai Tegwen mai ychydig o sylw dalent hwy i'r rhai hynny: ymddangosai'r cyfan megis hen stori iddynt, ond gwrandawent yn astud ar yr hanes am yr hen feirdd a'r seintiau ymneilltuent i'r gornel fechan neilltuedig honno, yn hytrach na byw o dan aden eu gormeswyr Seisnig. Treuliodd Tegwen ryw chwarter awr gyda hwy, yna aeth ymaith, gan ei bod yn amser godro, ac ni fyddai'r gwaith drosodd mewn pryd os na roddai ei mam a hithau help llaw i Elin. Wedi iddi gefnu arnynt, dywedodd un o'r dynion, "Mi neith hi'r tro, mae'r cwbl fel y dylen nhw fod; y peth nesa fydd gyrru llythyr i f'ewyrth i ddeud yr hanes."

"Bydd di yn brin o dy eiriau, Romo, cofia beth ddeudodd mam, fod yr adar a'r pysgod at wasanaeth y gŵr drwg i gario'r cwbl i'r hen gnaf. Rŵan mae'r eneth ddel yma o'r golwg, gad i ni roi cipolwg fod y cwbl yn saff, ac yna i ffwrdd â ni, gynta medron ni, i Feudy'r Foel."

"Rhaid i ni aros i'r Brenin a'i fab fynd dipyn ymlaen cyn mynd i'r cwch, ac mi fyddai'n burion i ni lanio yn y gilfach o dan y Graig Ddu yn lle mynd i Borth Einion. Mae pawb yno yn sicr o fod o gwmpas y cei â'u llygaid yn fwy na hanner agored, dwy'n siŵr, André, ar ôl yr helynt yma."

"O'r gore, waeth i ni fod yn ofalus, ac ond i ni gael y cwch i fewn yn symol i'r Ogo', hwyrach y bydd o yno pan fydd ar rai ohonom ni eisio troi yma'r tro nesa."

Edrychodd y dynion ieuainc yn ofalus o'u cwmpas, ac ni welent neb ond ambell i wylan yn ehedeg i'r lan. Wedi penderfynu nad oedd undyn yn y golwg, i lawr â hwy i waelod isaf y creigiau, yna ar hyd y rhai hynny am funud nen ddau, ac o dan furiau adfeiliedig yr hen fynachlog i rywle na chanfu llygad barcud. Ymhen llai na hanner awr wedi hynny, cerddai y ddau y traeth tywodlyd hyd at y gilfach yr angorai eu cwch; yn yr hwn roedd rhwyd bysgota â chryn lawer o bysgod ynddi, a dwy sach a basged a ffyn. Neidiodd y dynion i'r cwch, ac ymaith â hwy, a

chan fod y môr yn dawel y diwrnod hwnnw, fel pe bai
wedi colli ei holl ynni yn yr ymgyrch fawr y dyddiau gynt,
galliodd y dynion gyrraedd yr ochr draw dipyn yn gynt nag
arferol. Ond a chymryd i ystyriaeth yr ychydig filltiroedd
rhwng Braich y Pwll ac Ynys Enlli, mordaith hir iawn i
gwch fyddai ar y gorau, oblegid y llifeiriant cryf a wahanai
yr ynys a thir Llŷn. Ond rhwyfai y dynion ieuainc gyda'u
holl egni, ac wedi glanio, diogelwyd y cwch o olwg y byd
mewn ogof yn yr hen graig ysgythrog na fyddai byth yn
sychu "boed y llanw cyn ised ag y bo," ys dywedai Romo.
Wedi cael tir o dan eu traed, cychwynnodd y gwŷr ar draws
gwlad yn cario sachaid o bysgod bob un ar eu cefnau, â
llond basged ar fraich un, y rhwyd ar fraich y llall, a'r ddau
â ffon bob un heblaw hynny. Tua thri o'r gloch y
prynhawn, daeth dynes ganol oed â wyneb melynddu
ganddi, fel eiddo'r ddeuddyn ieuanc, i Dre Einion.
Rhodiai yn ôl ac ymlaen yn y sgwâr, ac o gwmpas y
farchnad, a gwrandawai ar bob gair a glywai, tra y bobl a
dyrrent ynghyd heb sylwi dim arni hi. Un o "hen deulu
Abram"* oedd.

---

* Gweler y nodyn 'Ynghylch y Kale Cymreig'.

IV.
Teulu Plasllwyd

Drannoeth dydd marchnad Tre Einion eisteddai teulu Plasllwyd wrth y bwrdd brecwast gryn awr yn gynharach nag arferol, canys yr oedd y gŵr ieuanc a achubwyd o'r llong yn cychwyn tuag adref, ac yn gorfod dechrau ei daith yn y goets fawr a gychwynnai o Dre Einion. Eisteddai Rhydderch Gwyn a'i wraig un ymhob pen i'r bwrdd, eu merch, geneth ieuanc brydweddol, a'r dieithryn un o bob ochr iddo, ar gyfer ei gilydd. Siaradent yn yr iaith Saesneg, felly nid ysgrifennaf yr ymgom yma yng Nghymraeg clapiog Sgweiar Gwyn, canys cyfieithiad yw:

"Gellwch ymddiried y cyfan i mi, Captain Munro, gwnaf yr oll yn fy ngallu i gael hyd i'r trysorau. Nid dweud ffarwel yr ydym ni heddiw wrthych chwi, ond canu'n iach am ychydig amser, byddwch yn ôl yn fuan, dyna yw ein disgwyliad ni, ê, Mistras Gwyn? Ê, Alys?" Troai at ei ferch. "O, mae'r merched yma wrth eu bodd yn nyrsio cleifion, Captain, yn enwedig gŵr ieuanc fel chwi, o deulu urddasol, ac yn harddach na'r cyffredin," a chwarddai y Sgweiar Gwyn.

"Yr wyf fi yn rhwymedig iawn i chwi a'r ledis, Sgweiar, am y fath garedigrwydd. Gobeithiaf eich gweld yn yr Alban, bob un ohonoch. Bydd yno groeso mawr i chwi, er fe allai na feddwn ni y moddion sydd yn y Plasllwyd," ebe'r dyn ieuanc yn wylaidd.

"Moddion, moddion, yn wir, wel oes, mae yma dipyn o dda bydol, ond beth yw moddion o'u cymharu â gwaed Robert the Bruce. Gwir fod y Gwyniaid yn hanu o uchel ach yng Nghymru fechan yma, ond rydym yn ymgrymu mewn gwrogaeth er hynny i ddisgynnydd Robert Bruce."

"Wel, Sgweiar Gwyn, ychydig iawn feddwn ni yn Dun Munro i ymfalchïo ynddo ond ein gwaed, ond gan nad oes neb ond fy hunan, heblaw fy mrawd hynaf, gallwn fod yn weddol gysurus. Mae fy nghledd gennyf yn ffon bara, pe cymwys y dywediad."

"Syr, mae cledd llawer gŵr ieuanc cyn heddiw wedi ei roddi ar ben pinacl anrhydedd. Mae Alys yn unfarn â mi, wiw i mi sôn am fynd fy hun hebddi hi i roi tro am y milwyr."

Gwridai wyneb Alys Gwyn, a dywedodd, "Byddaf fi yn hoffi dynion dewr bob amser, papa; mae'n dda gennyf fi fod gyda chwi yn yr *Election* am yr un rheswm."

"*Pooh, Pooh*, Mistres Alys, rydych yn hoffi'r got goch[*]."

Wedi brecwasta, anfonwyd un o'r gweision o'r Plasllwyd i drefnu lle cysurus i'r bonheddwr ieuanc yn y goets fawr, ac ysgydwodd yntau law â Meistres Gwyn gan dywallt ei ddiolch yn gynnes iawn iddi wrth ymadael. Ond ni fynnai hi iddo yngan gair am gymwynas a ystyrient oll yn fraint, a chymerodd Capten Munro law grynedig Alys, a gwasgodd hi.

"Gobeithio y caf eich gweld yn yr Alban, Meistres Alys; nid anghofiaf eich caredigrwydd i ddyn dieithr."

Cerddodd Sgweiar Gwyn gyda'r Capten at y goets.

"Waeth i ni heb gymryd y cerbyd, cawn fwy o hamdden, ac nid yw Tre Einion fawr o ffordd." Safodd yn sydyn.

"Capten Munro," ebe ef, "gaf fi ofyn cwestiwn i chwi heb beri tramgwydd?"

"Fy annwyl syr, yr wyf yn eich dyled am ymgeledd mor fawr. Nid oes modd i ddim cwestiwn o'r eiddoch fy nhramgwyddo i; gofynnwch yn ddibetrus, ac os yw'n bosibl atebaf chwi."

"O'r gorau, Capten Munro, cymeraf chwi ar eich gair. A ydych wedi eich dyweddïo i ryw foneddiges ieuanc yn rhywle? Dyna fy nghwestiwn cyntaf, beth bynnag."

---

[*] Gwisgai milwyr Prydain cotiau cochion yng nghyfnod y stori, er bod yr arfer wedi darfod erbyn cyfnod Gwyneth Vaughan.

"Nag wyf yn sicr, Mr. Gwyn. Y peth cyntaf i ddyn wneud yn fy sefyllfa i ydyw gwneud llwybr bywyd yn union iddo ef ei hun i ddechrau, cyn gofyn i neb ddyfod i gyd-gerdded ag ef ar hyd un llwybr. Mae'n amhosibl i mi, Mr. Gwyn, feddwl am y fath beth, ac nid ydym ni Ysgotiaid yn arfer llamu yn y tywyllwch, a rhaid i minnau fod yn deilwng o arwyddair fy nheulu."

"A yw yn anhepgorol i chwi, Capten Munro, briodi un o ferched eich cenedl eich hun, pe mewn sefyllfa i'ch cyfiawnhau i feddwl am wraig?"

Gwenodd y gŵr ieuanc, ac ebe ef, "Wel, nac ydyw, am wn i, Mr. Gwyn, er, wyddoch, ein bod ni i gyd yn dra *clannish*, fel y dywedwn. Os byddaf ryw dro yn meddwl am newid byd, ni allaf fi beidio gobeithio y cyfarfyddaf â rhyw un wrth fy modd, o ba genedl bynnag."

"Capten Munro, mae'n rhaid i mi addef fy mod yn eich hoffi yn fawr. Pe yn bosibl, da fuasai gennyf allu gobeithio eich cael yn berthynas agos. Mae fy merch Alys yn annwyl iawn i mi—pe gwyddech mor annwyl, ni ryfeddech fy mod yn bryderus iawn yn ei chylch. Capten Munro, tybed ryw ddydd y gall Alys fod yn annwyl i chwithau hefyd? Dyma wyf am ddweud wrthych. Bydd Alys yn etifeddu yr oll a feddaf fi, nid yw hynny yn ychydig chwaith, yn diroedd a meddiannau; bydd yn gyfoethog iawn, yn aeres wirioneddol. Yr wyf yn eich hoffi chwi, er nad ydych ond megis cyfaill er ddoe eto, a phe deuech ataf ryw dro i ofyn am Alys ni ofynnwn i chwi ond un ffafr: cymryd eich enw yn Gwyn-Munro, a chaech fy mendith ar eich priodas, a'r oll a feddaf wedi i mi fynd ymaith o'r byd yma. Peidiwch â dweud dim ar y pwnc heddiw. Meddyliwch amdano, a chofiwch y bydd y Plasllwyd bob amser yn agor ei ddorau led y pen i chwi. Geneth hawdd ei hoffi ydyw Alys, ond fe allai na ddarfu i chwi sylwi llawer arni."

Gwrandawai y bonheddwr ieuanc yn syn tra y siaradai y Sgweiar. Tybiai ar y dechrau fod y dyn yn pendroni, ond cyn y diwedd, deallodd ei fod yn ymddangos o ddifri yn cynnig ei ferch a'i feddiannau helaeth iddo ef. Ond yn ôl arfer ei genedl ef, nid oedd y dyn ieuanc am dderbyn hyd yn oed etifeddiaeth y Plasllwyd mewn byrbwylldra. Yr ychydig amser y bu yng nghwmni Alys Gwyn, teimlai ei bod yn enethig ddymunol, wedi ei haddysgu'n dda, yn meddu yr oll o'r pethau a elwid yn *accomplishments* i ferched yr oes honno i fesur helaeth iawn. Ond nid oedd Charlie Munro wedi meddwl rhagor na hynny amdani. Nid oedd chwaith yn cael ei mam, Meistres Gwyn, i fyny â'i syniad ef am foneddiges. Teimlai yn ddiolchgar iawn iddi am ei charedigrwydd, ond peth gwahanol oedd meddwl am fyw yn un o deulu'r Plasllwyd ar hyd ei oes. Fodd bynnag, ni allai lai na diolch am y fath arwydd o barch y Sgweiar tuag ato, ac ni roddwyd siawns iddo i ddweud rhagor. Un hirben oedd Rhydderch Gwyn, ac anaml. y byddai yn methu yn un o'i amcanion, ac ebe wrth y dyn ieuanc,

"Na. Dim gair yn rhagor. Mae gennyf syniad uchel amdanoch, a'r unig beth wyf eisiau i chwi gofio yw, os am gymryd y cyfle i'n hadnabod yn well tua'r Plasllwyd yma, fy mod i bob amser yn falch o roddi'r croeso gorau i chwi, heb ddisgwyl dim ond cyfeillgarwch, ac hefyd pe byddai i chwi, wedi cael y cyfleustra i adnabod Alys yn well, deimlo y gallech ei charu, wel, cewch fi o'ch tu, dyna'r cwbl. Dyma ni wrth yr *Inn*, ac mae'r ceffylau yn y goets."

Ymhen tua phum munud, wele'r ceffylau yn cychwyn ar eu siwrnai, a Rhydderch Gwyn yn chwifio ei het yn yr awel nes yr aeth disgynnydd Robert Bruce o'r golwg yn y pellter. Yna trodd ar ei sawdl ac aeth yn ôl tua'r Plasllwyd. Wedi cyrraedd a chlywed sŵn *spinet*[*] ei ferch, aeth yn syth i ystafell neilltuol ei wraig.

"Wel, Magdalen, mae Capten Munro wedi cychwyn i ffwrdd y tro yma, ond synnwn i ddim pe baem ni yn gweld

---

[*] Math o biano bach.

y llanc yn ei ôl cyn hir. Mae o'n dlawd, ac yn falch o'i hynafiaid; bydd y ddau deimlad yn gwrthryfela yn erbyn ei gilydd, ond peidiwch â synnu, Magdalen, os na fydd y tlodi yn symbyliad i geisio cyfoeth y Plasllwyd. Mi fydd yn gampus gŵr i Alys, os caiff chwarae teg gan ei falchder. Pe deuai i wybod yr hanes yn rhy fuan, gallai fy mhriciad i ddyrysu, ond mi dorrais y garw i ddechrau, beth bynnag. Pe gallem briodi yr eneth i deulu o linach mor urddasol, enillem ryw gymaint o'n safle gymdeithasol yn ôl, ac fe'i gwaredid hithau yn y dyfodol."

"Nid wyf fi mor siŵr, Rhydderch. Mae eich cariad ataf fi wedi costio yn ddrud iawn i chwi. Nid oes teulu pendefigaidd yng Ngogledd Cymru gymerant sylw ohonof fi, ac nid wyf yn credu eich bod chwithau fawr pellach ymlaen. Mae'r *Whigs* yma yn ddistaw am fod yma ddigon o gyfoeth, ond am y *gentry*, wel, waeth beth wnewch chwi â minnau yn y dyfodol, mae cof y teuluoedd yna yn para am byth, am wn i."

"Na hidiwch, Magdalen, fy anwylaf, gan fy mod yn destun llawer o enllib a siarad, a chwithau gyda mi, ond os cawn fab-yng-nghyfraith fel Capten Munro, rhaid iddynt ei dderbyn ef, ac felly caiff Alys ei lle priodol er eu gwaethaf."

"Pe ddeallai Capten Munro beth yw Alys, ni phriodai hi yn dragywydd, a'r tebyg ydyw y gofalai rhywun cymwynasgar am ei oleuo. 'Ffordd troseddwyr sydd galed,' ebe eich chwaer-yng-nghyfraith wrthyf fi ers tro yn ôl, ac mae ofn arnaf i, Rhydderch, ein bod ninnau yn gorfod dechrau credu hynny."

"*Pooh*, Magdalen, waeth am neb o'r geriach, yr ydym ni yma gyda'n gilydd, a dyna oedd pob un ohonom ni'n dau eisiau. Beth sydd wedi digwydd i'r coffrau, tybed? Tybiai Capten Munro eu bod yn cynnwys llawer iawn o aur, am fod eu perchenogion yn ofalus iawn ohonynt, ac hefyd pan ddaeth y perygl, dywedai ef ei fod yn cofio iddynt ddweud rhywbeth am yr aur. Ac mae'r gŵr drwg wedi cipio nhw i rywle o olwg pawb."

"Mae'n debyg bod nhw yn y gwaelod erbyn hyn."

"Yn y gwaelod? Na, lladron fu yno, does dim dwywaith, ond pe cawn i afael yn y gweilch, caent hwythau eu tâl am eu hanonestrwydd. Dylasai popeth ddyfod yma i mi gael rhoddi fy marn amdanynt. Y fi yw'r Aelod Seneddol a'r Ustus Heddwch yn yr ardal."

Tra y trefnai ei thad a'i mam ar gyfer ei dyfodol hi yn un o'r ystafelloedd, blinodd Alys Gwyn ar ei miwsig yn y llall, ac aeth allan drwy un o'r ffenestri agorai i lawnt y Plas. Ymbleserai yr enethig yng nghwmni y blodau prydferth, a threuliai lawer o'i horiau hamddenol ymysg y rhosynnau safent yn llwyni heirdd oddeutu y mân lwybrau geid yma a thraw ym mharc y plas. Y bore hwnnw crwydrai Alys yn fwy dibwrpas nag arferol o'r naill lwybr i'r llall, ei meddwl ieuanc yn ymdrafferthu ynghylch llawer o bethau na allai eu deall.

Ychydig ddyddiau cyn y llongddrylliad, clywsai y forwyn weinyddai ar ei mam a hithau—y *lady's maid*—yn siarad ag un arall o'r gwasanaethyddion, ac yn dweud fod Miss Alys yn ddigon hen i'w chyflwyno i'r Frenhines; ac i'r llall ei hateb a dweud fod hynny yn amhosibl, na ellid cyflwyno ei mam i ddechrau, heb sôn am Miss Alys. Pendronai yr eneth, heb fod un gronyn nes i ddeall ei hanes ei hun, a pham oedd ei bywyd mor annhebyg i'r eiddo boneddigesau ieuainc o'r un sefyllfa gymdeithasol, yn ei thyb hi. Cofiai Alys am gartref llawer llai ei rwysg a'i foethau na'r Plasllwyd, ond yr oedd ynddo bob cysuron allasai arian eu pwrcasu ar gyfer ei mam a hithau. Deuai ei thad yno yn aml iawn i dreulio'r dyddiau gyda hwy, a thybiai hi ei fod yn mynd i ennill ei fywoliaeth ef a hwythau pan fyddai yn absennol. Ond ryw ddydd dywedodd ei mam wrthi fod yn rhaid gadael eu cartref bychan tawel, a mynd i fyw i'r Plasllwyd, etifeddiaeth eang y daethai ei thad yn feddiannol ohoni, a'i bod hithau—Alys Gwyn— i fod yn aeres i'r cyfan. Nid oedd ond rhyw dair blynedd er hynny, a llai fyth er pan fu iddynt symud i'r Plas, ond yr oedd digon o amser wedi mynd heibio i Alys ddeall fod rhywbeth o le yn ei sefyllfa hwy, nad oedd ganddi hi amcan amdano. Yr oedd yr hen blasdy hynafol yn gartref ardderchog, dim arwydd prinder moddion yn un o'i gysylltiadau, daliai ei gymharu ymhob rhyw fodd â chartrefi y boneddigion eraill yn y sir. Gwyddai Alys fod yno ymweliadau mynnych rhwng y teuluoedd bonheddig eraill—gwleddoedd a dawnsfeydd, a llu o gynulliadau o bob math a drefnai boneddigesau cyfoethog heb ddim arall i'w wneud i dreulio yr amser heibio. Ond ni fyddai yr un o'r teuluoedd byth yn galw ym Mhlasllwyd, na'i mam a hithau yn croesi rhiniog drws eu plasau hwythau. Elai ei thad i Lunden pan fyddai'r Senedd yn eistedd, ond gwarchod eu cartref oedd hanes Alys a Mrs. Gwyn. Pan ddeuai tymor y Senedd i ben, aent am wythnosau tua Chyfandir Ewrop, ond anaml y cyfarfyddent â Phrydeinwyr o'r un cyffiniau â hwy eu hunain. Treuliodd yr eneth beth amser mewn ysgol ragorol yng ngwlad y *Swiss*, ond hi oedd yr unig un yno o Brydain Fawr.

Dyna oedd y meddyliau ymwthient o'i blaen y bore hwnnw yn y gwanwyn y gadawodd Capten Munro hwynt, a pha ryfedd os oedd Alys Gwyn yn teimlo unigedd y Plasllwyd yn fwy nag erioed wedi ei ymadawiad ef? Capten Munro oedd y dyn ieuanc cyntaf iddi hi weld ym Mhlasllwyd. Adnabyddai ei chefnder, Derfel Gwyn, ond ni fu ef na'i fam erioed yn y tŷ er pan oedd Alys yno, ac yr oedd yntau ers amser wedi mynd dros y môr i wlad y Gorllewin. Tra'r oedd ei meddwl yn crwydro ymhob cyfeiriad, ymhell ac yn agos, daeth at un o fân lidiardau y Parc, a gwelai wyneb melynddu un o wragedd y Sipsiwn yn syllu arni o'r ochr arall i'r llidiart.

"Gaf fi ddeud eich ffortiwn, meistres ifanc? Ffortiwn dda fydd ffortiwn Missie ifanc. Croeswch fy llaw ag arian, Missie, yna cewch wybod y cwbl. Bywyd Missie ifanc ddim yn iawn," ac ysgydwai y Sipsiwn ei phen, ac edrychai yn ddoeth. "Croeswch fy llaw ag arian, Missie, fedrai ddim deud ffortiwn dda Missie Gwyn heb hynny, a mi leicia hi wybod pryd daw'r llanc ifanc yn 'i ôl. Dowch, Missie, fydd Sidi Wood yn twyllo neb, a chytha'n ledi ifanc ddel," a daliai ei llaw felen o flaen yr eneth rhwng barrau y llidiart.

Rhoddodd Alys ei llaw yn ei phoced, a thynnodd swllt allan ohoni, a rhoddodd ef yn llaw y Sibyl. "Swllt, Missie ifanc, dim ond swllt, am wybod bryd mae'r llanc ifanc am ddŵad yn 'i ôl, a Missie Gwyn yn torri chalon amdano."

Nid oedd y disgrifiad yn gywir o lawer am sefyllfa calon Alys hyd y foment honno, ond teimlai ryw fath o awydd cael gwybod hanes Capten Munro yn llenwi ei mynwes tra y siaradai y greadures felynddu wrthi. Tybed y gwyddai yr hen Sipsiwn rywbeth amdano ef?

"Fedra Sidi ddweud fawr ddim am swllt, Missie fach bert. Mae Missie yn bert, ond dydi hynny ddim digon i'r byddigions yma o gwmpas. Dydi hynny ddim pwys chwaith, Missie Gwyn; nid mab byddigions Cymru neith Missie briodi; swllt arall neith y tro i Sidi i fedru deud y cwbl. Treiwch chi drystio Sidi Wood, Missie mi wyddon ni'r hanes i gyd."

Yna dywedodd tipyn helaeth o helyntion teulu'r Plas: pethau wyddai pawb yn eithaf, ond meddyliodd Alys ieuanc fod yr hen greadures yn gallu darllen y dyfodol ac aeth unwaith yn rhagor i'w phoced. Tynnodd swllt arall allan, a dywedodd:

"Feddai yr un ddimai yn ychwaneg y bore yma; ni fyddaf fi yn cario arian yn fy mhoced, does yma ddim rhagor," a throai ei phoced y gwrthwyneb allan.

Gwelodd Sidi nad oedd diben gofyn am ragor, a dechreuodd ddweud yr hanes am y llongddrylliad, a'r gŵr bonheddig ym Mhlasllwyd.

"Mi ddaw yn ôl, Missie, ymhen tri mis mi fydd wedi blino byw heb Missie Gwyn. O, fel mae y gŵr ifanc yn caru Missie, ac mi fydd yma helbul fawr pan ddaw o yn 'i ôl. Dydi o ddim yn gyfoethog, ond mae o'n ŵr ifanc o waedoliaeth uchel, uchel, a mi fydd Missie yn ddigon cyfoethog i hwn, mae yma faint fynnir o arian ym Mhlasllwyd, a dyma lle byddan nhw yn byw. Ymhen hir a hwyr, mi eith llawer o betha'n angho'; o, â'n, yn sicr, a mi fydd y gŵr ifanc a Missie yn hapus iawn. Ond rhaid i chi gofio peidio edliw iddo fo mai chi bia'r arian, achos mi fydd o wedi rhoi mwy i chi na fedr ych arian chi roi byth iddo fo, er bod arian yn bwysig iawn. Mi fydd wedi rhoi enw i chi heb un blotyn du ar ei sgytshion o. Hwyrach pan ddaw o yn 'i ôl na fydd y cwbl ddim yn hufen yn y dechre, Missie, ond cofiwch chi beidio gwrthod y gŵr ifanc pan gynnigith o'i hun i chi, achos ofynnith o ddim ond unwaith, fydd 'i deulu o byth yn gneud fel arall. Ac mae o'n ŵr ifanc del, a phan ddaw o yma, fel y bydd o'n siŵr o ddŵad, Missie, rhaid i chi a fynta gofio dau beth. Un ydi peidio poeni fy nheulu i— mae co' fy mhobl i yn un dan gamp, a mi fyddwn yn arfer talu i bawb. Peth arall ydi, well i chi dreio byw heb fynd fwy na fydd raid i chi i fysg y byddigiwns Seisnig yma: mae'u hanner nhw heb well tadau o'u dechrauad na Charles yr Ail, ac oni bae bod chi yn rhy ddiniwed eto mi fasech yn ddeall, Missie fach, nad oedd y mamau ddim ond pethau tebyg i Meistres Gwyn."

"Beth wyt ti'n ddeud wrth 'merch i, y Sibyl felltigedig?" gwaeddai Rhydderch Gwyn, yr hwn oedd wedi cymryd yn ei ben i rodio o gwmpas y parc wedi gorffen ymgomio â'i wraig, ac wedi gweld Alys, cerddodd tuag ati heb weld y Sipsiwn.

"Dos di o tir fi y munud yma, neu fi gollwng cŵn ar d'ôl di," llefai'r Sgweiar, yn goch ei wyneb gan gynddaredd, a'i Gymraeg yn glapiog, fel arfer. "Fi saethu di, yr hen *witch* felyn hyll. Ti deud dy celwydds wrth merch fi."

"Ddeudodd Sidi Wood ddim celwydd wrth Missie Ifanc, Sgweiar Gwyn. Mae'r gwir yn ddigon hyll, does dim eisio celwydd ym Mhlasllwyd. Bryd buo Meistres Gwyn yn rhoi tro yma o'r tir tywyll, Sgweiar?"

"Dos di ffwrdd, satan drwg," llefai Rhydderch Gwyn.

"Rydw i yn mynd, Sgweiar, ond cofiwch chi adael llonydd i ni. Mae Sidi a'i phobol yn siŵr o dalu i chi ryw dro. Glywsoch chi, Sgweiar, fod y Sgweiar ifanc yn gweithio hefo Tasso fy mrawd yn Califfornia?"

"Dos i ffwrdd, y dynes drwg gin ti, dos i fwrdd."

"Wel, o'r gora, mi â i; meddwl roeddan i gallsech chi fod yn falch o glywed, Sgweiar, fod Mistar Derfel Gwyn yn saff yn y wlad bell, wedi chi fynd â'r cwbl fedda fo i roi i Missie ifanc bert yna. Biti fod 'i thad a'i mam y peth ydyn nhw, hefyd. Ond mi ddaw'r llanc ifanc yn 'i ôl, Missie, a llechwch chi yn 'i gesail o, Missie fach, mi fydd yn gysgod i chi. Bore da, Missie ifanc. Ffarwel, Sgweiar, lwc dda i chi hefo'ch tricia drwg." A throdd Sidi ar ei sawdl, ac ymaith â hi, â dau swllt Alys yn ei llaw. Cerddai Rhydderch Gwyn a'i ferch tua'r Plas—yr eneth yn crynu mewn dychryn, a'i thad yn hanner gwallgof ei dymer, eto yn ceisio dyfalu faint a wyddai ei ferch wedi iddi fod yn gwrando ar y Sipsiwn.

"Alys," ebe fe, yn yr iaith Saesneg, "os byth y deuwch i gyfarfod ag un o'r Sipsiwn yna eto, cofiwch beidio siarad â hwy, nid yw yn *correct* i *lady* ifanc siarad â theulu o fegeriaid. Rhaid i ni eu cael o'r wlad."

"Na, gadewch lonydd iddynt, papa," ebe Alys, "ni wnaeth hi ddim ond gofyn i mi am gardod, ond mi ddeudodd mai mamau 'run fath â mama oedd rhai o'r boneddigion yma yn y dechre, am mai Charles yr Ail oedd 'u tad nhw. Roeddwn i yn mynd i ofyn beth oedd hi'n ei feddwl ond fel y bu i chwi ddod yno a'i dwrdio. Beth sydd y mater arnom ni, papa?*"

"Does dim y mater, Alys, dim ond eisio i ni fyw yn gysurus; mae gennym ddigon o arian i wneud fel y mynnom."

"Ie, papa, ond fydd teulu Sgweiar Llwyd na phobl Castell Berwyn na neb byth yn troi i mewn i Blasllwyd, ac mae pob rhai ohonynt yn mynd at ei gilydd."

"Wel, byddwch chi yn eneth ufudd, a pheidiwch â holi ynghylch pethau fel yna. Nid oes ar eich mama na minnau eisiau yr un ohonynt, dyna'r pam nad ydynt yn dyfod. Mi awn i gyd i Scotland am dro yn fuan. Byddwch yn dawel, Alys."

Aeth Alys yn ôl i'w hystafell neilltuol ei hun, ymhell o fod yn dawel; ac aeth y Sgweiar i'w lyfrgell, gan felltithio Sidi Wood yn ei galon. Gwyddai ef nad oedd y dydd nepell y byddai raid dweud hanes y Plasllwyd wrth ei ferch.

---

* Roed Siarl II yn enwog am ei chwantau carwriaethol; cafodd o leiaf 14 o blant gydag o leiaf 7 o wragedd a chariadon; bosib iawn bod rhagor na chafodd eu cydnabod neu eu darganfod.

V.
Oedfa Brynhawnol

"Oes rhyw newydd, Sara Jones?" gofynnai Ifan Dafydd, yr hen bysgotwr, yr hwn oedd ar ei ffordd o'r Dre i Borth Einion, a Sara yn golchi y llechi o flaen drws y capel.

"Newydd, Ifan Dafydd? Wel, does yma ddim amser i ddyn gael 'i wynt, dyna i chi, Ifan Dafydd. Mae yma ryw *hurricanes* o hyd ers mis rŵan. Glywsoch chi fod y Marchog yn hwylio i fynd i ffwrdd? Mae yr hen ledi wedi bod yn cerdded yn ôl ac ymlaen o gwmpas Plasllwyd, medda nhw, fel na fedrith yr hen law ddim aros yno er 'i waetha. Mae hi wedi bod yn ots. Ac mae y ledis yn mynd hefo fo, hefyd. Mi fydd yn golled i'r siopwrs yma. Trw' boch chi yma, Ifan Dafydd, fydda'n rhwbeth gynnoch chi roi hen gloc y capel yma yn symol agos i'w le?"

"Ydi o ddim yn mynd, Sara Jones?"

"Wel, ydi, ma'r hen gruadur yn mynd bob tro ceith o hwb, wyddoch; ond fydda i ddim yn sicir o'r amser heb fynd i siop Ifan Noah i holi."

"Rhaid i ti ofyn i'r blaenoriaid yrru at y clociwr, Sara Jones; hwyrach fod eisio glanhau yr hen gloc, os nad eith o heb roi hwb iddo fo."

"Na, does dim byd y mater ar yr hen gloc, Ifan Dafydd, ond mi wn i fel y bydd fy lodau i'n blino wrth fynd o hyd yn ddi-stop yn y fan yma, a dydw i ddim yn gruadures frwnt, ac mi fyddaf yn treio arbed yr hen gloc, wyddoch, gora byth y medra i; felly mi fyddaf yn i stopio fo bob bora dydd Llun, ac fydd o ddim yn gorfod mynd ar hyd yr wsnos tan nos Sadwrn, amser honno mi fydd yn cael hwb at y Sul. Ond mae yma ryw ŵr diarth o'r Deheudir i brygethu yma am ddau o'r gloch heddiw, a rhaid gyrru'r hen gloc, druan. Rhai diwêdd am siarad ydi'r Hwntws yma, wyddoch, ne fasa dim eisio gyrru'r cloc. Y tro dwetha' roedd yma ŵr diarth, mi bregethodd dros ddwy awr gron, a'i esgus o oedd fod y cloc wedi stopio a fynta ddim yn gwybod faint oedd hi o'r gloch."

"Wel, diar, diar, Sara Jones, chlywswn i yn 'y nydd ffasiwn beth. Sut byddwch chi'n gneud yma hefo'r moddion noson waith? Mae'n beryg i chi gadw seiat tan y bore yma."

"Nag oes, beryg yn y byd; rydan ni'n ddigon taclus noson waith, wyddoch, achos Lewis Pennant fydd yn gofalu fod y cwbl yn iawn. Mae'i *watch* 'i hun gyno fo, ac mae o'n bur barticilar am bob peth yn 'i le, er bod o'r dyn ffeindia yn y wlad yma."

"Wei, Sara fach, os ydi Lewis Pennant mor barticilar, mi fydda'n burion iddo fo beidio gwbod am ryw dricia fel hyn hefo'r cloc. Heblaw hynny, dydyn nhw ddim yn ateb y diben. Mae'n well ar les yr hen gloc, o beth aneiri, gael llonydd i fynd na rhyw stop a hwb un bob yn ail o hyd. I fynd yn daclus y gwnaed y cloc, Sara, a dydi o ddim yn ateb diben 'i fodolaeth wrth fod yn segur."

"Yn wir, Ifan Dafydd, chlywais i 'rioed fel rydach chi'r dynion yma. Debyg ma diben 'y modolaeth inna ydi mynd mynd o hyd, â fy lodau i'n crynu o dana i hanner 'u hamser?"

"Ond cnawd ac esgyrn wyt ti, Sara, nid pres a dur a phetha felly."

"Ydach chi'n meddwl deud mewn difri, Ifan Dafydd, nad ydi'r hen gloc yma ddim i orffwyso ddydd na nos tra bydd o?"

"Twt twt, Sara Jones, rwyt ti yn colli arnat dy hun. Does ar y cloc ddim eisio gorffwyso—i fynd y rhowd o wrth 'i gilydd, ac mae o'n drysu'n lân hefo dy hwb a dy stop di; ac well i ti gymryd 'y nghyngor i, weldi, a gadael y cloc yn llonydd. Dyma fo yn 'i le yn union, a does eisio dim ond 'i windio fo bob dydd Sadwrn, a gadael iddo fo fynd nes daw hi'n amser 'i lanhau o."

"Wel, wir, Ifan Dafydd, dwn i ar y ddaear sut i edrych ar yr hen gruadur, ond mi dreia i, os ydi mynd yn well ar 'i les o. Wrth feddwl, glywsoch chi byth beth oedd yn y llong, a ble'r aethon nhw? Mi roedd gŵr bonheddig Plasllwyd yn ffit i'r madws pan glywodd o bod rhyw eiddo ar goll."

"Na, chlywodd neb ddim gair, Sara fach. Mi fyn rhai o'r bechgyn bod nhw yn y *Ship*, ond chware teg i Betsan Morus a'i phlant, does dim posib i hynny mo'i fod. Fy hun, rydw i'n meddwl mai rhyw long go handi fedrodd fynd *longside* â'r hen *wreck* yna, a mi welson 'u gwyn ar y cwbl oedd yno'n werth 'u symud."

"Diolch yn fawr i chi, Ifan Dafydd, am help hefo'r cloc. Mae'r gŵr diarth yn brygethwr rhemp o dda. Biti na fedrach chi ddŵad yma erbyn dau."

"Mi gawn weld, Sara; ond mae'r hen Sipsiwn o gwmpas eto, a mae'n gofyn i rai ohonom ni fod tua'r pentre acw. Petae hen deulu Abram yn gwybod fod pobl yn y capel, does wybod faint o lanast fydda nhw wedi dynnu drwyddo fo mewn dwyawr."

"Mae hyna'n eitha gwir, Ifan Dafydd. Mae pobol yn deud mai'r hen Sidi fuo'n dychryn Miss Gwyn yn y Plasllwyd yna—mai dyna pam maen nhw'n gorfod mynd â hi i ffwrdd. A mae'r lleill yn deud mae gweld yr hen ledi ddaru hi."

"Wel, dydd da, Sara Jones; gobeithio cewch chi i gyd oedfa dda, er nad oes fawr obaith i mi glywed y gŵr diarth."

"Diolch yn fawr, Ifan Dafydd."

"Paid â sôn, gŵyr dyn, mae i ti groeso, Sara bach."

Trodd yr hen bysgotwr ei wyneb tua Phorth Einion, ac aeth Sara ymlaen â'i gwaith o lanhau, gan sisial wrthi ei hun. Cyn hanner dydd yr oedd pob man yn y drefn y mynnai Sara iddynt fod—ystafell wely y pregethwr yn barod, os arhosai yno dros nos, er nad oedd hynny'n debyg, neu ni fuasai angen am oedfa brynhawnol; ond darparai Sara ar gyfer pob sefyllfa bosibl rhag iddi hi fod ar ôl.

Tua chwarter i ddau, wele hen ŵr bychan gwisgi yn marchogaeth at y capel, ac yn disgyn oddi ar ei geffyl; a Lewis Pennant, un o'r blaenoriaid, yn mynd i dderbyn y pregethwr. Er ei syndod, gwelai mai nid gŵr dieithr o'r Deheudir oedd yno, ond pregethwr drigai yn un o siroedd y Gogledd—gŵr tra hynod, ond heb fod yn agos i'r hyn a alwai yr hen bobl yn bregethwr mawr, ac weithiau yn brin ei gyhoeddiadau.

"Prynhawn da, Eben Llwyd. Welsoch chi'r gŵr dieithr o'r Deheudir sydd i fod yma?"

"Pŵ, naddo waeth i chi fi na fynta," meddai Eben Llwyd. Meddai ryw ffordd ryfedd iawn o ddweud y "Pŵ" o flaen pob brawddeg o'r bron, a phoerai ryw gymaint o fân wlith rhwng ei ddannedd yr un pryd.

"Wel, mae'r gŵr diarth o'r Deheudir wedi ei gyhoeddi, Eben Llwyd; ond mae o'n sicr ddigon o gymryd yn garedig os gwnech chwi ddechrau'r oedfa."

"Pŵ, ddaw yma neb ond y fi."

"Y chwi ddaru nhw anfon i ni yma, Eben Llwyd?" gofynnai Lewis Pennant mewn penbleth, yn ceisio deall y sefyllfa; â chynulleidfa ragorol erbyn hyn yn tyrru at y capel yn eu dillad gwaith, yn ôl eu harfer pan fyddai oedfa brynhawnol ynghanol yr wythnos.

"Pŵ, yn dydw i'n ddigon i chwi?"

"Wel, sut y daethoch chwi yma yn lle'r gŵr dieithr o'r De?"

"Pŵ, ar gefn y ferlen," ebe'r hen gymeriad rhyfedd.

Deallodd Lewis Pennant fod rhywbeth o'i le. Yn sicr, nid oedd neb ond Eben Llwyd yn ymddangos fel pe yn meddwl dyfod atynt. Roedd yn amser dechrau'r oedfa, a gadawyd i Eben Llwyd fynd i'r pulpud, a gofalodd un o'r meibion am ei geffyl. Pregethodd yr hen ŵr cystal ag y disgwyliai neb iddo ef wneud, ond siomedig iawn oedd y gynulleidfa, llawer ohonynt wedi gadael gwaith y teimlent y buasai yn llawn mwy llesol iddynt fod gydag ef nag yn gwrando ar Eben Llwyd.

Ond o bawb, y mwyaf siomedig yn ddiau oedd gwraig yr efail. Daethai hi â'i baban bychan i'r capel i'w fedyddio gan y gŵr dieithr o'r Deheudir, ac ni allai ddygymod â'r syniad o adael i Eben Llwyd weinyddu y seremoni honno. Arferai gwragedd Cymru gredu yn ddiysgog fod yn bwysig iawn i ddyfodol eu babanod pwy fyddai'r gŵr a weinyddai sacrament bedydd, gan y tybient fod y plant yn sicr o gyfranogi i ryw fesur o rasusau a gwendidau yr un fu yn "Ioan Fedyddiwr" iddynt; ac nid anfynych y clywid mamau yn dweud fod plentyn "yn flin yr un fath yn union â'r rhywun crintachlyd a grwgnachlyd fu yn ei fedyddio," neu fod un arall yn "blentyn rhadlon braf, yr un bictiwr â'i Ioan Fedyddiwr."

Gwelid y gwpan a'r dŵr glan ynddi yn barod yn y sêt fawr, a dechreuai y pregethwr edrych ar y cloc, a phawb arall hefyd, o ran hynny. Cysgai y baban yn dawel ddigon, heb un dychymyg am ofid ei fam yn ei gylch. Aeth y ddynes, druan, yn gynhyrfus iawn: bu yn gobeithio ar hyd yr oedfa y deffrai'r plentyn, ac y dechreuai lefain, neu wneud rhyw sŵn y gallai hi gymryd hynny yn esgus dros ei gario allan. Ond ymddangosai y plentyn fel petai mewn cynghrair â'r hen bregethwr rhyfedd ynghylch ei fedydd, canys ni fu plentyn erioed yn fwy tawel mewn oedfa. Nid oedd dim i'w wneud ond arfer rhyw foddion i ddeffro'r bychan, cyn i Eben Llwyd orffen pregethu, a dyma y gynulleidfa yn gorfod gwrando ar rywun heblaw y pregethwr y foment nesaf; a'r wraig yn codi ar ffrwst, ac allan â hi. Eben Llwyd yn gweiddi arni am eistedd i lawr, eu bod oll yn blant ryw dro, na fynnai ef yrru plant bychain o'r capel, a phethau tebyg. Nid oedd yr heu ŵr am golli'r siawns o weinyddu'r bedydd, os oedd bosibl; anaml iawn y cawsai hi, felly dymunai ddal ei afael pan oedd yn ei gyrraedd. Ond allan yr aeth y wraig nerth ei thraed, â'i baban yn gweiddi yn ei chesail nerth ei ben. Wrth ddrws y capel, wele hi yn dyfod i wyneb rhywun yn sydyn, a'r rhywun hwnnw yn ei chyfarch yn garedig:

"Dere, dere bach, hawyr, beth yw'r helynt?"

Codai hithau ei golygon i fyny, a gwelai wyneb llon, gwritgoch, a llygaid gleision llawn o ddifyrrwch yn syllu arni a deallodd ei bod ym mhresenoldeb y gŵr dieithr o'r Deheudir, er nad oedd ef na'r un pregethwr arall yn gwisgo marc y cadach gwyn y pryd hwnnw.

"O, syr, mi eis i â'r babi yma i'r capel i chi fedyddio fo, ond yr hen Eben Llwyd sydd yna yn ych lle chi, a mi redes i allan cyn y diwedd. Dydw i'n deud dim am Eben Llwyd, syr, ond well gen i i'r plentyn yma fod yn debyg i bobol erill, a mi fydd yn help iddo fo i rywun fydd yn symol reit 'i hun 'i fedyddio fo."

"Wel, wel, los fach, dere'n ôl, dere'n ôl. Dyw'r gŵr dierth o'r De ddim o lawer y peth ddylse fe fod, merch i, ond mae e'n hoffi plant bychain. Odi, odi. Wel, dyma Eben wedi'i ddal o'r diwedd: mae o wedi bod yn whare mic gyda fi trwy'r wythnos, ond rodw i wedi'i ddal e nawr."

Aeth y pregethwr i mewn i'r capel, a dilynwyd ef gan y wraig a'r baban. Gwelodd Eben Llwyd wyneb y pregethwr, a gadawodd ei bregeth ei hun heb ei gorffen. Cipiodd ei het, ac i ffwrdd ag ef i chwilio am ei geffyl, ac ymhen ychydig eiliadau clywai'r bobl sŵn y carnau yn carlamu heibio drws y capel cyn i neb yn brin gael ei wynt ato. Ond nid oedd y gŵr dieithr ond newydd dynnu ei got a dechrau hwylio ar gyfer yr ordinhad o fedydd nad oedd sŵn traed ceffyl eilwaith i'w glywed ar y palmant o flaen y capel, a dyma ben Eben Llwyd trwy'r drws, ac yntau'n gweiddi:

"Pŵ, mi gawsoch ddifai pregeth; treiwch bob un ohonoch chi 'i gneud hi i gyd, wedyn raid i chi ddim mynd i'r drafferth i gyrchu dŵr tros afon. Pŵ!" Ac i ffwrdd ag ef o ddifri wedi hynny, a chafwyd tawelwch i orffen y moddion.

Pan ddeallodd Lewis Pennant nad oedd yr un oedfa wedi ei threfnu ar gyfer y noson honno yn unman arall, hysbysodd y gynulleidfa y pregethai y gŵr dieithr iddynt hwy yno, ond ni ddywedodd wrthynt fod yr hen frawd Eben Llwyd wedi bod ers yn agos i dair wythnos yn mynd o fan i fan lle clywai y disgwylient ŵr dieithr o'r Deheudir, i roddi pregeth ddydd gwaith iddynt, ac yn rhagflaenu y pregethwr mewn rhyw ffurf neu gilydd ymhob lle. Cafwyd oedfa ragorol, fodd bynnag, yn Nhre Einion, ond ymddangosai yn debyg iawn fel pe buasai'r "diwrnod wedi ei reibio," yn ôl Sara Jones, Tŷ'r Capel, canys pan oedd y bobl yn cychwyn tuag adref, gwelent ryw greadures mewn gwisgoedd gwynion llaes yn ysgubo heibio iddynt, ac yn gweiddi, "O! O! O!"

Crynai'r bobl fel dail, ond ni feiddiai neb redeg ar ôl y ddrychiolaeth; cwbl gredent mai ysbryd o'r byd arall ydoedd.

VI.
Llys Gwenllian

Ni fu llannerch brydferthach o dan y nef na'r fangre honno y saif Llys Gwenllian arni. Y mynyddoedd mawr ysgythrog, gyda'u creigiau noethlwm heb o'r bron un blewyn glas i'w weld yn eu huchelfeydd megis castelli o'r ddeutu i'r Llys; ond yn nes ato o'r tu cefn, rhyngddo a'r mynyddoedd, gwelem y foel brydferth wedi ei gwisgo o'i phen i'w thraed mewn porffor. Oddi tano yr oedd Llyn Gwenllian hefyd, ac ymestynnai gerddi ffrwythlon y Llys hyd at lan y llyn yr ochr arall i ddwfr croyw y llyn, wedi cerdded tua milltir a hanner ar draws y meysydd, ceid dwfr hallt y bae yn golchi traed y creigiau grogent uwch ei ben. Y creigiau barent ddychryn i'r morwyr pan fyddai'r mor yn dymhestlog, ond a feddent harddwch anghymharol pan dywynnai yr haul yn danbaid arnynt hwy ac ar ddwfr y bae yr un pryd. Yr amser hwnnw byddent megis creigiau o arian wedi eu haddurno ag aur pur, a lliwiau yr enfys o gylch eu pennau. Un o hen blasau Cymru Fu wedi ei droi yn amaethdy ers llawer blwyddyn oedd Llys Gwenllian, ac nid oedd rhagorach fferm yn y rhan honno o'r wlad. Ffermwr heb ei ail oedd Lewis Pennant, a meddai wraig mor debyg ag y gallai dynes feidrol fod i'r wraig honno ddisgrifiai Solomon, ond ni fyddai Margaret Pennant yn arfer codi liw nos i roddi bwyd i'w thylwyth a'u dogn i'w llancesau. Yn hytrach, hen arfer dda Llys Gwenllian oedd cysgu'r nos a gweithio'r dydd, ac nid gorhoian yn yr oriau a drefnwyd yn amser gorffwyso gan natur i ni, a cholli gwawr y bore ym mreichiau Morpheus—druain ohonom, bobl wareiddiedig yr ugeinfed ganrif. Hen dŷ mawr ag

ystafelloedd helaeth ynddo oedd y Llys, fel y gelwid ef
gan yr ardalwyr, derw ei dylathau a'i ddorau yn fwy
hynafol yr olwg arnynt nag eiddo'r Plasllwyd, a'i furiau
yn llydan bron fel muriau castell. Gwell na'r cwbl, ni
feddai Lewis Pennant yr un meistr tir: daeth fferm Llys
Gwenllian yn gynhysgaeth iddo ef gyda'i wraig, ac
weithiau dywedai, rhwng rhyw ddifri a chware, fod yn
rhaid iddo fod yn ofalus neu y byddai mewn perygl o
golli ei ben mai rhyw stiward oedd. Ond gwyddai pawb
na fu pâr priodasol dedwyddach mewn un ardal erioed,
ac nad elai yr un gorchymyn allan oddi wrth Margaret
Pennant ymhellach na'r cytiau moch, yn ôl ei geiriau hi
ei hunan. "Mae cadw golwg ar waith y tŷ, y da pluog yma,
a'r moch, yn llawn ddigon i mi." Ac aeth y gair yn fath o
ddihareb yng ngenau aml i wraig ffermwr yn y parthau
hynny o'r wlad, os byddai'r gŵr yn rhy dueddol i roddi'r
bais amdano'i hun, "Siawns na cha inna fynd cyn belled
â'r cytiau moch, chwedl gwraig y Llys." Fe allai mai
dyna'r rheswm pam oedd y fath drefnusrwydd tua'r lys,
yn y tŷ ac allan, am fod perffaith gyd-ddealltwriaeth
rhwng y meistr a'r feistres ynghylch eu gwahanol
ddyletswyddau hwy eu hunain a'u gweinidogion. Yn
llawer rhy fynych, aiff gwaith pawb yn waith i neb.

Yr oedd ganddynt hwythau hefyd un ferch, fel Sgweiar
y Plasllwyd, a galwyd hi Gwenllian, er mwyn yr hen blasdy,
ac hefyd am mai Gwenllian ferch Gruffudd ap Cynan a
gwraig Gruffudd ap Rhys oedd y ddynes yr edmygai
Margaret Pennant ei chymeriad yn fwy na holl rianedd
Cymru Fu[*]. Gwenllian oedd ei harwres genedlaethol hi ac
er yr holl anawsterau teithio, aeth Margaret Glynn bob
cam o'r ffordd i'r Deheudir pan yn eneth ieuanc, yn unig
er cael golwg ar y fan a elwir hyd heddiw yn Faes

---

[*] Gwenllian ferch Gruffydd (??-1136). Arweiniodd gyrch ar gastell
Normanaidd; un o'r ychydig o ferched Cymreig penodol o'r canol
oesoedd y mae tystiolaeth iddi ymladd (a marw) ar faes y gad.

Gwenllian*. Pan anwyd ei geneth fechan, rhaid oedd ei bedyddio yn Gwenllian, a gwenai Lewis Pennant yn siriol, gan ddweud:

"O'r gore, Margaret fach, mae'n anodd cael enw gwell, bai na alwem ni hi ar enw ei mam." Yna ychwanegodd, "Gobeithio na ddaw cymaint o dristwch i'w bywyd hi ag a ddaeth i ran Gwenllian y Dywysoges."

Ymhen tipyn daeth eisiau enwau i ddau frawd i Gwenllian, y naill ar ôl y llall; ac wedi dechrau gydag arwyr Cymru, rhaid oedd mynd ymlaen, felly enwyd hwy yn Llywelyn ac Owen, a chwarddai Lewis Pennant weithiau, a dywedai fod ganddynt driawd yn y tŷ yn ôl arfer y Cymry, a gobeithiai na siomid eu mam yn nyfodol y plant.

"Wel, yn wir, Lewis, rydw i yn ystyried y peth yn ddyletswydd rhoi enwau teilwng i blant. Byth er pan basiwyd yr hen ddeddf honno yn amser y Tuduriaid ynghylch enwau'r Cymry, mae pethau wedi mynd o ddrwg i waeth, ac os medrwn ni gadw'n hiaith, mae'n ymddangos yn debyg y collwn ni'n henwau, os na ofalith rhywun fel y fi amdanynt. Ac maen nhw mor glws, ac enwau yr hen Saeson yna mor hyll, 'i hanner nhw. Fedra i ddim gwybod beth sydd arnom ni Gymry yn taflu'n pethau gorau'n hunain o'r neilltu, ac yn rhoi pethau sala'r Saeson yn 'u lle nhw."

"Gwaseidd-dra cenedl orchfygedig, Margaret fach."

"Cenedl orchfygedig, yn wir, Lewis, peidiwch â deud peth fel yna eto. Yr wythnos ddiwetha roeddech chi'n deud wrtha i fod y marchog yn debyg o gael holl gomin Maenesyllt yn eiddo iddo ef ei hun, ac mai ei ddadl yw na orchfygwyd mo Gymru erioed, ac mi ddwedsoch chi, Lewis, ei fod yn debyg o ennill hefyd."

Byddai Lewis Pennant wrth ei fodd yn gwrando ar ei wraig yn dadlau dros ei gwlad. Pur anaml fyddai ei geiriau

---

* Tua milltir o Gydweli, Sir Gâr.

hi, os na fyddai galw amdanynt; ond pan geid hwy, yr oeddynt "megis afalau aur mewn gwaith arian cerfiedig."

Heblaw fod y Llys yn gartref gwladgarwch, yr oedd hefyd yn gartref crefyddol. Lletyai y cenhadon hedd yno yn feunyddiol. Byddai yr oll a feddai Lewis a Margaret Pennant at wasanaeth yr efengylwyr garient y newyddion da trwy liaws mawr o anawsterau yr adeg honno yng Nghymru; ac er clod iddynt, dylid dweud yr agorent eu drysau i bob pregethwr tlawd o ba enwad bynnag y byddai. Ac roedd cryn ddadlau rhwng y Calfiniaid a'r Arminiaid yn cynhyrfu y wlad ar y pryd, a phobl yn colli eu tymherau, a'r cariad brawdol y rhydd yr Ysgrythyr Lan gymaint o bwys arno wrth amhwyllo ynghylch cwestiynau, ac ymryson ynghylch pethau oedd yn amhosibl iddynt hwy eu gwybod yr adeg honno, fel yn ein dyddiau ni. Ond nid oedd a wnelai Lewis Pennant â'r ymrysonau: os digwyddai fod un o'r hen bregethwyr mewn angen llety ac ymborth, agorid drws y Llys iddo led y pen. Diau i lawer pererin fod wedi ei atgyfnerthu ar gyfer y daith wedi lletya'r noson yn y palas prydferth a elwid Llys Gwenllian. Ystyriai Margaret Pennant fod ei braint yn fawr pan yn gweini ar yr efengylwyr, ac am Gwenllian, ei hoff waith hi fyddai cyfrif pa faint o bregethwyr y bu yn eistedd ar eu gliniau, a chofiai ryw air oedd pob un ohonynt wedi ei ddweud wrthi. Cadw capel bach oedd ei chware gyda'i brodyr fynychaf, heblaw pan deimlent awydd i ryfela brwydrau Cymru a churo'r Saeson.

Nid oedd yn syndod yn y byd i Margaret Pennant weld y gŵr dieithr o'r Deheudir yn dod adref gyda'i phriod, a rhoddwyd croeso calon iddo. Hwyliwyd te a bara gwyn ar y ford gron o flaen y tan, a berwyd dau wy. Wedi hynny, wele fel a chaws yn dyfod.

"Wel, wel," ebe'r pregethwr, "mae'n hawdd madde erbyn hyn i'r hen frawd o'r *North*; fe gollodd drêt y tro hwn, ta beth. Sa i'n gwbod, deulu bach, shiwt i ddiolch â minne mor anheilwng."

Pan glywodd Margaret Pennant mai Eben Llwyd oedd yr hen frawd o'r *North*, gofidiai yn ei chalon garedig iddo fynd ymaith yn waglaw.

"Druan ohono," ebe hi, "mae hi'n ddigon prin arno. Yn wir, Lewis, rhaid talu iddo am ei bregeth; mi fydd yr hen ŵr yn deud pethau da iawn, ond ei fod yn un od, dyn a'i helpo."

"Lle mae Gwenllian?" gofynnai ei thad.

"Yn rhywle o gwmpas; hwyrach bod nhw wedi mynd tua'r Beudy'r Foel i edrych ar y sipsiwn."

"Dyn cato ni," ebe'r pregethwr, "ych chi ddim ofan i'r plant fynd mas at y sipsiwn? Mae pŵer o straes am y creaduried di-Dduw."

"O, mae Sidi Wood a'i theulu'n ddigon hawdd eu trin, ond i ni cymeryd nhw trwy deg. Mae'r bobl o gwmpas yn ffond o roi pob bai arnynt, druain, ond mae Lewis wedi gadael benthyg Beudy'r Foel iddyn nhw yn y gwanwyn ers blynyddau, a welodd neb yr un ohonyn nhw yn cam ymddwyn yn unlle tua'r Llys yma."

Er tystiolaeth Margaret Pennant o ochr y Sipsiwn, pan ddaeth y pregethwr yn ôl o oedfa'r nos, mynnai ef fod a wnelai'r sipsiwn rywbeth a dychryn y bobl. Credai'r gŵr dieithr o'r Deheudir fod y sipsiwn yn gorfod teithio, a byw mewn pabelli am eu bod yn ddisgynyddion i'r Aifftwyr fu yn gorthrymu Israel, ac nad oedd o fawr ddiben disgwyl dim ond drygioni oddi wrthynt. Am y gwasanaethyddion, dywedent hwy yn ddibetrus mai drychiolaeth Mrs. Gwyn y Plasllwyd oedd yn cerdded o gwmpas, ac ni fynnent gredu yn amgen, er i'w meistres geisio eu darbwyllo nad oedd y meirw yn codi cyn eu hamser, na chwaith yn dyfod yn ddrychiolaethau i ddychryn pobl. Ond yr oedd ofergoeledd yn gryf yn y wlad, a gwaith anodd oedd cael ymwared oddi wrtho, gan na feddai'r werin bobl nemor

ddim addysg ac ychydig iawn o wybodaeth ar wahân i'r
hen draddodiadau a'r straeon gwledig, a thipyn o'r Beibl
gan y rhai oeddynt alluog i'w ddarllen eu hunain.
Gwnaethai Lewis Pennant a'i wraig yr oll a allent hwy i
hyfforddi y meibion a'r merched ddeuai i'w gwasanaeth,
ond daliai yr hen ofergoelion eu gafael yn dynn ynddynt
am eu bod wedi eu clywed er pan yn blant, ac efallai fod y
bobl o dan ddylanwad yr ysbryd rhyfedd hwnnw sydd bob
amser yn preswylio gyda'r hen genedl Gymreig—ysbryd
rhamant a chân y cyn-oesoedd.

VII.
Beudy'r Foel

Wedi swpera yr anifeiliaid, daeth hwsmon y Llys i holi am ei feistr.

"Dwn i ddim yn iawn beth sydd yn bod tua Beudy'r Foel, mistar; mae'r hen deulu Abram yn mynd i gysgu yn gynnar, fel rheol, ond mae yna ryw dwrw heno, a gwibio yn ôl ac ymlaen. Fydda well i ni daflu golwg tua'r lle, 'ddyliech chi? Mae yna oleuni mawr hefyd."

"Fe allai eu bod nhw'n dechre hel 'u pils at 'i gilydd, Tomos, ac am symud 'u porfa cyn dydd."

"Na, mae'r ddau hen geffyl allan ar hyd y ffyrdd, yn crwydro am 'u tamaid, a fyddan nhw byth pan fydd yr Alabinos ar gychwyn. Mi fydd y gweilch wedi medru lladrata ffid iawn i'r hen greaduried o ryw fan neu gilydd, iddyn nhw fod yn symol tebol i gario'u llwythi, druain."

"Wel, Tomos, os wyt ti yn meddwl bod angen rhoi tro o'u cwmpas nhw, dos di, ond gofyn i Huw ddod hefyd. Paid â mynd dy hun. Os ydyn nhw i fyny â rhyw dricia, mi fydd yn burion bod chi'n gwmpeini i'ch gilydd. Ond rhaid i ni gadw dyletswydd yn gynta i'r gŵr dierth gael mynd i orffwys. Os bydd y goleuni a'r cynnwrf yn para, hwyrach mai mynd i fyny fy hun hefo chi fydda'r peth calla i mi neud."

Ni oddefid i fan rwystrau sefyll ar ffordd y cadw dyletswydd yn Llys Gwenllian. Rhaid oedd cael allor i Dduw ar yr aelwyd. Gwyddai Lewis Pennant a'i wraig fod crefydd ar yr aelwyd yn hanfodol i ddedwyddwch yr aelwyd. "Tŷ heb do arno yw teulu heb allor i Dduw," ebe yr annwyl Ddeon Howell. Dyna oedd syniadau gŵr a gwraig y Llys. Ni allent fynd i orffwys y nos heb ofyn am amddiffyniad rhag yr haint sydd yn rhodio yn y tywyllwch, ac ni allent chwaith fynd ar eu gorchwylion yn y bore heb ofyn bendith Iôr ar eu gwaith trwy'r dydd a diolch iddo am eu cadw trwy oriau'r nos. Yr oedd y ddyletswydd deuluaidd mor angenrheidiol â'u bara beunyddiol iddynt. Os digwyddai fod pregethwr yn aros gyda hwy, gofynnid iddo ef gymryd y darllen a'r gweddïo, a rhoddai Lewis Pennant yr emyn iddynt i'w ganu, ond pan fyddai'r teulu a'r gweinidogion eu hunain, ei arfer oedd gofyn am bennill gan y plant neu'r gweision a'r morwynion, a dysgai hwynt i arwain y bennill yn ystyriol ac yn feddylgar. Trigai hen wreigan weddw, a merch ddi-briod iddi, oddeutu hanner cant oed, ar dir Llys Gwenllian mewn bwthyn bychan glan, ac arferai yr hen wraig ddweud fod clywed arwain penillion yn y Llys yn ddigon o bregeth iddi hi.

Y noson yr wyf yn sôn amdani, treuliodd y gŵr dieithr o'r Deheudir gryn amser gyda'r ddyletswydd, ac nid oedd bys yr hen gloc nepell oddi wrth ddeg pan gyfododd yr addolwyr oddi ar eu gliniau, ac yr aeth Tomos yr hwsmon allan i edrych sut drefn oedd yn debyg o fod tua Beudy'r Foel erbyn hynny. Daeth yn ôl gan dynnu ei fysedd trwy ei wallt, a golwg bryderus ar ei wyneb.

"Wel, Tomos," ebe ei feistr, "sut olwg wyt ti'n gael tua'r Foel yna?"

"Yn wir, Mistar, does yna sut yn y byd ar betha; ma rhwbath yn ots yna, dwi'n siŵr, a chreda i yn 'y myw y bydda'n ddoeth i ni fynd i weld beth ydi'r cynnwrf. Welwch chi'r goleuni mawr yr amsar yma o'r nos, a rydw i'n barnu 'mod i'n gweld rhyw wibio. Y peth ydw i'n ʄisio gwbod, mistar, ydi pam rhaid i heno fod mor annhebyg i bob noson arall?"

Dywedodd Lewis Pennant yr hanes wrth ei wraig; tybiai y gallai fod un ohonynt yn sâl, eto gwyddai mai arfer y sipsiwn oedd troi ar garlam tua'r Llys pan fyddent mewn rhyw fath o gamhwyl. Tueddai Margaret Pennant er hynny i gredu yn noethineb cynllun Tomos o roddi tro o gwmpas.

Ac felly fu. Aeth Lewis Pennant a'r hwsmyn i fyny tua Beudy'r Foel, yn siarad yn hamddenol gyda'i gilydd, eto yn cadw eu llygaid a'u clustiau yn agored. Gan fod y sêr yn dry- frith yn y ffurfafen, a'r lloer yn dechrau dangos cornel fechan o'i hwyneb, yr oedd yn ddigon olau iddynt weld o'u cwmpas. Tra y cerddent hwy tuag yno, peidiodd y goleuni yng nghymdogaeth y Beudy a mynd a dyfod, ond clywid sŵn siarad mawr fel y dynesent at yr hen adeilad.

"Mistar, dyma geffyl â chyfrwy arno wedi rhoi ei ffrwyn am y polyn fan yma. Nid ceffyl y sipsiwn ydi hwn."

Edrychodd Lewis Pennant ar yr anifail am ennyd, yna ebe wrth ei was:

"Tomos, merlyn Eben Llwyd ydi hon, yn sicr. Gad i ni edrych i mewn i'r Beudy. Rwy'n ofni bod yr hen greadur, druan, wedi cyfarfod â rhyw helbul. Roedd dy feistres yn iawn—ddylse ni ddim gadael i'r hen ŵr ymadael fel y gwnaeth. Ond mi aeth i ffwrdd mor ddiswta, rywsut, cyn i ni ddechre meddwl dim."

Curodd Lewis Pennant â'i ddwrn ar ddrws y Beudy, yna cododd y glicied ac agorodd y rhan uchaf ohono. Ond cyn iddo agor y rhagddor hefyd, wele eneth ieuanc yn sefyll o'i flaen, ac yn dechrau parablu wrtho.

"Mae Romo ac André newydd fynd i gysgu, mistar bach, newydd fynd, ac wedi blino. Dyn hen wedi blino, syr, wedi taro ar seren ddrwg, mistar bach. Plant yn cysgu i gyd. Nain a taid fan acw, a dyn hen."

"Cysgu neu beidio, rhaid i mi gael gweld y dyn hen, Judy," ebe Lewis Pennant.

Gwelai ei lygaid craff ef fod y dynion orweddent ar y gwelyau gwellt ar lawr a chil eu llygaid yn ei wylio, ond aeth o'r naill un i'r llall, nes cyrraedd pen pellaf y beudy— Tomos yn ei ddilyn. Ar swp o wellt glân yn y gornel honno, gwelai Eben Llwyd yn gorwedd yn ymddangos yn cysgu yn drwm, a Sidi Wood yn eithaf effro yn gwylio y pregethwr. Pan welodd Lewis Pennant, cododd, ac ymgrymodd iddo, gan ddweud:

"Hen ŵr wedi syrthio, ac André a Romo wedi gario fo, mistar, o ymyl y ffynnon. Sidi Wood ddim ond cysgod to Mistar Pennant, ond ni'n gneud y'n gore ni i hen ŵr."

"Sut bu i chi beidio gyrru gair i'r Llys, Sidi? Does dim rheswm mewn gadael i hen ŵr fydd yn arfer bod yn ei wely orwedd ar wellt fel hyn."

"Roedd Romo yn cychwyn, Mistar Pennant, ond roedd hen ŵr yn peri i Romo beidio, bod Mistar Pennant wedi digio. A Sidi Wood yn meddwl hen ŵr wedi eni ar blaned ddrwg iawn, syr. Hen ŵr mor smala. André yn deud Mistar a Mistres Pennant yn dda i ni a phawb, ond hen ŵr yn crio, ac yn deud Mistar Pennant ddim madde pechod. A wyddon ni ddim beth ydi pechod."

Ar hyn, agorodd Eben, Llwyd ei lygaid, ac edrychodd o'i gwmpas yna gwelodd Lewis Pennant, ac ymddangosai mewn penbleth.

"Pŵ, beth ydi peth fel hyn? Yr hen ferlen taflodd fi; na, choeliai fawr."

"Eben Llwyd, fedrwch chi godi? Mi helpith Tomos a finna chi."

Edrychai yr hen bregethwr arno yn hurt, ac ebe, "Y fi? I ble? Gadewch lonydd i mi, Lewis Pennant. Wna'i mo'r tro i'r offeiriaid na'r Lefiaid o hyn allan ond mae y bobol yma, sipsiwn neu beidio, wedi bod fel y Samariaid trugarog yn union tuag at hen bererin pechadurus. Pŵ, mi rydw i'n eitha fy lle yma."

"Eben Llwyd, treiwch wneud ymdrech i godi, ac yn fuan iawn mi fyddwch mewn gwely cynnes yn y Llys."

"Pŵ, waeth i mi farw fan hyn. Dydw i da i ddim, ddim. Gŵr dierth o'r De sydd arnoch chwi eisio i gyd, ymhob man. Does dim lle i mi yn un man i draddodi pregeth. Pŵ, welsoch chi'r ferlen?"

"Eben Llwyd, gadewch i ni adael y materion yna hyd yfory, wedi i chwi gysgu noson yn dawel. Rŵan, Tomos, tyrd yma, a rho help llaw."

Ac er ei waethaf, codi Eben Llwyd a wnaethant, ac wedi mynd allan o'r beudy, datododd Tomos ffrwyn y ferlen oddi wrth y polyn, a rhoddodd ei fraich drwyddi, ac felly yr aethant yn ôl tua'r Llys. Edrychodd Lewis Pennant yn ôl, a gwelai Sidi Wood yn eu gwylio, a gwaeddodd arni:

"Sidi, os daw rhai ohonoch i lawr i'r Llys yn y bore, mi ofala i bydd tâl am y gymwynas heno i'r hen bregethwr."

"Diolch yn fawr, Mistar Pennant, diolch fawr. Chi wedi'ch geni ar blaned dda iawn—gŵyr Sidi mor dda ydi'ch planed chi, Mistar Pennant. Mae tipyn o wahaniaeth rhyngoch chi a Mistar Gwyn, Plasllwyd. Oes, planed ddrwg iawn ydi un o. Glywsoch chi, Mistar Pennant, fod y Sgweiar yn mynd a'n comins ni? A does bia ni ddim ond y comins, ond pan gawn ni lety fel hyn ym meudy Mistar. Pob daioni i chi a Mistres Pennant. Ddaw yna yr un gannwyll gorff at y Llys, chanith y ceiliog yn y Llys ddim yn y nos, na ddaw yna yr un 'deryn corff at y ffenestri, a neith cŵn y Llys ddim udo. Planed dda, dda, a ffordd lyfn—dyna ddaw i Mistar Pennant a'i deulu. Dyna mae Sidi yn weld yn y blaned."

"Wel, Sidi, mi wela i yn dy blaned di na chei di fawr o gysgu. Nos da i ti a'r teulu."

Synnwyd Margaret Pennant pan ddaeth y gwŷr a'r ferlen tua'r Llys, ond buan y trefnwyd ystafell gysurus i Eben Llwyd, ac y dodwyd ef yn ei wely, â phowliad o fara a llefrith cynnes ar fwrdd bychan yn ei ymyl.

"Pŵ, cofiwch chwi, Lewis Pennant, symuda i ddim o'r gwely yma nes bydd y gŵr yna o'r De wedi mynd i ffwrdd. Pŵ, pwy ddeudodd 'mod i'n bregethwr sâl? Nid y sipsiwn. Roedd y sipsiwn yn gwrando arna i. Wyddoch chi beth, mae arna i flys mynd i bregethu i'r sipsiwn. Mi ges i ddrychfeddwl heno, pan oedd y bobol yna yn gofalu amdana i, mai nhw oedd yr Iesu mawr yn feddwl oedd eisiau i ni fynd i'r prif-ffyrdd a'r caeau i bregethu iddynt. Pobol iawn ydi'r sipsiwn, gwell o'r hanner na blaenoriaid y Gogledd yma, pŵ, hefo'u gŵr dierth o'r De."

VIII.
Newyddion o'r Tir Mawr

Eisteddai Mrs. Gwyn yn fore yn ei pharlwr yn ei thŷ prydferth y, Tŷ Gwyn, ger Tre Einion, â llythyr agored yn ei llaw. Darllenodd ef lawer o weithiau drosodd, gan droi y dalennau yn ôl ac ymlaen, a thynnu ei llaw denau drostynt yn garuaidd. Onid oedd llaw Derfel hefyd wedi bod ar y dalennau pan yn ysgrifennu adref at ei fam? Treiglai dagrau gloywon i lawr ei gruddiau tra'n darllen hanes ei hunig fab yng ngwlad bell y Gorllewin—y wlad y dywedai dynion fod digonedd o aur ynddi. Ofnai y weddw na welai mwy mo Derfel, ymddangosai pob wythnos megis blwyddyn iddi hi er pan hwyliodd ei bachgen yn y llong. Canodd y gloch, a daeth dynes ganol oed i'r ystafell mewn atebiad i'r alwad.

"Martha," ebe ei meistres, "sut dywydd ydyw hi heddiw? Wnaiff hi'r tro i groesi tua'r ynys, tybed?"

"Wel, ma'am, gneith, am wn i. Mi â'th Ieuan Meurig, mab yr Hendre yno ddoe i helpu'i ewyrth i 'redig y tir, ac mae'r tywydd yn llawer iawn gwell heddiw na ddoe."

"Fedri di fynd yno i neges i mi, Martha?"

"Wel, ma'am, ddaru mi 'rioed eto fisio gneud dim neges i chi, dwy'n meddwl, a mi â i, os ydych chi am i mi fynd."

"Rwyt ti yn bur ffyddlon, Martha, trwy y teg a'r garw rwyt ti yn para yr un fath."

"Debyg 'y mod i, ma'am; dwn i ddim beth arall yr ydw i da, na wn i; a'r peth gora fedra i neud ydi sticio atoch chi, am wn i."

"Wyddost ti rywbeth am deulu'r Llety ar yr ynys, Martha?"

" Wel, mi ddylwn wybod; yn y Llety ma'r Brenin yn byw, Hywel Rhys."

"Mae gan Hywel Rhys y Llety ferch—geneth ieuanc bur glws, onid oes, Martha ?"

"Ydach chi wedi clywed nhw'n deud rhwbeth heb fod yn iawn am Tegwen Rhys, mistres?"

"Naddo, naddo, Martha, ddim ond bod y Sgweiar wedi deud ddoe na fydd hi ddim yn hir heb fod yn wraig i fab yr Hendre, a dyma Derfel fy machgen heddiw yn anfon llythyr iddi yn fy llythyr i."

"Peidiwch chi â hitio'r Sgweiar; dydi o ddim ond ar 'i arfer yn deud anwiredda, druan. Ond mae arna'i ofn wir, meistres bach, fod Mr. Derfel a'r eneth fach ddel yn ffrindia go fawr. Mi fuo arna'i flys deud wrthych chi lot o weithia pan fydda Tegwen yn rhodio tua'r Hendre, a Mr. Derfel i'w weld yn neidio o ryw gongol neu gilydd i'w chyfarfod hi o hyd."

"Welodd y Sgweiar nhw, Martha?"

"Oes posib i un peth ar y ddaear fawr fod heb i'r Sgweiar 'i weld o, mistres bach? Do, mi waranta; a hwyrach bod yr hen law yn meddwl bod Mr. Derfel yn tynnu ar 'i ôl o, synnwn i ddim. Mae digon o wahaniaeth rhwng Tegwen a'r greadures yna mae o wedi nôl i'r Plasllwyd, beth bynnag."

"Gobeithio fod, Martha, a gobeithio fod Derfel yn debycach i'w dad nag i'w ewythr, hefyd."

"Ydi, ma'am, y mae o, diolch am hynny. Mae un dyn fel Sgweiar Plasllwyd yn ddigon mewn ardal. Mae o'n mynd i ffwrdd; mae'r hen ledi wedi poeni gormod ar y lot iddyn nhw ddal."

"Mae hi, druan, yn ddigon tawel, Martha."

"Nag ydi, ma'am, nag ydi, rydw i'n deud wrthoch chi. Ma Sara Jones Tŷ'r Capel yn 'i gweld hi bron bob nos yn cerdded yn ôl ac ymlaen o gwmpas y Plas, ac yn ocheneidio yn ofnadwy; ac neithiwr mi dorrwyd dwy o ffenestri'r Plas, a fedra neb fynd i lawr, roedd arnyn nhw ormod o ofn. Mi wyddan bob un mai'r hen fistras oedd yn cerdded o gwmpas, a maen nhw'n hwylio i ffwrdd gynta medra nhw."

"Ydi teulu Abram o gwmpas yma eto, Martha?"

"O ydyn, ma'am; yma byddan nhw am dipyn fel pob gwanwyn. Mi ddaru nhw achub bywyd yr hen bregethwr digri fuo yn y capel Methodus yma. Ond lladron drwg ydyn nhw."

"Mae arna i flys mynd i roi tro amdanyn nhw tra byddi di ar yr ynys, Martha. Fe ddywedodd Iesu Grist am i ni fynd i'r prif-ffyrdd a'r caeau i chwilio am bawb i droi ato Ef, a mi fydda i'n bur siŵr, Martha, mai am y sipsiwn yr oedd Efe'n meddwl."

"Yn wir, mistras, dwn i ddim byd am betha fel yna; ond mi rydach chi'n dŵad o hyd i feddylia digon od, beth bynnag. Yr wythnos o'r blaen mi fynnach i mi gredu fod yna ryw ddeg o lwythi Israel wedi colli, a mae yn y wlad yma roeddan nhw; ond yn wir, dydw i damad nes i gredu bod posib i ni fod yn un o'r hen Iddewon, er hynny[*]."

Gwenodd Mrs. Gwyn, ac ychwanegodd Martha, "Dydw i ddim yn cymeryd arna i 'mod i'n ots o dda, meistres, ond mae llawer o rai gwaeth na mi; a mi fase'n brofedigaeth fawr i mi, dyna i chi, pe baswn i yn meddwl 'mod i yn un o'r hen Iddewon yna; y nhw a'r Gwyddelod ydi'r tacle mwya' anifyr o neb y gwn i amdanyn nhw; hynny ydi, os bu rhywun gwaeth, chlywis i ddim sôn amdanyn nhw, yn y Beibl beth bynnag; ond am y rheina, mi fyddan i fyny â rhyw hen dricia o hyd. A pheth

---

[*] Yn ôl traddodiad alltudiwyd deg o lwythi o Israel yn dilyn con-cwest y wlad honno gan ymerodraeth Asyria. Honnai Syniadaeth 'Israeliaeth Prydeinig' fod pobloedd Prydain Fawr yn ddisgynyddion i'r rhain, a thrwy hynny felly, yn etifeddion i'r addewidion a wnaed i'r Iddewon yn yr hen destament. Nid oedd unrhyw sail archeolegol i'r syniadau hyn.

digon di-sut i rywun fasa bod yn disgyn o'r un o'r hen genhedloedd, beth bynnag. Mae'n well gin i o beth wmbrath fod yn un o'r hen Gymry."

"Iddew oedd Iesu Grist, Martha," ebe Mrs. Gwyn yn fwynaidd.

"Wel, ma'am; roedd arno Fo ddigon o gwilydd drostyn nhw, a'r hen Wyddelod yna. Mae Satan yn corddi rhein i neud pob drwg."

Gwyddai Mrs. Gwyn trwy brofiad mor hirwyntog fyddai Martha druan pan ddechreuai siarad am yr Iddewon a'r Gwyddelod. Deuai y rhai olaf o gwmpas y wlad i werthu tuniau o bob math, ac yn ôl Martha ni ddalient ddŵr ne llaeth ond am ychydig iawn o amser. Heblaw hynny, byddai'r Gwyddelod yn ei phoeni trwy gardota tatws oer neu boeth yn feunyddiol. Felly, torrodd Mrs. Gwyn ar yr ymddiddan trwy ddweud fod yr amser yn mynd, ac fod yn rhaid paratoi ar gyfer y neges ar unwaith.

"Martha, dos di at Ifan Dafydd, a gofyn iddo hwylio drosodd yno, a dod yma fory ataf fi i chwilio am ei gyflog. Ifan Dafydd yw'r mwyaf diogel."

Aeth Martha i baratoi—gwaith lled ddi-drafferth i'r hen ferch—ac ymaith â hi tua Phorth Einion, y genadwri yn ei phoced, a hi ei hunan yn teimlo yr ymddiriedaeth lawn cymaint â phe buasai yn un o swyddogion y goron yn cario cenadwri oddi wrth y naill deyrn i'r llall; a chware teg iddi, nid oedd ei ffyddlondeb i'w meistres yn llai chwaith.

Yn y prynhawn, pan safai Tegwen ieuanc yng nghwr y cae yn gwylied ei brawd a'i chefnder yn aredig, a'i thad yn brysur yn paratoi yr hâd ar gyfer ei roddi yn y ddaear, yn y man gwelai fod rhyw lestr bychan yn dynesu at y fan i lanio ar yr ynys.

"'Nhad," ebe hi, "mae yna rywun wedi dod trosodd o'r tir mawr." Dyna fyddai enw pobl ynys Enlli ar Lŷn.

"Well i ti ddeud wrth dy fam, Tegwen. Mae yma ryw fynd a dŵad na welis i 'rioed 'i fath er pan aeth y llong fawr yn *wreck*."

"Rhyw ddynes sydd yn cerdded at yma, 'nhad,"

"Pwy all hi fod, tybed? Mae pawb yn brysur iawn—yn rhy brysur i gyboli hefo pobol ddiarth yn siŵr."

"At yma mae hi'n dŵad, 'nhad. Martha, morwyn Tŷ Gwyn, Tre Einion, ydi hi," a gwelwodd wyneb Tegwen, ac ymaith â hi i gyfarfod â'r ymwelydd o'r "tir mawr."

IX.
Preswylwyr y Prif-ffyrdd a'r Caeau

Cychwynnodd Mrs. Gwyn yn gynnar wedi ei hawr ginio ganol dydd tua'r hen feudy lle trigai y sipsiwn pan ddeuent ar eu hymdaith i'r cyffiniau. Tybiai y wraig rinweddol na ddylid gadael y creaduriaid crwydrol i fyw a marw mewn gwlad efengyl heb i un dyn eu gwahodd i'r wledd a baratowyd, ac hefyd adrodd iddynt y newyddion da o lawenydd mawr. Felly, heb fod yn rhyw sicr iawn pa lwybr fyddai y gorau iddi ei gymryd i ymddiddan â'r crwydriaid melyn-ddu, eto cyfeiriai ei chamau i fyny'r Foel. Pan nad oedd nepell oddi wrth y lle, clywai lais plentyn yn canu, yna yn chwerthin yn uchel. Trodd ei hwyneb tua'r clogwyn ar ei deheulaw, a gwelai eneth fechan yng nghanol y grug a'r eithin yn ceisio ymestyn yn ddigon uchel i gyrraedd dail yr eiddew gwyrdd a grogai ar ddannedd y graig, ac yn ei hymyl yn gwylio symudiadau y plentyn y safai myn gafr. Gwyddai yr afr ieuanc yn burion mai chwilio am damaid blasus iddi hi yr oedd yr eneth, a chnôai ei chil yn ddedwydd. Gwenodd Mrs. Gwyn, a safodd i edrych ar yr olygfa brydferth.

"Rŵan, Nanni, dyma i ti ddail iawn, chei di ddim rhagor, mae hyna'n ddigon i ti," ebe'r eneth, a neidiodd o ganol yr eithin penfelyn ar dusw mawr o fwswgl gwyrdd a lechai yng ngwaelod y clogwyn. Yna gwelodd Mrs. Gwyn, a gafaelodd yng nghyrn ei Nanni.

"Fydd Nanni ddim yn 'y nhwlcio i," ebe, fel pe am i'r foneddiges ddeall y meddai yr afr ei rhinweddau.

"Na fydd, Gwenllian, yn siŵr, ddylai hi ddim, a hithau newydd gael eiddew. Ta-ta, Gwenllian fach."

A chychwynnodd Mrs. Gwyn ar hyd y ffordd i fyny'r Foel.

"Mae'r sipsiwns yn y Beudy, Mrs. Gwyn. Fydd arnoch chi ofn sipsiwns? Fydd arna i ddim. Cofiwch daflu carreg wen ar fedd Sioned, Mrs. Gwyn, ne chewch chi ddim lwc i fynd heibio'r llyn. Mi fydd pawb yn taflu carreg wen ar fedd Sioned."

Ni wyddai Gwenllian nad oedd Mrs. Gwyn yn bwriadu mynd heibio'r llyn, canys byddai pawb a gyrchent i fyny'r Foel yn tynnu at y pentref yr oedd y ffordd iddo yn mynd heibio llyn mawr Cwmeithin. Wedi i'r eneth a'r afr redeg i lawr tua chartref, aeth Mrs. Gwyn ymlaen at y Beudy. Er ei syndod, gwelai fod yno rywun arall ar ymweliad â'r sipsiwn o'i blaen hi. Gorweddai y dynion ieuainc Romo ac André ar eu hyd ar y gwelltglas o flaen y drws, eisteddai Sidi ar garreg debyg i garreg filltir yn brysur yn trin cwningen yn barod i'r crochan, eraill o'r fintai gyda rhyw orchwyl neu gilydd—un yn golchi dillad mewn ffrwd fechan redai heibio'r Beudy ar ei thaith i'r mor, a'r llall yn golchi tatws. Ond yr oedd yno un yn segur: safai hi â'i chefn yn gorffwys ar fur y Beudy, ei hwyneb tywyll hardd yn gwylio yr hen ŵr oedd yn llefaru wrth y sipsiwn ar uchaf ei lais, ac yna yn apelio atynt am wrando arno, er mwyn eu heneidiau gwerthfawr. Pan welodd yr hen deulu Mrs. Gwyn yn dynesu, dechreuasant bob un godi a moesymgrymu iddi. Gwyddent pwy oedd hi, a gobeithient gael arian ganddi; ac wele Sidi yn gollwng yr anifail, ac yn erfyn ar y foneddiges i groesi ei llaw, yna y rhoddai ffortiwn fawr ei mab i Mrs. Gwyn.

"Na, na, Sidi Wood, nid i glywed ffortiwn neb y deuthum i yma: fy neges i oedd ceisio dweud tipyn o'r hanes mae'r gŵr dieithr yma, pwy bynnag yw, wedi ei ddweud o'm blaen."

"Eben Llwyd wyf fi, meistres, hen bregethwr Methodist digon llwyd hefyd, fel fy enw. Does neb yn meddwl 'mod i fawr o beth fel pregethwr, meistres, ond neithiwr mi fu'r bobl yma yn Samariaid trugarog yn fy ymgeleddu i, ac mi alla inna ddeud fel Pedr gynt, 'Arian ac aur nid oes gennyf,' ond mi deimles ryw air yn fy nghymell i ddweud hanes y Ceidwad yma wrth y bobl, yn siŵr, dyma'r bobl y dywedodd Iesu Mawr wrth ei ddisgyblion amdanynt, 'Ewch i'r prif-ffyrdd a'r caeau, fel y llanwer fy nhŷ'."

"Hynod iawn," ebe Mrs. Gwyn, "daeth yr un peth i'm meddwl innau ddoe a heddiw, a dyna pam y deuais yma fy hun. Mae'n resyn colli eneidiau'r bobol yn sŵn gair yr iachawdwriaeth.

Chwarddodd Romo, a dywedodd, "Y ni golli, ddaru Meistres Gwyn ddeud? Does yma ddim i golli, fedrwn ni golli dim byd, a ninna heb ddim."

"Ond yr enaid, ddyn ifanc," ebe Mrs. Gwyn, "yr enaid!"

"Sut beth ydi enaid, Meistres? Welodd 'run ohonon ni enaid erioed. Welsoch chi?"

"Wel, naddo, ni welodd neb erioed enaid, ond mae gan bob un ohonom enaid i fyw byth."

"Na, does neb yn byw byth, Meistres, mae pobol yn marw o hyd wedi byw am dipyn. Mae'n pobol ni a'ch pobol chi 'run fath yn union, a dydw i ddim yn mynd i gredu fod enaid nes gwela i un, Meistres."

"Fedrwch chi ddarllen llyfr, rai ohonoch chi?" gofynnai Mrs. Gwyn. Ni wyddai beth i feddwl o bobl na fynnent gredu fod ganddynt eneidiau.

"Mae Judy'n medru," ebe Sidi, "rhyw ledi ifanc wedi dysgu hi; gŵyr neb i beth mae darllen da i ni, ond mi feder Judy, a dyma hi yn dda i ddim wedi iddi hi ddysgu."

"Ledi fach Mistar Pennant dysgodd fi, Meistres," ebe Judy.

"A does dim wedi gneud drwg i ni fel dysgu darllen, Meistres," ebe Sidi. "Na, does neb yma eisio dysgu eto, nag oes. Croeswch fy llaw, Meistres, a chewch wybod y cwbl, y cwbl i gyd."

"Pŵ," ebe'r hen bregethwr, "beth sydd i wneud, oes rhywun ŵyr, hefo pobol sy'n dweud yn wyneb dyn nad ydynt yn credu mewn enaid? Pŵ, Meistres, mi ddaru'n ni'n dau gamgymryd, yn siŵr. Fe ddaeth preswylwyr y prif-ffyrdd gynt i'r swper mawr. Mae'n wir nad oedd y cwbl wedi gwisgo amdanynt yn iawn, ond pŵ, mi roedd y bobol yn credu yn yr enaid, neu mi fuasai'r gair wedi dweud, yn siŵr. Pŵ!"

Ar hyn dyma sgrech o enau Sidi, a naid am yr anifail bychan oedd ar ganol ei baratoi, a chic â blaen ei throed i un o gŵn defaid y Llys oedd ar fedr lladrata'r gwningen.

Dechreuodd Mrs. Gwyn esbonio y drwg o ladrata i Sidi. Chwarddodd André.

"Drwg, nag oes ddim drwg i'r ci afael mewn bwyd, dim drwg i neb chwilio am fwyd, Meistres. Oes enaid yn y ci?" gofynnai Romo.

"Nag oes, nag oes," ebe Mrs. Gwyn, "mewn dyn y mae enaid."

"Mae'r ci yn fyw," ebe André, "ac yn ddigon call."

"Pŵ, waeth i ni heb gyboli hefo'r bobl; sport ohonon ni maen nhw'n gael. Ond, deulu bach, mi leiciwn i pe baech chi'n gwrando am y wlad dda, lle cawn ni fyw i gyd ryw ddydd."

Cyffyrddodd André ei dalcen â'i fys, gan awgrymu fod yr hen ŵr yn bur ddryslyd, a dywedodd, "Hen ŵr heb fendio, wedi taro'i ben, druan."

Cyn i neb gael amser i ateb, wele Gwenllian yn eu canol, yn chwerthin ac yn curo ei dwylo.

"Mam a phawb wedi colli chi," ebe hi wrth y pregethwr, "a finna'n deud bod chi wedi mynd i ddeud ta-ta wrth y sipsiwn yma, ynte? Ddaru nhw ganu i chi, Eben Llwyd? Rŵan, Romo, canwch i gyd, i Mrs. Gwyn ac Eben Llwyd glywed canu pobol fel bydda pobol yr Aifft yn canu 'stalwm. Hwda, Sidi," a thaflodd ddarn o asgwrn coes mochyn i'r hen wraig. "Mae mam wedi gyrru hwnna i ti i ferwi hefo'r pry."

"Yn wir, yn wir, mae Meistres Pennant yn gwybod y cwbl i gyd. O, mae planed Meistres yn blaned dda, pob dioni iddi hi, Missie fach. Canwch i Missie'r munud yma."

Ac er mawr syndod i'r foneddiges a'r hen bregethwr, dyna y crwydriaid yn canu y melodi prydferthaf, ond ei fod, fel pob un o ganeuon pobl heb eu cwbl wareiddio na'u diwyllio, i'w glywed megis yn fyr o nodau olaf y gân.

"Dyna gân glws, ynte, Mrs. Gwyn? Rŵan, Judy, mi ganwn ninnau, ynte? Mae Judy wedi dysgu canu pennill hefo mi."

Y foment nesaf cariai yr awyr denau iach y nodau llawn o fiwsig ar yr awel, a chanai y plentyn a fegid mor dyner ar aelwyd grefyddol, a'r eneth a grwydrai o'r naill fan i'r llall, ac na wyddai beth oedd gwell cartref na beudy, yr hen bennill syml gyda'i gilydd:

> "Plant ydym eto dan em hoed
> Yn disgwyl am ein stad,
> Mae'r etifeddiaeth i ni'n dod
> Wrth Destament ein Tad."

Rhedai y dagrau gloywon i lawr ar hyd gruddiau yr hen bregethwr a'r foneddiges o'r Tŷ Gwyn, ac ebe'r hen ŵr yn floesg, "O enau plant bychain, ynte, ma'm? Mae yma well athro na chi na minnau. Does ryfedd yn y byd i mi eu cael hwy yn Samariaid trugarog."

"Missie fach, y ledi neisia' yn y byd; welodd neb un fel hi. O, mae Judy yn caru Missie fach," ebe'r eneth felynddu, gan wasgu ei dwylo ynghyd, a chodi ei golwg i fyny.

"Mae Judy yn deud y gwir, dim ond y gwir bob gair," ebe'r hen Sidi, "mi â Judy ar 'i phen i'r llyn y munud yma ta' Missie fach yn peri iddi hi. Fydd yma neb yn meddwl torri'r gyfraith fel byddwch chi'n galw cymeryd tipyn o fwyd at eisio, os na fydd raid rhag newyn, ond mi fydda pob un ohonon ni farw cyn cymeryd o gartre Missie fach."

Neidiodd yr hen Eben Llwyd i ben y garreg filltir, a dechreuodd weddïo, gan blethu ei ddwylo a chau ei lygaid.

"Missie fach, hen ŵr yn cau ei lygaid i siarad," ebe Judy yn ddistaw wrth Gwenllian.

"Gofyn am i Iesu Grist gofio amdanoch chi mae o, Judy."

"Wel, does yma neb ond y ni, a well i ni fod yma heb neb arall hefyd," ebe Sidi, a ffwrdd â hi â'r gwningen yn ei llaw tua'r ffrwd i'w golchi. "Pobol ddigri ydi pobol Cymru, ond ma nhw'n well na'r lleill."

"Rhaid iddyn nhw adael llonydd i ni," ebe Romo, ac edrychodd ar Mrs. Gwyn, a dywedodd, "Nid pobol fel chi ydi teulu Abram Wood, ledi, a nawn ni ddim byd â'ch petha chi, mae'n well i ni'n petha'n hunain. Ond does dim eisio enaid ar neb yma ym Meudy'r Foel; mi fedrwn ni wneud cymwynas yn eitha i bobol fel Missie fach a'i theulu, ac os oes arnoch chi, Meistres, eisio enaid, busnes chi ydi hynny, ynte? Wyddon ni ddim byd amdano fo, ond mi rown ni gyngor i chi. Ni ddaru i chi groesi llaw Nain Sidi ag arian. Peidiwch chi â gwrando ar ddim byd fydd Sgweiar Plasllwyd yn gynnig i chi. Ma'ch mab chi, Meistres, yng ngofal gŵr gwell na fo, a mae ffortiwn y gŵr ifanc yn saff."

Edrychodd ar Eben Llwyd yn parhau i weddïo, ac ychwanegodd wrth Gwenllian, "Missie fach, rhedeg adre i nôl tada. Hen ŵr wedi colli'i gô, wedi drysu, a ninna eisio cinio."

X.
Stori Martha

Ymhell cyn i forwyn y Tŷ Gwyn gyrraedd yn ôl i Borth Einion, yr oedd Eben Llwyd a Mrs, Gwyn wedi gadael llonydd i'r sipsiwn, y naill fel y llall wedi gorfod teimlo na feddent hwy ddigon o ddylanwad i beri i'r hen deulu feddwl am wrando ar eu cynghorion ynghylch y bywyd sydd yr awr hon, na'r un y disgwyliwn amdano chwaith. Aeth Eben Llwyd ymaith ar gefn ei ferlen, a thâl da yn ei hoced am y bregeth a draddododd yn Nhre Einion, ynghyd â gair caredig oddi wrth Lewis Pennant am y priodoldeb i hen weinidog beidio rhoddi achos i elynion yr Arglwydd gablu trwy ymddygiadau anheilwng o un math. Tebyg yw fod y cyngor wedi dwyn ffrwyth, canys ni throseddodd Eben Llwyd mwyach, ond bu fyw hyd ei fedd yn ei ffordd hynod ei bun yn ddidramgwydd i bobl eraill.

Pan ddaeth llwydni'r cyflychwyr, dechreuodd Mrs. Gwyn anesmwytho ynghylch Martha. Cerddai yn ôl ac ymlaen tua'r drws, ond nid oedd sŵn troed neb i'w glywed, ac aeth y foneddiges yn ei hôl i'r tŷ, a dechreuodd gerdded yn y fan honno o'r naill ystafell i'r llall, yn edrych ar farrau y ffenestri a oeddynt yn ddiogel, ac yn cloi y drysau. Wedi hynny, aeth i'w pharlwr, a gafaelodd mewn hosan oedd ar ganol ei gwau; rywfodd ni theimlai mewn hwyl darllen— yr oedd ei meddwl yn rhy grwydredig; gwyddai na wnaethai y llythrennau ddim ond dawnsio o'i blaen ar y papur, a hithau fawr elwach, faint bynnag ddarllenai tra yn y fath sefyllfa gythryblus. Ofnai bopeth, ond ni allai gysoni'r paham chwaith. Roedd yn ddiwrnod hyfryd, a'r bae yn dawel, heb un don i'w gweld ar wyneb y dyfroedd pan fu hi yn edrych tua'r môr yn ôl ei harfer yn y prynhawn; a gwyddai na fuasai Martha yn debyg o afradu amser fel y bydd genethod ieuainc o forwynion yn llawer rhy chwannog i wneud pan ar eu negesau. Fe allai mai ei hymddiriedaeth berffaith yn ei morwyn ffyddlon oedd yr achos o holl bryder Mrs. Gwyn yn ei chylch. Arferai Martha fod yn brydlon yn ei hôl o bobman, ac nid oedd ei meistres yn cofio gweld bys y cloc ar un ar ddeg o'r gloch erioed o'r blaen, a Martha heb fod yn ei hun a'i heddwch yn ei hystafell fechan uwchben y gegin.

Yn hwyr y dydd, wedi i'r haul fynd dros y gorwel, cyrhaeddodd cwch Ifan Dafydd yn ôl o'r ynys, â Martha ynddo. Wedi glanio, a gofyn i Ifan fynd am ei dâl drannoeth i'r Tŷ Gwyn, cerddodd yn frysiog ar draws y cei, gan anelu yn syth i ffordd y dre. Ond wele Betsan Morus yn sefyll ar ben drws y *Ship and Castle*, ac yn ei chyfarch.

"Martha Owens yn sicr. Wel, mi rydach chi'n hwyr heno ar y dŵr. Fuoch chi'n bell? Trowch i fewn, rydach chi'n siŵr o fod wedi blino. Mi gewch ddiferyn cynnes yn y munud, yn y munud," ychwanegai yn ôl ei harfer.

"Mae hi'n ots o hwyr, Betsan Morus, a mi fydd meistres yn bur anesmwyth. Y cam cynta ydi'r cam gore i mi heno, ne mi fydd wedi gweld un seren yn bedair ar ddeg. Diolch i chi 'run fath yn union, ond dydi meistres ddim y peth oedd hi cyn i'r mab gychwyn i ffwrdd. Well i mi roi'r troed gore ymlaen heno gynta medrai, wir."

"Na, na, dowch i mewn, mae'r ffordd yn rhy unig, a chitha'ch hun, Martha Owens. Does dim sut gadael i chi fynd heb gwmpeini, yn wir. Rhwng ysbryd yr hen ledi yn crwydro o gwmpas, a'r fflît sipsiwn yna ma Lewis Pennant yn swcro yn y Foel, ma hi'n anffit i neb gonest gerdded y ffordd fawr yr amser yma o'r nos. Mi fydd rhai o'r llancia yn falch o'ch danfon chi, a mae yma griw go lew heno ohonyn nhw."

"Dwn i ddim i beth fasa'r hen Mrs. Gwyn yn 'y mhoeni i, Betsan Morus, na'r sipsiwn chwaith, ran hynny. Ond mewn difri, ydach chi'n meddwl hod rhyw wir yn y stori am yr hen ledi?"

"Gwir, Martha Owens? Wel, oes, os nad ydi cymdogion gonest yn deud celwydd. Siawns na raid i ni goelio pobl barchus, eirwir; mae'n ormod i ni'u cyhuddo nhw o fod yn gneud straeon, ddyliwn i."

"Wel, pwy gwelodd hi, Betsan Morus ?"

"Sara Jones, Tŷ'r Capel, ydi un, medda nhw. Roedd Sara wedi mynd i'r Plasllwyd fel y bydd hi gyda'r nos, at yr *housekeeper* rŵan ac yn y man, a mi fuo yno dipyn yn hwyr, ddim yn ots felly, wyddoch. Pan gyrhaeddodd hi y llidiart mawr, dyna sŵn rhywun yn dŵad mewn sidan yn ymyl Sara, a'r sŵn yn ei phasio hi; ac wedi mynd rhyw deirllath o'i blaen, dyna'r ddrychiolaeth yn troi yn olwyn o dân, ac yn ysgubo trwy'r wal."

"Gwarchod ni," ebe Martha, â'i gliniau yn dechrau crynu.

"Ie," ebe'r dafarnwraig, "a mi syrthiodd Sara ar 'i hyd ar y llawr yn lledan farw, ac yno basa hi trw'r nos oni bai i'r cipar 'i gweld hi wrth fynd am 'i rownds, a'i chodi hi, druan."

"Wel, Betsan Morus, mi faga'n burion i mi gael cwmpeini. Fedra i ddim mynd adre fy hun heno, beth bynnag," ebe Martha yn grynedig ei llais.

"Dowch i mewn, Martha Owens, am funud ne ddau," ac arweiniodd Betsan Morus hi i ystafell fechan na fyddai neb yn cael eu troi i mewn iddi os na fyddai'r tŷ yn llawn iawn ar ddiwrnod ffair Tre Einion.

"Fan yma bydd y plant a minna yn byta'n prydia, Martha Owens, ar y'n penna'n hunain, wyddoch. Gayney, tyd yma a glasiad o win i Martha Owens. Mae hi newydd lanio ar y cei. Yn y munud."

Daeth Gayney, a gosododd y gwin ar y bwrdd crwn yn ymyl Martha, a dechreuodd hithau ei sipian.

"Mae hwn yn win da iawn, Betsan Morus, da iawn,"

"O ydi, y gwin gora, faswn i ddim yn meddwl am roi dim arall o'ch blaen chi, Martha Owens. Mi wyddoch chi be ydi be, a chithe hefo byddigions ar hyd y'ch oes."

Gwenodd Martha yn foddhaol.

"Newch chi gadw'ch golwg ar y cloc, Betsan Morus? Fiw i mi aros fawr i gyd, mae meistres wedi torri yn arw er pan aeth Mr. Derfel i ffwrdd—mi effeithiodd arni hi na chreda neb gymin."

"Do, do, ond mae hi'n fraint fawr i Mrs. Gwyn gael dynes fel chi o'i chwmpas hi. Mor hy' â gofyn i chi, Martha Owens, fuoch chi ymhell heddiw?"

"Do, yn wir, mi fûm yn yr ynys, a mi ges groeso tan gamp hefyd, te a chrempoga, a hufen tew yn y te, a'r crempoga yn nofio yn y menyn, Betsan Morus."

Erbyn hyn yr oedd y gwin yn dechrau gollwng tafod Martha yn rhydd, a gweniaith Betsan Morus yn helpu yr oruchwyliaeth yn dra rhagorol.

"Neges dros y feistres, mae'n sicr, Martha Owens, ynte oes yna rai o'r ffermwyr yna eisio gwraig o'r *right stamp*?"

Gwenai Martha fwy fyth, a dwedodd, "Na, yn wir, Betsan Morus, does neb yn 'y ngweld i a 'ngheiniog daclus, a does dim lle i feio neb; dydw i yn rhoi fawr o siawns iddyn nhw, rhaid i mi sticio wrth meistres tra bydd hi."

"Gayney, Gayney. Diferyn bach eto i Martha Owens. Na, na, rhaid i chi'n siŵr, a chitha wedi dŵad o mor bell. Welsoch chi rai o deulu'r brenin yn yr Ynys?"

"Wel, yno bûm i Betsan Morus, dros meistres. Roedd Mr. Derfel wedi gyrru llythyr adra iddi hi, ac wedi rhoi llythyr i Tegwen, merch Hywel Rhys, yno fo."

"Ydach chi ddim yn deud! Wel, mi fasa rhywun yn meddwl basa Mr. Derfel Gwyn yn edrych yn uwch, ond mae'r brenin yn bur gefnog."

"O, ydi, mae Hywel Rhys yn siŵr o fedru troi poced hefo meistres unrhyw ddydd."

"Glywsoch chi neb yn sôn yno am yr hen long fawr yna, Martha Owens? Mae rhai yn dechre meddwl, wyddoch, fod pobol yr ynys wedi gneud hylltod ohoni hi. Welsoch chi ddim olion rhyw dipyn o betha, tybed?"

"Wel, mi ddeuda i gimin wn i, Betsan Morus, ond tydi hynny fawr, fel byddwn ni'n deud."

"O, dwy'n siŵr bod chi â'ch llygaid yn ych pen, Martha Owens, a mi welwch chi fwy na'r rhan fwya ohonon ni hefo nhw."

"Welsoch chi 'rioed mor ychydig oedd yno i neb weld, Betsan Morus—dim ond 'mod i wedi digwydd troi i ofyn sut roedd teulu Bodlondeb wrth fynd yn f'ôl at y cwch, ac ar ryw sgwrs neu gilydd mi ddeudodd y wraig air neu ddau am y storm fawr wyddoch, a mi aethon i sôn am deulu'r Plasllwyd. Mi fuo gwraig Bodlondeb yno'n gweini yn amser yr hen ledi yn hir iawn, a mi ddeudis inna am y gŵr ifanc a achubwyd o'r llong. Yna mi ddeudodd hithau bod y gŵr wedi edrych trwy 'i spinglas drannoeth, ac wedi gweld rhywun ym morio o gwmpas y llong, ac yn gneud rhyw dro crwn wedyn. Mi 'ddyliodd o bod nhw'n mynd i lanio yn yr Ynys, ond welodd o neb, a fedra fo weld 'run cwch yn mynd at y Tir Mawr yma. Ymhen tipyn wedyn, mi welodd gwch arall yn ymyl y llong, a thipyn o griw yno fo. Ond roedd y dyn â llond 'i ddwylo o waith, fel y bydd ffarmwr, wyddoch, ac eisio mynd i'r ochor arall i'r Ynys arno fo i ryw neges neu gilydd a waeth i chi hynny na mwy, beth oedd yn llechu mewn rhyw gilfach i lawr mewn lle na allai neb lanio—achos fedr neb lanio yn yr Ynys ond yn yr un fan— ond cwch â dau ddyn ar 'u hyd fel pe basa nhw'n cysgu. Ddyliodd o ddim am y peth mwy na bod rhywrai yn pysgota, nes gwelodd o ddau ddyn ifanc ymhen rhyw ychydig wedyn yn troi o gwmpas y Llety, a Tegwen merch y Brenin yn dangos yr hen furiau iddyn nhw, a roedd hi'n meddwl ma Pabyddion oedd y ddau. Ond p'run bynnag, mi aethon yn 'u cwch i ffwrdd y tro hwnnw, a chofiodd neb ddim amdanyn nhw nes i un ohonon nhw ddŵad tua'r Llety ers rhyw wsnos yn ôl, a gofyn am Tegwen. A be 'ddyliech chi naeth o, Betsan Morus?"

"Wel, yn wir, Martha Owens, gobeithio na na'th o ddim cam â hi."

"Cam? Choelia i fawr; na, mi glymodd *chain* aur am 'i gwddw hi, ac mi ddeudodd mai treio talu yr oedd o am fwyd 'i frawd a fynta, ac am 'u caredigrwydd nhw i bobol ddiarth. A chyn i'r eneth gael ei gwynt, ffwrdd â fo, a welodd neb olwg arno fo wedyn. Mae'r peth wedi dychryn tipyn ar y bobol, ŵyr neb p'run ai bod meidrol ynte rhyw fod arall yn ymrithio oedd y dyn."

"Wel, rydech chi wedi fy synnu i, Martha Owens, fel ro'n i'n deud wrth Doctor Prys ddoe, mae hi'n amser od iawn, ydi'n wir. Sôn am ysbrydion, a lladron, a phob drygioni, am wn i. Mae'r olwg ar betha yn ddigon â pheri i rywun feddwl bod hi'n nesu at ddiwedd y byd, yn wir."

"Rhaid i'r mil blynyddoedd ddŵad yma cyn diwedd y byd*, Betsan Morus," ebai Martha.

"Felly bydda'r hen bobol yn deud, ynte, ond, yn wir, dŵyr rhywun beth i gredu rŵan, am wn i; mae'r holl ddadla mawr yma sydd rhwng y Calfiniaid a'r Arminiaid† yma ddigon â moedro'n penna ni. Yn wir, Martha Owens, roedd yma ffwl cwffast neithiwr—y dynion, yn lle yfed 'u hanner peint yn ffrindia, fel creaduriaid call, yn gwylltio ac yn taeru, ac yn lluchio'r cwbl o'u cwmpas, a fedrwn i neud dim o'u holl lol nhw i gyd fy hun, a dw i ddim yn meddwl bod hanner y bobol yn gwybod am beth ma nhw'n dadla.

---

* Credai rhai y byddai Teyrnas Duw ar y ddaear am fil o flynyddoedd yn dilyn Ail Ddyfodiad yr Iesu.

† Asgwrn y gynnen yn y ddadl ddiwinyddol hon oedd a oedd popeth wedi'i ordeinio gan Dduw, fel y credai'r Calfiniaid, neu a oedd gan ddyn fesur o ewyllys rydd.

Ma'n debyg bod y penaethiaid yn gwybod i ddechrau, ond dydi hanner y catals sy'n ffraeo â'i gilydd ddim."

"Petha digon digri ydi dynion, Betsan Morus mae rhyw helynt arnyn nhw o hyd. Maen nhw'n burion yn 'u lle, ond does dim curo ar roi digon o waith iddyn nhw, nes byddan nhw wedi blino gormod i neud dim drwg. Mi fydda i'n meddwl bob amser fy hun na fasa'r hen Syr tua'r Plasllwyd yna ddim yn siort mor sâl tasa fo heb fod mor segur. Pe basa raid iddo fo weithio i ennill 'i fywoliaeth, mi fasa'n reiol dyn. Mae digon yn 'i ben o."

"Mae o wedi talu miloedd o arian, medda nhw, i geisio cyfreithloni y ferch. Hwyrach mai dyna'r rheswm pam mae'r hen ledi yn troi rownd."

"Synnwn i ddim, Betsan Morus, mi roedd Meistres Gwyn yn ffond iawn o Mistar Derfel, mi wn i hynny, a faswn i byth yn disgwyl iddi hi fod yn esmwyth yn 'i bedd nac unlle arall pe basa hi'n gwbod 'i fod o wedi cael ei gamdrin."

Y foment nesaf clywid bloeddiadau o'r ystafell lle yr eisteddai y dynion i yfed a chwedleua gyda'r nos. Chwarae teg iddynt, y chwedleua a'r ymgomio oedd y pwysicaf iddynt ar ddiwedd gwaith, nid yr yfed. Nid oedd llawer o feddwon yn yr ardal, ac yn sicr nid oedd cwrw Betsan Morus yn drwyth fel a yfir gan bobl ffôl ein dyddiau ni.

"Rydw i yn barod i sefyll yr un ochor â'r hen Lanllyfni. Calfin ydw i, Chalfin oedd 'y nhad," gwaeddai un o'r dynion ar uchaf ei lais.

"Be rwyt ti yn sôn am dy hen Lanllyfni, doedd o ddim ond gweithiwr, fel chdi a minna. Roedd John Wesla yn ddyn o ddysg, a beth ydi dysg dda i ddyn os na fydd o'n gwybod mwy na'r cyffredin wedi hynny, dŵed i mi?"

"Dyn o ddysg, wir! Ha-ha! Ddysgodd Pedr ddim ond sut i ddal pysgod a thrwsio ei rwydi, dyna i ti; a beth fasa dy John Wesla di wrth 'i ochor o? A mi roedd Pedr yn credu yn yr etholedigaeth, raid i ti ddim ond darllen 'i lythyra fo,"

"Paid ti â gneud sport ohona i hefo dy ddarllen, os gweli di yn dda. Mi wyddost yn eitha na ches i 'rioed ysgol i ddysgu darllen dim nes o'n i'n rhy hen i neud fawr ohoni hi. Ond mi wn i be ydi be, cofia di."

Chwarddodd rhai o'r cwmpeini, a dwedodd un, "Mi wyddon ni bod chdi'n dallt i'r dim be ydi cwymp oddi wrth ras."

"Cwymp oddi wrth ras, yn wir," ebe'r Calfin, "dwn i ddim sut y ma pobol John Wesla yma heb gwilydd yn deud bod y fath beth. Fel tasa'r Hollalluog yn rhyw greadur llac 'i afal. Myn diaist i, *boys*, mae'n tynnu at amser i gychwyn, ne chodwn ni ddim yn y bora."

"Os wyt ti wedi d'ethol i godi, mi godi'n iawn, fedru di ddim peidio."

"Paid â chablu, 'machgen i," ebe Ifan Dafydd, yr hen bysgotwr, yr hwn oedd erbyn hyn wedi troi i'r *Ship* cyn mynd i'w gadw dros y nos.

"Wel, Ifan Dafydd, fel yna mae'r bobol yma yn siarad yn union, fel tasa gin ddyn ddim mwy o lywodraeth arno fo'i hun a'i fywyd na'r hen Siôn a Siân acw sydd gin Betsan Morus ar y dresal i ddeud sut dywydd ydi hi i fod."

"Wel," ebe Ifan Dafydd, "yn ôl pob tebyg, mae yna arwyddion heno bod hi i fod yn dywydd digon sobor. Mae'r goleuni coch yn dangos 'i hun yn yr awyr, a does yma 'run ohonon ni na wyddon ni amcan beth ydi hwnnw yn feddwl."

"Y goleuni coch," ebent oll yn unllais, ac allan â hwy i'r drws, gwraig y dafarn a Martha Tŷ Gwyn a phawb arall.

Y fath olygfa ardderchog yw y goleuni gogleddol pan welir ef yn ei ogoniant—yr *aurora borealis*, fel ei gelwir gennym ni, a cheisiwn roddi gwahanol resymau drosto. I'r hen Gymry gynt, un o arwyddion y nefoedd ydoedd, yn dangos y dyfodol iddynt. Os byddai'r goleuni yn wyn, disgwylient hwy ddiwygiad crefyddol grymus, ond os goleuni coch fyddai, yna heb os nac oni bai: rhyfel oedd yn arwyddocau.

"Mi ddaw yn daro tua Rwsia yna, fel dwy byw," ebe'r hen bysgotwr, "a gwae ni. Peth digon sobor fydd gweld shipio'r llancia i golli 'u bywyd i'r fan honno."

"Peidiwch â d'rogan dryga, Ifan Dafydd," ebe Betsan Morus.

"Rydw i yn hynach na'r un ohonoch chi, a welais i, naddo yn y mywyd, mo'r gola coch yn 'i misio hi. Mi glywas 'y nhad a mam yn deud yr un peth hefyd. O, na, ma'r gola coch yn siŵr o'i bwnc, Betsan Morus, er nad ydi o na Chalfin nac Armin."

Syrthiodd ofn rhyfedd ar y dynion, a thipyn o waith fu cael yr un ohonynt addo danfon Martha i'r Tŷ Gwyn, ond o'r diwedd ymunodd tri yn fintai i'r pwrpas, ac ymaith â hwy.

XI.
Y Goleuni yn yr Awyr

Tra y rhodiai y bobl tua'u cartrefi o'r Ship, eu calonnau ofergoelus yn llawn ofn a dychryn, safai Lewis a Margaret Pennant ar lawnt y Llys yn mwynhau yr olygfa ogoneddus. Nid yn aml y ceid ei thebyg: yr awyr uwchben yn goleuo'r wlad, eto heb haul na lloer i w gweld yn y ffurfafen. Fe allai mai disgrifiad Gwenllian oedd y gorau.

"Mae'r awyr yn waed coch, coch i gyd, mam; yr haul sy wedi torri yn dipia man i gyd? Ynte wedi lladd dyn sydd yn y lleuad a'r ci bach mae rhywun, a'r gwaed yn rhedeg hyd yr awyr?"

Gwenodd Margaret Pennant. Yr oedd eu tad wedi codi y plant o'u gwelyau iddynt gael golwg ar ogoniant yr awyr, ond nid oedd wedi darparu ar gyfer ateb cwestiynau rhyfedd Gwenllian.

"Nid y sipsiwn nath yr awyr fel yna, 'nhad?"

"Nage, nage, Gwenllian fach, does wnelo yr hen Sidi a'i theulu ddim â'r awyr, er y bydd hi'n sôn digon am y planedau, hefyd."

"Fydd yna haul fory, 'nhad?" gofynnai Llywelyn.

"O, bydd, a rhaid i blant bach fynd i'w cadw rŵan, wedi gweld yr awyr hardd yna, neu mi fydd Huwcyn yn rhwystro iddyn nhw godi yn y bore," ebe eu mam.

"Mae'r haul i fod bob dydd," meddai Owen, yn oraclaidd, fel pe bai'n synnu at Llywelyn yn gofyn y fath gwestiwn.

"Ydi, nes bydd o wedi mynd yn dywyll, pan ddaw diwedd y byd," ebe Gwenllian, "a dydi amser diwedd y byd ddim eto."

"Sut yr wyt ti'n gwybod, Gwenllian?"

"Achos fod lot fawr o bobol heb i neb ddeud dim am Iesu Grist wrthyn nhw, a mae'r Beibl yn deud fod yn rhaid i bawb ymhob man sydd yn y byd mawr i gyd wybod am Iesu Grist cyn diwedd y byd, 'nhad."

"Hwyrach ma 'nacw ydi'r tân mawr," sylwai Owen bach yn freuddwydiol, "biti fod bobol yn mynd i'r tân mawr; faswn i ddim yn rhoi neb, neb, yn y tân mawr, Sara Tŷ'r Capel, na Josh y *Ship*, na neb. Fasech chi, mam?" ebe'r bachgen, gan enwi y rhai a boenent fwyaf ar blant bychain gwlad Einion.

Aed â'r plant yn ôl i'w hystafelloedd, ac yn fuan iawn hunent yn dawel, fel y gall plant gysgu yn oriau mebyd; ond pan aeth eu mam tua'r lawnt i gymryd ail olwg ar y ffurfafen goch oedd yn wir megis mor o waed. Rhoddodd Lewis Pennant ei law yn garedig ar ei hysgwydd, ac ebe ef, "Margaret, pam mae'r olwg gythryblus yna ar eich wyneb?"

"Wel, Lewis, wn i ddim, os nad cwestiynau'r plant yna barodd i mi fynd i benbleth er fy ngwaethaf. Mae yma gymaint o bethau rhy anodd eu hamgyffred o'n deutu, onid oes?"

"Margaret fach, waeth i ni heb bendroni ynghylch y pynciau dyrys yma, am wn i. Un peth sydd sicr ddigon: ni fyddwn nes bawd na sawdl i'w deall, faint bynnag geisiwn ni. Dyna'r goleuni yna sydd mor ardderchog, ni wyddom ddim amdano, damcaniaeth un ac arall yw'r cyfan; ond mae gennym oll ryw amcan am reol bywyd, ac mi allwn dreio ein gorau i fyw y bywyd hwnnw sydd yn rhyngu ei fodd Ef."

"Dyna'n union lle'r arweiniodd siarad y plant fi, Lewis. Ofni ein bod yn rhy siŵr o bynciau llawn mor anodd eu deall â'r goleuni coch yna, a dweud y lleiaf. Fedrai yn fy myw ddygymod â'r syniad yma feddwn ni am lyn yn llosgi o dân a brwmstan, lle mae pawb i dreulio eu tragwyddoldeb ynddo o ddechre'r byd hyd yr awr hon, ac o hyn i ddiwedd amser, ond yr etholedigion y clywir cymaint o ddadlau yn eu cylch. Mae arna i ofn 'mod i'n bur bell o fy lle, Lewis bach, ond am 'mod i'n credu mai yr un Duw yw ein Creawdwr ni oll yn ddu ac yn wyn, mae rhywbeth yn fy enaid i yn peri i mi gredu hefyd fod yna le yn y cariad roddodd fod i ni oll, i bob un ohonom fydd yn ceisio ymgyrraedd at yr uchaf, er i ni addoli ein Crëwr mewn ffurfiau gwahanol. Dyna'r hen Sidi, a'i thylwyth. Meddant lawer o rinweddau y mae aml i broffeswr crefydd yn amddifad iawn ohonynt."

"Mae'n hawdd iawn i mi gredu, Margaret fach, nad oes yna le i ddim ond tynerwch yn y galon yna, a fyddwn i ddim yn bell iawn o fy lle pe y credwn hefyd fod y Creawdwr mawr roddodd fod i'r tynerwch yna yn sicr ddigon o fod yn Ei holl briodoleddau yn llawer mwy rhagorol na'i greaduriaid egwan. Pe baem ni yn gwneud yn ôl gorchymyn yr Ysgrythur, gadael llonydd i'r ymddrysu ynghylch cwestiynau a dirgelion fyddai'r mwyaf cysurus i ni o gryn lawer."

"Fe allai mai cwestiynau a syniadau y plant a barodd i mi ofni, Lewis, ein bod yn eu dysgu ynghylch pethau yn gyfeiliornus. Aeth fel saeth i'm calon clywed Owen bach yn dweud yn bendant na wnaethai ef yr hyn y daliwn ni ein Harglwydd Da yn gyfrifol amdano yn yr athrawiaethau a ddysgir i'r plant. Ni allaf ond erfyn am faddeuant os bu i mi ryw dro, mewn anwybodaeth, fod yn euog o ddwyn cam-dystiolaeth yn erbyn ein Duw," a chododd Margaret Pennant ei golygon i fyny tua'r wybren goch uwchben. "Mor fychain ydym, mor ddistadl, megis pryfaid mân y llawr, eto mor fawr ein rhwysg," ychwanegai.

"Ie, Margaret fach, ie, cwestiwn priodol iawn iddo Ef ei ofyn oedd yr un hwnnw i Job erstalwm, 'Pa le yr oeddit ti pan sylfaenais i y ddaear?' Nid oes yr un ffordd i ddeall y Creawdwr mawr i ni, Margaret, ond trwy yr amlygiad ohono gafwyd yn y dyn Iesu Grist."

"Nac oes, Lewis a dyna'r hanes fydda i yn ddysgu i'r plant, hanes plentyn Bethlehem, a'i fywyd glân."

"Wel, Margaret fach, mi wnawn ein gore ein dau i fyw bywyd cyson ein hunain wrth fagu'r plant. Mae'r apostol yn dweud, 'Ein hymarweddiad ni sydd yn y nefoedd.' Mae ymarweddiad yn y fan honno yn siŵr o fod yn y man gore i'w chadw'n iawn."

"Pryd mae'r tylwyth yn cychwyn o Feudy'r Foel eleni, Lewis?"

"Wn i ddim yn iawn, ond mae hi'n tynnu at 'u hamser arferol nhw i godi 'u pebyll."

Aeth y ddeuddyn i mewn oddi ar y lawnt, ond taflodd Margaret Pennant un olwg arall ar y goleuni gogleddol, ac ebe hi, wedi cyrraedd at y tân a dal ei dwylo o'i flaen i'w cynhesu, "Pam y bydd pobol yn deud y bydd gole coch yn dod o flaen rhyfel, Lewis?"

"Yn wir, Margaret fach, ni wn i, os nad effaith sylwi ydyw. Dyna ffordd y tadau a'r mamau o sylwi ar y tymhorau, sylwi ar arwyddion y wybren a'r ddaear. Ac roedd rhyfeloedd mor aml erstalwm—rhyw gleddyf allan o'r wain o hyd."

"Arferai hen forwyn i 'nhad a mam ddeud mai rhyw fath o ddrych oedd yr awyr, ac mai llun maes y gwaed yn y drych oedd y goleuni coch."

"Mae'n debyg fod yna esboniad eithaf naturiol i'r olygfa odidog, Margaret, ond nad oes neb wedi dod o hyd iddo eto, a hyd hynny fe gawn ddigonedd o ryw fath o straeon yn ei gylch. Byddai nain yn ddigon siŵr ar y pwnc bob amser mai cysgod adenydd ar angylion oedd y goleuni gwyn. Eu bod hwy yn dechrau cân o fawl yn y nef, ac yn disgyn ar y cymylau i gynhyrfu plant dynion i addoli eu Crëwr a'u Prynwr. Ac ni fynnai yr hen wraig yr un esboniad arall ar y pwnc, chwaith."

"Mae y meddwl yna yn glws iawn, Lewis, ac fe wna'r tro yn well na llawer esboniad ar bethau amhosibl i ni eu deall. Gobeithio na fydd yma sôn am ryfel, beth bynnag, yn unman ar y ddaear.”

“Mae’n ddigon peryg, Margaret fach, y tywelltir llawer o waed y dyn gwyn tua bydd y Gorllewin yna i geisio setlo mater y dyn du.”

“Druan o Mrs. Gwyn: byddai clywed hynny yn ofid calon iddi hi, a Derfel ei bachgen yno.”

“Byddai, druan: ni ddylsai y marchog drin Derfel fel y gwnaeth ar un cyfrif. Ond waeth tewi, mae’r cywion yn dechre dod tuag adre i glwydo eisoes tua’r Plasllwyd, er bod popeth yn llwyddo yn ei law i’n golwg ni.”

XII.
A Goncrwyd Cymru?

Bore trannoeth, clywid cnoc ar ddrws ffrynt y llys, a rhywun yn codi y glicied ac yn gweiddi, "Oes yma bobol i mewn?"

"Oes; dowch ymlaen, Rolant Meurig, beth barodd i chi droi allan mor fore o'r Hendre?" Gwenai Margaret Pennant yn siriol: cyfarfyddai ardalwyr gwlad Einion yr rhy aml i feddwl am ffurfioldeb yr ysgwyd llaw wrth gyfarch ei gilydd.

"Newydd orffen cadw dyletswydd ryden ni, Rolant Meurig," a chododd y Beibl mawr oddi ar y bwrdd i'w le ar yr astell lyfrau, hyd nes deuai yr awr weddi eto yn y man.

"O, nid arnoch chi ma'r bai, Margaret Pennant. Nage gŵyr dyn, rydech chi i'r dim hefo pob peth yn y Llys yma. Mynd wrth y nôts fyddai'n ych gweld chi i gyd, a does dim curo ar drefn hefo dyn ac anifail, tasa bosib stwffio'r gwir hwnnw i'n penna ni rywsut. Ond ma'n penna ni yn galed fel maen melin Rhobat fy mrawd, dyn a'n helpo."

Hen ffarmwr Cymreig o'r hen ffasiwn oedd Rolant Meurig. Gwisgai ddillad o frethyn cartref, wedi eu gwneud o wlân ei ddefaid ei hun, ar Sul, gwyl, a gwaith, ac ni newidiodd ddim ar eu gwneuthuriad chwaith o'r amser y bu iddo yn llanc ieuanc roddi ei glôs pen-glin—â'r botymau pres hardd yn ei addurno—amdano y tro cyntaf. Waeth pwy wisgai lodrau llaesion, bu Rolant Meurig hyd ei fedd yn ffyddlon i'r clôs pen-glin a'r got gynffon fawr a wisgai ein teidiau gynt: y got ffasiynol i fonheddwyr a'u hefelychwyr yn hwyrddydd y dydd yw hi erbyn heddiw, ond am ryw reswm na ŵyr neb dyn pam, gwisgir y got ar bob awr o'r dydd gan *footmen* a *waiters*. Ond i beth y gwastraffwn amser i ymresymu ynghylch deddfau rhyfedd ffasiwn; onid ydynt yn anesboniadwy eu mympwyon? Weithiau gwelid *smoc froc* o liain dros y dillad brethyn gan Rolant Meurig. Pan fyddai yn mynd i silio clwydaid o geirch tua'r felin, byddai y *smoc froc* yno i gadw'r llwch coch a'r eisin sil oddi wrth y brethyn, neu pan fyddai'n gynhaeaf gwair a'r hin yn boeth, teflid y got ymaith, a'r *smoc froc* yn unig a wisgai yn y gweirgloddiau lle y gweithiai yng ngwres haul Gorffennaf. Ond y bore hwnnw yn Llys Gwenllian, y dillad brethyn oedd "ar i fyny". Y "dillad cig rhost" fel eu gelwid gan yr hen ffermwyr, am mai ynddynt hwy yr elent i dalu'r rhent, ac yr oedd cryn lawer o'r ffermwyr heb weld cig rhost ddydd mewn blwyddyn ond pan eisteddent i fwyta y cinio rhent.

"Ydi, mae'n burion peth, Rolant Meurig, cael amser i bopeth fel lle i bopeth," ebe Margaret Pennant. "Rywfodd mae'r olwynion yn mynd rownd gryn lawer yn fwy hwylus os bydd y cwmwl yn drefnus yn eu tro."

Daeth Lewis Pennant i mewn, a Gwenllian yn neidio ac ysboncio o'i gwmpas, a chyn iddo yn brin ddweud "Dydd da, Rolant Meurig," wele ei gymydog yn dweud:

"Mae Comin Maen Esyllt wedi'i ddwyn, Lewis Pennant, fel dwi yn y fan yma. Mae o'n golled gynddeiriog i'r plwy yma, 'ddyliodd 'y nghalon i 'rioed fod y Sgweiar i fyny â'r gwaith. Ond mi concrodd nhw bod yn un, yn dwrneiod ac yn gownsileriaid, y cwbl i gyd."

"Sut y clywsoch chi, Rolant Meurig? Mi wyddwn i fod Mr. Gwyn yn fawr ei fryd ar y darn tir yna, ond ddeallais i ddim fod pethau wedi eu setlo eto."

"Sara Tŷ'r Capel ddeudodd. Does dim curo ar yr hen ferch am dipyn or hanesion; mae'r peth yn wir bob gair— *housekeeper* y Plas ddeudodd wrthi hi. Ma'r Sgweiar ar gefn 'i geffyl, er bod yr hen ledi yn 'i boeni o, medda Sara, a hwylio mawr i fynd i ffwrdd am dipyn i orfoleddu, debycin i. A'r peth rhyfedda'n fyw oedd 'i blê o: mi fedrodd brofi iddyn nhw nad oedd y Saeson yna 'rioed wedi concro Cymru, a boeth y bo fo, mae'n burion gin i iddo fo neud hynny, tasa fo heb ddwyn tir y plwy 'run ffordd. Mi fydd yn golled fawr i bobol y tai bach yma am fwyd i'r anifeiliaid. Mi fyddan yn 'u troi nhw mor aml am damad i'r hen Gomin. Ond dyna ni, petae chi a minna yn medru mynd tros ben Sgweiar Gwyn, fydda gynnom ddim ond un wedyn i setlo, a hwnnw ydi'r cythral." Byddai Rolant Meurig yn chwannog i arfer geiriau breision iawn pan wedi colli ei dymer.

"Ydi'r Sgweiar wedi cychwyn i ffwrdd?" gofynnai Lewis Pennant.

"Mae o'n cychwyn y bore glas yma, medda Sara, a ma hi'n siŵr o fod yn gwybod. Roedd hi'n deud hefyd 'i fod o yn ych rhegi chi i'r cymyla, Lewis Pennant."

"Yn fy rhegi i? Beth wnes i iddo?"

"Rhoi Beudy'r Foel i'r sipsiwn, a ma'r hen Sidi wedi bod yn deud wrth y ferch ifanc yna sut un ydi 'i mam hi; mi fasa'n siŵr o ddŵad i wbod rywbryd, a waeth iddi hi yn fuan nag yn hwyr, am wn i."

"Wel, wel, Rolant Meurig, pe buasai'r Sgweiar wedi byw bywyd heb ddim eisiau ei guddio ynddo, ni fuasai raid iddo fy rhegi i nac arall, druan. Cydymaith anhwylus ddigon yw cydwybod euog, a waeth lle yr aiff Mr. Gwyn, mae arna i ddigon o ofn na cheith o ddim gwared ohono ar chware bach."

"Na, Marchog y Sir ne beidio, Lewis Pennant, neith hi mo'r tro y byd sy ohoni hi i ddyn feddwl 'i fod o'n Hollalluog. Rydan ni'n ddigon gwasaidd, y Tad a'i gŵyr, ond os bydd o byw dipyn, mi geiff o weld sut y trydd petha. Roedd Meistres Gwyn, coffa da amdani, yn hen ledi i'r wlad yma, a ma yma griw o bobol am 'i waed o. Synnwn i ddim na fydd ar y sir yma eisio gwell marchog p'run ai Tori ne Whig fydd o. A dyma Meistres Gwyn o'r Tŷ Gwyn, mae hi fel peth wedi tynnu 'i chalon ers pan aeth y bachgen o'r wlad. Yn wir, Lewis Pennant, rhyw deulu od iawn ydi'r Gwyniaid yma, ma nhw wedi'u witshio, am wn i."

Gwenodd Lewis Pennant yn dawel.

"Wel," ebe Rolant Meurig, "does dim lwc hefo nhw, a'r drwg ydi bod nhw'n gneud rhyw aflwydd i bob creadur byw ddaw i gyffyrddiad â nhw. Tasa Siani Tyncoed wedi witshio nhw fasa fo'n syndod yn y byd i rni."

Hen wreigan feddai'r cymeriad o witshio yn yr ardal oedd Siani Tyncoed, ac ofnid hi gan hen ac ieuanc oeddynt heb ymadael ag ofergoeledd.

"Mae Siani, druan, yn ddigon diniwed, Rolant Meurig."

"Diniwed, Lewis Pennant? Diniwed, ddeudsoch chi? Nac ydi'r hen beunes ddim yn ddiniwed, boeth y bo hi: a dyna oedd fy neges i yma'r bora, yn wir, ond fel ddaru stori Sara ddrysu 'mhriciad i, a finna yn methu dal. Mae'r Gwyniaid yna yn ddrain yn ystlysa pawb yn yr Hendre acw, yn wir. Roedd Meistres a minna yn meddwl bod siawns i Ieuan gael gafal ar 'i gyfnither yn wraig, a mi geutha groeso calon i'r Hendre. Mi fasen y'n dau yn falch o ferch fel Tegwen, ond na, ma'r Gwyniaid cythreulig yna wedi rhoi 'u bysedd ym mrywes dyn yn y fan honno a'r eneth yn troi clust fyddar i bob peth gora er 'i lles hi."

"Ond beth ddwedsoch chi oedd y'ch neges chi'r bore yma, Rolant Meurig?"

"O, ie, dyna fi eto wedi colli'r côst, fel bydd y llongwrs yma'n deud. Wel, Lewis Pennant, mae acw ryw gamhwyl ar y corddi. Waeth faint gorddir ar y llaeth am oriau bwy gilydd, does dim modd hel y menyn ohono fo at 'i gilydd, a mi fyn y merched acw mai Siani Tyncoed sy wedi rheibio fo. Boeth y bo hi, mi rhown i hi ar dân oni bai cyfraith y munud yma. Ma meistres am i mi ofyn y'ch cyngor chi yn y Llys yma."

"Wel, dydi meistres a minna ddim yn credu yn y witshio yma, Rolant Meurig. Y'n ffordd ni, ynte Margaret fach, fasa chwilio i'r peth yn nes adre na Thyncoed, pe base rhywbeth o'i le yma. Mae'n bryd i ni ddarfod â hen ofergoelion tywyll fel yna. Mae goleuni yr efengyl yn hel y tywyllwch i ffwrdd o'r wlad. Beth fyddai i'ch meistres newid yr un sy'n corddi am dro, Rolant Meurig?"

"Waeth pwy gorddith y llaeth os bydd Satan yn y fudda. Mae'r llaeth wedi'i reibio. Wel, wn i ar y ddaear las yma beth i neud, ma meistres mewn helynt dros 'i phen a'i chlustie. Colli'r perchyll bach roddan ni bob yn un rhyw fis yn ôl, a mi fynna pawb ma teulu Sidi oedd wrthi hi; ond fedra nhw ddim mynd i'r fudda at y llaeth."

"Adre mae Ieuan rŵan, Rolant Meurig?"

"Na, mae o wedi bod ar yr Ynys yn rhoi help llaw, ac yn treio troi o gwmpas Tegwen, tasa fo haws. Mi ddaw drosodd o hyn i'r nos."

"Mae'r Sgweiar wrth y drws, meistar," ebe un o'r morwynion.

XIII.
Ofergoelion

Nid atebai fawr o ddiben i ni ymdroi i wrando ar Rhydderch Gwyn yn melltithio'r sipsiwn, ac yn erchi i Lewis Pennant eu danfon i ffwrdd gynted ag y medrai, ac y disgwyliai ef weld yr ardal yn glir oddi wrth Sidi a'i theulu cyn ei ddychweliad ef a'i deulu. Digon yw dweud os bu i Rhydderch Gwyn, A.S. fod i fyny â'r barnwyr yn llysoedd y wlad pan yn lladrata hen gomin Maen Esyllt, ei fod yntau wedi taro wrth feistr yn Lewis Pennant. Aeth y Sgweiar i ffwrdd heb fod yn y dymer orau, gan siarad wrtho ei hun, a chwythu bygythion yn erbyn pawb a feiddiai groesi ei lwybrau ef.

Aeth Rolant Meurig hefyd yn ôl tua'r Hendre, heb fod nemor elwach ar ei ymweliad â'r Llys. Ceisiodd Margaret Pennant ei ddarbwyllo nad oedd a wnelai Siani Tyncoed na neb arall y tu allan i'r Hendre ddim o gwbl â'r llaeth yn y fudda, ond os cafodd ei geiriau rywfaint o effaith ar Rolant Meurig ei hun, ni fynnai y wraig wrando arnynt, a'r canlyniad fu iddi roddi'r crochan mawr ar y tân a chalon buwch yn hwnnw dros ei phen mewn dwr, a thua ceiniogwerth o binnau wedi eu pwyo bob yn un ac un ar hyd a lled y galon. Tybiai y wraig mai dyna oedd y dull gorau i ddadreibio'r llaeth, a chymaint oedd yr ofergoeledd yn y wlad fel y disgwyliai'r wraig druan i'r galon yn y sospan ddwysbigo calon Siani Tyncoed. Hefyd, gorfu i blant Rolant Meurig fynd i'r fan lle tyfai coeden griafol, ac wedi torri rhai o'r brigau, gwneud modrwyau â hwy. Rhaid oedd rhoddi un o'r modrwyau o dan ystlysbost drws y tŷ, ac un arall uwchben capan drws y bwtri.

Ystyrid y modrwyau yma yn alluog i gadw pob ysbryd drwg i ffwrdd o'r tai annedd, ac yn yr Hendre y bwtri oedd cyrchfan neilltuol y gŵr hwnnw, tybid, yr wythnos honno. Disgwyliai Catrin Meurig yn bryderus weld Siani yn dod tuag yno, ac yn gweiddi am ryddhad oddi wrth y poenau ddylasent fod yn ei blino, oherwydd y pinnau oedd yn berwi yn y galon; ond nid oedd hanes amdani am oriau lawer. O'r diwedd gwylltiodd Rolant Meurig, a ffwrdd ag ef tua hen fwthyn Tyncoed i hebrwng Siani trwy deg neu arw tua'r Hendre i dynnu ymaith y felltith oddi ar y llaeth. Cafodd yr hen greadures yn ei dau ddwbl o flaen y tân, y cryd cymalau yn peri digon o boen iddi, beth bynnag am y pinnau.

"Boeth y bo'ch di. Sian. Cod ar dy draed, a thyrd hefo mi adra gynta medri di."

"Yn wir, Rolant Meurig, fedra i ddim symud pe cawn i'r byd gynoch chi. Mae'r gwaew cryd cymalau yma bron â fy nychu i trw'r dydd. Ydi'n wir. Chysgas i ddim llygedyn neithiwr, chwaith; fel yma bydd o'n aml iawn o flaen glaw."

"Taw â dy lol, y satan ddrwg gin ti. Cryd cymalau i ti, wir. Yn tydi meistres acw yn berwi dy galon di ers oria meithion? Roedd acw bawb yn gwybod yn burion basa rhaid dy fod ti'n dioedde yn o sownd, hefyd, a diodde raid i ti nes y tynni di'r felltith oddi ar y llaeth acw."

"Does nelo i ddim â'ch llaeth chi, Rolant Meurig. Doedd acw 'run diferyn, medda Catrin Meurig, pan fûm i'n gofyn am fowliad ddyfia[*], a fûm i byth ar y cyfyl wedyn."

"Mi wn i hynny cystal â thitha. Roedd y llaeth wedi darfod, ne mi gawset beth. Yn lle hynny, mi est ti adra, a fedrodd neb gorddi yr un corddiad o laeth acw byth; a mi clywodd y forwyn di'n deud dy druth wrth fynd, dyna i ti. Does fawr pan gollson ni chwech o berchyll bach y naill ar ôl y llall, a roedd y rheini yn ddigon desant yn 'u cwt

---

* Dydd Iau.

nes i ti ddŵad i ofyn oedd acw un ar werth, a meistres yn deud nad oedd yr un acw i sparin, bod ni am 'u magu nhw'n hunan. A gorfod i ni sparin chwech, cyn pen yr wsnos, a phwy ond y chdi a'r cythral ŵyr i ble r'aethon nhw? Rŵan, cod ar dy draed, mi gei wared â dy boenau, y jâd ddrwg, pan dynn meistres y galon o'r crochan, a dim cynt. A mi wyddost titha hynny cystal â neb."

"Yn wir, yn wir, dawn i'n marw, Rolant Meurig, does nelo i ddim â'ch llaeth na'ch moch chi, a fedra i ddim symud 'y nhraed o'r fan yma. Yr ydw i'n ddigon diniwed yn y fan yma, cawn i lonydd. Nes i ddim i'r un ohonoch chi, a faswn i byth yn dŵad ar y'ch gofyn chi am lymed o laeth oni bai bod yr Hendre dipyn nes yma na'r Llys, a fy loda inna mor anystwyth. Ne mi fydd croeso i mi yn y Llys, tawn i'n mynd yno bob dydd hefo fy mhiser bach, a gwyneb Margiad Pennant yn siriol bob amser, dyna i chi."

"Rhaid i ti ddŵad acw heddiw, beth bynnag, tae raid i mi dy dynnu di bob cam o'r ffordd, wedyn waeth i ti ddŵad trwy deg yr un blewyn i ddadneud y gwaith."

Edrychodd Rolant Meurig tua'r drws, a gwelodd drol a mul yn pasio. Y foment nesaf yr oedd wedi gweiddi ar ei gyrrwr, a rhwng y ddau cariwyd Siani druan i'r drol yn hanner marw yr olwg arni rhwng ei phoenau a'i dychryn, ac ymaith â hwy tua'r Hendre, yr hen greadures yn erfyn am gael mynd yn ôl i'w thŷ ei hun i dynnu ei hanadl olaf, a Rolant Meurig yn dechrau rhegi Siani, y llaeth, a'r moch, a'r drafferth gyda'r oll ohonynt, un bob yn ail yn eu tro. Ymhen dipyn, pan welodd y mul yn dda—ni wyddai y truan hwnnw ddim oll am y galon bigog oedd yn y crochan—wele hwynt wrth yr Hendre, a Catrin Meurig wrth y drws yn disgwyl, ei llewys wedi eu torchi, a'i dwylo ar bennau ei chliniau, a golwg ddigon tebyg i grochan yn hongian wrth fachau arni hi ei hun. Safai Mr. Lloyd y person yn ei hymyl. Newydd ddyfod yr oedd yntau mewn ufudd-dod i gais y gwas a ddanfonwyd ato gan Catrin

Meurig, ac ni ddeallai ef ddim am yr helynt. Edrychai yn syn ar yr hen wreigan yn y drol, a'r gyrrwr a Rolant Meurig yn ei helpu ohoni.

"Dowch i mewn, syr, dowch i mewn i'r tŷ. Rydan ni yma mewn helbul fawr, syr, ac ar Siani mae'r bai. Rydw i wedi gyrru amdanoch chi i roi help Haw i ni i symud y felltith sydd ar y tŷ yma."

Ac i mewn â Catrin Meurig a Mr. Lloyd, a'r gweddill ohonynt yn eu dilyn.

"Dyma ni, syr; mae Rolant yn dyst, wedi colli hanner dwsin o'r perchyll gora feddan ni, a doedd hynny ddim yn ddigon: mae'r hen witsh yma wedi edrych yn gam ar hynny o laeth sydd yn dŵad i mewn o'r fuches bob dydd; mae pedwar ne bum corddiad wedi mynd yn dda i ddim ond i roi ym mwyd y moch. A drychwch, syr, mi ferwes i'r galon yma trw'r dydd, a'i llond hi o binna; mi wyddwn i cawswn i Siani yma cyn nos, a dyma chdi wedi dŵad, Siani."

" Yn wir, syr," ebe Siani, mewn llais wylofus, "'nes i ddim byd ar y ddaear fawr i'r bobl, a ma'r crydcymalau bron â fy lladd i trw'r dydd. Rydw i mewn poena annioddefol heb i neb fy nhynnu i ar draws y plwy i ddim."

"Mewn poena rwyt ti?" gofynnai Catrin Meurig. "Ma'n debyg fod y galon wedi gneud 'i gwaith felly. Wel, gna ditha ddadneud dy waith, a ffwrdd â chdi o 'ngolwg i am byth wedyn, ac os doi di at y tŷ yma byth ond hynny, mi yrrai'r cŵn ar dy ôl di."

Cododd Mr. Lloyd ei ddwylo i fyny, ac ebe, "Catrin Meurig, Catrin Meurig, ymgroeswch, ymgroeswch, ofergoeledd pechadurus yw peth fel hyn. Rolant Meurig, mae'n syn meddwl fod dyn yn ei oed a'i synnwyr fel ydych chi yn coelio hen straeon gwrach fel hyn. Rhag cywilydd i chi, gadewch i'r hen wraig fynd adre ar unwaith."

"O, syr, bendith Dduw i chi, yn wir, Catrin Meurig, rydw i'n ddigon glân oddi wrth y cwbl i gyd. Gadewch i mi fynd yn f'ôl!"

"Mae peth fel hyn yn warthus, yn wir," ebe'r person. "Wyddwn i ddim yn sicr fod yma'r fath anwybodaeth yn y wlad."

"Bendith Dduw arnoch chi i gyd, gadwch i mi fynd o'r fan yma, mae'r gwaew yma yn 'y ngneud i'n gripil glân, a dwn i ddim sut y gna'i gropian i'r hen dŷ acw, yn wir, syr."

"Raid i'r hen wraig gael ei danfon yn ôl, Rolant Meurig, a gorau po gyntaf, hefyd. *Dear me, dear me.* Rydach yn wir wedi fy synnu i."

"Syr," ebe Catrin Meurig, "newch chi fod mor ddifalch â gofyn bendith ar y tŷ yma?"

"Bendith? Does ddim bendith i neb ddisgwyl yma, 'ddyliwn i, yn siŵr, Catrin Meurig."

"Mistras, mistras," ebe'r gwas oedd wedi treio ei law ar gorddi, "mae'r menyn yn dechre hel at 'i gilydd yn iawn. Y munud cynta gwaeddodd Siani bendith Duw mi ddoth y llaeth ato'i hun."

"Gwarchod ni," ebe Mr. Lloyd, "y fath sefyllfa ofnadwy."

"Beth sy'n bod?" gofynnai Ieuan Meurig, llanc glandeg yr olwg arno.

Ceisiodd pawb esbonio iddo ar unwaith, ond ar Mr. Lloyd y gwrandawai Ieuan. Yna aeth allan heb ddweud yr un gair, rhoddodd geffyl yn y drol, ac arweiniodd Siani iddi.

"Lle rwyt ti'n mynd, Ieuan?" gofynnai ei fam.

"Mae digon i amser i ni gael siarad â'n gilydd eto. Does ryfedd fod f'ewyrth Hywel yn meddwl fod yma ryw hanner paganiaid, 'ddyliwn i. Diolch i chi, syr. Berwi calon â'i llond o binna, wir! Mi fase'n llawer mwy rhesymol rhoi y cig o flaen y dynion ganol dydd, yn lle'r cig moch bras wedi melynu o dan y nen fydd ar 'u trensiwn nhw y rhan amla."

Ac ymaith ag Ieuan i ddanfon Siani i Dyncoed.

XIV.
Dichellon

Aeth y Gwyniaid ar eu taith, a pheidiodd yr ysbryd ag aflonyddu yn y Plasllwyd. Dywedai yr ychydig weinidogion oedd yno i ofalu am y tŷ eu bod hwy'n cael purion lonydd gan y ddrychiolaeth wedi i'r teulu gychwyn oddi yno; a'r farn gyffredin yn y gymdogaeth oedd na ddeuai yr hen ledi yn ôl nes y byddai ei holynydd unwaith yn rhagor uwchben ei phethau. Ond er bod y Marchog wedi gadael ei gartref am ysbaid, roedd mor brysur ag erioed yn cynllunio ar gyfer dyfodol etifeddiaeth y Plasllwyd, ac nid oedd un dyn yn y wlad yn credu mwy yn noethineb y cyngor "Curwch yr haearn tra fyddo yn boeth" na'r Sgweiar Gwyn.

Gwnaeth ymchwiliadau manwl ynghylch teulu Capten Munro, a daeth i ddeall eu bod yn falch fel Lucifer, ac yn dlawd megis y llygod eglwys y soniwn amdanynt. Ond yr oedd eu disgyniad oddi wrth Robert Bruce yn ddiamheuol, ac nid oedd un drws urddasol trwy'r deyrnas gyfunol yn gaeedig iddynt. Lle na dderbynnid marsiandwyr tywysogol oblegid eu cyfoeth yr adeg honno o'r byd, croesawid Laird Dun Munro a'i deulu, er nad ymwisgent yn odidog, ac na allent roddi ond ychydig letygarwch yn ôl. Gwelodd Sgweiar Gwyn ei gyfleustra, aeth â'i wraig a'i ferch i'r Ucheldiroedd, a chymerodd ystafelloedd yn y gwesty gorau heb fod nepell oddi wrth yr hen balas oedd wedi gweld dyddiau amgenach rywbryd pan ddeuai y brenin enwog Robert Bruce yno i drigo; ond nid oedd hanner adeiladau Dun Munro mewn un math o drefn yr adeg y gwelodd Rhydderch Gwyn y lle gyntaf. Cyfarfu y Gwyniaid a Chapten Munro ryw ddydd tra yr elai'r gŵr ieuanc allan i bysgota. Cymerodd y Sgweiar hirben arno nad oedd wedi deall fod Dun Munro yn agos i'r fangre honno; roedd wedi penderfynu chwilio am ei gyfaill ieuanc ryw ddydd cyn ymadael â'r wlad brydferth ramantus. Ond na, ni fynnai boeni ei fam i letya dieithriaid, nid oedd a wnaethant hwy ond y leiaf o holl gymwynasau daear; peidied Capten Munro â sôn rhagor am y peth. Fe ddeuent yn sicr un o'r diwrnodau nesaf i ymweld â Mrs. Munro.

Yn y dull yna ymgomiai'r Sgweiar Gwyn â'r milwr ieuanc hyd nes iddynt gyrraedd y gwesty, yna rhaid oedd mynd i mewn i ysgwyd llaw gyda Meistres Gwyn a Miss Alys. Nid oedd yr ymweliad cyntaf ond rhagredegydd i lawer o ymweliadau tebyg. Bychan y deallai Capten Munro mor ddeheuig y tynnai Rhydderch Gwyn ef i'w we. Byddai diwrnod heb i'r Munros gyfarfod â'r Gwyniaid yn rhyw ddydd tra hynod, a gofalai Mr. Gwyn fod Alys a'r dyn ieuanc bob amser yng nghwmni ei gilydd. Gwelai yr eneth y cyfan yn eithaf, ond ni ddaeth i galon Charlie Munro i ddychmygu fod pob munud o'i fywyd yr adeg honno wedi eu trefnu yn ofalus ymlaen llaw gan y Sgweiar Gwyn oedd mor garedig, mor hael gyda'i arian, ac megis ar ei orau i foddio ei fam gydag anrhegion ar gyfer ei chysur, eto mewn dull mor ddiniwed fel na allai yr hen Ysgotwraig, er cymaint ei balchder, deimlo ei bod hi'n derbyn rhodd, ond yn hytrach yn anrhydeddu'r Sgweiar Gwyn.

Un noson aeth Alys at ei thad pan ddeallodd fod ei mam yn ei hystafell ei hun gyda'i morwyn.

"Beth, Alys, chi sydd yna? Beth a fyn fy ngeneth i— onid er mwyn fy merch yr wyf yn byw? Gofynnwch, Alys, a chewch hyd at hanner fy nheyrnas, chwedl yr hen frenin Herod hwnnw ers talwm."

"Papa, gawn ni fynd adre i'r Plasllwyd? Mae'n well gennyf fi yno."

"Yn well ym Mhlasllwyd, Meistres Alys? Wel, mae'n dda bod 'y ngeneth i'n hoff o'i chartref. Yno y byddwch yn cartrefu, Alys, wrth gwrs, ond beth am gwmni Capten Munro?"

"O, papa, does ar Capten Munro mo'n heisau ni bob dydd. Rwyf fi wedi sylwi, y chi sydd yn trefnu, nid neb o'r Munros."

"Gwir iawn, Alys, a rheswm da pam. Y fi sydd yn talu. Fy mhwrs i sydd yn agored lle bynnag yr awn. Mae'r Munros yma yn dlawd, yn dlawd iawn, Alys, ac yn falch iawn hefyd. Mae'r amser yn nesu i ni fynd adref, Alys, ond pan fyddwn ni'n mynd rhaid i ni gael *welcome home* na fu erioed ei fath i chi, a Capten Munro hefyd. Alys, y tro nesaf yr ewch i Plasllwyd, nid Miss Gwyn raid i'r tenantiaid groesawu, ond Meistres Gwyn-Munro."

"O, papa, papa, nid yw Capten Munro wedi dweud gair am y fath beth wrthyf fi."

"Fe ddywedodd wrthyf fi, Alys, ond mae ei dlodi yn ei gadw'n ôl. Pe buasai ganddo gyfoeth, buasai wedi ei ddyweddïo i chwi ers dyddiau rai. Bydd yn siarad â chwi yfory, a chofiwch chi Alys, nad oes yna ddim lol i fod. Mae gynoch chi arian, a Chapten Munro waedoliaeth; trwy'r briodas yna daw pethau i drefn."

"Papa, pam mae arnoch chi eisiau fy mhriodi i? Rwyf yn hapus efo chi a mama ym Mhlasllwyd."

"Ond nid mor hapus ag ydych yng nghwmni Capten Munro, Alys. Gadewch chi rhyngof fi a phopeth, a byddwch yn hapus, Alys, dyna'r oll i chi feddwl amdano. Mae Capten Munro yn caru sŵn eich troed; yr wyf innau yn ei hoffi ef i chwi. Beth mwy sy'n eisiau?"

Ni theimlai Rhydderch Gwyn yr un pigyn gan ei gydwybod tra y dywedai'r naill anwiredd ar ôl y llall wrth ei ferch, ond penderfynai y byddai rhaid i Charlie Munro fod wedi cynnig ei hun i Alys cyn pen y pedair awr ar hugain. Yr oedd ers amryw ddyddiau wedi gwneud ei feddwl i fyny na ddwedai air ynghylch un peth cysylltiedig â gorffennol teulu'r Plasllwyd wrth Capten Munro, rhag ofn y canlyniadau.

"Tlawd neu beidio," ebe wrtho ei hun, "ni chymerai byth mo Alys yn wraig pe gwyddai yr hanes; nid oes dim i'w wneud ond ei gelu hyd y gellir."

Y gwaith mwyaf anodd fyddai cael y briodas drosodd cyn i'r gŵr ieuanc ddechrau dod i fysg pobl, ac i rywun ohonynt ei oleuo. Yn fore drannoeth aeth Sgweiar Gwyn allan ei hun tua'r fan y trefnasid i'r oll ohonynt gyfarfod â'r Laird a'i frawd, ac mewn atebiad i'r holiadau ynghylch y boneddigesau, dwedodd fod ei ferch yn dioddef gan gur yn ei phen, ac fod ei mam wedi aros gyda hi. Wedi pysgota am gryn amser, y tri o fewn rhyw ddeugain llath i'w gilydd, y Laird ymlaenaf, gwaeddodd Sgweiar Gwyn am help Capten Munro i ddatrys ei enwair iddo.

Wedi gorffen y gorchwyl hwnnw, rhoddodd ei fraich ym mraich y dyn ieuanc, ac ebe wrtho, "Capten Munro, rhaid i ni ymadael un o'r dyddiau nesaf; mae fy unig blentyn yn dechrau teimlo oddi wrth y sefyllfa. Cannwyll fy llygaid i yw Alys, Capten, ond mae ei chalon yn eiddoch chwi o'r dydd y daethoch atom o'r dymestl fawr honno, ac y cawsom y fraint o wneud a allem erddoch. Bûm yn gobeithio y dyddiau olaf yma eich bod chithau yn dechrau gwerthfawrogi cymeriad mor annwyl ag yw hi. Gwyddoch y bydd yr oll a feddaf yn eiddo iddi hi yn y man; mwy na hynny, ni fydd i mi rwymo yr eiddo os bydd i chi gartrefu ym Mhlasllwyd. Cewch fod yn feistr yno, ac nid math o *bensioneer* ar ystâd y wraig. Dyna ni, ni allaf ddweud mwy, ond y gwir yw mae Alys yn fwy na'r byd i gyd i mi, ac ni allaf beidio ceisio eich temtio i'w gwneud yn hapus."

Teimlodd Charlie Munro i'r byw oddi wrth yr hyn a ddwedai Sgweiar Gwyn. Tybiai ef yn nidwylledd ei galon fod yn anodd i dad caruaidd eiriol dros ei ferch, ac ebe wrtho, "Peidiwch â dweud rhagor, Mr. Gwyn, peidiwch, nid oes eisiau i chwi roddi un wobr o'm blaen i cyn i mi allu deall, ie, a gwerthfawrogi, fel y dywedasoch, gymeriad mor hynaws, mor rinweddol, ag eiddo Miss Alys. Mr. Gwyn, erfyniaf am ychydig oriau i ymddiddan â'm mam a'm brawd, yna gobeithiaf fod gyda chi yn y gwesty i gynnig fy hunan, er mor anheilwng, i'ch annwyl ferch. Nid oes hanes am un Munro a dalodd am garedigrwydd fel yr eiddoch chi i mi trwy ddwyn gofid a galar i'r teulu. Gobeithiaf fod ar hyd fy oes yn deilwng o'm hynafiaid. Yr ydym ni yn ddigon tlawd o bethau'r byd yma rhagor chwi, Mr. Gwyn, ond yr ydym yn ymffrostio yn ein hynafiaid, ac ym mhurdeb ein gwaed. Syr, ni fu un o ferched Munro erioed yn anheilwng, nac un o'r meibion erioed yn llwfrddyn. Yr ydym yn ymffrostio, nid mewn cyfoeth, ond yn ein huchel ach a'n hanrhydedd."

"Felly," ebe Rhydderch Gwyn wrtho ei hun, "mae'n debyg 'mod i'n lled agos i'm lle. Ni phrioda'r llanc yma byth mo Alys os na wna cyn gwybod beth yw hi."

Yn uchel dwedodd eiriau eraill wrth y gŵr ieuanc, a chyn hir trodd tua'r gwesty yn ôl, gan longyfarch ei hunan ar lwyddiant un arall o'i ddichellon.

Aeth Capten Munro tua'i gartref, nid fel cariadlanc dedwydd, â phob cynllun o'i eiddo yn troi yn foddhaol a theulu y ferch yn fodlon, er eu holl gyfoeth; ond yn hytrach teimlai y dyn ieuanc holl ramant bywyd yn cilio'n ôl o'r golwg. Nid yn y dull marsiandïol hwnnw o eiddo'r Sgweiar Gwyn y bu i hynafiaid Charlie Munro briodi eu gwragedd, ac yn ei fyw ni allai yntau beidio cyfranogi i ryw fesur o'r hen ddelfrydau sydd mor anwahanol gysylltiedig ag ysbrydoedd preswylwyr yr uchelderau.

Nid oedd ganddo ddim yn erbyn Miss Alys Gwyn: pe buasai wedi bod yn fwy anodd ei hennill, diau y buasai hefyd yn fwy gwerthfawr yn ei olwg. Pan na fydd angen rhedeg a chwysu, a neidio dros rigolydd a chloddiau ar ôl y cadno cyfrwys cyn ei ddal, cyll yr helfa ei holl swyn i'r helwyr. Nid yw ennill gwraig chwaith yn meddu hanner cymaint o fwynhad i feibion Adda os bydd y ferch yn rhedeg i'w cyfarfod. Diau eu bod yn eu lle—chwarae teg iddynt—ni raid i neb gwerth ei chael fynd i gymell ei hun. Gwyddai Capten Munro nad oedd Alys Gwyn yn gyfrifol am gynigion ei thad, ac nid oedd yn gwneud y camgymeriad o feddwl fod Alys yn ceisio ei ddal; ond roedd yn hoff o'i hen draddodiadau, a'r henffasiwn, a thybiai ef na ddylasai un ferch ollwng ei chalon o'i gafael ei hun cyn i rywun ddyfod ati i erfyn amdani, ac hefyd un oedd yn barod i roddi ei galon ei hun yn gyfnewid yn ei lle. Ond ystyriai ef ei fod mewn dyled i'r teulu, iddynt ei ymgeleddu pan mewn perygl bywyd, ac na allai—heb fod yn euog o sarhau eu lletygarwch a'u caredigrwydd—adael i'w hunig ferch fynd yn aberth i'w serch ato ef. Mewn pob gofid, y cam cyntaf i geisio deall ei ddyletswydd i Charlie Munro fyddai mynd i ymgynghori â'i fam, a ffordd ardderchog oedd, yn ddi-os. Felly y tro hwn. Aeth yn syth at Meistres Munro i ddweud yr holl hanes wrthi yn union fel yr oedd heb gelu yr un gair ohono. Hen foneddiges hardd oedd Mrs. Munro, ac yn falch iawn o'i gwaed pendefigaidd.

"Wel, Charlie, fy machgen, mater pur anodd ei benderfynu yw hwn, yn sicr. Ymddengys y ferch ieuanc yn wylaidd ddigon, ac wedi ei dwyn i fyny yn dda iawn. Nid oes dim yn ei herbyn, am wn i, ond nad ymddengys fod yna serch yn colli dros ymylon yn eich mynwes chi tuag ati. Yn ddiau, mae ei theulu yr oll allem ddymuno o ran eu llinach, a'u cyfoeth yn llawer mwy nag y gallech chi, Charlie, heb ddim ond eich tâl yn y fyddin, yn rhesymol ei ddisgwyl. Symud eu merched oddi ar eich ffordd y byddaf fi yn gweld mamau uchelgeisiol, Charlie. Rydych yn dlawd, ac oblegid hynny yn *ineligible*, fy machgen, er eich bod yn fil amgenach na'r dynion a groesawir er mwyn eu heiddo—yn diroedd ac arian. Nid wyf fi yn hoffi Mrs. Gwyn fy hun, ni wn pam; pe meiddiwn, am wn i, dywedwn na allaf weld ei bod yn foneddiges. Mae'n bur ddistaw yma bob amser, ac ni ellir dweud gair am ei hamgylchiadau. Ni allaf, am wn i, gyfiawnhau y fath ddywediad. Fe allai na chafodd lawer o fanteision yn ei hieuenctid. Mae digon yn debyg iddi. Mae'n rhaid ei bod yn deilwng, neu ni fuasai yn wraig i Sgweiar o gyfoeth ac anrhydedd, yn farchog y sir, a'r cwbl."

"Er y dechrau, mam, nid wyf innau wedi cymeryd at Mrs. Gwyn. Ond dyna hi, beth yr wyf yn siarad, ni feddyliais i fawr yn eu cylch, ond fel cymwynaswyr caredig. Yr oeddwn dan rwymau iddynt am ymgeledd ragorol mewn awr gyfyng."

Daeth Roderic, y mab hynaf, a Laird Dun Munro, i mewn. Dywedodd ei fam natur y drafodaeth rhyngddi hi a Charlie wrtho ef. Ni feddai y Laird hanner cymaint o'r rhamantus yn ei enaid ag oedd gan Charlie, ac ebe:

"Gwell i chwi dderbyn y cynnig gan Sgweiar Gwyn, Charlie; ni chewch un cystal pe byddech fyw i fod yn gant. *Mac-talla* wyt yn byw yn y mynydd, pam na chofi am Laird Munro?* Gwyn fyd na chawswn i'r siawns, fy mrawd. Yr ydych yn neilltuol o lwcus, debygwn i. Gymaint allwch wneud i Dun Munro, Charlie—adgyweirio'r tyrrau gorllewinol yna i ddechrau, a dyna balas i chi yn yr ucheldiroedd yma."

Edrychodd Mrs. Munro ar ei mab ieuengaf, a gofynnodd iddo, "A yw yr eneth ieuanc yn meddu nodweddion na allwch eu hedmygu, Charlie?"

"Nag ydyw, yn sicr, fy mam—geneth ieuanc ragorol yw hi, mi gredaf fe allai mai rhy ychydig o drwbl i'w hennill sydd yn unig fai arni."

"Wel, Charlie, gallwch gael gwaeth bai hwyrach nag yw hwnnw. Mae'r ferch ieuanc yn meddu chwaeth dda, rhaid i mi ddweud," a gwenodd ei fam arno.

Mac-talla: Gaeleg yr Alban; ei ystyr yw 'adlais'.

Canlyniad ychydig yn rhagor o ymddiddan rhwng y tri fu i Capten Munro fynd i'r gwesty yn ôl ei addewid, a gofyn am weld Sgweiar Gwyn wedi hynny gwneud cais ffurfiol iddo am ganiatâd i gyfarch ei ferch, ac i erfyn am ei llaw. Aeth y dyn ieuanc trwy yr holl seremoni gan anwybyddu yn hollol y drafodaeth foreuol fu rhyngddo â Rhydderch Gwyn, ac er nad oedd y Marchog ystrywgar yn deall yr anrhydedd yng nghymeriad y milwr barai iddo ymddwyn felly, eto chwarddai yn ei lewys, oblegid fod Capten Munro yn chwarae i'w ddwylo ef mor ragorol. Ofnai Sgweiar Gwyn i Alys gael allan ei ddichellon, gymaint ag yr ofnai i Capten Munro wybod hanes helynt y Plasllwyd, cyn iddo briodi yr aeres. Geneth ieuanc rinweddol oedd Alys Gwyn, a phe gwybuasai hi am y triciau, meddai ddigon o annibyniaeth meddwl ac egwyddor i ymwrthod â'r cwbl, ond nid oedd neb mewn mwy o dywyllwch nag Alys. Tybiai hi fod Charlie Munro yn ei charu i waelodion ei galon yr awr honno, ei fod yn ei charu ers ei ymweliad â'r Plasllwyd, ond yn ddistaw oherwydd ei dlodi. Gwelai'r eneth fod Charlie Munro yn rhywbeth uwchlaw aur ac arian a thiroedd, ac ymfalchïai yn ei ddewisiad ohoni hi fel gwrthrych ei serch. Nid oedd modd i'r un o'r ddau ieuanc ddeall ei gilydd: roeddynt wedi eu dal yn rhy ddiogel yng ngwe ddryslyd Rhydderch Gwyn, ac ni allai y naill mwy na'r llall wybod eu bod yn ysglyfaeth i'w gynllwynion.

Wedi'r dyweddïad, daeth mater y briodas dan sylw. Cytunai y teuluoedd o'r naill ochr a'r llall nad oedd angen disgwyl yn hwy nag y byddai'r cyfreithwyr wedi gorffen y gweithredoedd, ac ymddangosai Sgweiar Gwyn mor awyddus am dalu parch i'r Capten a'i deulu, fel y bu iddo ef lwyr ennill ymddiried y Laird, a'i gael yn ffafriol i bob cynllun o'r eiddo. A phan ddarfu i Mr. Gwyn ryw ddydd ddweud ei fod ef yn teimlo mai'r man gorau i'r briodas oedd yr hen *kirk* y cyrchai y Munros iddi i addoli ers dyddiau eu cyndeidiau, toddodd calon yr hen wraig fonheddig hefyd tuag ato, a theimlai fod ei mab, Charlie, wedi bod yn dra ffortunus, ac fod y llongddrylliad wedi dwyn bendithion lawer iddo.

"Ah, Charlie fy mab, mae Mr. Gwyn yn wir garedig. Galliasai fynd â'i ferch mewn rhwysg tua Llunden yna i'w phriodi yn St. George's, Hanover Square, yn ôl dull merched ffasiynol, ond dyma ef yn hytrach yn dymuno ei chyflwyno i chi o flaen yr un allor ag y tyngais i lw o ffyddlondeb i'ch tad. Mae fy nghalon yn gynnes o ddiolchgarwch, fy mab. Am Alys, mae'r eneth yn mynd yn anwylach i mi bob dydd."

"Ydy, mae Alys yn gwella wrth ei hadnabod, mam. Yr wyf yn gobeithio y gallaf cyn hir ddweud rhagor. Gallaf ddweud heddiw ei bod yn llawer mwy annwyl i mi na'r dydd y gofynnais am ei llaw."

Gwnaed paratoadau ar gyfer y briodas ar etifeddiaeth Dun Munro. Trefnwyd gwleddoedd ac anrhegion i'r oll o'r *clan* ddibynnent am eu bara beunyddiol ar y Laird, ond pwrs Rhydderch Gwyn oedd yn agored led y pen i dalu am yr oll ohonynt, er nad oedd neb yn y gyfrinach ond efe a Roderic Munro.

"Fy nghyfaill," ebe'r hen walch cyfrwys-gall, "onid eiddo Charlie fydd y cyfan sydd yn eiddo i mi ryw ddydd, pa wahaniaeth yw fod hyn oll yn dyfod oddi wrtho ef trwof fi am ychydig amser?"

Aeth y cyfan drosodd yn gysurus ryfeddol, a theimlai Sgweiar Gwyn fod baich wedi ei symud oddi ar ei ysgwyddau, a Rhagluniaeth yn gwenu ar yr oll gymerai mewn llaw. Ond ymhen deuddydd wedi hynny, tra y safai Capten Munro yn edrych ar ryw ddarluniau o'i hen gartref o flaen ffenestr siop yn y brifddinas, clywai rywrai o'r tu ôl iddo yn dweud, "Hen le gwych fu Dun Munro; hwyrach yr atgyweirir ef cyn hir bellach, wedi i'r Capten briodi cymaint o olud."

"Golud, yn wir," oedd yr ateb, "faswn i byth yn disgwyl i olud y byd beri i un o'r Munros ffroen-falch briodi merch anghyfreithlon yr hen Rhydderch Gwyn."

Trodd y Capten ar ei sawdl, ei wyneb yn wyn fel y galchen, a'i lygaid yn debyg i dân yn ei ben.

XV.
Croeso Adref

Synnwyd ardal dawel Tre Einion a'i hamgylchoedd pan ddaeth y newydd fod aeres ieuanc y Plasllwyd wedi ei phriodi yn ucheldiroedd yr Alban i'r gŵr bonheddig achubwyd o'r llong a gollwyd yn y dymestl fawr ym mae Porth Einion. Fel arfer, Sara Tŷ'r Capel oedd y cyntaf i daenu'r newydd o gwmpas, a chyn i Mrs. Pugh, *housekeeper* y Plasllwyd, gael yn brin ddarllen llythyr ei meistres drwyddo, roedd Sara yn cludo'r newydd o dŷ i dŷ yn Nhre Einion. Tybiai y siopwyr fod y Sgweiar Gwyn wedi ymddwyn yn anheilwng iawn tuag atynt hwy, un ac oll. Buasai priodas yr aeres gyfoethog yn hen eglwys y dref yn sicr o roddi cryn lawer o arian ym mhocedi siopwyr Tre Einion, er i'r wisg briodas fod wedi ei gwneud yn Llunden ac oblegid hynny cydunent bob un i synnu at y fath drefn ryfedd o briodi yr eneth mewn gwlad estronol.

"Mi fasa pob dyn yn meddwl mai lle'r gŵr ifanc oedd dŵad i'r Plasllwyd i'r eneth fynd i'w phriodi i'r Llan yn weddus o'i chartref ei hun. Chlywes i yn 'y nydd am beth fel hyn o'r blaen, a mi wn i be ydi be yn well na'r rhan fwya," ebe gwraig yr *Inn*.

Gan fod gŵr a gwraig yr *Inn* wedi bod yn y gorffennol yn fwtler a *lady's maid* yn nheulu un o fawrion y sir, tybient hwy eu bod yn deall i berffeithrwydd holl reolau moesgarwch ac ymddygiadau gweddus ymysg boneddigion. Cytunai pawb â syniadau gwraig yr *Inn*: onid oeddynt oll wedi colli eu rhan o'r ysbail ddylasai fod yn eiddo iddynt pe buasai priodas rwysgfawr, ynghyd â'r miri a'r rhialtwch cyffredinol yn gysylltiedig â'r fath seremoni, wedi ei threfnu yn y man y dylasai fod?

“Ma’n burion gin i fod rhywun wedi torri cwnffon ’i gi, wirionedd; siawns na cheith yr ardal yma ryw stori bellach, yn lle trin amdanom ni yn yr Hendre yma o hyd,” ebe Catrin Meurig, tra’n prysur baratoi cinio.

“Wel, mam,” atebai Ieuan, ei mab, yr hwn oedd newydd ddyfod adref o’r farchnad, “arnoch chi roedd y bai yn tynnu Siani druan yma. Mae’r bobl, trwy drugaredd, yn dechrau cael tipyn o ollyngdod oddi wrth ofergoeledd. Y tro nesaf y bydd y llaeth yna yn gwrthod corddi’n iawn, rhaid i chi fynd o gwmpas yr helynt yn dipyn doethach, a mi neith y wers yma les i chi.”

“Ond, Ieuan bach, pwy fasa’n meddwl y gneutha’r hen jâd gin y forwyn daflu lwmp o sebon i’r fudda?”

“Yn hytrach, mam, pwy fyth allai ddisgwyl i wraig barchus fel chi, sy’n arfer mynychu moddion gras yn wastad, gredu fod a wnelai hen greadures fel Siani druan ddim â’ch llaeth chi?”

“Fydd yma dipyn o groeso i’r teulu ifanc, Ieuan?” ebe Catrin Meurig.

“O, bydd. Mae yma ryw sôn am gael te i blant ysgol llofft yr *Hall* yna, ac mae yna bitsh a choed gryn dipyn i fod, i neud bonffeiar. Dyna oedd y dynion yn deud yn y farchnad oedd yr ordars oedd Mrs. Pugh wedi gael yn llythyr Mr. Gwyn.”

Yn Llys Gwenllian, ysgydwai Lewis Pennant ei ben yn lled ddifrifol. Derbyniasai yntau lythyr oddi wrth y Sgweiar, yn erfyn ei faddeuant am iddo golli ei dymer fore ei ymadawiad pan yn y Llys, ac hefyd yn gofyn i Lewis Pennant arwain ychydig ar y gymdogaeth, fel y byddai y croeso roddid i’w ferch a’i phriod yn deilwng o fonheddwr oedd yn ddisgynnydd o Robert Bruce, brenin ardderchog Ysgotland.

“Mae arnai’i ofn yn fy nghalon, Margaret, fod yma ryw ddichell wedi ’i harfer o gwmpas y briodas yma. Pam mae’r Sgweiar mewn helynt mor fawr ynghylch Sidi Wood a'i thylwyth? Yn y llythyr yma eto y mae yn gobeithio eu bod hwy wedi codi'u pabelli, a mynd o'r ardal yma. Does bosib, debyg, iddo fod wedi gadael i'r bonheddwr yna briodi Alys heb wybod dim yn ei chylch? Bydd yn andwyol i'w cysur am byth os felly y mae."

"Mae'n ddigon tebyg mai dyna wnaeth Rhydderch Gwyn er hynny, Lewis. Mae'r groes yn un bur drom iddo na wnaiff un drws yn y sir yma agor i dderbyn Mrs. Gwyn nac Alys, neu fel y geilw ei thad hi, mi welaf, Mrs. Gwyn-Munro. Ni ŵyr undyn pa gynlluniau ddyfeisiodd y Sgweiar i geisio agor y drysau caeëdig yma, ac nid wyf yn sicr iawn y llwydda chwaith, ond mae digonedd o arian yn help mawr i wastadau aml i gamwri. Rhaid i mi ddweud na feddaf fi fawr o gydymdeimlad â neb ond â'r eneth a'i phriod os yw yn y tywyllwch. Buom lawer gwaith yn gofidio dros yr hen ledi, ond mae hi yn ddigon tawel erbyn hyn."

"Mae'r bobol yma yn mynnu deud ei bod hi yn troi cryn lawer o gwmpas, Margaret fach."

"Ie, ond mi wyddom ni well pethau, Lewis. Na, tir angof yw'r bedd. Sut mae Job yn deud? 'Ni chyfyd hyd oni byddo heb nefoedd, ni ddihunant ac ni ddeffroant o'u cwsg'. Dyna fel y mae pethau, onide, Lewis?"

"Ie, Margaret, ie; ond yn wir fedra i yn 'y myw ddim peidio gwneud esgusion dros y bobol ofergoelus yma chwaith, druain. Mae'r byd yma yn rhyw anodd iawn ei esbonio. Mae bron yn amhosibl i ni gyda'n golwg byr ddeall paham y medd yr annuwiolion y fath raff rydd i wneud y drwg a fynnant. A mi fydda i'n meddwl mai'r methu cysoni gwirioneddau sydd yn peri y fath ofergoeledd yn ein mysg. Pan geir ychydig oleuni, a thipyn gwell trefn ar fyd, fe gawn, mi obeithiaf, wared â chryn lawer o'r sothach sydd o'n deutu."

"Yn wir, Lewis, y ffordd i gael trefn ar y byd fyddai cael gafael ar ddynion glewion dros y gwir, yna byddem mewn gobaith. Dyn rhyfedd iawn yw ein marchog, beth bynnag, a gorau po leiaf o rai tebyg iddo gawn. Beth wnewch chwi, Lewis?"

"Dim, ar hyn o bryd, Margaret fach, nes y byddaf wedi anfon gair ato i ofyn am ychydig ragor o wybodaeth nag a geir yn ei lythyr."

Cyn i Margaret Pennant gael dweud gair yn rhagor, wele'r forwyn yn agor y drws, ac yn dweud fod Mrs. Gwyn o'r Tŷ Gwyn yno, a'r foneddiges yn cerdded tuag atynt.

"Wel, dyma newydd rhyfedd, gyfeillion, onide?" ebe hi. "Gwelodd fy mrawd-yng-nghyfraith yn dda anfon llythyr i mi i egluro'r sefyllfa, ebe ef. Ond yn wir, Lewis Pennant, mae'r dull y mathra Rhydderch Gwyn bawb a phopeth o dan ei draed yn rhywbeth y tu hwnt i ddim a welodd neb erioed. Heddiw, mae'n ddigon wynebgaled i ofyn i mi beidio gwneud dim i beryglu y croeso adref mae'n disgwyl cael i'w ferch a Capten Gwyn-Munro. Ymddengys mai dyna yw enwau'r pâr ieuanc i fod yn y dyfodol."

Yna ychwanegodd, yn ddifrifol, "Tybed, Lewis Pennant, fod y dyn yna yn credu ym Mod Duw, ac mewn byd arall? Ni wn i sut y gall fyw y fath fywyd os ydyw yn wir."

"Mi fydd yn peri i mi feddwl am eiriau'r gŵr doeth yn aml iawn, Mrs. Gwyn. Mae yna alluoedd y tu hwnt i'r cyffredin yn eiddo i Rhydderch Gwyn, ond mae ei nwydau wedi ei wneud yn gaethwas iddynt hwy, ac yn wir dyna yw gwreiddyn yr holl helynt. Dyn yn methu llywodraethu ei nwydau, ac yn gwneud bywyd allai fod yn ddefnyddiol i bawb o'i ddeutu yn boen a gofid i'r rhai sydd yn mynd yn aberth iddo. Fe allai, Mrs. Gwyn, pwy ŵyr, fod rhyw ddiben da yn alltudiaeth Derfel Gwyn o'r Plasllwyd. Mae rhywbeth yn 'y mhricio i fod yna well siawns gwneud dyn o'ch mab, Mrs. Gwyn, ym mwngloddiau aur California nag ym Mhlasllwyd, er yr holl gyfoeth."

"Gobeithio fod, Lewis Pennant, gobeithio fod. Ydyw y sipsiwn wedi symud o Feudy'r Foel? Mae y Sgweiar yn holi."

"Na, rhyw hwylio tipyn y mae Sidi. Ond beth mae'r creaduriaid yn poeni ar y Sgweiar? Mae'n holi amdanynt yn fy llythyr innau. Ai, tybed, Mrs. Gwyn, fod y bonheddwr ieuanc yn y tywyllwch?"

"Gallwch fod yn bur siŵr, Lewis Pennant, na oleua fy mrawd-yng-nghyfraith ddim ar undyn nes y bydd raid iddo. Druan o'r eneth yna, rwy'n ofni y gorfydd iddi hi ddioddef llawer. 'Ymweld anwiredd y tadau ar y plant,' dyna'r ddeddf, onide. Does ryfedd yn y byd i ni ofni'r ddeddf. Ond mae'n dda gen i gredu fod Un wedi profi ei Hunan mawr yn gryfach na'r ddeddf."

Gwraig dduwiol uniongred iawn, fel pobl ei hoes hi, oedd Mrs. Gwyn.

Pe gwybuasent hwy oddeutu Tre Einion nad oedd yr holl siarad am y croeso ond gwastraff ar amser, diau na fuasent mewn cymaint penbleth. Ond ni wyddai'r hen ardalwyr ddim am yr helynt oedd wedi goddiweddyd y pâr ieuanc ddyddiau cyntaf eu priodas.

Wedi ymgomio ychydig yn hwy, aeth Mrs. Gwyn tuag adref, ond nid oedd hi nepell oddi wrth y Llys cyn i'r bedleres Sidi Wood ei chyfarfod a'i chyfarch.

"Dydd da, Meistres Gwyn, dydd da. Peidiwch gofidio ynghylch eich mab, Meistres Gwyn, mae'r llanc ifanc yn hapus iawn, ac yn gneud arian fwy na mwy. Gwneud aur ddylwn i ddeud, aur sydd yng Nghaliffornia ynte? Mae o'n well 'i le nag hefo Sgweiar Gwyn, er 'i fod o ymhell oddi wrth ei fam."

"Dydd da, Sidi," atebodd Mrs. Gwyn, a synnai glywed yr un geiriau ymron gan yr hen wreigan grwydrol ag oedd ychydig amser cyn hynny wedi eu clywed gan Lewis Pennant, sef fod ei mab yn well ei le ar y Cyfandir draw yn ymladd brwydr bywyd nag yn trigo yng nghanol moethau gyda marchog y sir.

"Glywodd Meistres Gwyn y llanc yn sôn am gyfaill iddo?"

"O, do, Sidi Wood, bydd fy mab yn sôn ymhob un o'i lythyrau am rywun sydd wedi bod yn garedig iawn wrtho ac yn gofalu amdano."

Gwenodd Sidi yn foddhaus.

"Nid yw'r Gwyniaid i gyd yn *scoundrels* anniolchgar, begio'ch pardwn, Meistres, ond os na wyddoch chi fod Sgweiar Gwyn yn haeddu'r enw yna, wyddoch chi na finna ddim byd. Ac mae o wedi priodi'r ferch. Wel, geneth fach ddigon del, hefyd, ac mae yma riolti mawr i fod, 'ddyliwn. Roeddwn i wedi meddwl codi'n pinars, ond rydw i'n altro 'meddwl. Mi leiciwn i weld y croeso mawr fydd yma. Hwyrach bydd yma geiniog i bobol dlodion, pwy ŵyr?" Chwarddodd yn ystrywgar, ac ebe hi, "Mae'n siŵr bydd Mr. Gwyn yn falch o'n gweld ni."

"Sidi, mae yna rywbeth yn y gorffennol, onid oes, barodd i chi gasáu fy mrawd-yng-nghyfraith. Beth sydd wedi eich gwneud yn elyn mor fawr iddo?"

"O, Meistres Gwyn, mae hynny gyda mi. Mae planed Meistres Gwyn yn dda, yn well na phe bawn ni'n deud *secret* wrthi hi. Ond mi fyddwn ni'n arfer talu i bawb, Meistres Gwyn, felly daw tro Sgweiar Gwyn yn y man, daw siŵr. Ond cofiwch chi fod y llanc ifanc yn gneud ffortiwn a hitiwch chi befo Sgweiar Gwyn. Dydd da i chi, Meistres Gwyn. Newch chi groesi llaw Sidi, tybed?"

Rhoddodd Mrs. Gwyn geiniog iddi, gan ddweud, "Rydw i yn ddigon tlawd, Sidi fach. Synnwn i ddim nad ydw i'n dlotach na'r un ohonoch chi."

"Does dim posib, Meistres Gwyn; fedd Sidi Wood a'i thylwyth ddim, ddim byd, ond y wybren las uwch eu pen. Ambell dro mi fyddwn mewn tipyn o helynt yn cael tipyn o ddaear tan draed; ond mae digon o awyr wrth ben i ni, ac fan honno mae'r planedau i gyd, a feder Sgweiar Gwyn na neb ddwyn y rheiny oddi ar Sidi a'i phobl."

Y nesaf i gyfarfod Mrs. Gwyn oedd Person y plwyf. Ni fu i'r marchog ei anghofio yntau chwaith. Ymddangosai fel pe wedi penderfynu tynnu ymhen pob llinyn modd y gallai sicrhau croeso tra rhagorol i'r pâr ieuanc ar eu dychweliad adref. Tybiai Mr. Lloyd mai y peth gorau oedd iddynt oll fel ardalwyr ymuno i ddathlu'r amgylchiad yn deilwng, a cheisio anghofio gystal ag y medrent holl gamymddygiadau y Sgweiar.

"Wedi'r cwbl, efe yw marchog y sir, Mrs. Gwyn, a'r gŵr ieuanc yma o'r Alban fydd, os bywyd ac iechyd a gaiff, yn etifedd Plasllwyd. Gwell i ni oll fod ar delerau da â'n gilydd. Nid wyf fi am esgusodi Mr. Gwyn, cofiwch, ond nid oes un diben chwaith i ni hel hen chwedlau i wyneb dyn pan fydd yn ceisio troi dalen newydd yn ei fywyd. Gwn cystal ag undyn mor lym fu y briw a roddodd i chi, ac ofnaf i eraill hefyd, ond eto mae'n rhaid i mi addef fod y Sgweiar byth er pan ddaeth â'r wraig olaf yma i'r Plasllwyd wedi bod yn lled brysur yn ceisio cau yr hen adwyau, fel byddwn ni'n dweud. Gŵyr pawb nad yw Mrs. Gwyn gymwys i'w lle, ond mae'n fam i etifeddes y Plasllwyd, ac hwyrach yn deall sut i gael trefn ar Rhydderch Gwyn yn well na phe buasai wedi ei geni yn fonheddig. Mae'n anodd iawn i chi faddau, rwy'n cydnabod hynny, ond i ba ddiben y gwnawn dynnu'n groes â'r tirfeddiannydd? Ac eithrio Llys Gwenllian, a rhyw ychydig o fan dyddynnod eraill, ef bia bron bob llathen o Fro Einion yma. Yn sicr, gwell i ni geisio byw mewn heddwch ag ef yn ogystal ag â'n gilydd."

"Mae'r Brenin wedi marw, Duw gadwo'r Frenhines ydyw hi, onide, Mr. Lloyd? Derfel fyddai yn arfer derbyn gwrogaeth, ond buan y daeth Alys i deyrnasu yn ei le."

"Mae'r teimlad yna yn eithaf naturiol, Mrs. Gwyn, ond coeliwch fi, ni all ateb un diben. Gadewch i ni roddi'r cledd yn y wain. Ymddengys y Sgweiar fel pe bai'n awyddus iawn i dorri tir newydd."

"Rhyw dröedigaeth sydyn iawn ydyw hon iddo, feddyliwn i. Un o'i gynlluniau olaf cyn cychwyn i'r Alban oedd lladrata comin y bobol yma. Ond dyna ni, Mr. Lloyd, ni ddwedaf fi ddim yn erbyn croesawu'r pâr priodasol. Bydd eu baich yn sicr o fod yn un digon anodd ei ddwyn heb i mi drymhau dim arno. Gwn i rywbeth am y Munros yma, a gallwn gymryd fy llw na fuasai'r un ohonynt byth yn meddwl am briodi geneth oedd heb well achau iddi nag Alys druan, pe baent yn gwybod yr hanes. Mae arnaf ofn, Mr. Lloyd, fod y dyn ieuanc wedi ei dwyllo gan fy mrawd-yng-nghyfraith, ac os felly, beth fydd y diwedd?"

"Gobeithio eich bod yn camgymryd. Byddai hynny yn ddifrifol iawn, Mrs. Gwyn. Ni ddylasai ar un cyfrif adael Capten Munro yn y tywyllwch."

"Cewch chwi weld mai dyna a wnaeth," ebe Mrs. Gwyn, gan estyn ei llaw iddo wrth ymadael.

Dechreuodd y preswylwyr ymroi ati o ddifri i godi pontydd o flodau, a cherfio baneri yn y gwynt erbyn y deuai'r teulu yn ôl i Blasllwyd. Disgwylid y Sgweiar Gwyn a'i wraig ychydig ddyddiau ymlaen llaw, fel y byddai iddo ef daflu golwg ar yr oll o'r paratoadau cyn y diwrnod mawr pryd yr oedd gwledd odidog yn cael ei threfnu ar gyfer holl denantiaid y Plasllwyd, o'r lleiaf ohonynt hyd y mwyaf, a'r cyfan ar gost eu meistr tir. Yn ddiau, ni fu y fath haelfrydedd, yn ôl barn y bobl. Heblaw'r wledd yn Nhre Einion, am yr hon yr ymddiriedwyd ei pharatoi i ŵr a gwraig yr *Inn*, cafodd Betsan Morus hefyd ei chyfarwyddo i drefnu ar gyfer ei chyffelyb yn y *Ship and Castle*. Cofiodd y Sgweiar am wroldeb y pysgotwyr a'r morwyr fu'n foddion i achub bywyd Capten Munro yn anad neb. Nid oedd gwledd y dref i ragori ar wledd Porth Einion, a daeth gair oddi wrtho y deuai y pâr ieuanc yn eu cerbyd am dro i Borth Einion yn ystod y dydd. Daeth llythyr eilwaith i Lewis Pennant, yn erfyn arno gydweithio â'r Person, fel y byddai yr Anghydffurfwyr a'r Eglwyswyr yn uno yn y croeso. Roedd y Sgweiar, meddai, am i Capten Gwyn-Munro deimlo adref ar unwaith ymysg y Cymry. Ac er nad oedd gan deulu'r Llys fawr o galon i ymlawenychu, eto tybiai Margaret Pennant na wnâi tipyn o haelioni oddi wrth Rhydderch Gwyn ddrwg yn y byd i'r bobl am unwaith, a'r canlyniad fu iddynt hwythau hefyd gynorthwyo i fesur gyda'r trefniadau. Am Sidi a'i thylwyth, byddent yn ôl ac ymlaen o'r dre i'r porth, ac o'r naill fferm i'r llall yn "holi ac yn stilio," fel y disgrifiai Sara Tŷ'r Capel eu symudiadau.

Y diwrnod y disgwylid y Sgweiar a Mrs. Gwyn, disgynnai y glaw yn gawodydd trymion, fflachiai y mellt gyda chyflymder ac agosrwydd ofnadwy, a thaflwyd y bont flodau y bu'r bobl yn cymeryd y fath boen i'w hadeiladu dros ben llidiardau mawr y fynedfa i Blasllwyd. Yng nghanol y dymestl daeth dau gerbyd trwy Dre Einion, a disgynnodd un o weision Sgweiar Gwyn o'r olaf yn ymyl y Plasdy i adael cenadwri oddi wrth ei feistr at Mr. Lloyd, yn erfyn arno ddyfod i'r Plasllwyd mor fuan ag oedd modd iddo. Tyngai gwraig yr *Inn* ei bod hi wedi cael golwg ar y briodasferch yn y cerbyd cyntaf gyda'i thad a'i mam, ond nad oedd y Capten yno. Cyn i'r cerbyd fynd trwy'r llidiardau, clywai y Sgweiar chwerthin gwawdlyd, a rhywun na welai ef na neb arall pwy oedd yno yn llwydni'r cyflychwyr yn gweiddi:

"Croeso adre, croeso adre, Sgweiar. Mae'r blodau o dan draed y ceffylau, biti, biti. Mae Sgweiar Gwyn wrth ei arfer yn sathru blodau. Biti, biti."

Yn fore dranoeth gwyddai pawb nad oedd yno yr un Capten Gwyn-Munro i'w groesawu, ond y dymunai y Marchog i'r gwleddoedd gael eu cynnal. Ei esboniad ef yn gyhoeddus i'r bobl trwy gyfrwng Mr. Lloyd y Person oedd fod rhyfel yn sicr o gael ei chyhoeddi yn y dyfodol agos, ac fod ei Frenhines yn hawlio gwasanaeth Capten Gwyn-Munro yn ei byddin. Nid oedd yr un gair o sôn am yr eneth orweddai yn ei gwely ym Mhlasllwyd, ei gofid yn ormod iddi allu tywallt dagrau, ac heb neb i'w chysuro.

*   *   *

"Oni ddeudais i wrthoch chi, tase chi yn y 'nghoelio i. Fuo 'rioed sôn am y goleuni coch heb i ryfel ddŵad ar 'yn gwartha ni," ebe Ifan Dafydd yn y *Ship*.

XVI.
Y Darganfyddiad

Aethai Capten Gwyn-Munro yn ôl i'r gwesty fel dyn wedi hanner gwallgofi. Tybiai ef ei fod yn deall yr oll o'r cynlluniau a ddefnyddiwyd i'w rwydo gan y Gwyniaid, a thyngai iddo ei hun yr ysgydwai y llwch oddi ar ei draed, ac na fyddai iddo mwy a wnelai â hwynt. Gofynnai unwaith ac eilwaith iddo'i hun ai tybed fod Alys yn gyfrannog yn y gwaith o'i dwyllo, ynte ai un arall oedd wedi syrthio i'r un rhwyd oedd hi? Gwyddai fod ei wraig ieuanc yn ei garu, ond pobl wedi cadw eu harfbais yn lân a difrycheulyd oedd y Munros. Er i'w cyfoeth ymadael, meddent hawl i ymfalchïo yng nghymeriadau dilychwin eu meibion a'u merched. Ac os dywedai y dynion hynny y gwirionedd, wele ef—Charlie Munro—y balchaf ohonynt oll, wedi priodi merch gwraig nad oedd ganddi hawl i un enw ond eiddo ei mam hyd nes iddo ef roddi iddi yr enw anrhydeddus Munro. Iawn y dywedodd y dyn hwnnw, pwy bynnag oedd, na fuasai holl olud y byd yn ddigon o ad-daliad i Capten Munro am briodi gwraig ag un math o anair yn perthyn iddi, er iddi hi, druan, fod yn berffaith ddiniwed. Dyna, yn wir, ydyw hanes gwledydd gwareiddiedig—y diniwed, fynychaf, sydd yn gorfod dioddef y cam mwyaf. Deallodd Alys ar wyneb-pryd ei phriod fod rhywbeth y mater arno amgen na da, ac ebe hi, "Charlie, beth sydd yn bod? A ydych yn sâl? O, dwedwch wrthyf. Mae eich wyneb yn wyn."

"Peidiwch â chynhyrfu, Alys. Eisteddwch i lawr. Mae arnaf eisiau siarad â chwi."

"Ond beth, Charlie—"

Daeth un o'r gweinidogion i mewn i ddweud fod y cinio yn barod. Rhegodd y Capten, a dywedodd am iddynt daflu'r cinio ymhellach.

"Hyd bryd, syr?" gofynnai'r dyn.

"Hyd hanner nos, o'm rhan i," ebe'r Capten ac edrychai Alys arno yn ddychrynedig, ei gwedd wedi newid a'i holl gorff yn crynu fel deilen yn y gwynt.

"Caewch y drws yna," llefai'r Capten ar y gwas, "a pheidiwch â dyfod yn agos yma eto hyd nes y canaf fi y gloch os mynnwch chwi."

Gwnaeth y gwas yr un camgymeriad ag Alys: tybiodd y ddau fod Capten Gwyn-Munro wedi meddwi. Ni allent esbonio ei ymddygiadau rhyfedd mewn un ffordd arall. Ond wedi i'r gwas fynd, daeth y Capten ato'i hun i ryw fesur, a gofynnodd faddeuant ei wraig am ymddwyn mor anheilwng yn ei phresenoldeb.

"Ni rhaid i chi ddychryn, Alys, nid wyf yn feddw, na chwaith yn wallgof; hynny yw, mae fy synhwyrau gennyf, ond cefais ergyd o enau rhyw un fu ymron â pheri i mi anghofio fy mod yn fonheddwr: erfyniaf eich maddeuant. Nawr, a wnewch chwi ddweud yr oll a wyddoch o hanes eich ieuenctid i mi? Mae'n rhaid i mi gael gwybod y cyfan, felly peidiwch â chelu dim oddi wrthyf."

Edrychodd Alys arno yn syn, ond ni ddaeth i galon yr eneth druan i beidio dweud wrtho yr oll a wyddai hi am ei bywyd hi a'i mam mewn tŷ bychan, ond lle y ceid pob cysur, am absenoldeb ei thad am wythnosau lawer yn fynych, yna y dyfodiad i Blasllwyd, a'i bywyd yno yn dawel a hapus heb weld neb ond y gweinidogion a Mr. Lloyd y person. O dipyn i beth, fel yr elai ymlaen â'r hanes, deallodd y Capten nad oedd a wnelai teuluoedd urddasol y sir â hwy, ac na fu iddi erioed ddeall pam, iddi holi ei thad a'i mam lawer gwaith, ond nad oedd yn ddim doethach oherwydd eu hatebion. Ymhell cyn iddi ddweud yr hanes yn syml a dirodres yn union fel yr oedd, bu i

Capten Gwyn-Munro ddeall nad oedd a wnelai ei wraig ieuanc â dichellon ei thad, a meddai ddigon o garedigrwydd yn ei galon i beidio â'i chlwyfo yn ddidrugaredd. Ond erbyn hyn nid oedd yn waith mor hawdd iddo droi heibio cwestiynau Alys, canys deallai hithau yn burion nad rhyw greadur mympwyol oedd Charlie, ac fod rhywbeth y tu hwnt i'r cyffredin wedi cynhyrfu y dyn ieuanc a'i yrru i'r fath sefyllfa bron hyd at ymylon gorffwylledd. Ymhen ennyd, ebe ef:

"Gwell i ni fynd i giniawa, Alys. Y peth cyntaf i'w wneud wedi hynny fydd trefnu y ffordd orau i gael gweld eich tad. Rhaid i mi gael siarad ag ef, a deall y sefyllfa ar unwaith ac am byth."

"Rydym i fod adref ym Mhlasllwyd ymhen yr wythnos, Charlie."

"Gall llawer o bethau ddigwydd mewn wythnos, Alys. Bûm am ychydig funudau yn y Swyddfa Rhyfel heddiw'r bore, ac nid ydynt ond disgwyl ymgyrch yn fuan iawn. Pe felly, rhaid i mi fod yn fy lle fel milwr teilwng pan ddaw'r galw."

Gwelwodd wyneb Alys, ond ebe ei phriod:

"Cofiwch, Alys, fod yn gofyn i wraig milwr fod yn wrol i ddisgwyl adref fel y rhaid iddo ef ei hun fod yn barod ar y maes. Modd bynnag, ni allaf eich gadael chi yma eich hunan, felly y peth gorau, onide, ydyw anfon cenadwri i gyrchu eich rhieni yma."

"O, Charlie, nid rhyfel yw'r hyn a'ch poena chwi. Dwedwch wrthyf. Fe ddylech ddweud wrthyf, eich gwraig wyf, pam y celwch bethau oddi wrthyf?"

"Nid wyf yn deall pethau fy hunan eto, Alys. Pam, ynte, y poenaf chi? Ni raid i ni groesi'r bont cyn dyfod ati, beth bynnag."

"Ond i ba le rydych yn mynd, Charlie, a'm gadael i? Onid heddiw yr ysgrifennodd fy nhad am y croeso sydd yn ein disgwyl ym Mro Einion? Ac yr oeddech yn hoffi'r syniad."

"Ie, Alys, ond mae pethau wedi newid er hynny."

"Charlie, mae'n rhaid i mi gael gwybod os oes a wnelo'r amgylchiadau rywbeth â mi."

"Fory, Alys, fory," ebe'r Capten.

"Nage, heno, os nad ydych yn barod i addef na pherthyn i mi wybod. A wyf fi i dreulio noson yn dyfalu ynghylch eich gofid chwi? Cofiwch fod poeni a gofal yn waeth na gwybod y drwg. Chi wyddoch y ddihareb, 'Fe gwsg y galarus, ni chwsg y gofalus ddim'."

"Peidiwch â'm beio i, ynte, os wyf yn dweud newydd ofnadwy ei erchylldra i chi. Clywais heddiw mai merch anghyfreithlon i'ch tad ydych, ac ni fu i un Munro erioed briodi gwraig ag anair arni o'r blaen. Ni feddech hawl i un enw o flaen fy un i."

Aeth Alys bron yn ddiymadferth, ac edrychai ar Capten Munro fel creadures wedi syfrdanu. Yna agorodd ei gwefusau sychion, llosgedig gan ing, ac ebe hi, "Rhaid eich bod yn camgymryd, Charlie. Oni wyddoch fod fy enw i ar y gweithredoedd a baratowyd cyn ein priodas fel merch ac etifeddes fy nhad? Alys Gwyn yw'm henw i erioed," ebe hi. "Beth oedd Sidi yn feddwl pan yn dweud am fy mam nad oedd hi ddim gwell na rhywun y soniai hi amdanynt? O, mama, mama, pam mae pobl yn dweud anwireddau?"

Druan o Alys. Daeth i wybod yn fuan nad anwireddau oeddynt, ond fod ei bywyd hi wedi ei andwyo oblegid pechod ei rhieni. Bu'r helynt yn fawr pan ddaeth Rhydderch Gwyn a'i wraig yno. Nid oedd modd perswadio Capten Gwyn-Munro i fynd gyda hwynt i'r Plasllwyd. Erfyniai y Sgweiar arno ymbwyllo er mwyn Alys, ond ni ellid cael ganddo "na thywys na thyn." Y cam cyntaf oedd wedi benderfynu arno oedd mynd i ymgynghori â'i fam a'i frawd, yna mynd i faes y rhyfel i "geisio marw yn anrhydeddus os gomeddid iddo fyw felly," ebe ef. A dyna pam y gorfu i'r gwleddoedd a'r croeso fod heb bresenoldeb y priodfab ym Mro Einion.

XVII.
Y Gwarchae

Tra y cynhyrfid preswylwyr Bro Einion gan helyntion teulu'r Plasllwyd, cododd Sidi Wood a'i thylwyth eu hychydig feddiannau ynghyd ar gefn yr hen greaduriaid ffyddlon oedd wedi arfer cario y cyfan ers llawer blwyddyn. Yn ddiamau, pe gallasai y ddau geffyl siarad, y buasent yn canmol llawer ar eu hawddfyd tra y trigai eu meistres ym Meudy'r Foel. Pur anaml yr arhosai Sidi cyhyd yn unman ag yn yr hen feudy tawel, ac nid rhyfedd hynny chwaith, canys ni chawsai hi a'i phobl gystal llonyddwch ymysg preswylwyr nemor i ardal ag oedd yn eiddo iddynt trwy garedigrwydd teulu Llys Gwenllian. Ac nid oeddynt hwythau yn ymddwyn hanner cystal mewn ardaloedd eraill, rhaid cyfaddef. Y Bedlernod fyddai eu henw yn un man, a gwaeddai'r plant, a rhedent am eu hoedl rhag i'r bobl felynddu eu witshio. Y sipsiwn a theulu Abram, y lladron digywilydd, y galwai eraill hwynt, a diau eu bod yn haeddu yr enw olaf fel y rhai cyntaf. Ond ni fu i'r un o deulu Sidi feddwl am ladrata eiddo y Llys erioed, ac oblegid y teimladau da fodolai rhwng y sipsiwn a Lewis Pennant, arferai yr hen greadures a'i phobl alw heibio i'r Llys pan ar gychwyn i'w siwrnai, i ganu ffarwel, ac i ddiolch am y llety a gawsent ym Meudy'r Foel. Felly, yn ôl eu harfer, aethant tuag yno yr adeg yr wyf yn ysgrifennu amdani. Arhosodd yr osgordd yn y ffordd tu allan i lidiart y lawnt, ac aeth Sidi tua'r drws i gyflwyno ei chenadwri. Tra bu hi yn moesymgrymu ac yn bendithio, yn ôl fel yr arweinid hi gan y planedau, aeth Margaret Pennant i estyn darn o gosyn a hanner torth o fara i gynnal y teithwyr ar eu taith, a phan ddaeth yn ôl, a Gwenllian yn rhyw ddawnsio cerdded gyda hi, rhaid oedd diolch a dymuno mil a mwy o ddaioni i'r oll ohonynt. Cyn i Sidi orffen dadlennu dyfodol disglair y Llys, wele Judy yn gadael ei phobl ac yn rhedeg at y drws, yn wylo ac yn bendithio Missie fach bob yn ail.

"Ust, taw, Judy, taw," ebe ei nain. "Yn y Plasllwyd mae'r crio i fod. Sut mae'r Sgweiar, tybed, erbyn hyn, Mistres Pennant?"

"Mae Judy yn misio gadael Missie fach, nain Sidi. O, mae Missie fach yn ffeind wrth Judy. O! O! O!"

Aeth Gwenllian ati, a sibrydodd yn ei chlust y deuai gwanwyn arall, ac y byddent eto ym Meudy'r Foel, ond anodd oedd perswadio yr eneth grwydrol fod yn bosibl iddi hi fyw heb weld Missie fach am fisoedd lawer. Camgymeriad ydyw i ni feddwl na fedd y sipsiwn crwydrol galonnau i'w cyffwrdd. Y gwir yw, ceir fod eu cariad a'u cas yn dueddol i gyrraedd eithafion yn fynnych. Tynnodd Judy rywbeth o'i mynwes, a gwasgodd ef i law Gwenllian, ac ebe hi, yn ddistaw, "I gofio amdana i, Missie fach, a neb byth medru gneud drwg i Missie fach ond iddi hi gadw hnwna."

Ac ymaith â'r nain a'r wyres, ac ymhen ychydig funudau collodd Gwenllian hwynt o'r golwg yn y pellter. Agorodd ei dwrn, a gwelai garreg fechan dlos wedi ei gosod mewn aur pur, a dolen yn un gongl iddi. Ni wyddai Gwenllian ddim am werth gemau, ac ni chyfleai yr aur melyn fawr o syniad i'w meddwl ynghylch anrheg brydferth Judy. Tybiai yr eneth ei fod yn dlws, ac aeth i'w ddangos i'w thad a'i mam.

"Welwch," ebe hi, gan ei ddal ar gledr ei llaw.

"O ble cefaist ti hwnna, Gwenllian?" gofynnai ei thad, ond gafaelodd ei mam ynddo, ac ebe hi:

"Gwenllian, lle buost ti i gael peth fel hyn?"

"Judy, mam, rhoth o i mi. Yn dydi o'n glws, a ma eisio peidio 'i golli o."

"Judy," ebe Margaret Pennant, "beth ellir wneud, Lewis? Mae'r gem yma yn werthfawr iawn—*ruby* ydyw, yn sicr. O ba le y cafodd Judy y fath beth, tybed? Ni ddylasai roddi y fath anrheg werthfawr heb yn wybod i mi. Ofnaf mai eiddo lladrad yw."

"Does dim posib, mam. Mi ddeudodd Judy na fedra dim byd neud dim drwg i mi—y byddai hwn yn hel petha drwg i gyd i ffwrdd. O, mam, gaf fi bresent Judy? Fydd petha lladrad yn gneud dim da i bobol."

Wedi peth siarad amdano, o'r diwedd cytunwyd fod yn well cadw'r anrheg mewn bocs bychan o dan glo yn ystafell Gwenllian, ac fod yr eneth i gael golwg arno yn awr ac yn y man, yna os byw ac iach a fyddent hyd nes y deuai'r crwydriaid yn ôl, yna rhaid holi Judy yn ei gylch. Tybiai Lewis Pennant fod hynny yn well na cheisio chwilio am y sipsiwn, ac fe allai dynnu mwy na mwy o ddigllonedd y llwyth ar Judy druan. Hefyd penderfynasant gadw eu clustiau yn agored rhag y byddai i rywun wneud yn hysbys eu bod wedi colli y maen gwerthfawr, neu ei fod wedi ei ladrata. Rhybuddiwyd Gwenllian i beidio sôn un gair amdano wrth neb—ni hoffai ei rhieni i'r si fynd allan fod gem gwerthfawr felly yn y tŷ. Gallasai fod ryw dro yn berygl bywyd iddynt, pan oedd cymaint o ladron yn y wlad i geisio rhyw eiddo a'u cadwai hwy heb weithio fel dynion gonest eraill. Gwyddai Margaret Pennant mai'r unig ffordd ddidrafferth i ddal tafodau pobl eraill ydyw dal ein tafodau ein hunain i ddechrau. Pe gwybuasai undyn am y rhodd ryfedd i'r eneth, ni fuasai Sara fach Tŷ'r Capel yn hir heb ddyfod i wybod, ac nid oedd hynny amgen na gyrru'r crïwr trwy'r dref i ddweud yr hanes. Chwarae teg i Gwenllian, cadwodd y gyfrinach i berffeithrwydd. Ni wybu neb fod yno drysor cuddiedig yn gorwedd mewn gwely melfedaidd yn ystafell Gwenllian oedd yn fwy ei werth o lawer iawn na'r Llys a'i diroedd eang bras, er lleied peth oedd i edrych arno.

Drannoeth wedi ymadawiad y sipsiwn, daeth y Sgweiar Gwyn am dro tua'r Llys, ac ymddangosai yn llonni pan glywodd eu bod wedi ymadael, ond buan y deallodd Lewis Pennant fod y Marchog mewn gofid blin, er y ceisiai ymddangos fel arfer. O'r diwedd, wedi codi oddi ar y gadair, a pharatoi ei hun i gychwyn tuag adref, trodd yn sydyn at Lewis Pennant, ac ebe ef:

"Digon prin yr hidiwch i mi ddeud, mae'n debyg, 'mod i bob amser yn meddwl amdanoch chi fel cyfaill i mi, Lewis Pennant, ond felly rydw i, beth bynnag, a mi ellwch chitha fodloni i mi ddeud bod chi wedi arfer fotio i mi ers pan 'rydw'n farchog y sir yma."

"Mae'n wir, Sgweiar, 'mod i wedi fotio er mwyn yr egwyddorion a gynrychiolir gennych wedi yr eloch i'r Senedd, mae'n rhaid i mi gydnabod. Ond y gwir gonest yw, wn i ar y ddaear sut i fotio i ddyn sydd yn ymddwyn mor anheilwng yn ei fywyd eto. Mewn gwirionedd, lle mae eich cydwybod?"

Plygodd y Marchog ei ben.

"Wel, Lewis Pennant, y peth gorau i mi ydyw dweud y gwir, ynte? Mae fy nghydwybod i ers blynyddau bellach o dan draed pethau eraill gwaeth na hi. Peth ofnadwy, Lewis Pennant, ydyw mynnu ein ffordd ein hunain, ynte, ar draws cydwybod a phob peth. Ond mae gweld fy merch yn diodde o achos fy nryga i yn peri i mi regi a phoeni, un bob yn ail."

Eisteddodd i lawr drachefn, ac heb gelu dim rhoddodd fraslun i Lewis Pennant o'r hyn fu ei fywyd ers blynyddau.

"Synnwn i ddim nad ydw' i'n ddigon o Jona i sincio *Man o' War*[*], Lewis Pennant, ond 'wyrach medrwch chi roi cyngor i mi sut i geisio troi'r lli yma rydw i wedi gychwyn yn 'i ôl. Rydw i am ofyn i chi eiriol tros Alys hefo'i phriod. Wrendy o ddim gair arna i, ond mae pawb yn gorfod

---

[*] Math o long ryfel fawr.

gwrando arnoch chi. Fydd ddim yn 'difar i chi na neb arall dosturio, Lewis Pennant, os ydy'ch crefydd chi'n iawn. A mae Alys yn ddiniwed. Rydw i am i'r gŵr ifanc pengaled yna ddeall y peth gora ar 'i les o a phawb. Os daw o i gartrefu i Blasllwyd heb ryw helynt fawr, fel petae dyn yn gneud melin ac eglwys, rydw i'n barod i fod yn anrhydeddus iawn, Lewis Pennant."

Gallasai y ffarmwr ddweud wrth y Sgweiar mai gwaith anodd fuasai i'r bonheddwr ieuanc gredu mewn anrhydedd dyn oedd wedi ymddwyn mor anheilwng, ond ni wnaeth. Yn hytrach, bu iddo addo gwneud yr oll yn ei allu i gyfannu y rhwyg rhwng Capten Gwyn-Munro a'i dad-yng-nghyfraith. Gwenodd Margaret Pennant yn serchog arno pan ddywedai yr hanes wrthi, ac ebe hi:

"Yn wir, Lewis, 'y nghred i ydi y medrech chi gael rhyw esgus dros roddi help llaw i'r gŵr drwg pe deuai ar eich gofyn."

XVIII.
Y Weledigaeth

Cerddai Tegwen Rhys dan ganu, a'r gunnog laeth ar ei phen o'r fuches, tua'r Llety. Hi oedd yr olaf yn troi adref: aethai y forwyn â dau biser mawr llawn o'r llefrith cynnes newydd ei odro, un ymhob llaw iddi, yn ôl i'r tŷ cyn i Tegwen ddechrau ymweld â'r gwartheg, y naill a'r llall yn eu tro, er mwyn bod yn sicr o gael y llaeth yn lân o bwrs bob un. Nid ymddiriedai Ceridwen Rhys y gorchwyl hwnnw i un forwyn gyflogedig; cofiai ryw bryd pan oedd y plant yn fychain, a hithau yn sâl yn ei gwely, iddynt golli buwch dda oblegid diofalwch morwyn adawodd i bwrs y fuwch fynd yn ddrwg am na odrwyd hi'n lân.

"Peth anodd iawn, Ceridwen, ydi esbonio pwysigrwydd pethau o'r fath i enethod penchwiban, ac am wn i na lwyddodd yr un meistr erioed i rwystro gwas i stwffio gormodedd o flawd i geffyl. Mae'r arferiad fel greddf ymhob un welodd 'y llygad i, beth bynnag, er bod nhw'n gwybod yn eitha nad oes dim mor beryglus i fywyd yr anifail," ebe Hywel Rhys wrth ei wraig. "Chawn ni mo'r fuwch yn ei hôl, ond rhaid i ni dreio trwy'n gilydd rywsut fod yn ofalus yn hunain, ynte."

A'r canlyniad fu iddynt—wedi i Tegwen dyfu yn eneth ieuanc tua'r pymtheg oed—ymddiried y gofal iddi hi, ac er ieuenged oedd ni chollwyd buwch yn y Llety yn amser goruchwyliaeth Tegwen. Ond bu bron iddi golli'r llaeth y prynhawn hwnnw, er bod cario'r gunnog ar ei phen mor gynefin iddi hi fel y byddai ambell dro yn cerdded o'r fuches bellaf dan wau hosan, er bod y gunnog yn llawn o laeth ar ei phen.

Dynesai llwydni'r cyflychwyr pan groesai yr eneth y weirglodd olaf cyn iddi gyrraedd y gamfa i'r berllan wrth ochr y tŷ, ac er ei dychryn, gwelai heb fod yn nepell oddi wrthi yng nghysgod un o furiau adfeiliedig yr hen fynachlog rywun mewn dillad gwynion, a thybiai hi fod gwreichion tân i'w gweld o'i ddeutu. Dychrynodd Tegwen, ond er hynny ni allai yn ei byw beidio syllu tua'r cwr hwnnw o'r weirglodd, a thybiai ei bod yn gweld symudiadau tebyg i blentyn yn dawnsio.

"Y tylwyth teg sydd yna, tybed? Ynte un o'r seintiau? Eto, beth ar y ddaear sydd ar yr hen seintiau eisio fan yma? Pabyddion oedd y cwbl ohonyn nhw," ebe'r eneth wrthi ei hun. "Well i mi frysio: os byddai byw ac iach mi ofala i na fyddwn ni ddim mor hwyr yn cychwyn i odro eto, codi'r tatws ne beidio."

Un o blant y môr oedd Tegwen, ac fel holl breswylwyr ynysoedd bychain, glannau'r môr fyddai y rhodfeydd a garai orau. Suwyd hi i gysgu yn ei chryd yn sŵn ei donnau, ei wylain gwynion oedd yr adar a hoffai, ei gregyn amryliw fu teganau ei mebyd, a'i chwedloniaeth swynol oedd llenyddiaeth ei phlentyndod. Bu Tegwen yn eistedd lawer gwaith ar lan y môr yn disgwyl yn ddyfal am weld y forforwyn yn cribo ei gwallt ar frig y don; neu gobeithiai gael golwg ar sarff y mor, y creadur hwnnw elwir yn Arglwydd y Môr weithiau, am na ellir gwybod dim yn ei gylch, ond ei fod yn preswylio y dyfnderoedd ac ambell dro yn dangos rhyw gipdrem ohono'i hun fel drychiolaeth yng nghanol y cefnfor mawr, nes peri dychryn a braw ym mynwesau dynion.

Ni wyddai Tegwen ar y ddaear beth oedd y tân na'r wisg wen oedd yng nghysgod yr hen furiau—fe allai y disgwyliem ni yn yr oes faterol hon i'r eneth fynd tuag yno, ac archwilio y lle yn drwyadl. Ond nid oedd adeg yr hen ramantau drosodd yn nyddiau ieuenctid Tegwen, a phob llances neu lanc yn ymffrostio yn eu hanghrediniaeth yn yr oll, ond a all eu hymennydd gwan hwy eu hamgyffred. Druain ohonynt; nid yw eu haddysg a'u graddau wedi rhoddi iddynt ond prin chwarter gronyn o'r gwybodaethau sydd yn aml fel tywod y môr yn ei greadigaeth fawr Ef. Pe yn gwybod ychydig yn rhagor, gallasent, fe allai, amgyffred eu hanwybodaeth eu hunain ryw gymaint yn well. A phwy ŵyr na fuasai eu tipyn athroniaeth yn dysgu iddynt nad "dysgeidiaeth" ydyw ymryson â Duw? Ond nid un o'r rhai anghrediniol oedd Tegwen ieuanc, a dyna pam na fu iddi sôn wedi mynd i'r tŷ am yr olygfa a'i dychrynodd. Tybiai Tegwen fod rhyw reswm dros ymweliad y tylwyth teg, ac ofnai eu tramgwyddo, a thrwy hynny beri niwed i'w theulu, os tynnai wg y creaduriaid bychain arni ei hun. Pur anaml, yn ôl y traddodiadau y gwyddai Tegwen amdanynt, fyddai eu hymweliadau â'r ynys; a beth pe bai un o'r hen seintiau oedd yno? Buasai'n waeth fyth aflonyddu arnynt hwy. Yna cofiodd Tegwen iddi glywed rhai o'r cymdogion yn dweud fod yna ddrychiolaethau yn ymddangos yn yr ynys byth er pan gollwyd y llong fawr honno yn y dymestl. Bu ymron â mynd i ddweud wrth ei thad, ond ofnai mai ychydig o gydymdeimlad oedd i'w ddisgwyl. Ni feddai y Brenin fawr ar ofergoeledd yr hen ddyddiau. Dyn diwyd, gonest, ei ddyddiau ei hun yn llawn o waith, ac heb lawer o amser i freuddwydio oedd Hywel Rhys. Dyn yn tybied nad oedd a wnelai dyn yn proffesu crefydd â hen hanesion. Dynion da fel ef fu yn achlysur i ni golli cymaint o'n hen chwedloniaeth Gymreig, megis y collasom fiwsig y delyn a'r crwth o fysg y bobl. Hawdd yw beio ein hynafiaid, ond erys yn syndod i'n hysbryd ni pam y bu iddynt fod mor gryf yn erbyn y miwsig a'r ddawns, a goddef yr ymyfed hyd yn oed i broffeswyr crefydd. Gwrthod chwedloniaeth eu gwlad eu hunain, a derbyn un y dwyrain gyda breichiau agored. Anodd iawn yw cysoni na deall ymddygiadau Cymry crefyddol yn nechrau y bedwaredd ganrif ar bymtheg. Pob camp Gymreig yn cael ei hystyried yn bechadurus, a phlant Cymru yn gorfod dioddef blas y wialen os meiddient ganu hen benillion, neu siarad yn eu hiaith eu hunain yng nghlyw rhyw hen filwr o ysgolfeistr na fyddai yn meddu un cymhwyster i fod yn athro chwaith na'i fod wedi colli coes neu fraich mewn rhyw ryfel neu gilydd, ac yn medru rhyw fath o Saesneg. Digon tebyg i'n hanes ni ydyw hanes ucheldiroedd yr Alban, ac fel ninnau bu eu colledion yn anadferadwy. Gwnaed masnachwyr da ohonynt hwy a ninnau, ond collasom brydferthwch yr hen ddelfrydau cyntefig, hen ddoethineb y dewrion gynt ddaethant drosodd i'r ynys hon pan oedd y byd yn ieuanc.

Nid gwaith hawdd ydyw agor ein calonnau i bobl na allent gydymdeimlo â'n syniadau, felly nid rhyfedd i Tegwen gadw cyfrinach ei gweledigaeth iddi ei hun y noson honno, ac oblegid hynny meddyliai lawer mwy am y peth.

Tra'n hidlo'r llaeth, un ran ohono i'r pot llaeth cadw ar gyfer y corddi, a'r llall i'r dysglau bychain yn barod i'w ddefnyddio at y gwahanol brydiau bwyd, am y dillad gwynion a'r gwreichion tanllyd y synfyfyriai Tegwen, a lluniai ryw esgus neu gilydd i fynd tua'r drws, gan obeithio gweld rhyw argoel fod yr ymwelwyr, pwy bynnag oeddynt, heb ymadael. Ni allai am foment gredu mai ysbrydion y bobl a foddwyd oedd yn aflonyddu; tybiai yr eneth ei bod yn rhy gynnar yn y gwyllnos iddynt hwy. Paham y rhesymai felly, ni wn, os oedd rhyddid i'r hen seintiau, yn ôl ei barn hi, fod o gwmpas mor gynnar. Fe allai ei bod yn meddwl y gwyddai yr hen fynachod fwy o hanes yr ynys na'r dieithriaid, ac felly yn deall oriau gorffwyso'r trigolion. Bore-godi gyda'r wawr, a mynd i gysgu ymron yr un amser â'r ieir oedd arfer yr ynyswyr hyd y gallent. Wedi mynd i'w siambr fechan i'w chadw dros y nos, tynnodd Tegwen y llen oddi ar ei ffenestr, a bu yno yn gwylio yn hir. Cododd y lleuad yn y ffurfafen, a gwelai yr eneth y môr aflonydd yn lluchio ei donnau at y lan, ond gwelodd rywbeth arall rhyngddi hi a'r dyfroedd yn gwibio yn ôl ac ymlaen, yn codi breichiau i fyny, tybiai Tegwen, ac yn sicr erbyn hynny yr oedd goleuni arall amgen na goleuni'r lloer yn tywynnu o gwmpas y bod byw a ymsymudai. Dechreuodd Tegwen ofni a chrynu, eto, ni feiddiai fynd o'i hystafell ei hun i godi'r teulu i edrych ar yr olygfa. Sibrydai rhywbeth ym mynwes y ferch, pe deuent yno na fyddai dim i'w weld iddynt hwy. Clywsai Tegwen ryw dro mai i un yn unig y darganfyddai y tylwyth teg ei hunan ar unwaith. Dechreuodd ymddiosg o'i dillad, ond yr oedd yr atyniad at y ffenestr yn parhau, a'r goleuni o gylch y muriau yn mynd yn fwyfwy bob moment, ac yn sicr deuai yr awel denau â'r sŵn canu mwyaf peraidd a glywsai Tegwen yn ei holl oes. Clustfeiniodd yn ymyl y cwareli gwydr bychain, ei henaid wedi ei gynhyrfu gymaint nes i'w holl ofnau gilio.

Rhoddai ei llaw ar ei chalon fel pe yn ceisio rheoli y curiadau cyflym.

"O," ebe hi wrthi ei hun, "na fyddai bosib i mi glywed eu cân yn nes ataf. Ond mae'r ffenestr yn rhy fechan i mi gripio allan trwy'r *lattice* yma, a wiw i mi feddwl am fynd allan trwy'r drws: mae mam yn clywed pob smic, p'run bynnag a fydd hi'n cysgu ne beidio. O..." a gwrandawai yn ddistaw am ennyd, yna clywai eiriau yn dod ati ar adenydd y gwynt:

> "Canwn hefo'r llanw,
> Canwn hefo'r trai,
> I frenin y dydd a brenhines y nos,
> Haul y bore, a'r lleuad dlos,
> Canwn hefo'r trai,
> Canwn hefo'r llanw."

Pwysai Tegwen ei phen ar y gwydr, melodi'r gân wedi swyno ei henaid. Diau, pe Pabyddes fuasai, mai y cam cyntaf iddi hi fuasai croesi ei hun rhag i gyfaredd gwlad hud ei denu, ond ni ddaeth hynny i galon Tegwen. Syllai yn syn ar yr olygfa ryfedd, y foment nesaf gorweddai mewn hanner llewyg ar lawr y siambr, a phelydrai dau lygad arni o'r tu allan i'r cwareli gwydr.

Clywodd Ceridwen Rhys ryw sŵn yn siambr ei merch, a gwaeddodd enw Tegwen ddwy waith neu dair, ond heb gael un ateb. Tybiodd fod rhywbeth o'i le, a goleuodd ei channwyll frwyn, a ffwrdd â hi tuag yno. Er ei dychryn gwelai yr eneth yn gorwedd ar lawr yn ymyl y ffenestr ar ryw hanner ymddiosg. Aeth ei mam ati, a chododd hi yn ei breichiau, yna rhoddodd hi i orwedd ar ei gwely. Gwelodd ei bod yn fyw, beth bynnag, i ddechrau, felly gadawodd hi am foment ac aeth i alw ar Hywel Rhys. Ac yn fuan iawn roedd yntau hefyd yn y siambr fechan.

Gan nad oedd yr un meddyg yn hen Ynys y Seintiau, meddai y gwragedd gryn lawer o gyffuriau cartrefol, a chwarae teg iddynt, gwyddent yn lled dda hefyd sut i'w defnyddio. Ond rhywbeth newydd oedd gweld neb mewn llewyg yn Ynys Enlli. Er fod "ffeintio" yn ffasiynol iawn ymysg merched o radd uchel yr adeg honno, ni wyddai merched ffermydd Cymru ddim am y fath arferiad drwy drugaredd, felly nid rhyfedd i Ceridwen Rhys ddychryn wrth weld ei merch yn ddiymadferth. Dychrynodd Hywel Rhys yn fwy fyth, ac ebe ef, "Roedd rhywbeth yn 'y mhricio i nad oedd Tegwen fel arfer pan oedd hi'n troi o gwmpas amser swper. Rhaid 'i rhybuddio hi i beidio cario'r llaeth ar 'i phen o hyn allan. Weles i 'rioed fel mae plant yn rhoi gormod o bwysa ar 'u cyrff gwaetha dyn yn 'i ddannedd."

"Hust!" ebe ei wraig, "mae hi'n agor 'i llygaid; estynnwch y diferyn yna i mi, Hywel."

Ychydig o win yr ysgaw neu *elder*, fel ei gelwid gan wragedd y ffermydd, oedd y diferyn y gofynnai Ceridwen

Rhys amdano, a rhoddodd ychydig ar lwy de amryw weithiau ohono i'w merch.

Edrychodd Tegwen o'i chwmpas yn wyllt, fel pe bai'n chwilio am rywbeth na welai, ac yna gofynnodd, "Lle mae'r tân a'r cwbl, mam? Aethon nhw i gyd i ffwrdd? Oes yna ganu eto?"

Gan na ddeallai Ceridwen na Hywel Rhys ddim ynghylch gweledigaeth Tegwen, tybiasant yn naturiol iawn ei bod yn ddryslyd ei synhwyrau, a cheisiasant ei thawelu gorau y gallent. Tynnodd ei thad y llen dros y ffenestr, gan yr ymddangosai fod yr eneth yn syllu tua'r fan honno. Erbyn hyn codasai Elin y forwyn, wedi clywed y mynd a'r dyfod o gwmpas y tŷ, ac ymhen tipyn o amser daeth Tegwen yn weddol ati ei hun, rhwng effeithiau *elder* ei mam a'r teimlad o ddiogelwch roddai eu cwmni iddi.

"Rhaid i ti beidio cario'r gunnog ar dy ben eto, Tegwen. Mi fyddai'n llai o lafur i bob un ohonoch chi o gryn lawer petae rhywun yn nôl y gwartheg i'r fuches ucha yma, yn lle cario'r llaeth o'r fuches isa i fyny. Mi fydda'n fil amgenach. Mi fydda'n burion i chi drefnu felly, 'ddyliwn i."

"Yn wir, Mistar, ynghred i ydi fod y lle yma wedi ei reibio byth er pan gollwyd y llong yma. Fuo dim sut 'run fath ar ddim. Mae pawb yn deud fod yma ryw gatals o gwmpas o hyd. Dwn i ddim beth ydyn nhw, ond ma pobol yn meddwl bod nhw'n gwbod."

"Ddoi di byth i ben os ei di i wrando ar straeon pobol, Elin bach. Y peth gora i ni rŵan wedi i Tegwen ddod ati'i hun ydi mynd i dreio cysgu tipyn eto. Well i ti aros yn gwmpeini i Tegwen heno, Elin, wedyn mi gei godi meistres pe bai hi yn cael rhyw d'rawiad tebyg eto, ynte?"

Ac felly fu. Ond ni chysgodd Elin yr un llygedyn, ebe hi dranoeth; Mynnai Tegwen roddi'r dillad dros ei phen, ac yna geisio hymian canu rhyw bennill na allai Elin wneud synnwyr ar y ddaear ohoni, ebe hi.

"Rhyw godl am y trai a'r llanw a'r frenhines, a phetha felly. Roedd hi o betha'r byd fe pe tase hi wedi 'i witshio, a doedd arna i ddim llai nag ofn bod hefo hi. Doedd dim posib i mi na neb arall gysgu yr un chwinciad, beth bynnag."

Ac mae'n debyg mai dyna'r rheswm i'r ddwy godi pan ddaeth hi yn ddydd, er ei bod yn fore iawn.

Gadawodd Tegwen Elin rhwng goleuo'r tân a pharatoi ar gyfer gwaith y dydd.

"Hwyrach y byddai'n fwy tebyg i mi fy hun, Elin, wedi bod allan am dipyn yn awel y bore."

Ac ymaith â hi, gan gyfeirio ei chamau tuag at adfeilion y fynachlog. Chwiliodd yn ddyfal am ryw fath o olion y gyfeddach a'r ddawns fu yno y noswaith gynt, ond ni ddaeth o hyd i un math o esboniad ar y dirgelwch a roddodd y fath fraw iddi, ac eithrio cylch crwn ac amryw gerrig gwynion o'i ddeutu. Ac yng nghanol y cylch, gwelai fod y glaswellt wedi ei losgi hyd at y pridd. Syllai Tegwen arno fel pe bai o dan ddylanwad swyn gyfaredd; a thra'r oedd hi'n sefyll ac yn edrych ar y cylch crwn, gwelai rywbeth yn disgleirio yng nghysgod un o'r cerrig gwynion. Penliniodd ar lawr, a chododd y garreg, ac er ei syndod gwelai fodrwy euraidd yn disgleirio. Cymerodd hi yn ei llaw, ac edrychodd lawer arni. Gwelai ei henw ei hun wedi ei gerfio yn brydferth y tu fewn i gylch y fodrwy, ac oddi allan iddi yn berlau drudfawr. Rhoddodd Tegwen y fodrwy ar ei bys, ac nid cynt y gwnaeth hi hynny nag y clywai sibrwd, megis yn ei hymyl:

> "Eiddo fi ydwyt, Tegwen Rhys,
> Rhoddaist fy modrwy ar dy fys;
> Tegwen, Tegwen, fy ngeneth dlos."

Edrychodd Tegwen o'i chwmpas, ond ni welai neb. Ceisiodd dynnu y fodrwy, ond er ei braw ni ddeuai oddi am ei bys mor hwylus ag yr aeth amdano, ac er ceisio ei gorau, nid oedd dim yn tycio. Ymddangosai fod y fodrwy wedi penderfynu aros yno, er yr oll a geisiai Tegwen druan wneud i'w symud. Clywai lais tyner yn chwerthin ac yn dweud:

"Pan dynnir y fodrwy oddi am dy fys,
Nis gelwir di mwyach yn Degwen Rhys."

"O, beth a wnaf? Beth sydd yn y lle yma liw dydd golau fel hyn?" ebe'r eneth yn uchel, a rhoddodd ei dwylo ar ei hwyneb.

"Tra'r erys y fodrwy ar dy fys,
Gwyn fydd dy fywyd di, Tegwen Rhys,"

ebe'r llais unwaith yn rhagor, ac ebe'r eneth,
"Pwy sydd yna yn gwawdio geneth fel fi?"
Y foment nesaf roedd rhywun yn ei chofleidio ac yn ei chusanu er ei gwaethaf.

"Gofynnaist amdanaf, Tegwen fy merch.
A rhoddais it' gusan, a ffarwel serch."

Rhyddhaodd yr eneth ei hunan o'r breichiau oedd amdani a rhedodd tua'r Llety nerth ei thraed. Dydd neu nos, tybiai fod yr un drwg neu rai o'i weision o gwmpas. Ac ofnai droi ei phen yn ôl rhag iddi hithau, fel gwraig Lot gynt, gael ei throi yn rhywbeth na fynnai.

Wedi cyrraedd y tŷ, ceisiai berswadio ei hun mai dychymyg oedd y cyfan, ond roedd y fodrwy ar ei llaw yn rhywbeth amgen na dychymyg, a chrynai Tegwen gan ofn.

XIXI.
Sŵn y Droell

Gyda'r nos, wedi gorffen gwaith y dydd yn gryno, y pysgotwyr wedi diogelu eu cychod wrth yr angorau, a'r llongwyr heb feddwl am ddadlwytho yn y nos yr adeg honno, heb sôn am gymryd y llwyth i mewn hyd nes ceid golau'r dydd ar y pwnc, byddai cryn lawer ohonynt yn cyrchu at ei gilydd yn y *Ship and Castle*. Ni fu unman gwell ar y ddaear i wrando ar chwedloniaeth y môr nag yn nhafarndy Betsan Morus. Byddai'r dynion am y gorau yn adrodd hanesion am y *phantom ship*—neu ddrychiolaeth o long—a ofnai'r morwyr gymaint ei gweld, ac am bopeth arall posibl ac amhosibl ei gredu ynghylch eu mordeithiau.

Ond y noson rwyf yn ysgrifennu amdani, nid oedd yno neb ond Ifan Dafydd yn eistedd un ochr i'r tân mawn helaeth, a'r hen Ddoctor Prys yr ochr arall. Trwy ryw ryfeddod, er nad oedd y Doctor agos yn sobr, eto er ei bod yn wyth o'r gloch yn yr hwyr nid oedd hanner mor feddw ag arferol yr awr honno o'r dydd.

"Hanner peint i Ifan, mae'r *trip* yn werth yr *extra half pint*, yn siŵr, yn siŵr," a chwarddai Dr. Prys yn galonnog.

"Yn y munud, Doctor, yn y munud," ebe Betsan Morus. Brysia, Gayney, brysia."

Cododd y Doctor oddi ar ei gadair yn sydyn.

"Rhaid mynd, Betsan Morus, rhaid mynd, dyna sŵn y gig. Dyn helpo'r Doctor, mynd, mynd, o hyd. Ond dim mynd i'r Ynys bob dydd. *Fee first class* i'r Ynys, digonedd o bres yno. Pobol gefnog yno i gyd. Wyt ti'n clywed, Gayney? Gwell i ti sythu am fab y brenin, eitha *match!*"

Ond wele'r gwas a'r gig wrth y drws, ac ymaith â'r doctor ynddi tua chartref.

Eisteddodd Betsan Morus yn y gadair wrth y tân, gyferbyn ag Ifan Dafydd, a dywedodd, "Rhoi clun i lawr am funud, ynte, nes daw'r criw i mewn. Ydi merch Hywel Rhys yn sâl iawn, Ifan Dafydd?"

"Na, ddim yn ots, gŵyr dyn. Geneth fach ddel ydi hi, hefyd. Faswn i'n meddwl mai rhyw hen gnaf sydd wedi dychryn hi. Roedd 'i mam hi'n deud na fu dim sut arni hi ers dros wsnos. Ond does dim dwywaith nad ydi hi ymhell o fod yn iawn, ne fase nhw byth yn meddwl gyrru i nôl doctor ati hi."

"Beth ddeudodd y doctor, tybed?"

"Ddeudodd o ddim. Ddeudith o byth ddim, Betsan Morus, mi wyddoch hynny gystal â finna. Ond mi berodd iddyn nhw hel 'i phac hi at 'i gilydd erbyn yfory iddi ddŵad am dro i'r tir mawr am dipyn o newid."

"Yn wir? I ble mae hi'n mynd—i'r Hendre debyg? Maen nhw'n berthynasa agos, a mae rhyw sôn, wyddoch, bod Ieuan yn rhyw droi o gwmpas 'i gyfnither. Debyg bod Hywel Rhys â phurion poced?"

"O, ydi, mae Hywel yn siŵr o fod yn daclus iawn, ond nid i'r Hendre mae'r ferch i fynd. Mae hi'n mynd i siop y sadler yn Nhre Einion."

"Rydw i wedi synnu, wedi synnu. I siop y sadler?"

"Ie. Fyn yr hen ddoctor ddim iddi hi fod hefo neb fasa'n sôn am y dychryndod gafodd hi. A dydi Catrin Meurig ddim yn rhyw ots o gall, mwy na llawer."

"Biti, biti, na faswn i'n gwybod. Mi gawsa le yma yn y munud, ac mae hi'n bur siriol yma at yr hirnos pan fyddwch chi o gwmpas i gyd."

"Mae siop y sadler yn nes at dŷ'r doctor, a fynna'r hen ŵr bonheddig ddim iddi hi fod ymhell o'i gyrraedd o. Y gwir ydi, Betsan Morus, tipyn o ofn sy ar y teulu bod y dychryndod gafodd yr eneth wedi'i ffwndro hi."

"Ydi hi ddim wedi drysu, dyn byw?"

“Wel wn i ddim, yn wir, ond mi wyddoch mai Elin Tyfry sydd yno’n forwyn, ac mae Elin yn meddwl nag ydi’r ferch ifanc ddim yn debyg yr un un. Fedra i ddeud dim rhagor. Y gred yn yr Ynys ydi fod y lle wedi ’i reibio byth er pan aeth y llong fawr yna yn *wreck*, wyddoch.”

“Wel, yn wir, am wn i na alla amal un yr ochor yma ddeud yr un peth, Ifan Dafydd. Dyna helynt y Plasllwyd yna, achos waeth hynny na mwy—mae yna ryw helynt ’blaw fod y gŵr ifanc am fynd i’r rhyfel. Does dim sens na fasa fo hefo’i wraig ifanc hynny gawsa fo o amser cyn cychwyn dasa pob peth yn iawn. Roedd yr hen Sgweiar mewn digon o fyd yn mynd â’r Capten odd’yma. Ac neno dyn, mi gafodd asgwrn i gnoi, do, do. Does dim lles mynd i derfyn y weddw, wyddoch, Ifan Dafydd. Mi wyddoch chi’ch Beibl yn dda, ac yma y dylai’r gŵr ifanc fod, Briws neu beidio. Gayney, beth wyt ti yn geisio neud hefo’r droell yna heno?”

“Dydw i ddim yn agos i’r droell, mam,” gweiddai Gayney o ryw gornel yn y pellter; a dyna chwyrlïad arall ar y droell, a llais peraidd yn canu:

> “Troell fy nain yn nyddu
> Heb lin na llinyn ami,
> Heb wlân yn agos ati
> Troell fy nain yn nyddu.”

Neidiodd y pysgotwr a’r dafarnwraig ar eu traed, ond ni allent ymsymud tua’r ystafell fechan breifat lle cedwid y droell—ystafell y teulu—ond wele Gayney yn rhedeg tuag atynt, ei hwyneb wedi glasu gan ofn, ac yn methu dweud yr un gair—dim ond pwyntio â’i llaw at y drws. Y funud nesaf yr oedd dau neu dri o’r dynion yn dyfod gyda’i gilydd i’r tŷ dan chwerthin, ac yn dechrau galw am eu hanner peintiau, a Betsan Morus yn ateb yn ei ffordd arferol.

“Yn y munud, lanciau bach, yn y munud.”

"Hylô, Ifan Dafydd, bedi meddwl peth fel hyn? Mi gawsoch y blaen arnon ni heno," ebe un o'r cwmni, yna sylwodd ar y wynebau dychrynedig, a gofynnodd beth oedd yn bod, a phwy oedd yn rhedeg o'r tŷ ar y fath frys at y cei.

"Fuo yma neb, lancia bach, trw wbod i mi, ond mi glywsom ni ganu da iawn, mi neutha'r tro i chi i ddawnsio tasa chi yma ynghynt. Rydw i wedi byw yma ers amal i flwyddyn, a wybûm i am ddim tebyg o'r blaen, er i mi weld fy siâr o betha, a chlywed am fwy, hwyrach, na'r rhan fwya' o bobol."

Cychwynnodd Ifan Dafydd ddweud yr helynt, ond cyn iddo ond prin agor ei enau, dyna unwaith yn rhagor chwyrlïad ar y droell, a'r sŵn yn llenwi'r lle yna yr un llais peraidd yn canu yr un geiriau:

> "Troell fy nain yn nyddu
> Heb lin na llinyn ami,
> Heb wlân yn agos ati
> Troell fy nain yn nyddu."

Wedi hynny, rhyw chwerthiniad distaw, ond eto'n treiddio trwy'r ystafell fawr, er iddo gychwyn yn yr un fechan; chwyrlïad arall ar y droell, ac yna distawrwydd. Edrychodd y dynion ar ei gilydd, ond ni feddyliodd yr un ohonynt am symud o'u lleoedd. Ymhen ennyd dywedodd Ifan Dafydd, "Mae peth fel hyn yn arwydd o bethau i ddigwydd, yn siŵr ddyn."

"Mae'r *Sibyls* o gwmpas, dyna'r gwir," ebe un arall. Ei enw ef ar y tylwyth teg oedd y *Sibyls*. Yr hyn sydd yn rhyfedd i ni, bobl yr oes hon, ydyw cred ein hynafiaid yn y goruwch naturiol. Ond dylem gofio eu bod hwy heb golli eu gafael o'r hen chwedloniaeth dlos, ac yn lle darllen holl ddirgelion bywyd mewn rhyw lyfr neu gilydd yn ôl ein dull ni, esbonient hwy hefyd amgylchiadau bywyd mewn golau gwahanol iawn. Nid wyf fi yn meddwl dweud pa un ai hwy ynte ni sydd nesaf i'n lle, ond yn sicr diflannodd holl ramantau tlysaf ein gwlad ymaith gyda'r tylwyth teg i wlad hud a lledrith, ac yn eu lle ceir mwg du y glofeydd yn pardduo awyr ein mynyddoedd yn un rhan o'r wlad, a llwch cerrig y llechfeini yn llenwi ein llynnoedd prydferthaf mewn mannau eraill. O'm rhan i, gwell gennyf eto fuasai eistedd ar stôl dri throed yn ymyl y tân mawn ar lawr yn gylch lu ohonom yn y simdde fawr yn gwrando hanesion glân a syber y tylwyth teg, na gorfod edrych ar blant Cymru yn byw ar lenyddiaeth ysgrifenedig isel ei chwaeth ddaw atom bob dydd dros Glawdd Offa.

Peidied fy narllenwyr a meddwl mai ffôl oedd y bobl y noson honno yn y *Ship and Castle*, neu mai llwfriaid oeddynt, am na ddaeth i galon yr un ohonynt i amau eu bod yn derbyn ymweliad oddi wrth y tylwyth teg, ac yn ceisio ei esbonio yn ôl traddodiad, na chwaith yn meddwl am fynd i chwilio am berchennog y llais. Eu cwestiwn hwy bob un oedd, "Pa arwydd oedd hyn?" A chan mai Ifan Dafydd oedd yr hynaf, disgwylient iddo ef ateb yn gyntaf.

XX.
Dun Munro

Eisteddai Mrs. Munro yn neuadd hynafol Dun Munro â'i hwyneb tua'r ffenestr trwy yr hon y gwelai y mynyddoedd uchel yn eu dillad o borffor; yn is i lawr y glynnoedd coediog, y dail amryliw, a'u gwyrddlesni yn anghymharol brydferth. Gwyddai Mrs. Munro am yr afon a redai ynghanol y coed nesaf ati, a'r llwybr cul ar hyd ochr yr afon lle y cerddai Capten Munro yn ôl ac ymlaen yn chwarae'r *bagpipes* a hoffir gymaint gan breswylwyr yr Ucheldiroedd. A pheidied neb â gwawdio yr offeryn cerdd hynafol yma a gâr yr Ysgotiaid, canys os na fu iddynt ei glywed yn sŵn yr afon yn y glyn ac ynghanol y coed a'r chwaraewr yn cerdded yn ôl ac ymlaen, fel pe bai'n cadw amser i'r afon a'r offeryn ar unwaith, ni ŵyr dyn ddim am swyn miwsig y *bagpipe*. Mae'n bosibl i'r hen offeryn cenedlaethol

> Wneud trwy'r nant loyw ramantlyd
> Yr hafn glân, yn gân i gyd.

Tra'n gwrando ar y sŵn, er na welai hi ei mab, rhedai y dagrau gloywon ar hyd gruddiau'r hen wraig fonheddig. Teimlodd hithau i'r byw pan glywodd am fradychiad ei hannwyl Charlie gan y Sgweiar Cymreig, a bu am rai dyddiau yn methu yn lân a gweld llwybr ei dyletswydd. Yng ngwylltineb y dyddiau cyntaf, mynnai Capten Munro fynd ymaith gyda'r milwyr oeddynt ar fin ymadael i'r Dwyrain, heb fynd yn agos i Blasllwyd na Chymru. Ond er i'r fam fod llawn mor falch ag yntau o anrhydedd y Munro, ni allai hi ddygymod â'r syniad o adael yr eneth ieuanc, na fu ond ychydig ddyddiau yn wraig, yn y dull yna, yn enwedig gan fod Alys yn sicr wedi dioddef oddi wrth yr un twyll. Am y Laird, ei mab hynaf, cynghorai ef ei frawd i wneud y gorau o'r gwaethaf. Felly, ni synnodd Mrs. Munro pan ddaeth i mewn i'r neuadd y bore hwnnw, ac y dywedodd wrthi:

"Mam, nid ydyw ymddygiadau Charlie ond yn creu mwy o waith siarad i bawb. Gan fod Mr. Gwyn wedi gwneud popeth a all ef i gyfreithloni sefyllfa ei ferch a'i aeres, yn sicr ein dyletswydd ni ydyw ei berswadio i geisio dygymod â phethau fel y maent. Os nad ydyw Charlie am roddi i fyny y penderfyniad o fynd gyda'r fyddin, ac na ellir ei berswadio i ymweld â'r Gwyniaid cyn cychwyn, y peth gorau fydd i ni wahodd ei wraig yma atom ni cyn iddo fynd i ffwrdd. Gwelwch y llythyr yma ddaeth i mi oddi wrth rywun sy'n fonheddwr doeth yn yr un ardal â'r Gwyniaid, a pheth a ddywed efe. Nid ydyw yn cyfiawnhau ymddygiad Sgweiar Gwyn, ond yn hytrach fel arall, ond mae'n siarad yn bur eglur ynghylch dyletswydd Charlie tuag at ei wraig, ac hefyd am bosibiliadau bywyd defnyddiol iddo yn y rhan yna o'r wlad fel tirfeddiannwr cyfoethog. Dylai Charlie ddeall nad ydyw priodi gwraig un diwrnod, a'i gadael yng ngofal ei rhieni ymhen ychydig ddyddiau wedi hynny, yn beth ellir ei wneud yn ein gwlad ni. A phwy o'r pendefigion Cymreig fydd yn gymdogion iddo allant edrych yn isel ar un o'r Munros, tybed? Onid dull ein gwlad ni ydyw fod dyn, er iddo briodi islaw iddo, yn codi ei wraig i'w sefyllfa ei hun?"

"O, ie, Roderic, mae hynny yn wir. Pe priodai Dug forwyn cegin, byddai yr eneth ar unwaith yn Dduges: rydych yn llygad eich lle."

"Wel, mae cryn wahaniaeth rhwng Alys a geneth o radd isel. Mae wedi ei haddysgu a'i diwyllio, ac am wn i wedi derbyn pob manteision posibl i ferch ieuanc o gyfoeth. Ni chwyd un ymddygiad o'i heiddo fyth wrid i wyneb Charlie.

Yn sicr, mam, gallasai pethau fod yn llawer gwaeth. Pobl yr hen amser ydym ni, y Munros, ond mae yr amser hwnnw bron ar ben a chyn pen hir iawn y cwestiwn ym Mhrydain fydd, nid gwaed pwy fydd y puraf, ond poced pwy fydd drymaf. Mae'r arwyddion i'w gweld yn amlwg fod dylanwad cyfoeth yn dyfod fwyfwy o ddydd i ddydd."

Cyn i'r Laird yn brin orffen llefaru, daeth Capten Munro i mewn, â'i *bagpipes* o dan ei gesail. Taflodd Roderic Munro lythyr iddo, gan ddweud:

"Byddai'n burion i chwi gymryd amser i ystyried cynnwys y llythyr yma, Charlie, cyn dweud yn fyrbwyll ynghylch y mater. Mae'n bryd i ni feddwl fod ochr arall i'r cwestiwn yma nad oes a wnêl â balchder diarhebol ein teulu ni."

"A ddarllenasoch chwi y llythyr yma, fy mam?"

"Do, fy mab."

"Beth ydyw eich barn chwi? Mae anrhydedd enw Munro wedi bod ers llawer blwyddyn yn ddiogel yn eich cadwraeth chwi," ac ymgrymodd y milwr ieuanc ei ben yn foesgar i'r hen foneddiges. Edrychodd hithau i fyny i wyneb ei mab ieuengaf, a dywedodd:

"Fel Cristion, Charlie fy mab, rhaid i mi addef fod yr oll a ddywed y Mr. Pennant yma yn anatebadwy. Ac mae Alys yn ddiniwed, rhaid i ni gofio hynny; eto mae'n gorfod dioddef un o'r gofidiau mwyaf allasai ddyfod i gyfarfod merch."

Eisteddodd y Capten ar un o hen gadeiriau urddasol neuadd ei hynafiaid, a darllenodd y llythyr anfonasid gan Lewis Pennant i'w frawd, fel y byddai i bennaeth y teulu allu ymgynghori â'i frawd ynghylch yr helynt ddifrifol oedd yn peryglu holl gysuron bywyd, os nad y bywyd ei hunan, i aeres y Plasllwyd. Wedi darllen y llythyr ddwywaith drosodd, dwedodd y Capten, "Mae'n rhaid cydnabod yn sicr, fy mam, fod yna ochr arall, fel y dywedodd Roderic fy mrawd. Ond mynd i fyw yn wastad dan yr un gronglwyd â'r dyn yna, pa fodd y gallaf? Byddai bywyd yn faich i mi. Nid wyf yn hynod hoff o foethau; ni chefais, fel y gwyddoch, orlawnder cyfoeth o'm cwmpas erioed, ond bu absenoldeb digonedd o arian yn foddion effeithiol iawn i ddangos eu gwerth i mi, er hynny. Eto, mae mil o bethau na wnaethwn byth er mwyn cyfoeth."

"Beth, ynte, barodd i chwi briodi aeres Mr. Gwyn, Charlie? Nid oeddech yn debyg i ddyn wedi colli ei galon i ferch o gwbl," ebe ei frawd.

Gostyngodd y Capten ei ben am foment, yna dywedodd:

"Fe allai, Roderic, imi roddi gormod o le i ddylanwad yr aur a'r meddiannau pan fu i'w thad bron gynnig llaw ei ferch i mi; ond yn wir, Roderic, coeliwch fi, yr hyn barodd i mi gymryd y peth i ystyriaeth ar y cyntaf oedd i Mr. Gwyn awgrymu fod ei ferch wedi syrthio mewn cariad â mi; ac yng ngrym fy niolchgarwch a'm dyled i'r teulu, cymerais fy hudo gan yr hen sarff yn ffurf Sgweiar Gwyn. Druan ohonof, y fath ynfytyn fûm yn nwylo'r dyn dichellgar." Yna ychwanegodd, "A dyma fy holl fywyd wedi ei ddifetha am cyhyd ag y pery."

"Ni ddifethir eich bywyd, Charlie, oni bydd i chwi yn wirfoddol ei andwyo," ebe'r Laird. "Pe buaswn i yn eich lle, gwnaethwn i fy ngorau i unioni'r cam a wnaed â chwi ac â'r eneth ieuanc yna. Ac yr wyf fi yn bennaeth y clan Munro," ebe fe yn falch, a bron yn ymffrostgar. Yna aeth ymlaen i gynnig ei gynllun o anfon am Alys i Dun Munro, ac os mynnai y Capten fynd i beryglu ei fywyd, byddai yn ffarwelio â'i wraig yn deilwng, ac yn ei gadael am beth amser o dan gronglwyd ei fam a'i frawd. Wedi hynny, gallai Mrs. Gwyn-Munro fynd yn ôl at ei phobl ei hun, ac i'r cartref yr oedd yn aeres iddo.

"Dyma chwi, Charlie," ychwanegai, "nid Munro yn unig mohonoch mwyach, ond Gwyn-Munro, trwy ddeddf a gweithredoedd yn ôl y gyfraith."

"Och, ac mae'n rhaid i mi ddwyn enw y dyn a'm bradychodd arnaf. Yna gorau po gyntaf i mi fynd i rywle na chofir amdanaf. Gwnewch chwi fel y mynnoch; ond rhaid i mi, yn awr, beth bynnag, fynd i geisio ennill neu golli'm bywyd diwerth gyda'm byddin. Fy mam, erfyniaf eich maddeuant. Nid o'm gwirfodd y pechais yn erbyn anrhydedd fy hynafiaid."

Canlyniad yr ymdrafodaeth, fodd bynnag, fu i ddau lythyr fynd o Dun Munro i ardal Tre Einion—un i Lewis Pennant oddi wrth y Laird, a'r llall i Mrs. Gwyn-Munro oddi wrth ei mam yng nghyfraith.

XXI.
Helyntion Bro Einion

Ni fu Sara Jones, Tŷ'r Capel, fawr brysurach yn ei hoes nag yn ystod yr wythnosau hynny yn Nhre Einion, ac roedd rheswm da pam: onid oedd rhyw newydd i'w glywed yn barhaus, ac eisiau ei gludo o'r naill dŷ i'r llall er mwyn goleuo trigolion y Fro ynghylch yr amgylchiadau rhyfedd a ganlynent ei gilydd mor gyflym yn yr ardal?

Pwy ond Sara ddeallai helynt priodas merch y Plasllwyd; ac fe gariodd y frân hanes troell y *Ship and Castle* i Dŷ'r Capel ben bore drannoeth. Gwyddai yr hen ferch of flaen un dyn fod Tegwen Rhys, merch brenin yr Ynys, wedi dyfod i siop y sadler i newid awyr dipyn er mwyn ei hiechyd, a'i bod yn gwisgo modrwy aur, nad oedd ei gwerthfawrocach yn yr holl wlad, ac nad oedd siawns i neb gael gan Tegwen ei thynnu oddi am ei bys i'w dangos i un dyn. Rywfodd neu gilydd, daeth Sara i wybod fod yr hen feddyg wedi rhybuddio teulu'r sadler nad oeddynt i sôn am yr addurniadau euraidd a wisgai Tegwen Rhys, ac fod meddwl y ferch ieuanc ymhell o fod yn ei dawelwch arferol, a hynny oblegid y gadwyn aur a'r fodrwy. Tybiai pawb o'r bron trwy y gymdogaeth fod a wnelai y tylwyth teg â'r ymweliadau ag Ynys Enlli; ond awgrymai rhai mai yr Un Drwg oedd wrth wraidd y cwbl, a dyna ddwedai Sara Tŷ'r Capel pan yn Llys Gwenllian yn gofyn am dipyn o laeth enwyn y dydd y derbyniodd Lewis Pennant lythyr Laird Munro.

"Yn sicr i ti, Sara," ebe Margaret Pennant, "nid oes a wnelo'r Un Drwg â theulu'r Llety; mae'n ddigon tebyg y ceir esboniad ar bopeth yn y man, ond mae'n drueni mawr fod yr eneth druan wedi cael y fath ddychryndod."

"Faswn i'n synnu dim tasa hi byth yn dŵad ati 'i hun, y fi, na faswn, yn wir, druan; biti, geneth ddel hefyd.. Mae Mrs. Gwyn wedi bod droia' yn edrach amdani hi, ac mae gwraig yr *Inn* yn meddwl bod y Doctor yn fodlon iddi hi fynd i'r Tŷ Gwyn i aros. Mi wyddoch, wrth gwrs, bod rhyw dipyn i ddweud wrthi hi gin Mrs. Derfel druan. A dyna helynt sydd yn y *Ship* ym Mhorth Einion, ynte? Pawb ofn 'i gysgod yno ar ôl y noson buo'r droell yn nyddu. A phawb yn y Porth ofn bob munud clywan nhw fod y llong yma ne'r llong arall wedi colli. Roedd Ifan Dafydd yn deud, medda nhw, na chlywodd o 'rioed sôn am y droell yn nyddu fel yna na fydda rhyw ots o helynt yn yr ardal, a'r helynt mwya yn yr ardal yma ar lan y môr fel hyn ydi colli'r llonga, ynte? Ond ran hynny, dydi hi yn helynt yma ers hyd o hydion. Dyna firi'r Plasllwyd yna: mi fasa'n well gen i fod yn hen ferch fel rydw i, nag yn wraig i neb fasa yn 'y ngadael i fel yna, beth bynnag. A ma nhw'n deud na ddaw'r Capten yna byth yn ôl."

Gwenodd Margaret Pennant tra y tywalltai Sara ei huodledd. Yr oedd yn gynefin iawn â'i chlywed yn traethu ei hanesion pan ddeuai i'r Llys ar ryw neges, ac mor gynefin a hynny â'r gwaith o geisio gan yr hen ferch fod yn brinach o'i geiriau ynghylch ei chymdogion, rhag iddi nid yn unig gludo newyddion, ond hefyd fod yn euog o'r pechod gwrthun—derbyn a chludo enllib. Felly nid oedd yn beth newydd i Sara glywed Margaret Pennant yn dechrau ei chywiro:

"Na, Sara, paid â dweud dim yn ôl nac ymlaen ynghylch Capten Gwyn-Munro, fe allai y daw yma i'n mysg ynghynt nag ydym yn feddwl. Gwell i ni beidio ymyrraeth â'r mater, beth bynnag sydd yn gyfrifol am siomedigaeth y croeso fwriadem iddo gael yma."

"Wel, wir, meistres, dydw i erioed wedi deud dim ond y peth glywais i â'm clustia fy hun ym Mhlasllwyd. Does neb yn y Plas yn disgwyl gweld y dyn byth ond hynny. A waeth i ni felly, am wn i, mae yma lawn ddigon o'r hen betha diarth yma yn meddiannu pob clwt y fedra nhw."

"Mae Mrs. Gwyn-Munro wedi ei gwahodd at deulu'r Capten, beth bynnag, Sara, a phe buasai rhyw rwyg rhyngddynt ni chawsai y fath wahoddiad yn sicr. Yn siŵr, Sara, gorau pan leiaf i droi a throsi ar yr hanes yma, fel pob un arall."

"Wel, meistres, rydach chi wedi fy synnu i, ond fûm i ddim yn y Plasllwyd er echdoe, ne mi fasa'r *housekeeper* yn siŵr o fod wedi deud wrtha i," ebe Sara, fel pe yn ceisio rhyw reswm dros ei hanwybodaeth ei hun o'r fath newydd pwysig. Nid heb ei haeddu yr enillodd hi yr enw "Y Papur Newydd," a byddai deall fod rhywun arall yn gwybod hanes o'i blaen hi yn groes drom i Sara geisio ei dwyn. Wedi gafael yn y piser llaeth, a diolch amdano, dywedodd:

"Peth rhyfedd os na neith stori'r droell yna ddrwg i'r tŷ, ynte? Ond roedd Betsan Morus mor sionc ag y buo hi 'rioed neithiwr. Yno bûm i yn nôl cwrw'r achos y tro yma. Dydi o fawr, ond mi fydda i yn mynd un bob yn ail i'r *Inn* a'r *Ship*, fel bydd y blaenoriaid yn deud."

"Mi fydda'n eitha pe bae dim eisio mynd i chwilio am gwrw'r achos i 'run ohonyn nhw, yn wir, Sara," ebe Lewis Pennant, yr hwn oedd newydd ddyfod i mewn, ac wedi clywed geiriau olaf yr hen ferch.

"Wel, dydi o ddim yn rhyw lawer o *something*, druain, iddyn nhw; ond maen nhw'n ots o ffond o lymad, wyddoch, Lewis Pennant, wedi iddyn nhw fod yn chwysu ac yn tagu am oriau bwy gilydd. A rhyw greadur smala ydi dyn, pregethwr ne beidio, mae o'n aflonydd iawn os na fydd o yn byta ne'n yfed o hyd. Begio'ch pardwn chi, Lewis Pennant, hefyd, ond yn wir mi fyddai'n meddwl na ddysgodd yr un dyn 'rioed fod yn llonydd, wyddoch. Mae yma lot fawr ohonyn nhw yn cyboli hefo'r hen dybaco yna, a fyddai bob amser yn meddwl mae yr un hen ysfa sydd wrth wraidd hynny—misio bod yn llonydd."

Chwarddodd Lewis Pennant yn galonnog, a dywedodd,

"Hwyrach dy fod ti yn dy le, Sara bach; synnwn i ddim, ond rhaid i ni dreio dysgu bod yn llonydd, yn hytrach na bod yn chwarae â hen arferion llygredig."

"Yn wir, Lewis Pennant, mi fydda i yn ofalus ofnatsen, dyna i chi, am gwrw'r achos. Mi fydd Betsan Morus a gwraig yr *Inn* yn gwybod na neith dim ond y gora feddan nhw y tro i mi. Tra bydda i yn Nhŷ'r Capel, mi ellwch benderfynu na ddaw acw ddim diferyn na fydd o'n ffit i roi ar fwrdd y gŵr mwya yn y wlad, pwy bynnag ydi o." Diolchodd Sara unwaith yn rhagor am y llaeth enwyn, ac ymaith â hi.

Trodd Lewis Pennant at ei wraig, ac ebe wrthi, "Mi fûm i yn y Plasllwyd, Margaret, ac fe ddangosais lythyr brawd y Capten i Sgweiar Gwyn. Ni feddyliais fod y dyn yn meddu cymaint o galon. Yn ddiddadl, mae yn caru ei ferch, ac roedd yn crynu gan lawenydd fod rhyw lygedyn o obaith y gellid cyfannu'r rhwyg rhwng ei ferch a'i phriod. Nid oedd y llythyr oddi wrth Mrs. Munro at Alys ond byr, meddai, eto yr oedd yn garedig, a chynhwysai wahoddiad taer a serchog. Mae eisoes wedi gwneud lles mawr i'r eneth: cododd o'i gwely, a bu yn cerdded o gwmpas ei hystafell ac yn siarad â'i mam ynghylch y siwrnai. Dywedais i wrth y Sgweiar, os cymerai fy nghyngor i ar y pwnc, mai anfon Alys at ei theulu-yng-nghyfraith yng ngofal gwas a morwyn fyddai orau o lawer. Ceiff yr eneth well siawns heb i bresenoldeb ei rhieni gythruddo y Munros. Ac roedd y Marchog yn barod i wneud rhywbeth fel yr awgrymwn, am wn i, gan mor ddiolchgar oedd am i mi ysgrifennu at y teulu."

"Gwnaethoch yn ardderchog, Lewis; ond, wrth gwrs, gwyddwn y byddech chwi yn sicr o gael rhyw ben llinyn ar bethau wedi i chwi eu cymeryd mewn llaw. Mae'n dda iawn gennyf, er mwyn yr eneth. Beth ond geneth ydi hi eto? Ond sut y teimla'r Sgweiar, tybed, orfod derbyn cymwynas mor fawr gennych? Rhaid ei bod yn bur galed arno cyn y daethai yma ar eich gofyn."

"Nid wyf yn meddwl, Margaret bach, fod Rhydderch Gwyn yn cofio dim ond fod ei ferch mewn gofid, ac yntau yn benderfynol o'i chysuro rywfodd, os yn bosibl."

"Yn wir, mae'r lle fel dan felltith yn union, er na ddylwn ddweud y fath beth, er pan fu Mrs. Gwyn farw."

"Wel, Margaret, does dim yn hawdd disgwyl daioni wedi gwneud drygau, ai oes? A beth ond euogrwydd ei galon bar i'r Sgweiar gredu fod ei wraig gyntaf yn ymrithio o gwmpas y Plasllwyd? Mynnai gennyf fi gredu heddiw ei bod yn cerdded ar hyd y rhodfeydd er pan ddaeth yn ôl y tro yma. Ni wn i ai ei gydwybod euog ef, ynte rhywun sydd yn ymbleseru ei ddychryn sydd yn gyfrifol. Doedd dim modd ei ddarbwyllo na allai y ddrychiolaeth fod."

"Nag oedd, mae'n siŵr," atebai Margaret Pennant, "Nid yw'r Sgweiar fawr o flaen ei gymdogion tlodion, ac yn wir, Lewis, tipyn o golled i ni fel Cymry fydd colli yr hen chwedloniaeth dlos."

"Beth sydd a wnelo ein chwedloniaeth, Margaret fach, â chred mewn ysbrydion pobl wedi marw?

"Wel, cymaint hyn, Lewis, mai'r un rhai yn ein mysg sydd yn credu hen hanesion y tylwyth teg, ac mewn drychiolaethau, a'r gallu i reibio dynion. O, mi wn i o'r gore fod y cyfan ar yr aden yn cychwyn i ffwrdd, mae'n rhaid i'r cwbl ein gadael yn fuan, ond mae'n chwith meddwl y bydd y wlad heb ei thylwyth teg, heb yr hen Jac Lantern, y forforwyn, a chysgod y telynor ar y traeth."

Gwenodd Lewis Pennant, ac ebe, "Does mo'r help, Margaret; yn ei flaen y rhaid i'r byd fynd, a lle bynnag y treiddia'r goleuni, fe ymlid chwedlau'r gwylnos ymhell oddi wrtho."

"Gobeithio na fydd i ni fynd yn bobl faterol, galed, yn ceisio yr eiddo ein hunain heb feddwl am arall, ynte Lewis.

Byddai'n well i ni aros yn y gwylnos os gwna golau'r dydd ni yn hunanol."

"Un o blant glan y môr ydych chi, Margaret fach, ac mae caledu calonnau plant glan y môr yn amhosibl. Mae'r môr a'i donnau'n gofalu am hynny. Rŵan rhaid i mi droi tua'r dre."

> "Mynd am dro i'r dre,
> I aros i'r sucan siarpio,"

canai llais clir Gwenllian, a dawnsiai'r eneth i'r gegin at ei rhieni.

"'Nhad, 'nhad, ga' i ddŵad i'r dre?"

"Cei, o'm rhan i, Gwenllian, ond beth wnei di yno?"

"Dim byd, nhad, ond dŵad hefo chi; ydi Sara wedi mynd, mam? Sut yr awn ni, 'nhad?"

Cyn i neb gael siawns i ateb dawnsiodd Gwenllian allan yn ei hôl, a'r foment nesaf dyna gnoc ar y drws a rhywun yn agor y glicied ac yn dweud, "Gyda'ch cennad?"

"Cennad dda i chwi," atebai Margaret Pennant. Hen ddull y Cymry oedd hwnnw o gyfarch ei gilydd, cyn cael na chloch na chnociwr wrth y drysau.

"Y fi sydd yma," ebe Ifan Dafydd yr hen bysgotwr o Borth Einion, "hwyrach y prynwch chi bwys ne ddau o'r Macrell yma, Margaret Pennant. Ma nhw newydd 'u dal. Fuo ddim nobliach pysgod yn ych tŷ chi 'rioed."

Tra y prynai ei wraig y pysgod, aeth Lewis Pennant allan, ond ymhen munud neu ddau daeth yn ôl, a gofynnodd:

"Gawsoch chi ryw air ynghylch llong Huw eto, Ifan Dafydd?"

"Naddo, naddo, mae'r hen wraig yn para i ddisgwyl, ond mae arna'i ddigon o ofn na chlywith neb byth ddim gair am y llong. Ma hi'n mhell dros 'i hamser. Ma hi yn rhwla o hyd, Lewis Pennant, does dim i neud ond diodda i ni i gyd yn 'yn tro. Rhyw fyd digon cynhyrfus ydi'r hen fyd yma, ynte. Mae Betsan Morus y *Ship* wedi syrthio a thorri'i choes y bore yma. Roedd arna i ddigon o ofn bod rhywbath yn 'u haros nhw wedi i mi glywed sŵn y droell yno. Fydd ddim yn dda gin i weld na chlywed petha allan o'r cyffredin fy hun. Er dydw i ddim y peth alw'ch chi'n ofergoelus, eto ma dipyn yn well gin i, welwch chi, beidio dŵad ar draws y warnins yma. 'Sgwn i ar groen yr holl ddaear sut ma Betsan Morus yn mynd i aros yn 'i gwely am fis ne ddau? Ma hi yn un o'r bobl yma, faint bynnag o gŵn fyddan nhw'n gadw, ma'n rhaid iddyn nhw gael cyfarth 'u hunain gwaetha pawb. Fedrodd Betsan Morus 'rioed gredu y medra neb ond y hi'i hun neud dim yn iawn yn y tŷ nac allan."

"Druan o Betsan," ebe Margaret Pennant, "mi fydd yn galed iawn ar ddynes weithgar fel y hi fod yn llonydd, mae'n wir."

"Bydd, a chafodd Josh na Gayney raff rydd yn 'u bywyd o'r blaen, dim ond gwneud 'u hordors, wyddoch."

"Fyddai'n well i mi yrru llwyth o fawn i Catrin Dafydd? Mae'r bechgyn yma yn y fawnog rŵan bob dydd, mi fydda'n hawdd i mi beri iddyn nhw daflu llwyth i mewn acw, Ifan Dafydd."

"Rydw i yn ddiolchgar dros ben i chwi, Lewis Pennant; mi fyddan yn gymyrath fawr i ni, byddan yn wir. Mi barodd y llall gawsom ni llynedd nes oedd hi'n tynnu at y gwainiwn."

Y gwainiwn oedd y gwanwyn i Ifan Dafydd tra bu byw, er ei fod wedi gadael y rhan o'r wlad lle y dywedid y gair felly ers blwynyddau maith.

"Oes arnoch chi ddim eisio mynd tua Chaer Saint yna cyn hir, Lewis Pennant? Mor hy a gofyn i chi, felly, ond rydw i yn rhyw ama basa yno well siawns i mi gael tipyn o sicrwydd am long Huw tasa modd i rywun fynd i'r fan honno i holi tipyn. Yno ma'r onors a'r capten yn byw, hynny ydi, yno ma'i gartra fo, a ma gwell siawns bod nhw'n symol nes i'w lle na ni yn y Porth acw. A mi rydach chi ar ych arfer yn gneud cymwynas i rywun. Glywsoch chi bod y presiwr* o gwmpas yma yn chwilio am soldiars? Ma gofyn i'r bechgyn yma fod o gwmpas 'u pethe, neu fydd o fawr o dro yn 'u bachu nhw."

Ac aeth yr hen bysgotwr ymaith tuag adref, gan gwbl gredu fod rhyw obaith cael gair o hanes y mab oedd a'i waith ar y dyfroedd mawrion wedi i Lewis Pennant roddi addewid iddo y gwnâi ef ei orau i gael hynny o wybodaeth a ellid fod yng Nghaer Saint.

"Druan ohono," ebe Margaret Pennant, "ymddengys i mi mai y disgwyl yma, a'r ansicrwydd ynghylch tynged eu perthnasau, sydd yn gyfrifol am gymaint o'r lleddf ag sydd yng nghymeriadau trigolion glan y môr."

"Ie, Margaret, yn ddi-os, druain ohonynt. Gobeithio y caiff Huw ddyfod unwaith eto i dir sych."

"Ie, yn wir efe yw'r unig un o blant yr hen bobol sydd wedi ei adael, os ydyw heb ei golli. Hidiwn i ddim nad awn i am dro i weld Catrin Dafydd, os ydi Gwenllian a chitha am fynd i'r Dre. Mi gewch warchod heno, a mi af finna i'r Porth gyda'r nos."

Ac felly fu. Pan aeth Margaret Pennant i mewn i fwthyn y pysgotwr, canfu yr hen wraig yn eistedd wrth y tân yn gwau hosan.

"Wel, waeth i mi bryd i droi mewn, Catrin Dafydd, diwyd wrth y'ch gwaith y gwela i chi bob amser."

"Dowch ymlaen, Margaret Pennant, rydw i'n nabod y'ch llais chi. Ma'n dda gin i glywed o hefyd, mi fu amser y gwelsom i chi, ond rydw i wedi crio fy ngolwg i gyd i ffwrdd, fel y gwyddoch chi. A dyma fi rŵan â'm calon yn 'y ngwddw ynghylch Huw bach eto. 'Aml i gnoc a dyr

---

* Adeg rhyfel yn enwedig byddai morwyr abl weithiau'n cael eu bygwth neu'u gorfodi i enlistio gan y llynges. *Impressment* oedd y term ffurfiol am hyn; dyma darddiad y term *Press Gang*.

y garreg,' a fedra i ddal fawr fwy. Ond fydda i ddim yn yr hen fyd yma yn hir iawn, ran hynny, ar 'y ngora'."

Edrychai Margaret Pennant ar fasgedaid o ddillad glan mewn cornel o'r ystafell fechan, ac ebe hi,

"Yn siŵr, Catrin Dafydd, mae'n syndod i mi bod chi yn medru golchi fel hyn. Sut y gwyddoch chi lle mae fwyaf o waith golchi ar y dillad, ac heb fod yn gweld?"

"Gwybod lle byddai'r baw 'stalwm rydw i, a rhwbio fan honno, wyddoch. Mi fydd Ifan yn deud 'mod i'n golchi'n lân, hefyd," ebe'r hen wreigan ddall yn ei dull syml.

Arhosodd Margaret Pennant i ymddiddan gyda hi am ennyd, yna tynnodd bwys o ymenyn o'i basged, ac ebe hi, "Mi neith y menyn dipyn o bleser i chi, Catrin Dafydd, mae o newydd 'i gorddi, rhaid i mi gychwyn tua'r Llys acw, mae'r nos wedi fy nal fel y mae hi."

"Mae hi'n ddigon annifyr i neb fod hyd y ffyrdd yma yn y nos rŵan, yn wir. Mae yma fil a mwy o ryw straeon gwir ne gelwydd; ond dyna ni, fedra i weld dim, a llawer ddeudais i na choeliwn i fawr ond y peth welwn i. Nos dda, a diolch yn fawr i chi am gofio amdana i."

Cychwynnodd Margaret Pennant tua'r Llys, ac yn lle cymeryd y ffordd fawr aeth ar draws y meysydd, ac ar hyd y llwybrau am eu bod gymaint ynghynt. Noson loergan lleuad hyfryd oedd, ac nid oedd neb i'w weld yn unman. Ond yn sydyn, yn union wrth ei phen, dybiai hi, clywai Margaret Pennant y canu mwyaf ardderchog, megis miloedd o leisiau gorfoleddus yn uno mewn cytgan. Safodd ac edrychodd o'i deutu. Nid oedd golau i'w weld mewn capel nac eglwys. Teyrnasai tawelwch perffaith ymhob cwr, ond clywai y lleisiau peraidd yn canu ymlaen, a'r miwsig yn llenwi'r fro. Ni chlywsai Margaret Pennant erioed ei debyg, ac yn sŵn y gytgan cyrhaeddodd y Llys.

XXII.
Yng Ngwlad yr Aur

Roedd hi yn nos yn y dref brydferth a alwyd wedi hynny yn Frenhines y Gorllewin. Uwchben yn y wybren las ddigwmwl, tywynnai y lleuad, a edrychai mor ddoeth ac mor dawel ar ei gorsedd. Ni wyddom ni, preswylwyr ynys fechan y Cedyrn[*], ddim am ogoniant y lleuad yng ngwlad Califfornia. Dawnsiai ei llewyrch ar wyneb tonnau'r môr tawelog nes peri iddynt ddangos mor hardd yr olygfa pan welir "Y lloer yn ariannu'r lli." Mewn cornel o'r "harbwr"—a grëwyd yno gan natur o'r dechreuad, ac sydd oblegid hynny yn gymaint harddach—safai dyn ieuanc yn mwynhau yr awel dyner oedd wedi oeri er awr machlud haul, ar ei thaith o'r mynyddoedd i'r môr.

Yma ni feddai y lloer neb i gystadlu â hi; ond yn y ddinas bu dwylo halog dynion yn adeiladu eu *whisky saloons* ymhob heol o'r bron, ac yn eu goleuo gystal ag y gallent yr adeg honno fel yn awr.

Gwyddai y llanc ieuanc yn bur dda erbyn hyn am beryglon gwlad yr aur, ynghyd â'i themtasiynau; ni hoffai ef y naill na'r llall. Roedd gorfod gweithio yn eu mysg yn groes drom, ac nid rhyfedd felly iddo encilio i'r tawelwch ar ddiwedd y dydd. Ond ni fu ei hunan yn hir. Wele law ar ei ysgwydd, a llais yn siarad yn ei glust.

"Derfel, paham na ddeuwch i gael golwg ar y bobol? Mae yma lu wedi dyfod drosodd o'r Hen Wlad. Fe allai fod yn eu mysg rai wyddant rywbeth am gyfeillion i chi fel i minnau. Dowch am dro hefo mi."

Ysgydwodd Derfel Gwyn ei ben, ac ebe wrth ei gyfaill:

---

[*]Hen derm ar ynys Prydain oedd "Ynys y Cedyrn".

“Mae Wood yn siŵr o wybod y cwbl ynghynt na neb arall; heblaw hynny, gwell i mi gadw o’r golwg. Mae rhai o’r *boys* wedi gwybod am yr aur gefais i echdoe; a gwyddoch, Will, faint yw gwerth bywyd dyn yn y fangre yma. Mae’r hinsawdd yn ardderchog. Ym mha le ar y ddaear ceir y fath leuad ogoneddus? Yn wir, dyma blas daearol brenhines Natur, debygwn i; ond gwell gennyf fyddai bod yn hen ynys y glaw a’r cymylau o gryn lawer, a theimlo fod fy nghroen yn symol diogel bob dydd.”

“Wel, Derfel, digon tebyg yw’n teimladau innau, o ran hynny; ond rhaid cydnabod nad ydyw’n rhyfeddod fawr fod yma’r fath le anwaraidd pan ystyriwn gymaint o bob math o wahanol bobl o bob gwlad dan haul sy’n cyrchu yma, a llawer iawn ohonynt yn ddrwgweithredwyr cyn cychwyn oddi cartref. Dyna pam y tyfodd cyfeillgarwch rhyngom ni ein dau, ynte, Derfel?—am ein bod yn bur debyg i’n gilydd mewn dygiad i fyny ac amgylchiadau. Lle mae f’ewyrth Wood heno?”

Dyna fel y gelwid Tasso Wood y sipsiwn gan y ddeuddyn ieuainc, ond ni wyddent hwy mai sipsiwn oedd; tybiai’r ddau ei fod yn hen gapten llong, a’r clefyd aur wedi gafael ynddo. Ond sipsiwn neu beidio, ni chafodd dynion ieuainc erioed well cyfaill na Tasso Wood, neu fel y galwai ef ei hun, Thomas Wood y Prydeiniwr. Oni bai am ei ofal ef am Derfel Gwyn, anodd gwybod beth fuasai dyfodol y bachgen yn y wlad bell heb un math o brofiad ynghylch bywyd ond hynny a gawsai fel aer etifeddiaeth y Plasllwyd, ac nid oedd hwnnw o werth yn y byd i fachgen yn gorfod gweithio ei ffordd mewn mwynglawdd fel llafurwr. Pan gyfarfu William Meredydd â hwy, bachgen oedd wedi ei fagu yn ddigon tebyg i Derfel Gwyn, nid rhyfedd iddynt fynd yn gyfeillion, ac i’w hymdeimlad o’u rhwymedigaeth iddo beri iddynt fod yn barchus iawn o Thomas Wood, a rhoddi iddo yr enw “f’ewyrth,” y ddau fel ei gilydd yn ddiwahaniaeth.

"Mae f'ewythr yn siŵr o fod yn troi a throsi ymysg y dynion. Gwyddoch na fydd byth yn yfed, dim ond cymeryd arno, eto mae'n byw yn yr hen *saloons* melltigedig yna gyda'r nos, ac mae'n siŵr fod hynny'n talu iddo, neu nid aethai yn agos atynt."

"Dyn hynod iawn ydyw, Derfel, ond y mae wedi bod fel Rhagluniaeth i ni. Dowch, mi awn ni i chwilio amdano. Wn i ddim pam, ond mae arna'i eisiau gweld y tylwyth newydd sydd wedi croesi yma atom ni. Does berygl yn y byd, Derfel, mynd i ganol y *boys*, mae pob un ohonynt yn siŵr o fod yn gwybod fod yr aur ymhell o fod hefo chwi. Mi fetiwn i mewn munud eu bod yn gwybod yr holl hanes gystal â ninnau. Mae'n syn sut y bydd pob hanes yn y *saloons* yna."

Cymerodd Derfel Gwyn ei berswadio o'r diwedd, ac ymaith a'r ddau o'r gornel neilltuedig oedd yn wynebu y cefnfor tawel og i ganol berw'r ddinas. Wedi cerdded tipyn yn ôl ac ymlaen, troesant i adeilad lle y canfyddent lu o ddynion o bob cenedl, yn yfed pob math o wirodydd cymysgedig; rhai ohonynt yn chwarae cardiau, eraill yn siarad â'i gilydd yn brysur yn eu gwahanol ieithoedd. Mewn cornel yng nghysgod y drws eisteddai pedwar o ddynion, pob un ohonynt yn y *blouses* cochion a wisgid gan y mwngloddwyr. Safai tri eraill nepell oddi wrthynt, yn eu gwylio'n ddyfal. Yn ddiau, Yanci oedd un o'r tri, ac ni allai neb cyfarwydd gamgymeryd un arall ohonynt—un o breswylwyr Canada: y Ffrancwr, yr Americaniad, a'r Indiad fel pe wedi eu cyfuno yn ei wyneb; a'r llall yn Ysbaenwr o'i gorun i'w sawdl. Syllodd Derfel a'i gyfaill arnynt am ennyd, yna megis mewn ufudd-dod i rywbeth na wyddent yn iawn o ba le y deuai y cymhelliad, aethant allan yn ddistaw. Pe wedi aros munud yn rhagor, gallasent fod wedi deall am bwy yr ymholai y tri dyn oeddynt yn sefyllian ac yn gwylio y cloddwyr. Ond ymaith â hwy ar hyd ystryd arall, nes dyfod hyd at dŷ digon tebyg yr olwg arno i'r un oeddynt newydd ei adael, ac yn hwn, er eu syndod, gwelent amryw Indiaid wedi ymwisgo yn dra rhyfedd yn ôl dull y *trappers*, a Thomas Wood y Prydeinwr yn ymddiddan â hwy, ac yn ymddangos fel pe yn eu hanrhegu â chyflawnder o ryw fath o ddiod—y dwfr tanllyd bar y fath niwed i hen frodorion paganaidd. Gwelent fod rhyw ym-drafodaeth fasnachol yn mynd ymlaen rhwng Thomas Wood a'r Indiaid, ac wedi hynny clywent ef yn eu cyfarwyddo tua'r tŷ yr oedd Derfel a Wil newydd gefnu arno. Wedi i'r Indiaid gychwyn allan, er syndod i'r ddau gyfaill clywent eu hewythr yn dechrau siarad Cymraeg gyda thwr o ddynion oeddynt yn ddiddadl yn newydd-ddyfodiaid i'r wlad euraidd. Holai hwynt i fyny ac i lawr, ac edrychai Derfel yn ddyfal tuag atynt, ond ni welai un wyneb yn eu mysg y tybiai ef iddo erioed ei weld o'r blaen. Ond dyna ei gyfaill yn gafael yn dynn yn ei fraich, ac yn dweud yn ddistaw:

"O, Derfel, dyna ddau ddyn o'm hen gartref i. Rwyf yn eu hadnabod yn dda. Rhaid i mi gael gair hefo'r dynion," a ffwrdd ag ef tuag atynt, cyn i Derfel allu yngan gair.

Neidiodd un o'r dynion ar ei draed, a gwaeddodd, "Mister William, Mister William, fel 'dwy byw! O, syr, pwy fasa'n disgwyl y'ch gweld chi fan yma, a phawb yn chwilio amdanoch chi ymhob man."

"Ust, Morgan, peidiwch â dechrau dweud 'syr' wrtha i nac arall yn y wlad yma. Gwlad y werin ydyw hon, a phawb yn gydradd yma. Gweithiwr wyf finnau yma, Morgan."

"Ond mae'n rhaid i chi fynd adre, Mister Will, gynta' medroch chi, does dim eisio i chi neud yr un strôc o waith byth, ma 'wyllys y'ch taid wedi 'i chael, 'i 'wyllys ola' fo, ac yno ma'ch lle chi, nid fan hyn."

Safai Will Meredydd fel dyn wedi ei syfrdanu, ac heb yngan gair trodd Thomas Wood ei olwg tua'r drws, a gwelodd Derfel. Y foment nesaf roedd yn ei ymyl, ac yn ei dynnu allan gydag ef heb ddweud yr un gair. Ond wedi cyrraedd o dan yr awyr agored, sibrydodd ryw eiriau yn ei glust, ac ymaith â'r ddau nerth eu traed, heb droi ar dde nac ar aswy, nes cerdded tua milltir dda o gyffiniau y *whisky saloons*. Aethant i mewn i dŷ preifat yn y fan honno, ac i fyny'r grisiau i ystafell fechan gysurus.

"Arhoswch chwi yma; âf i gyrchu Will," ebe Thomas Wood.

Eisteddodd Derfel Gwyn yn yr ystafell lle'i gadawyd gan Thomas Wood, ei wyneb yn welw, a golwg ddychrynedig arno. Druan o Derfel, hiraethai ei galon am Fro Einion a'i thawelwch, er ei fod yn dechrau llwyddo yng ngwlad gyfoethog y Gorllewin, ac yntau fel pob un o'i flaen ddechreuodd ymwneud â'r aur melyn yn teimlo oddi wrth ei swyn hudolus. Ond y noson honno rhoddasai Derfel holl aur y byd pe yn eiddo iddo am y fraint o gysgu yn ei ystafell wely ei hun yn y Tŷ Gwyn: cartref ei fam. Yno, gwyddai fod tangnefedd a diogelwch; ond yn y wlad brydferth ar lan y môr mawr tawelog, nid oedd dyn yn ddiogel am funud awr, os tybiai y preswylwyr ei fod o fwy o werth iddynt yn farw nag yn fyw, a gwyddai Derfel hynny yn dda. Ni fu erioed le mwy anwaraidd, di-reol, a di-barch i un math o gyfraith na gwlad Califfornia yn ystod y blynyddoedd pan oedd y clefyd melyn yn anterth ei nerth. Nid rhyfedd i'r Apostol Paul ddweud mai gwreiddyn pob drwg yw ariangarwch, canys mae dynion mewn gwlad efengyl yn disgyn i'r dyfnderoedd, ac yn cyflawni gweithredoedd ydynt yn ddigon cywilyddus i beri i ysbryd drwg wrido er mwyn meddiannu cyfoeth iddynt eu hunain. Pa faint is y disgynnai gwehilion y byd——lawer ohonynt——wedi ymdyrru at ei gilydd i Galiffornia yr adeg honno. Nid oedd bywyd dyn yn amgen yn eu golwg na bywyd anifail, os oedd yn wir gymaint ei werth â bywyd ceffyl da. Felly, pan sibrydodd Thomas Wood fod Derfel mewn perygl oblegid yr aur y bu yn ddigon ffortunus i gael gafael arno, nid oedd yn rhyfedd fod y dyn ieuanc wedi dychryn, ac yn ofni clywed sŵn troed yn dynesu at ei guddfan. Cofiai Derfel am y *lynch-law* ofnadwy, a gwyddai nad oedd trugaredd i'w ddisgwyl gan y gwaedgwn dynol unwaith y byddent wedi marcio eu dyn. Aeth dwy awr heibio, a Derfel ei hun yn yr unigedd, oedd yn mynd yn fwy poenus bob munud. O'r diwedd clywai rywrai yn dyfod i fyny'r grisiau, a chrynai ei galon o'i fewn. Y foment nesaf wele ddrws yr ystafell yn agor, a Thomas Wood a William Meredydd yn dyfod i mewn, ac yn cau y drws ar eu holau yn ofalus.

Gofynnai wyneb Derfel gwestiwn iddynt, er nad oedd yn yngan gair; ac atebodd Tasso Wood:

"Mae'r perygl drosodd heno; mae'r gweilch—na, y fileiniaid drwg ddylaswn ddweud—wedi gorffen eu gwaith am dipyn, beth bynnag, ond rhaid i ni fynd yn ddigon pell ar unwaith."

"Ond, f'ewythr Wood, gwyddant yn siŵr nad wyf fi yn cadw'r aur o'm cwmpas," ebe Derfel.

"O, gwyddant, ond mae ofn y lynchio, 'machgen i, wedi peri i lawer un roddi hawl i arall i fynd i chwilio am ei aur i'r lle y mae."

"Beth a wnawn? O, na fyddai'n bosibl i mi fynd yn ôl i Gymru o'r wlad ofnadwy yma, lle mae dyn mewn perygl bywyd mewn mwy nag un ffordd yn wastadol."

"Mae William Meredydd yn mynd adref at ei eiddo, yn cychwyn ar unwaith, gorau po gyntaf iddo. Gallwch fynd, Derfel, os mynnwch, does dim yn rhwystro ond—"

"Na, mae ffawd yn dechrau gwenu; pe cawn lonydd dymunwn aros am dipyn yn rhagor, f'ewythr Wood, yna gallwn fynd yn ôl yn fonheddwr, â digon i fyw, beth bynnag am gyfoeth. Gwnâi incwm bychan, ond sicr, fy nhro i a fy mam."

"Gwell i chi fentro gwneud rhywbeth ohoni hi yn yr Hen Wlad, Derfel," ebe William Meredydd. "Mae yna aml i swydd allech lenwi yno, Derfel, yn lle bod fan yma mewn perygl bywyd."

"Ni raid i Derfel ddianc o'r wlad am fod un lle yn gwybod am ei lwc, Will, bydd ef a minnau yn ddigon pell. Mae'r gwaedgwn yn ddigon distaw, ac mae pob peth yn barod i gychwyn. Bydd cerbyd yn disgwyl ben bore, a phob siawns i gael hyd i ni drosodd. Beth sydd yn rhwystro i chwithau, Will, fynd yn is i lawr o beth i gychwyn adref? Synnwn i ddim na fydd yno long yn hwylus."

"Diolch, f'ewythr Wood, ond gwell i mi droi'm traed adref ar unwaith. Mae'r cyfreithwyr yn holi amdanaf, a gorau po gyntaf i mi afael yn fy etifeddiaeth cyn i neb arall ddechrau llunio stori fy mod wedi darfod amdanaf yn rhywle, a neidio i fy esgidiau yn rhy fuan."

"Mae rheswm yn hynny. Wel, Derfel, beth yw'r penderfyniad? Aros yma, neu fynd yn ôl hefo William? Mae Will yn Sgweiar rŵan; gobeithio y gwnaiff o Sgweiar iawn, ynte?"

"O, fe wneiff Will un campus." Trodd at ei gyfaill, ac ebe, "Mi fase'n dda iawn, yn dda gan fy nghalon i, Will, gael troi tuag adref, a fedraf fi ddim penderfynu heno yn wir. Mae'r ddwy awr ddiwetha yn y fan yma wedi bod yn rhai rhyfedd iawn. Yr awr olaf teimlwn fod fy mam yma hefo fi, yn troi o'm cwmpas ac yn gofalu amdanaf. Mae'n debyg mai cynhyrfus oeddwn, ond fedra'i ddim dweud yn iawn, f'ewyrth Wood, mor wirioneddol y teimlwn hi fel yn fy nghadw rhag pob drwg er ei bod hi mor bell, ac mae'm hiraeth yn fwy heno amdani nag y bu erioed o'r blaen er pan ei gadewais, am wn i."

"Maddeuwch i mi, fy machgen, yn fy mhryder yn eich cylch, anghofiais roddi i chwi lythyr a gefais ychydig oriau yn ôl. Mae yna newyddion o Gymru yn hwnna, Derfel."

Gafaelodd y dyn ieuanc yn y llythyr, ac ebe, "Ysgrifen fy ewyrth, Rhydderch Gwyn, ydyw hon; beth fyn ef ddweud wrthyf, tybed? Ni all llythyr oddi wrth Sgweiar Gwyn gario yr un newydd da i mi."

Tynnodd gyllell o'i boced, ac agorodd y llythyr yn ofalus gyda honno, fel pe heb fod mewn unrhyw frys i ddarllen un genadwri oddi wrth y dyn fu'n foddion i gymylu gobeithion ei fywyd ieuanc.

Siaradai William Meredydd a "Thomas Wood y Prydeiniwr" â'i gilydd tra y darllenai Derfel Gwyn ei lythyr. Ond neidiodd y ddau ar eu traed pan ddaeth bloedd ddolefus dros wefusau Derfel, a gwelsant fod y wyneb fu ers oriau yn ddigon gwelw erbyn hyn yn wyn fel y galchen, a'i lygaid fel pe wedi sefyll yn ei ben, ond yr unig eiriau ddeuent dros ei wefusau oedd,

"Fy mam annwyl, o, mam, mam!"

"Derfel, beth sydd yn bod? Fy machgen annwyl, dwedwch," ebe Thomas Wood.

"Fy mam sydd wedi marw, wedi marw; ni chaf ei gweld byth mwy. Gadewais hi i geisio ffortiwn, ond ni fydd arni hi byth eisio dim yn rhagor." A rhoddodd y gŵr ieuanc ei ben ar y bwrdd ac wylodd yn chwerw dost. Teimlai ei gyfeillion fod ei alar ymron tu hwnt i allu yr un ohonynt i'w gysuro, a safent yn ddistaw yn ei ymyl. Ond yr oedd eu sefyllfa beryglus yn gofyn iddynt brynu yr amser; ni ellid ei wastraffu hyd yn oed er mwyn galar, a rhoddodd Wood ei law ar ysgwydd Derfel, ac ebe:

"Derfel, rhaid i ni geisio paratoi i fynd i ffwrdd. Wiw i ni ymdroi llawer."

Cododd y bachgen ei ben, a dywedodd, "Pa waeth, f'ewyrth, beth a wnânt i mi heno? Waeth i mi farw na byw. Fedrai i ddim gweld bod un diben i 'modolaeth i ddim yn hwy."

"Nid fel yna base Meistress Gwyn yn disgwyl i'w mab siarad," ebe'r Sipsiwn. "Base Meistres Gwyn yn disgwyl i'w mab wneud ei orau yn y byd yma. Rydw i bob amser wedi rhwystro i chi i sôn am ddim byd ond arian a busnes wrtha i, Derfel. Wn i ddim byd am ddim arall, ond roedd Meistres Gwyn yn ledi dda iawn, byth yn biwsio neb na gwneud dim o'i le. Biti na fase pawb fel y hi, a rydw i'n bur siŵr mai'r ffordd i phlesio hi yrŵan ydi gofalu amdanoch ych hun, Derfel, gan ei bod hi wedi darfod amdani."

"O'r gore; gwnewch â mi fel y mynnoch, dyma fi yn barod."

"Derfel, mae'n ddrwg gennyf dros eich gofid a'ch profedigaeth fawr," ebe Will Meredydd. "Deuwch yn ôl gyda mi, a byddwch fel brawd i mi; cewch fy helpu i gadw fy 'stâd mewn trefn."

"Na, Will, na nid oes dim yn galw arnaf byth eto i adael y wlad newydd yma. Ni feddaf fi ddim, ddim, i'm tynnu yn ôl i Gymru mwy; nag oes, ddim."

"Ddim, Derfel? Peidiwch anghofio yr eneth dlos honno y soniasoch amdani wrthyf lawer gwaith. Bydd Tegwen, dyna ei henw, onide, yno i'ch croesawu os ydyw eich mam annwyl wedi mynd," ebe Will Meredydd yn ddistaw. Yr oedd Thomas Wood yn brysur yn pacio rhyw bethau at ei gilydd erbyn hynny, yng nghornel bellaf yr ystafell.

"Dywed fy ewyrth, Sgweiar Gwyn, Will, fod fy mam wedi marw, ac fod modrwy aur rhywun heblaw fi am fys Tegwen. Na, pheidiwch â sôn wrthyf fi air am Gymru mwy. Yma y ceisiaf fyw am ryw hyd hefo f'ewyrth Wood."

XXIII.
Canu yn yr Awyr

Ni ddaeth i galon Margaret Pennant, na chwaith i'w phen, i ddychmygu fod dim allan o le i beri ofn iddi yn sŵn y canu gorfoleddus a glywsai. Aeth i'r tŷ yn ddigon tawel, a dywedodd wrth ei gŵr:

"Roedd yna ryw ganu peraidd iawn allan heno, Lewis; nid wyf yn meddwl i mi erioed glywed ei debyg, ac yn sicr ddigon roedd yna lu o gantorion. Oedd yna ryw ganu mawr i fod yn rhywle heno, Lewis?"

"Chlywais i neb yn sôn, Margaret. O ba gyfeiriad y deuai y sŵn?"

"Wel, yn siŵr, fedra'i ddim dweud yn iawn. Oni bae nad oedd hynny yn bosibl, wrth fy mhen y tybiwn i ei fod pan y byddwn yn sefyll ac yn gwrando. Chlywais i yn fy mywyd gystal canu, beth bynnag; gallaswn wrando arno am oriau lawer heb flino ar y fath beroriaeth."

Gwenodd Lewis Pennant, ac atebodd, "Mae'r awel yn denau iawn heno: does wybod o ble y cariwyd y miwsig, Margaret fach."

"Mae'n tynnu at amser i ni fynd i'n cadw cyn hir, neu fydd yna lun yn y byd ar godi, beth bynnag," ebe hi. Yna ychwanegodd, "Mae hen wraig Ifan Dafydd yn bur dorcalonnus, gobeithio nad aeth Huw ar goll, neu fe fydd yn brofedigaeth fawr i'r ddau. Druan ohoni yn ddall bost fel yna, ac eto yn ymbalfalu golchi a phobi a phob gwaith tŷ arall. Mae'n anodd bod yn ddigon diolchgar am ein bendithion."

"Ydi, mae, Margaret fach, yn anodd iawn. Rywsut, fyddwn ni byth yn cofio'n breintiau nes gweld y fath ddioddefaint sydd yn y byd yma. Mae Mrs. Gwyn wedi mynd a merch Hywel Rhys o siop y Sadler i'r Tŷ Gwyn, medda nhw tua'r dre yna. Mi fydd yn dipyn o gwmni i Mrs. Gwyn, ond mae arna'i ddigon o ofn fod y lle yn rhy unig i'r eneth fel y mae hi rŵan."

Yn fore drannoeth gwelid twr o bobl mewn un gornel, a thwr arall fan draw a'r oll ohonynt yn ymddiddan â'i gilydd, ac yn edrych yn syn a difrifol, fel y bydd pobl pan fydd rhyw ddigwyddiad anghyffredin mewn ardal; ond yr oedd hi yn tynnu at hanner dydd cyn i neb yn Llys Gwenllian glywed un gair o'r si. Tuag amser cinio daeth Sara Jones, Tŷ'r Capel, at y Llys, â golwg luddedig iawn arni, a'i chalon yng nghorn ei gwddf. Wedi eistedd am foment yn yr hen gegin, ebe hi wrth y morwynion:

"Glywodd rhai ohonoch chi y canu mawr yn yr awyr neithiwr? Mae'r wlad wedi dychryn trwyddi; mae llu o bobol wedi'i glywed o, medda nhw, ac wedi dychryn am 'u bywyd. Roedd yna gyfarfod beirdd i fod yn siop Ifan Noah heno, ond mae'n rheitiach iddyn nhw fynd i weddïo lawer iawn, dyna 'marn i; does wybod beth ydi meddwl peth fel hyn mewn ardal. Fedrwn i yn y myw beidio troi i'r Llys i mi gael rhyw wybodaeth os clywodd rhai ohonoch chi'r canu. Mae pawb y clywodd o'n deud na chlywson nhw ddim byd tebyg iddo fo 'rioed yn 'u holl fywyd."

Erbyn i Sara orffen tywallt ei huodledd roedd Margaret Pennant wedi clywed ei llais a mynd i'r hen gegin. Tra bu Sara yn cymeryd ei gwynt, ebe hi yn ei ffordd dawel ei hun:

"Canu yn yr awyr mae'r bobol yn ddeud oedd i'w glywed neithiwr, Sara? Wel, mi clywais i o fy hun, ac yn sicr ddigon wn i ddim pam y bu'r fath ganu ardderchog ddychryn neb."

"Ond, meistres annwyl, arwydd o beth ydi o, meddech ch? Mae'r dynion yn deud fod yna rywun wedi d'rogan diwedd yr hen fyd yma, a mae o'n ddigon drwg, mi ellith danio'r amser a fynno fo am wn i. Hen ardal ddigon di-lol fydda Bro Einion yma, ond rydan ni rŵan ers talwm yn cael rhyw ymweliada rhyfedd iawn. Barn ydi petha fel hyn, yn siŵr. Mae'r ardal yma yn rhy bechadurus."

"Ond, Sara, nid canu peraidd soniarus fel glywais i neithiwr fase'n rhagredegydd i ddrygau, yn siŵr. Mi glywais i mam yn sôn am y canu yn yr awyr. Arferai hi ddweud mai o flaen diwygiad crefyddol y byddai yr angylion yn canu, a mae'n haws gen i gredu mai newyddion da yw testun cân yr angylion—os hwy sydd yn gyfrifol am y canu mawr ardderchog yna—na mai darogan drygfyd y maent."

"Wel, mae ar bawb ofn, beth bynnag, ond y chi. Chlywais i mono fo fy hun, mi wyddoch y byddai'n mynd i glwydo hefo'r ieir, os na fydd hi'n noson capal acw. Ond mi clywodd petha siop y sadler a'r Inn y sŵn. Roedd yr eneth o Ynys Enlli yna wedi mynd gyda'r nos i'r Tŷ Gwyn, a'i phac hefo hi; hynny ydi, roedd rhai ohonyn nhw wedi bod yn 'i gario fo iddi hi, a dyna glywson nhw wrth ddŵad yn 'u hola, oedd y canu mawr yn yr awyr. Roedd Jane Ellis y siop llestri yn deud bod rhyw betha rhyfedd goruwchnaturiol o gwmpas yr eneth yna o hyd, ac na fasa arni hi ddim llai nag ofn bod hefo hi. Mae'n biti garw, ma'r eneth yn beth eitha del. Ond mi ddeudais i nad oedd fawr o ddioni gweld merch ffarmwr yn cyboli hefo'r byddigions yma. Ran hynny waeth i ddyn dewi."

"Na, y peth gorau ydyw tewi, Sara; mae'r eneth yn eitha diniwed, mae digon o bethau rhyfedd o'n cwmpas ni i gyd, a waeth i ni heb esbonio pethau na wyddom ddim amdanynt yn ein ffordd ein hunain. Gobeithio yr erys Tegwen gyda Mrs. Gwyn am dipyn, ac y caiff wared o'r dychryndod yna sydd wedi cymylu ei bywyd ieuanc," ebe Margaret Pennant. "Sut mae Betsan Morus erbyn heddiw, tybed?"

"Mae Betsan yn ddigon swnllyd yn gweiddi ac yn ordro pawb o'i gwely yn y fan honno ond mae Josh, a Gayney, wedi cael rhaff rydd am unwaith yn 'u hoes, beth bynnag. Ddoth yr un gair yto'r bora ma am long Huw Ifan Dafydd. Ond mae merch y Plasllwyd yna wedi cychwyn i ffwrdd at 'i theulu yng nghyfraith, heb neb ond morwyn a gwas hefo hi. Roedd hi'n edrych fel wn i ddim beth, cin llwyted â lludw. Mae'n syn gweld cymin o ofid ma'r dynion yma'n roi. Mi fydda i'n bur falch yn amal nad oes yr un ohonyn nhw yn 'y nhipyn tŷ i, ddim ond dynion y capal yn dŵad ar 'u sciawt, fel byddwn ni'n deud, a ffwrdd â nhw."

Gwenodd Margaret Pennant yn siriol, ac aeth Sara i'w thaith wedi gorffen tywallt ei sach.

Am ddyddiau rai, ychydig iawn o drefn oedd ar bobl y Fro: teimlent fel pe wedi bod yng nghymdeithas trigolion byd arall, a dywedai pob un a glywodd y canu na anghofiai y beroriaeth nefol yn dragywydd. Nid oedd neb yn meddwl am roddi un math o esboniad ar y canu rhyfedd hwnnw—na ŵyr neb dyn ddim rhagor yn ei gylch trwy wybod i mi—ond mai canu angylion oedd, y côr nefol wedi dyfod ar wibdaith i ymweld â phlant y ddaear, ac yn rhoddi tro ar yr anthem o fawl cyn ymadael a phlant dynion. Dyna oedd esboniad yr hen bobl ar y canu yn yr awyr: byddai'n ddiddorol gwybod beth ddywed gwyddonwyr ein hoes ni amdano. Ni ellir gwadu fod y fath beth a'r canu yn yr awyr i'w glywed ar brydiau, canys mi a'i clywais a'm clustiau. Beth gynhyrcha'r fath fôr o gân yn y wybren uwchben, tybed? Tebyg yw i sŵn cytgan ogoneddus, megis pe cenid *Haleliwia* Handel gan filoedd o leisiau mewn perffaith gydgordiad â'i gilydd. Ond ni fu i bobl Bro Einion geisio athronyddu ynghylch y pwnc, na chwaith ddyfalu dim amdano; ond siaradent â'i gilydd yn aml am "anthem yr angylion" ar hyd y misoedd dilynol. Ac fel y dywedodd Margaret Pennant wrth Sara Tŷ'r Capel, ni ddilynwyd y canu gan un math o ddrygau. Daeth llong Huw, mab Ifan Dafydd, i dir yn ddiogel wedi bod yn ymladd â'r tonnau trwy drugaredd, ac ni chollwyd y llongwyr. Ac er bod Betsan Morus mewn oedran, a mêr ei hesgyrn yn ddiau yn bur brin, eto darfu'r goes asio yn well na'r disgwyliad, a chlywid ei "Yn y munud, yn y munud," mor brysur ag erioed yn y *Ship and Castle*. Nid oedd Tegwen Rhys ychwaith yn ymddangos fel wedi gwneud un niwed oddeutu'r Plas Gwyn. Ni chlywodd neb yn y gymdogaeth fod na thylwyth teg na'u tebyg wedi aflonyddu dim ar ei heddwch er pan ddaeth i'r tir mawr o Ynys y Seintiau ac ymddangosai yr eneth fel pe wedi ei hadfer i'w chynefin iechyd, a chlywid ei llais yn canu megis cynt. O'r naill wythnos i'r llall, bob bore dydd Gwener— dydd y farchnad—byddai Tegwen yn dweud ei bod yn amser iddi gychwyn yn ôl i'r Ynys, y byddai ei thad neu Ednyfed drosodd ac felly yr elai gydag ef; ond erfyniai Mrs. Gwyn am iddi aros un wythnos arall yn gwmni iddi hi yn ei hunigrwydd. Hoffai mam Derfel yr eneth er ei mwyn ei hun, yn gystal ag er mwyn y bachgen oedd yn y wlad bell. Bu Alys Gwyn-Munro hefyd am rai wythnosau yn yr Ucheldiroedd, ond nid oedd y Capten wedi gweld yn dda ymddangos yn y Plasllwyd er hynny. Ond cyn nemor o ddyddiau wedi dychweliad Mrs. Gwyn-Munro, cynhyrfwyd y gymdogaeth dawel unwaith yn rhagor drwyddi draw.

XXIV.
Y Gannwyll Gorff

"Mae hi'n ffair G'lan Gaeaf fory yn y dre, gyfeillion," ebe Lewis Pennant yn y Seiat nos Fercher. "Gobeithio y bydd i bawb gofio fod enw'r Meistr arnom i gyd, ac na fydd i neb dynnu gwarth ar yr enw rhagorol hwnnw. Y cyngor gorau i bawb ydyw aros adref os na fydd rhyw fusnes yn galw am i ni fynd i'r ffair. Dyma'r bobol ifanc yma sydd yn aros yn eu lleoedd, a'r lleill sydd yn newid eu cartrefi ac wedi cyflogi, does dim angen o gwbl am i'r un ohonynt fynd i'r ffair. Ac yn siŵr ddigon, mi all pob un ohonom ni orffen pob busnes cyn iddi hi ddechrau nosi. Yn y nos y bydd yr un drwg yn troi o gwmpas ein hieuenctid ni i gynnig iddynt ei lu o hudoliaethau pechadurus. Dewch i blant y Seiat fod yn ofalus am gilio i'r diogelwch cyn iddo ef ddechrau agor ei bac o'u blaen. Cofiwch chwi, bobol ifanc, am y gwahaniaeth ddylai fod rhyngoch chwi a phlant y byd. Nid lle i blant y deyrnas ydyw y sioeau a'u tebyg. A chadwch o'r dafarn. Does gan yr un ohonom ni ddim gormod o synnwyr, fedrwn ni fforddio colli dim o hynny feddwn ni. Dowch i bawb sydd ag enw'r Gwaredwr arnynt gadw'n glir a'r dafarn yn y ffair. Heb i neb fanylu rhagor, mi fyddai'n disgwyl na fydd eisiau ceryddu neb yn y Seiat nesa, ond yr aiff y ffair heibio yn ddidramgwydd, ac heb un achlysur i eglwys Dduw ofidio o'i blegid. 'Rhodiwn yn weddus megis wrth liw dydd.' 'Deuwch o'u canol hwynt ac ymddidolwch,' dyna'r gair ar y pwnc; gadewch i ni dreio'u cofio nhw i gyd, gyfeillion."

Dyna hen arfer dda blaenoriaid eglwysig Cymru Fu— cynghori'r ieuenctid cyn y ffeiriau, a cheisio eu cadw oddi wrth bob rhith drygioni; heddiw, mewn llawer ardal wledig, ceir golygfa ddigon a pheri i angylion wylo uwch ei phen: pobl yn dylifo i'r *shows* yn syth o'r Seiat. Rhaid fod ein tadau a'n teidiau yn cysgu eu hun olaf yn drwm iawn, neu buasai aml un ohonynt yn neidio ar eu traed fel esgyrn sychion Ezeciel gynt, i waeddi ar eu disgynyddion am arafu eu camau tua dinistr.

Ni fu un ffair yn Nhre Einion yn yr hen amser na fyddai Seiat y Methodistiaid, Cyfeillach yr Annibynwyr, a Dosbarth y Wesleaid wedi treulio peth amser i rybuddio'r aelodau ynghylch temtasiynau y ffair. Ystyriai yr hen grefyddwyr ei bod yn ddyletswydd ar bob aelod o eglwys Crist wneud llwybrau uniawn i'w draed; ac hefyd yr un modd yn ddyletswydd ar bob blaenor i rybuddio y bobl fel na ellid gofyn gwaed yr un ohonynt oddi ar law y gwyliedydd. Diau i'r rhybuddion achub aml i fachgen o was a geneth o forwyn rhag syrthio i ddwylo gweision y fagddu. Seiat dda iawn fyddai yr un o flaen y ffair, fel rheol; wedi i Lewis Pennant ddweud ei gyngor rhagorol, ategid ef gan ei frodyr yn y set fawr, a byddai y gynulleidfa yn bur sicr o deimlo cyn y diwedd fod rhyw fath o bleser i'w gael yng nghwmni ei saint Ef, na wyddai mwyniant pechod ddim amdano.

Wedi i'r Seiat fynd drosodd, cychwynnodd pawb i'w cartrefleoedd. Er nad oedd hi yn noson olau leuad, eto gwelid y sêr yn dryfrith yn y ffurfafen, ac nid oedd hi yn dywyll tra y llewyrchai "canhwyllau'r gŵr bia'r byd" uwchben. Cerddai tua hanner dwsin o weision a morwynion y ffermydd cylchynol gyda'i gilydd ar hyd y ffordd heibio'r Tŷ Gwyn, a phan oeddynt ar gyfer yr ardd brydferth yn ffrynt y tŷ, daeth rhyw olau bychan megis pe cerddai pwt o gannwyll wêr tuag atynt. Safodd y dynion yn syn, sgrechiodd rhai o'r merched, ond aeth un eneth ymlaen i geisio gafael yn y golau a gerddai. Ond heibio iddi yr aeth, a thrwy ganol y cwmni ar ei union tua Thre Einion.

"Dowch i weld lle mae'r golau yna'n mynd," ebe un o'r llanciau.

"Cannwyll gorff ydi hi," ebe'r eneth fu yn ddigon dewr i geisio gafael yn y golau; "a mi fuaswn i yn leicio gwybod os ydi hi wedi gneud o rywbeth neu gilydd, ynte rhith ydi hi."

"Os cannwyll gorff ydi hi, does dim ond un man i honno fynd, beth bynnag," ebe un arall; a chanlyn y gannwyll a wnaethant hyd nes iddi, ebent hwy, fynd i fynwent y Llan, heb droi ar dde nac ar aswy. Pan welodd y cwmni y golau bychan yn mynd trwy borth y fynwent, dychrynasant yn ddirfawr, a ffwrdd â hwy nerth eu traed i'r tŷ cyntaf ar eu ffordd, ar golli eu gwynt. Bu cryn helynt i'w cael oll i'w gwahanol gartref-leoedd y noson honno. Ni fynnai na mab na merch yn eu mysg fynd eu hunain; teimlent fel rhai wedi gweld drychiolaeth, ac yr oedd eu cred yn y gannwyll gorff gymaint fel na allasai un dyn ddarbwyllo neb yn yr oes honno nad oedd y goleuni bychan yn un o arwyddion byd arall iddynt. Fodd bynnag, penderfynwyd hel mintai at ei gilydd o'r tai agosaf yn y dref, danfonwyd yr oll o'r merched adref yn gyntaf, wedi hynny gadawyd y bechgyn wrth eu lleoedd, a daeth y fintai yn ôl heb i'r un ohonynt weld na chlywed dim i beri ofn. Tra yn sefyllian o gwmpas cyn ymwahanu, gwelent ddyn yn rhedeg tuag atynt, ac yn anelu yn syth at yr *Inn*, ond cyn cyrraedd y drws, syrthiodd fel marw. Aeth y dynion ato, a chariwyd ef i un o barlyrau yr Inn, yna aeth un ohonynt i guro ar Ifan Noah Ifans y *druggist*, a rhedodd dau arall i chwilio am y doctor. Rhwng pawb, cafwyd y dyn i ryw fath o ymwybodolrwydd ymhen tuag awr o amser. Yna edrychodd yn wyllt o'i gwmpas, a gwaeddodd yn ddychrynedig:

"O, bobol, weles i 'rioed y fath beth. Roedd yna gynhebrwng ardderchog yn dŵad allan drwy lidiart y Plasllwyd, mi weles i'r hen ledi 'i hun ar y blaen, a llu o bobol a cherbyda' a phob peth yn 'u lle. O, beth y 'na i, beth y 'na i?" ac ymddangosai y dyn druan fel ar wallgofi.

Ceisiai y bobl oeddynt erbyn hyn yn tyrru at ei gilydd i'r *Inn*, er hwyred oedd, ei gysuro, ond nid oedd eu hymdrechion yn tycio nemor. Dywedai Ifan Noah Ifans mai'r tebyg oedd fod y gŵr wedi gweld gorymdaith o'r tylwyth teg, eu bod hwy yn arfer troi o gwmpas tua'r Calan Gaeaf. Ond mynnai eraill mai darogan rhyw ddrwg i deulu'r Plas oedd yr arwydd: gwelid drychiolaeth cynhebrwng, fel y gannwyll gorff weithiau, yn rhagredegydd marwolaeth. Noson ryfedd iawn fu hi yn Nhre Einion, beth bynnag. Nid oedd fawr o hwyl ar neb i droi tuag adref: ymddangosent fel pe yn teimlo rhyw fesur o ddiogelwch tra gyda'i gilydd. Ac yn yr *Inn* yr arhosodd y cwmni hyd doriad y wawr drannoeth, yno o flaen tân mawr y buont yn adrodd digwyddiadau, a hanesion o bob math rhyw gymysgedd o wirionedd a thraddodiadau. Yr unig un na hidiai ddim am na weledigaeth nac arwydd o unrhyw fath oedd y Doctor Prys. Fel arfer, ni ellid cael llawer o reswm ganddo ef yr adeg honno o'r nos, a diau i Ifan Noah fod yn llawer mwy o gynhorthwy i adfer y dyn dychrynedig na'r doctor na allai gerdded yn sad ar ei draed; a'r foment y gwelodd Dr. Prys y claf yn agor ei lygaid, ffwrdd ag ef yn ei ôl i'w dy, heb feddwl am ofni dim tebyg i arwydd, nac, yn ei iaith ef ei hun, "Dim ellyll nac angel, fydd 'run o rheini byth eisio doctor."

Rhyw ffair ben tymor led-ddifywyd gafwyd drannoeth yn y Dre. Cyn deg o'r gloch y bore gwyddai pawb am yr ymweliadau â'r ardal y noson cynt. Nid cynt y gorffennai pob un ei fusnes, a throi am ychydig funudau o gwmpas y stondinau *India Rock* a *gingerbread* i brynu rhyw gymaint o'r fferins y disgwylid amdanynt ymhob tŷ o'r ffair, nag y byddai yn cefnu ar y dref ac yn hwylio adref. Nid oedd neb yn cofio gweld Tre Einion mor wag erbyn gyda'r nos ar ddiwrnod ffair. Nid oedd un diben cadw *show* yn agored, a dechreuodd y man-werthwyr bacio eu nwyddau ynghyd. Ni ellid cael sgwrs â neb na fyddai'r arwyddion yn sicr o fod yn rhyw ben iddi. Cwynai'r canwr cerddi nad oedd wedi gwerthu yr un dwsin o'r hen faledi ffair; yn wir, cwyno yr oedd pob math o fasnachwr ar ddiwedd y diwrnod ffair hwnnw yn Nhre Einion. Wedi'r cwbl, er gwaethaf gloddest, ymffrost, ac anystyriaeth plant dynion, ni raid ond iddynt dybio fod cwr y llen rhyngddynt a'r byd anweledig yn cael ei dynnu ryw ychydig na fyddant ar unwaith yn newid gwedd, a'u gliniau yn dechrau curo ynghyd. Felly, ffair heb y canu a'r dawnsio, y meddwi a'r ymladd, a gafwyd y tro hwnnw; ac ni fuasai o un diben ceisio perswadio mab na merch i aros hyd y nos cyn cychwyn adref—mynnent oll fod o dan do yn rhywle cyn i ddychrynfeydd y gwyllnos grynhoi o'u deutu.

Ond er bod y ffair drosodd yn gynnar, a'r dref yn wag ymhell cyn i'r siopwyr gau eu drysau, nid oedd fawr obaith am dangnefedd y noson honno mwy na'r un o'i blaen. Tua deg o'r gloch clywid sŵn wylofain a churo yn galed ar ddrws Ifan Noah Ifans, a phan agorwyd ef, wele Martha, morwyn y Tŷ Gwyn, yn rhuthro i mewn.

XXV.
Drychiolaeth y Plasllwyd

"Ifan Noah," ebe Martha, "O, fy meistres, mae hi bron â mynd, dowch acw i chi dreio bod o ryw help cyn i'r cwbl fod drosodd. Mae meistres wedi cael ffit neu rhywbeth, fedrwn ni neud dim ohoni hi. Brysiwch, does yno neb yn y tŷ ond Tegwen Rhys a hi."

Cipiodd yr hen ddrygist ei het, a rhoddodd botelaid yn ei boced o'r peth mwyaf tebyg i fod o les i un mewn llewyg a feddai ar ei silffoedd. Erbyn hynny yr oedd amryw bobl a golwg ddychrynedig arnynt wedi crynhoi o gwmpas Martha, ac yn ei holi.

"Rheded un ohonoch at Dr. Prys, fechgyn, rhag ofn fod pethe yn y Tŷ Gwyn dros 'y mhen i," ebe Ifan Noah.

Ac felly fu. Ond pan gyrhaeddodd Martha ac yntau y Tŷ Gwyn, gwelodd y drygist fod Mrs. Gwyn wedi gadael byd o ofid, ac wedi wynebu ar y wlad lle na ddywed yr un o'i phreswylwyr, "Claf ydwyf." Eisteddai Tegwen ieuanc yn ei hymyl yn gafael yn ei llaw, heb ddeall eto ei bod ym mhresenoldeb y gelyn olaf.

"Nid yw doctor o un diben fan yma, Martha, ond gwell iddo gael golwg ar y gweddillion," ebe y drygist. "Dowch, Tegwen, 'ngeneth i, i'r ystafell arall hefo mi am funud. Edrychodd Tegwen yn ei wyneb, a deallodd; aeth ei hwyneb mor welw â'r un oedd yn ei hymyl o'r bron, yna dechreuodd wylo yr wylo distaw, calon-rwygol, ei chorff ieuanc fel pe ddirdynnid ef gan boen. Nid oedd eisiau gwell tystiolaeth i fywyd cywir y foneddiges ymadawedig na'r galar didwyll amdani gan yr eneth ieuanc oedd wedi bod yn ei chwmni yn wastadol ers rhai wythnosau a misoedd, ac yn dysgu ei charu fwyfwy bob dydd.

"Sut y bu i hyn ddigwydd?" gofynnai Ifan Noah.

"Ers dyddiau roedd Mrs. Gwyn yn teimlo braidd yn llesg. Ni fu allan ond yn yr ardd, lle y cerddai hi a minnau yn siarad am Derfel," atebai Tegwen. "Yr oedd yn mynnu credu fod ei mab heb fod ymhell o ryw berygl bywyd ofnadwy, ac ni siaradai am ddim arall o'r bron. Un bore aeth i gyfrif pob dimai o arian oedd ar ei helw, ac wedi hynny aeth o gwmpas y tŷ o'r top i'r gwaelod, a finnau yn canlyn ar ei hol. Edrychai ar bob dodrefnyn, a rhoddai ryw bris arno y tybiai hi ellid gael amdano wrth ei werthu ac ar ôl gorffen eisteddodd i roddi rhyw amcangyfrif o'r cwbl ar bapur. Yr oedd fel pe bai â'i holl fryd am gael mynd at ei mab i ofalu amdano. Treiais fy ngorau ganddi gredu mai ei phryder hi oedd wrth wraidd yr ymdeimlad yna o berygl parhaus, ond doedd waeth i mi dewi. Bu yn holi'r person am hyd y daith i Galifforina, a'r modd gorau a rhataf i'w theithio. Am rai dyddiau soniodd lawer am i mi fynd hefo hi yno, ond wedi hynny ysgydwai ei phen, a dywedai yn rhyw hanner wrthi ei hun, 'Na, na, nid felly, Derfel raid ddod yn ôl i'w hen wlad. Unig ferch ei thad a'i mam. Na, fydd mynd â hi ddim yn iawn.' Ond tawelodd dipyn ers tridiau, er 'mod i'n ei gweld hi'n cerdded o gwmpas y tŷ a'r ardd â golwg syn arni. Bore ddoe aeth i'r Plasllwyd— peth newydd iddi hi er pan ddaeth Mr. Derfel oddi yno. Wedi dyfod yn ôl, troai lawer o gylch y tŷ yn bur ddistaw, ond ymhen tipyn galwodd arnaf i fynd i'r ardd, ac yno ebe hi 'Rydw i am fynd, Tegwen, ac am adael pob peth yn y fan yma yn 'u lle nes daw Derfel yn ôl. Mi ddowch chi yma i roi tro ar y cwbl yn aml. Rhaid i mi chwilio am le i Martha tra bydda'i ffwrdd.' Edrychai yn bur galonnog neithiwr, a dechreuai hwylio bocs o ddillad at ei gilydd. Ond yn gynnar cyn te heddiw aethom am dro i'r ardd— Mrs. Gwyn yn bur ddistaw, ond yn troi a throsi o gwmpas pob cornel o'r ardd glws yma, ac yn union fel pe bai'n ffarwelio â phob deilen a charreg. Ceisiais ganddi ddod yn ôl i'r tŷ, gan fod y gwlith yn dechrau disgyn. Gafaelodd yn fy llaw, a dywedodd, 'Mae hi'n hen ardd glws iawn, Tegwen fach. Rydw i'n hoff o le clws a glân, ac mae Derfel hefyd. Nos da, hen ardd.' Aethom ein dwy i'r tŷ, a chawsom de. Bwytaodd yn union fel arfer, ond yn lle eistedd i wnïo neu weu yn ôl ei harfer hi gyda'r nos, a minnau yn darllen iddi neu yn gwnïo ac yn ymddiddan â'n gilydd, cerddai yn ôl ac ymlaen fel pe bai'n methu gorffwyso yn hir yn un man. Aeth i'r gegin at Martha, a dechreuai drefnu yn y fan honno fel pe bai ar gychwyn i ffwrdd. Ychydig o swper a gafodd, ond dyna oedd ei harfer bob amser—swper ysgafn iawn. Wedi darfod swper dechreuodd ddarllen y Beibl yn union fel arfer, yna cododd ei phen yn sydyn, a rhoddodd ryw ochenaid fawr. 'Tegwen,' medda hi, 'mae'r Gair yma yn dweud fod y Tad yn y nefoedd yn gofalu am y weddw a'r amddifad. Pa hyd, Arglwydd? Pa hyd y bydd i'r gormeswyr yma aros yn frigog fel y lawryf gwyrdd? Mi bia dial, mi a dalaf, medd yr Arglwydd. Dydi'r Arglwydd ddim yn cysgu, Tegwen, na hir oedi, ynte. Derfel, fy machgen annwyl i, oedd yma ddim lle iddo yn ei wlad ei hun? Doedd o ddim yn gofyn llawer iawn. Mae dy fam yn dyfod, Derfel,' a dyna'r gair olaf dros 'i gwefus hi—ches i ddim ond 'i dal hi, a'i helpu ar 'i hanner orwedd fel y gwelsoch chi hi, neu mi fase wedi syrthio ar lawr. A mi redodd Martha atoch chi gynted byth ag y medrai. Dyna'r cwbl i gyd fedra i ddeud i chi, Ifan Noah. Dynes annwyl oedd hi, garedig wrth bawb," ac ymollyngai Tegwen i wylo drachefn.

Dyna, yn wir, oedd teyrnged pob un a'i hadwaenai i Mrs. Gwyn—hoffid hi gan fawr a bach, y cyfoethog a'r tlawd. Tybiodd Rhydderch Gwyn ei bod yn ddyletswydd arno ef drefnu ei bod yn cael ei chladdu yn deilwng; a phe buasai wedi rhoddi ychydig o'r caredigrwydd allasai yn hawdd hepgor iddi hi a'i mab yn ystod ei bywyd, buasai yn llawer amgenach na'r oll a wnaeth i anrhydeddu ei gweddillion. Rhyfedd ydyw dull plant dynion. Difriant a phoenant y byw, ond wedi eu marw bydd mwy a mwy o helynt i geisio "parchu eu coffadwriaeth." Onid yn nyddiau ein bywyd brau a byr y dylem fod yn dyner a charedig wrth ein gilydd, ac nid wedi i'r gweithredoedd beidio â bod o werth? Gall gair tyner ysgafnhau aml i fynwes drymlwythog yn y byd yma, ond yr ochr draw i'r bedd, ni phoenir neb ohonom gan gyffro'r annuwiolion. Fe allai mai deffroad cydwybod euog sydd y rhan amlaf wrth wraidd yr holl wrogaeth a delir i'r marw, ond mor ddiwerth yw!

Beth bynnag, cafodd Mrs. Gwyn gladdedigaeth anrhydeddus iawn. Daeth amryw o'r mawrion na fynnent dywyllu drws y Plasllwyd i'r cynhebrwng i'r Tŷ Gwyn. Wedi i'r cwbl fynd drosodd, aeth Tegwen gyda'i thad yn ôl i'r Llety yn Ynys Enlli, a dechreuodd Rhydderch Gwyn ar y gwaith o dynnu y cwbl oddi wrth ei gilydd yn nhŷ ei ddiweddar chwaer yng-nghyfraith. Awgrymodd Mr. Lloyd y person mai gwell fuasai gadael y lle fel yr oedd am dipyn yng ngofal Martha, ond ni fynnai y Marchog wrando. Yn ddiau, nid oedd am adael i Derfel, ei nai, gael lle i roddi ei droed i lawr yn hen ardal ei enedigaeth. Ysgrifennodd lythyr i Galiffornia, a dywedodd yr hanes am farwolaeth ei fam wrth Derfel, wedi iddo ddyfod o hyd i gyfeiriad y bachgen yn un o'i lythyrau adref. A bu yn ddigon caled i anfon hanes Tegwen a'i modrwy aur, ond ni ddywedodd yr oll a wyddai. Diau mai ei amcan oedd cadw Derfel Gwyn yn ddigon pell; a thybiai Rhydderch Gwyn—yn eithaf cywir, fel y profodd y dyfodol—ond i'w nai fod heb fam na neb arall i'w groesawu yn ôl i Dre Einion, nad oedd yn debyg y deuai Derfel Gwyn byth mwy yn agos i Blasllwyd i dorri ar heddwch yr un ohonynt, canys yr oedd gweld y bachgen a ddioddefodd y fath gamwri oddi ar ei law yn ddolur llygad i'r aelod seneddol yng nghanol ei holl fawredd bydol, fel y bydd gweld rhai fu yn aberth i'w

creulondeb yn ddolur llygaid i ddynion ymhob oes o'r byd.
Cafwyd lle i Martha yn y Plasllwyd. Tybiai yr ardalwyr fod
gan Rhydderch Gwyn rhyw bwrpas amgen na da mewn
cadw Martha o dan ei fawd, ac anodd oedd iddynt beidio,
canys trowyd morwyn arall i ffwrdd er mwyn gwneud lle
i Martha, hen forwyn Tŷ Gwyn.

Daeth mis Tachwedd heibio heb nemor o
gyfnewidiadau ym Mro Einion, ond sibrydai aml un mai
parhau i gerdded yr oedd yr hen ledi oddeutu'r Plas, ac nid
oedd yn yr holl wlad neb yn ddigon dewr i fentro tuag yno
trwy'r rhodfa lydan ar ôl i'r nos daflu ei mantell dros yr
ardal, ac eithrio y doctor, y person, a gŵr a gwraig y Llys.
Ond nid oedd dim yn galw am i Lewis na Margaret
Pennant fynd tuag yno unrhyw adeg ddydd na nos ac, yn
ddi-os, ffolineb fuasai i Dr. Prys geisio ymlwybro i unman
nad oedd angen amdano, linc-di-lonc o'r naill ochr o'r
ffordd i'r llall, os ar draed. Bu meddwdod diarhebol yr hen
ddoctor yn gagendor rhyngddo a phob math o gynulliadau
cymdeithasol am flynyddau lawer cyn diwedd ei oes. Am
Mr. Lloyd y person, Tori oedd efe, fel y mwyafrif o
bersoniaid Cymru o hynny hyd heddiw, ac nid oedd ond
pur ychydig o gyfeillgarwch yn bosibl cydrhyngddo ef a'r
aelod Seneddol, Mr. Rhydderch Gwyn y Whig. Er mai i
Eglwys y Plwyf yr arferai y Gwyniaid oll fynd, ac y byddai
tipyn o gymdeithas rhyngddynt a'r Person oblegid hynny,
eto cadw draw oedd arferiad Mr. Lloyd; felly, er iddo
beidio bod yn rhy ofergoelus i fynd i'r Plas wedi iddi nosi,
eto nid oedd dim yn gofyn iddo fynd y ffordd honno ar
hirnos gaeaf.

Un o ddyddiau cyntaf Rhagfyr, daeth llythyr oddi wrth
Laird Munro i Blas Llwyd, i hysbysu ei chwaer-yng-
nghyfraith fod ei frawd wedi ei ddyrchafu yn ei swydd, ac
mai ei enw o hynny ymlaen fyddai y Colonel Gwyn-
Munro. Llanwyd mynwes y Marchog o lawenydd, ac ni
allai ymatal rhag mynd o gwmpas y fro i gyhoeddi y

newydd yr ymfalchïai o'i herwydd. Aeth ymaith ar gefn ei geffyl yn y prynhawn i ddweud yr hanes, ac erbyn iddo orffen traethu ei lith i bawb, yr oedd yn lled hwyr cyn iddo droi tuag adref.

Wedi cyrraedd at y llidiart mawr, ac i hwnnw gael ei agor gan wraig y garddwr a drigai yn y tŷ yn ei ymyl—y *lodge*—ysbardunodd y Marchog ei geffyl, ond ni fynnai y ceffyl symud ymhellach wedi iddo fynd tua chanllath oddi wrth y llidiardau. Safai fel pe wedi ei hoelio wrth y fan. Ni thyciai na theg na garw: ni symudai yr anifail. Rhegai a melltithiai Mr. Gwyn, ond i ddim pwrpas, ac o'r diwedd gorfu arno neidio i lawr, gan feddwl yn ddiau fod yn well iddo geisio arwain y ceffyl anufudd. Ond yn lle tywys y ceffyl, rhoddodd Rhydderch Gwyn floedd ddychrynedig, a gollyngodd y ffrwyn o'i law. Yno, yn sefyll o fewn dwy lath iddo, yr oedd drychiolaeth ei wraig gyntaf, wedi ymwisgo yn ei dillad, a'i dwylo ar led fel pe yn rhwystro iddo ei phasio. Y foment nesaf syrthiodd Rhydderch Gwyn ar ei hyd ar lawr, a charlamodd y ceffyl nerth ei draed tua'r Plas.

Clywodd y garddwr a'i wraig floedd Mr. Gwyn, a rhedodd y ddau i'r drws; fel bu'r gorau'r modd, ni chofiodd y naill na'r llall yn eu dychryn ddim am y si ynghylch ysbryd yr hen ledi, ond yn hytrach tybiasant mai y ceffyl oedd wedi taflu eu meistr. Wedi cyrraedd y fan lle y gorweddai ar lawr, dychrynasant fwy fyth. Nid ymddangosai fod anadl einioes ynddo.

"Rhed i'r Plas, Morris, i ofyn am help," ebe y wraig. Y foment nesaf gwaeddai, "Na, aros, aros—wel di beth sydd yn y coed yma; na' i ddim aros hefo fo fy hun, fedrai ddim. O'r Tad!"

Edrychodd Morris tua'r coed yr ochr uchaf i'r rhodfa lydan, a gwelai rywbeth dybygai ef yn symud yn nhywyllwch y gwylnos. Yna clywai y ddau lais yn llefaru yn glir:

> "Hir, hir, fu'r disgwyl,
> Ond mae'r dial yn dod."

Unwaith ac eilwaith, a thrachefn clywent yr un geiriau, y llais a'r dôn yn union yr un fath.

"Meistres sydd yna," sibrydai y ddynes ddychrynedig, "dyna sydd wedi dychryn meistar hefyd, Morris."

"Mae'n beth syn na siarada hi hefo rhywun, os oes rhywbeth 'nelo hi â'r lle yma, yn lle bod yn aflonyddu o hyd. Mi dawelodd f'ewyrth Huw yn y munud wedi i'w frawd o siarad hefo fo a mynd i chwilio am yr arian oedd o wedi guddio. Biti na fasa hi'n dŵad yn nes, mi dreiwn i siarad hefo hi."

"Taw, Morris, taw, beth pe bae hi'n dŵad?"

Ond erbyn hynny roedd y gweision yn rhedeg tuag atynt o'r Plas wedi gweld y ceffyl yn dychwelyd adref ei hun, a dechreuwyd meddwl sut i gael Mr. Gwyn i'w dŷ yn hytrach nag ymboeni ynghylch ysbryd neb. Wedi cael dôr, codwyd y marchog arni, a chariwyd ef yn araf i mewn i'r neuadd. Yno safai Alys, ei ferch, yn disgwyl yr orymdaith, ei hwyneb yn welw, eto yn berffaith hunan-feddiannol, tra yr oedd ei mam o'r naill lewyg i'r llall, a dwy neu dair o'r morwynion yn gweini arni. Anfonwyd rhai ohonynt i alw ar Doctor Prys, a dymunodd Mrs. Gwyn-Munro arnynt ofyn i'r drygist hefyd ddyfod yno.

"Mae Mr. Noah Ifans yn ddyn call, a mi fydd yn siŵr o fod yn sobor; mi neith help i'r doctor," ebe hi.

Ond er i Dr. Prys fod yn well na llawer tro, a gwneud ei orau, Ifan Noah Ifans yn ei helpu i waedu y claf, ac i arfer pob moddion eraill, bu Rhydderch Gwyn am oriau heb ddyfod ato ei hun, ac wedi iddo agor ei lygaid ac edrych o'i gwmpas, buan y deallodd y doctor ac Ifan Noah na allai yngan gair wrthynt.

"Ie, ffit o'r *palsy*, does dim dowt, ffrind," ebe'r meddyg, gan ysgwyd ei ben. "Mr. Gwyn wedi'i daro yn bur sownd."

"Mae o'n ceisio deud gair, ac yn methu, druan," ebe Ifan Noah. "'Naeth o'rioed o'r blaen fethu â siarad 'i wala," atebodd Dr. Prys, "gneud y cwbl fydde fo'n hapno eisio yn 'i ffordd 'i hun ddaru o 'rioed, ie."

"Biti iddo fo neud y stremits yma yn 'i fywyd." ebe Ifan Noah.

"Dim arall i ddisgwyl, ffrind, dim byd. Tori ydw i. Tori oedd y Prysiaid o hil gerdd, does fawr ddim i ddisgwyl oddi wrth y Whigs yma, nac oes. Gwell siawns o lawer cael dyn iawn, Ifan Noah, os bydd yno achau tu ôl iddo: oes, mae mwy na ma ungwr yn feddwl mewn bod yn ddyn o waed."

"Mae'n siŵr bod chi yn y'ch lle, doctor, os na ellir cael bonheddwr ar ôl pedwar cant o flynyddoedd o baratoi arno, mae hi wedi mynd, a dyna fel byddai'n gweld y dynionach yma'n sy'n *springio* i fyny fel *mushrooms*—mi na'n dricia na fasa'r un gŵr bonheddig iawn byth yn halogi 'i hunan hefo nhw."

"*Quite right*, Ifan Noah, *quite right*. Mae'n burion na fyddwn ni ddim byw digon o hyd i weld yr *old nobility* wedi colli eu lle yn y wlad. Mi fydd yma le digri, digri iawn, pan fydd y wlad yn nwylo pobol *unscrupulous*. A mi ddaw i hynny, a dyna ni yn mynd i lawr y goriwaered yn syth, 'run fath â phob gwlad arall o'n blaen ni, Ifan Noah."

Cyn i'r drygist gael amser i ateb, daeth Alys i mewn i'r ystafell yn ddistaw, ond agorodd ei thad ei lygaid ac edrychodd arni. Ceisiodd unwaith yn rhagor ddweud gair, ond gomeddai ei dafod ufuddhau iddo. Rhoddodd Alys ei llaw yn ei law ef, a gwasgodd yntau hi, gan dremio yn ei hwyneb yn dorcalonnus yr olwg arno.

"Mae'r wawr bron â thorri, Mrs. Gwyn-Munro," ebe'r drygist, "all neb neud dim rhagor yma. Does dim i neud,

dyna farn Dr. Prys, ond ceisio cario ymlaen yr un driniaeth yn ofalus, peidio gadael i neb fynd i'r golwg yma ond Mrs.

Gwyn a chwithau—neb diarth, wyddoch. Mae Mrs. Pugh yr *housekeeper* yma yn nyrs tan gamp.”

“O, *first-class*, neb gwell yn bod. Mrs. Pugh yn *tip-top*,” ategai Dr. Prys.

“Ie, ac mae’n well i ni fynd i geisio cael tipyn o gysgu’n dau bellach, rhag ofn y bydd yn rheitiach wrth y’n help ni eto. Fe allai y daw Mr. Gwyn i fedru siarad ymhen ychydig oriau: does dim eisio i chi ddychryn.”

Cychwynnodd y ddeuddyn adref fraich ym mraich, ac ebe’r hen ddoctor, “Hen jâd yna’n cadw o’r golwg, Ifan Noah, da hynny, hen jâd ddrwg, ie, ’tae hi yn Mrs. Gwyn, Plasllwyd, ddwy a thair gwaith, ie.”

“Yn wir, Doctor, ’dallai ’i haros hi fy hun. Magdalen fydd yr hen syr yn ’i galw hi—debyg mai dyna ydyw enw’r ddynes, mae o yn ’i siwtio hi i’r dim. Faswn i’n meddwl fod y bobl rodd enw iddi hi yn eitha proffwydi. Ond mi fydd yn biti calon gen i dros Mrs. Gwyn-Munro. Docdd ddim yn ddigon gan Rhydderch Gwyn roddi etifeddiaeth o warth iddi, roedd yn rhaid iddo neud rhyw gowdal rhyfedd o’i bywyd hi, hefyd. Mae’n syn gweld y gŵr ifanc yn cadw draw fel hyn.”

“*Dear me*, drychwch, Ifan Noah, mae pobol yn codi. Beth ydi golau mawr fel hyn da yn y *Lodge* yr amser yma o’r bore?”

Safai gwraig y garddwr â’i phwysau ar ystlysbost y drws, â golwg syn iawn arni, ond gofynnodd, “Sut mae mistar?” wrth iddynt basio, ac atebodd yr hen ddoctor hi yn ei ffordd ei hun:

“O, mae’r hen law yn symol; hwyrach fod o heb orffen *jobs* y gŵr drwg i gyd.”

Ni chymerodd y wraig arni ei glywed, er ei fod yn ateb ei chwestiwn: safai yn yr un fan yn llonydd fel delw, neu fel un wedi ei syfrdanu gan ddychryn. Ac nid rhyfedd hynny, canys ni threuliodd y wraig druan erioed yn ei holl fywyd noson mor ofnadwy a’r noson honno y crynhowyd cymaint o ddigwyddiadau cyffrous i'w horiau. Wedi i Morris ei danfon yn ôl i'r *Lodge* a rhedeg i chwilio am y doctor at ei feistr, ni allai hi feddwl am gysgu mwy nag eraill ohonom wedi ein cynhyrfu, a chan hynny eisteddodd wrth y tân, a dechreuodd drwsio cot i'w gŵr. Ond ni chafodd fawr o hwyl gyda'r gwnïo yn oriau man y bore. Tybiai glywed y llais rhyfedd hwnnw yn swnio yn ei chlustiau, a'r geiriau yn atsain o rywle:

> "Hir, hir fu'r disgwyl,
> Ond mae'r dial yn dod."

Cododd a cherddodd o gwmpas, gan wrando yn awr ac eilwaith mewn gobaith clywed sŵn traed Morris yn dychwelyd. "Hir yw pob ymaros," a thybiai y wraig druan na ddeuai'r nos byth i ben; mewn gwirionedd, ychydig iawn o amser oedd wedi cerdded ymlaen cyn i'r Doctor Prys, Ifan Noah Ifans, a Morris y garddwr gyrraedd y *Lodge*. Trodd Morris i mewn, a phan welodd ei wraig yn eistedd o flaen y tân. Gofynnodd iddi:

"Beth, yn enw pob rheswm, sy'n dy rwystro di i fynd i dy wely, Susan? Dos i orffwyso, da'r eneth, mi ddo' i yn f'ol gynta medra i, mi elli fentro."

"O, Morris, fedra i ddim meddwl am gysgu; mae'r peth welson ni, ac a glywson ni hefyd, yn y coed yna, yma hefo mi o hyd."

"Twt, Susan fach, paid â bod yn wirion, 'nest ti na finna ddim ond y'n gora 'rioed i Meistres Gwyn; rydw i wedi bod o gwmpas yma bob awr o'r nos, a welodd y'n llygaid i ddim tan heno, a fasa fawr beryg i ti na minna gael golwg ar meistres, ond fel roedd hi'n dangos ei hun i mistar. Digon ffeind y cawson ni'r hen ledi pan oedd hi'n fyw, does dim rheswm dros iddi hi neud niwed i'r un ohonon ni wedi iddi hi farw. Am mistar a'r wraig yma, ma nhw wedi gneud gwerth 'u crogi, a dydi o'n syndod yn y byd bod meistres yn dangos 'i dannedd iddyn nhw. Dos i dy wely, Susan, a chysga'n dawel."

A ffwrdd â Morris tua'r Plasllwyd, ar ôl y doctor a'r drygist.

Ond ni chymerodd ei wraig ei gyngor. Ceisiai eistedd wrth y tân, ond codai y foment nesaf. Yn ei byw, ni allasai Susan ym-ysgwyd oddi wrth y syniad fod yna ryw bresenoldeb anweledig iddi hi yn troi o'i chwmpas, a chrynai gan ofn. Wedi rhyw hanner awr o ddisgwyl, a Morris eto heb ddychwelyd, clywodd Susan gliced y drws yn codi, a gwaeddodd

"O, Morris, mi fuost yn hir..." Ond nid Morris a safai o'i blaen, ond dynes, neu ddrychiolaeth. Ni wyddai gwraig y garddwr pa un, ond yn sicr, beth bynnag oedd adnabu Susan hi fel yr hon a gerddai yn y coed, ac aeth yn ddiymadferth bron gan ddychryn.

"Hist! Hist!" ebe llais, er na allai'r wraig druan agor ei genau.

XXVI.
Y Telynor ar y Traeth

Ychydig ddyddiau wedi i Farchog y Sir gael ergyd o'r parlys, daeth Gayney, merch y *Ship and Castle*, i Dre Einion ar neges dros ei mam, ac yn lle mynd adref ar ei hunion, tybiodd Gayney yn ddoeth roddi rhyw dro dipyn ymhellach, gan obeithio cael cipolwg ar Ieuan Meurig, mab yr Hendre. Fel aml i ferch ieuanc o'i blaen ac ar ei hol, anghofiodd Gayney y gwirionedd oll-bwysig hwnnw, sef nad yw dyn fyth yn alluog i roddi uwch pris ar ferch nag a rydd hi arni ei hun. Mewn gair, os êl merch ieuanc i gyniwair ar ei ôl ef, y tebygolrwydd yw na fydd ei ddymuniad tuag ati ond o fyr barhad. Fodd bynnag, aeth Gayney am dro tua'r Hendre, ond er ei mawr siomiant, nid oedd Ieuan Meurig adref, na'i fam yn ei ddisgwyl cyn nos. Aethai ef ac un o'r gweision i ddanfon llwyth o geirch rai milltiroedd o ffordd. Cychwynnodd Gayney yn ôl ymhen ychydig wedi clywed hynny, a gwrthododd aros i gymryd tamaid a llymaid yn yr Hendre. Ond erbyn cyrraedd Llys Gwenllian, daeth chwant bwyd arni, a throdd yno. Gwyddai Gayney, fel pawb arall, y byddai yn sicr o gael eistedd wrth y bwrdd a'i gwala o'i blaen yn y Llys. Daeth Margaret Pennant i ofyn iddi sut yr oedd ei mam, ac wedi hynny arhosodd Gayney i ymgomio ychydig gyda'r morwynion, heb amgyffred fod y nos yn ei dal.

"Well i rai ohonon ni ddŵad i ddanfon tipyn arnat ti, Gayney. Mi awn ni heibio'r llyn at y llwybr wrth ben y traeth—mae hi gimin yn gynt ffordd honno," ebe un o'r morwynion, ac aeth dwy ohonynt, wedi gofyn caniatâd eu meistres. Ymgomiai y genethod yn ddifyr gyda'i gilydd ynghylch aml i stori y cymerent ddiddordeb ynddi, a gwahanol faterion y gymdogaeth, &c., ac felly cyraeddasant yn ddiddan ddigon y llwybr gyda'r creigiau hongient uwchben y traeth.

"Gwrando! Beth ydi'r swn yna, Gayney? O ble mae o'n dwad?"

Safodd y tair geneth i wrando yn astud, ac ebe Gayney, "Swn telyn yn canu sydd yna."

"Ond ymhle? Does yma ddim tŷ yn unlle fan yma, a wn i am yr un delyn chwaith, ond honno sydd acw yn y Llys, ac yn nhŷ Ifan Noah."

"Mae yno un yn y Plasllwyd."

"Oes, debyg mae popeth fan honno ond gras; ond allan yn rhywle mae'r miwsig yma heno."

Noson loergan lleuad oedd, a phob man yn olau o'u cwmpas. Tremiodd un ohonynt tua'r mor oddi tanynt o ben y graig, ac ebe hi, "Dacw fo, fan acw, welwch, yn union ar lan y dwr yn eistedd ar lawr ar 'i grwcwd, â'r delyn yn 'i ymyl. Dowch yma."

"Paid â siarad yn wirion," ebe ei chyd-forwyn. "Fasa'r un dyn yn ei synnwyr yn mynd at lan y traeth yr amser yma i ganu'i delyn."

"Ac mae hi'n tynnu at ben llanw, yn siŵr o fod," ebe Gayney.

"Llanw neu drai, waeth gen i p'run, 'nethod, mae'r dyn yna, a'i delyn hefyd. Tewch, mae o'n canu. Gwrandwch."

Ac ar adenydd yr awel fain clywent seiniau per y delyn, a llais yn canu gyda hi:

> "Gaeaf ddaeth, cwyd y gwynt,
> Rhua'r môr megis cynt;
> Ni ddaw gwae, ni ddaw aeth,
> Canaf fi ar y traeth.
> Telyn fwyn ydyw hi,
> Mab y môr ydwyf fi

> Ni ddaw gwae, ni ddaw aeth
> Canwn ni ar y traeth.
> Gwenu wna lleuad dlos,
> Cysga fôr, yn y nos,
> Ni ddaw gwae, ni ddaw aeth,
> Telyn sydd ar y traeth.”

“Beth sydd ar y dyn? Mi fydd wedi boddi os erys o i ganu fan yna yn hir iawn eto,” a dechreuodd y genethod waeddi ar y telynor am symud o flaen y llanw.

Ond ni chymerai ef arno eu clywed, eithr tarawai y tannau tynion, nes yr oedd eco eu miwsig yn diasbedain yn ôl o’r creigiau. A’r foment nesaf gwelent rywrai yn ym- symud o’i gwmpas ac yn dechrau dawnsio, dan ganu yr un geiriau a glywsent gan y telynor ei hun. Gwaeddodd y merched eilwaith a thrachefn, ond ni chymerodd y cantorion arnynt eu clywed.

“Does dim modd ’u bod nhw’n fodau rhesymol, ne mi aethan i ffwrdd o fan yna,” ebe Gayney, ond yn eu byw ni allai y genethod adael y fangre. Yr oeddynt megis wedi eu swyno, neu fel pe taflesid hudlath drostynt.

“Mae’r llanw wedi cyrredd nhw,” ebe Gayney eilwaith, “mi fyddan o dan y dŵr rŵan.”

Ond na, canys wele osgordd o wylain gwynion yn dynesu atynt, a’r telynor a’i delyn a’r dawnswyr yn esgyn i fyny ar adenydd yr adar prydferth, ac ymaith â hwy i rywle o olwg y tair merch oeddynt yn eu gwylio o ben y creigiau ac erbyn hynny wedi dychryn gormod i wneud dim ond gafael yn nwylo ei gilydd a rhedeg nerth eu traed i’r *Ship and Castle*, eu hwynebau yn welw gan ofn, a’u tafodau wedi glynu yn nhaflod eu safnau, yn gomedd ufuddhau i ateb cwestiwn undyn. Ymhen peth amser, wedi eistedd o flaen tân mawr o goed a mawn, a llyncu ychydig o fedd gorau Betsan Morus, daethant i barablu, ac wedi dechrau unwaith, yr oedd y tair am y cyntaf yn ceisio adrodd yr hanes rhyfedd.

"Gweld y telynor ar y traeth ddaru nhw," ebe Ifan Dafydd, yr hwn, fel arfer, oedd yn y gornel wrth y tân yn y *Ship* gyda'r nos. "Ie, gweld y telynor ar y traeth ddaru nhw, a diolch amdano fo, medda fi, a does yr un ohonon ni eisio gweld *wreck* yma, rydw i'n siŵr."

"Mae ambell un yn 'i gneud hi yn o lew hefo'r *wrecks* yma," ebe un arall o'r cwmni.

"Mae hynny'n bod," atebodd yr hen bysgotwr. "O'm rhan i, mae'n well o beth aneiri gen i fod yn dlawd na'i gneud hi o longa' wedi colli. Does yma neb wedi anghofio colli'r llong fawr yna sydd ar 'i *beam ends*, fel byddwn ni'n deud, byth."

"Ond pam rydach chi'n deud bod chi'n diolch am fod y genethod yma wedi gweld dyn yn canu telyn at y traeth, Ifan Dafydd?" gofynnai un o'r dynion.

"Wel, mi ddeuda i ti pam, 'machgen i: chlywais i 'rioed neb yn deud bod nhw wedi clywed y telynor ar y traeth, na fydda ni'n siŵr ddyn o fod yn symol saff am y gaea tua Phorth Einion yma. Mi fydda nain yn deud ond i ni weld yr hen law hefo'i delyn y bydda eitha tempar ar y môr ar hyd y gaea'. Mab y forforwyn ydi'r telynor, 'dŵyr neb pwy ydi'i dad o. Ond mae'i delyn o yn un dan gamp. Mi gwelodd 'nhaid i yn 'i hymyl, medda fo, ac roedd hi'n berlau drosti i gyd, a'i thanna' hi wedi'u gneud o wallt melyn aur y forforwyn. Mi fasa'n eitha gen i fod hefo'r merched yma yn cael cip-olwg ar yr hen law, heb sôn am glywed 'i ganu o. Ond mae'n burion fod rhywun wedi weld o—rydan ni wedi cael rhyw hyll-dod o ddrycin ym Mhorth Einion yma rhwng y cwbl. Mae hi'n tynnu at fod yn amser i ni gael tipyn o dywydd teg bellach."

"Yn y munud, yn y munud," ebe Betsan Morus, mewn atebiad i gais un o'r cwmni am hanner peint arall.

“Pwy sy’n mynd i goelio holl straeon glan y traeth yma?” gofynnai llencyn eisteddai ar y setl yn ymyl y tan yn union ar gyfer Ifan Dafydd. Un dieithr i’r ardal oedd efe, wedi dyfod yno o Gaer Saint i werthu defnydd hwyliau dros ei feistri. “Welais i erioed mor hynod o ofergoelus ydi pobol y wlad; fasa yr undyn yng Nghaer Saint byth yn meddwl am goelio straeon fel hyn. Does dim byd haws na dychryn merched yn y nos; mi fetiwn i am swllt y codwn i fwgan siort ora iddyn nhw ond i mi dreio. A sôn am ddyn a’i delyn a phobol yn dawnsio i gyd yn un flût ym marchogaeth dros y môr ar gefn gwylanod! Pŵ!”

“Wel, dwyt ti ond ifanc eto, lanc,” ebe Ifan Dafydd. “Pan heneiddioch di dipyn, mi ddoi i wybod fod yma beth aneiri o betha na wyddost ti ddim amdanyn nhw, er i ti teimlo nhw â dy ddwylo dy hun, a’u gweld nhw o flaen dy lygad. Mi rydw i’n ddigon hen o daid i ti, ydw siŵr, a phur ychydig ydw i wedi fedru wybod eto am y petha’ sy o ’nghwmpas i; ond mi ddeuda i ti hyn, lanc ifanc, neith dy gred ne dy anghred ti ddim gwahaniaeth i neb yma. Ond mi fydde’n burion gen bawb yma weld dy gefn di yn troi at Gaer Saint yn d’ôl. Mi wyddon ni amcan beth ydi canlyniada’ tynnu’r tylwyth teg ymhen dyn, a chymera yr un ohonon ni ddim welson ni ’rioed—dyna i ti—a deud dim yn fach am drigolion gwlad hud. Does yma neb, am wn i, rownd y cylch heno na wyddon ni beth ydi gelyniaeth yr hen fôr mawr yna. Mae’r môr yn medru bod yn greulon iawn, ac mae o’n meddwl tipyn go sownd i ni gael rhyw arwydd oddi wrth y’n Tad Nefol y bydd y môr heb lyncu neb sy’n annwyl i rywun ohonon ni yn ’i grombil.”

“Ydi, Ifan Daydd, ydi,” ebe dyn a eisteddai o’r neilltu mewn cornel, “os bydd gen ddyn rywun i’w golli, mae o gryn lawer o beth cael yr hen fôr yn ffrindia, ond peidied neb â synnu fod y bobol ifanc yma sy’n cael ’i tynnu trwy’r ysgolion yma yn dechra taflu heibio’r hen betha. I hynny daw petha cyn y diwedd. Ro’n i’n breuddwydio un o’r nosweithia' dwaetha' yma bod pob dyn mawr a da wedi marw, a rhyw silod o ddynion heb ddim ar wyneb y ddaear yn perthyn iddyn nhw, ond awch am arian, wedi llenwi'n hen wlad ni yn 'u lle nhw, ac mi' roedd yma le ofnadwy, coeliwch chi fi. A fel yna rydw i'n gweld petha'n mynd. Mae gobaith o ddynion wrth drin beth fyd fyw fynnoch chi ond arian. Ond naw wfft i ddyn wedi mynd yn slaf i arian. Does dim gobaith byth o gybydd. Dyna'r hen gnaf yno o'r Plasllwyd yn un. Glywodd rhywun sut y mae o?"

"O, mae o'n fflonsio tipyn bach," atebodd Betsan Morus, "ond does neb yn disgwyl 'i weld o'n dŵad o'i wely eto; felly deudodd Dr. Prys. Ond mae o'n medru deud tipyn o'i feddwl y p'nawn yma. Ma nhw wedi gyrru i nôl y gŵr ifanc, a gobeithio y daw o, ddeuda i."

"Rhaid i rai ohonon ni fynd gam ne ddau hefo g'nethod y Llys yma. Mi fydd Margaret Pennant wedi synnu bod nhw wedi gweld a chlywed y telynor. Does dim llawer pan oedd hi'n sôn amdano fo wrtha i, mae hi'n ffond ddi-wêdd o'r hen straeon yma. Mae hi'n ddigon call i wybod fod rhyw ystyr iddyn nhw, bob un."

XXVII.
Tŷ'n y Coed

Pan gyrhaeddodd Morus y garddwr adref, nid oedd Susan ei wraig yn y tŷ, nac i'w gweld yn unman chwaith o'i ddeutu. Galwodd Morus arni wrth ei henw lawer gwaith drosodd, ond nid oedd neb yn ei ateb: dim ond eco ei lais yn dyfod yn ôl tuag ato o'r creigiau. Dychrynodd Morris, ofnai fod ei wraig wedi colli llywodraeth arni ei hun yn ei braw y noson honno. Ac ebe wrtho ei hunan: "Fase'n syndod yn y byd gweld neb yn mynd o'i go yn y fan yma, am wn i. Mae'r lle yma wedi'i reibio, does dim dowt."

Rhedodd i'r Plas yn ôl, gan obeithio fod Susan wedi troi tuag yno i lochesu yng nghegin y morwynion hyd nes y deuai ef i chwilio amdani. Ond nid oedd golwg ar Susan i'w gael yn unman. Erbyn hyn, dechreuodd Morris fynd yn dra anesmwyth, ac yn lle troi i'w wely i orffwyso ennyd ar ôl noswaith o redeg yma a thraw, nid oedd dim i'w wneud ond codi'r ardal a holi ymhob man a welodd rhywun Susan ei wraig. Ond er iddo gerdded milltiroedd, a galw yn y tai tebycaf yn ôl ei dyb of, nid oedd Susan ar gael, a gorfu i Morris druan droi tuag adref ei hunan, a cheisio paratoi rhyw fath o forefwyd iddo ei hun, er nad oedd fawr o hwyl bwyta arno yn ei bryder. Yn fuan wedi hyn, daeth llu o gymdogion i'r *Lodge* i holi ac i roddi help llaw i Morris i chwilio am ei wraig. Trefnwyd un fintai i fynd tua'r traeth, ac un arall o gwmpas y creigiau, tra y chwiliai bagad o bobl am y colledig ymysg y coed. Ond nid oeddynt ddim haws, ni cheid yn unman gymaint ag ôl troed Susan i'w harwain i gael gafael ynddi yn fyw neu yn farw. Aeth trallod y garddwr yn fawr iawn. Cyhuddai ei hun o fod wedi gwasanaethu ei feistr, ac anghofio ei wraig. "Fasa ffitiach i mi feddwl bod hi mewn peryg 'i hun yn y tŷ, roedd ami hi ofn tu hwnt."

Ni ddaeth i feddwl neb am fynd i fwthyn Siani'r Witsh—i'r hen Dŷ'n y Coed. Ni fyddai un dyn yn croesi dros riniog drws Siani o'r naill ben i'r flwyddyn i'r llall, ac yr oedd gryn bellter ffordd oddi wrth *lodge* y Plasllwyd. Eto, pe agoresid drws yr hen fwthyn y diwrnod hwnnw, buasai yr oll o'r chwilio am Susan drosodd, canys hanner eisteddai gwraig y garddwr ar hen setl Siani o flaen y tan, â hen gwilt cartref tew drosti, yn cysgu'n drwm trwy'r dydd er pan agorodd Susan y drws iddi yn oriau man y bore. Synnwyd yr hen greadures wrth glywed cnocio ar ei drws hi, yn enwedig yn y cynddydd, ond agorodd ef, ac yno safai dwy ddynes—un ohonynt oedd Susan, gwraig garddwr y Plasllwyd, a rhywun arall wedi ymwisgo'n wych o'i chymharu â phobl dawel Bro Einion—dynes ganol oed, neilltuol o dywyll o ran pryd a gwedd, eto yn hardd yr olwg arni.

"Siani, Siani, rhowch i ni le i ymguddio am funud bach nes i ni gael amser i droi petha'n symol i drefn. Ma'r ledi ddiarth yma yn sâl, Siani, fasa fiw i mi chadw hi acw, ond mi geith lonydd yma."

Hen greadures garedig oedd Siani, er ei bod yn ddychryn i bawb o'i chwmpas, oblegid ei chymeriad fel witsh, ac ni fu hi a Susan nemor o amser yn cynnau tân, a helpu y ddynes ddieithr i wely wenscot[*] Siani, oedd mewn cornel o'r bwthyn â'i gefn at y drws. Dwedai Susan nad oedd angen bwyd ar yr un o'r ddwy—ei bod hi wedi gwneud pryd iddynt cyn gadael y *Lodge*, ond fod y druanes yn llesg a blinedig.

"Mae digon o arian, Siani, ar gael i'w chadw hi; faswn i'n meddwl yn ôl pob argoel, fedra i ddim deud dim rhagor

---

[*] O'r Saesneg *Wainscot Bed*. Gwely oedd hwn wedi'i amgylchynu gan paneli pren, fel ei fod yn ymdebygu i focs mawr.

rŵan—mi nath i mi neud llw ofnadwy na ddeudwn i ddim byd. A mi ddaru mi feddwl nad oedd unlle yn yr holl wlad yma mor sâff iddi hi â Thŷ'n y Coed. Mi orffwysai dipyn bach ar yr hen setl yma, os ca i, Siani, cyn cychwyn yn f'ôl."

Ac felly fu. Ond roedd corff a meddwl Susan wedi blino cymaint fel y cysgodd am ddiwrnod cyfan ar setl Siani, a'r holl wlad wedi troi allan i chwilio amdani i bob man ond y lle y cafodd Susan nodded yn ei phenbleth gan Siani'r witsh.

Pan ddeffrodd, nid oedd neb ond hi ei hunan a'r ddynes ddieithr yn y tŷ—nid oedd Siani ar gael yn unman. Cerddodd Susan at y drws, ond yr oedd hwnnw yn gloëdig. Aeth at y gwely, ac yn hwnnw gorweddai'r ddynes, ei gwallt du yn gorwedd yn fodrwyau ar y gobennydd, ei hwyneb tywyll yn dawel a digynnwrf yr olwg arno, ond ei llygaid yn pelydru ar Susan.

"Dim gair wrth Siani, dim gair," ebe hi.

"Na, ddeuda i byth air o 'mhen nes cai gennad. Ond rydach chi'n sâl, mi fydda'n well gofyn i Dr. Prys ddŵad yma."

"Na, peidiwch, peidiwch gofyn i neb, neb. I beth? Waeth i mi beidio byw, na waeth ddim, ddim."

"Ble mae Siani wedi mynd? Roeddwn i'n cysgu."

"Siani heb ddigon o fwyd yn y tŷ, hi wedi mynd i'r Dre. Ddaw yn ôl cyn hir."

Eisteddodd Susan unwaith yn rhagor ar y setl, ac erbyn hynny yr oedd bron â newynu. Ymhen hir a hwyr daeth Siani yn ôl, â basgedaid o fwyd ar ei braich, a phiseraid o lefrith cynnes o'r Llys, newydd ei odro. Ni fuwyd yn hir rhyngddi hi a Susan cyn hulio'r bwrdd a pharatoi'r pryd bwyd. Wedi gorffen bwyta, tybiodd Susan y byddai'n well iddi hi gychwyn adref, ac wedi addo wrth Siani a'r ddynes ddieithr y deuai i ymweld â hwy yn fore drannoeth, agorodd y drws ac ymaith â hi. Ond trodd yn ei hôl cyn mynd ymlaen nemor o'r ffordd, a galwodd ar Siani.

"Os bydd hi yn sâl iawn, mi af i fy hun i siarad â Doctor Prys. Peidiwch a gofyn i neb arall fynd, cofiwch rŵan, bob rhai ohonoch chi."

"Paid â bod ag ofn y gna i ddim heb ddeud wrtha ti, Susan. Dwn i ddim pwy ydi'r ddynes na dim."

Aeth Susan ymaith yr ail dro, ac yn y man cyrhaeddodd y *Lodge*. Agorodd y drws ac i mewn â hi. Edrychai yn hurt o'i chwmpas—roedd pob cornel o'i thŷ trefnus yn blith draphlith, popeth ar draws ei gilydd.

"Yn enw'r andros, beth fu yn y fan?" ebe hi wrthi ei hun, "mae'r lle yma fel tŷ tafan ar ôl noson ffair. Morris!" gwaeddai, ond nid oedd yno atebiad iddi hi mwy nag a fu i'w gŵr pan waeddai yntau yn y bore. Ni ddaeth i feddwl Susan fod yr ardal wedi codi allan i chwilio amdani hi. Y gwirionedd oedd fod y digwyddiadau rhyfedd wedi effeithio ar Susan fel na allai sylweddoli fod neb ond hi ei hun wedi dioddef oddi wrth boen a phryder. Gan nad oedd Morris yn ei hateb, tybiodd Susan iddo fynd i'r Plas, a dechreuodd drefnu ei thŷ. Torchodd ei llewys, a chwiliodd am yr ysgub, a'r bwced a'r dwr, ac ymhen tuag awr roedd y *Lodge* wedi ei hadfer i'w chynefin daclusrwydd, a Susan yn eistedd wrth y tân yn gwau hosan. Wedi peth amser, dyna sŵn traed yn dynesu, a'r drws yn agor, a Morris a dau neu dri eraill yn mynd i mewn. Pan welodd ei wraig yn eistedd yn ei lle wrth y tân, fel yr arferai yn llwydni'r cyflychwyr heb un golau ond a roddai'r tan iddi, daeth braw ar Morris, a llefodd allan:

"Fechgyn, fechgyn, mae hi wedi mynd, dyma'i drychiolaeth hi o flaen y tân yma, fel dwy byw! Ydach chi yn 'i gweld hi?"

Arferai'r hen Gymry fu gredu nad ymddangosai drychiolaeth i fwy nag un ar unwaith. Ond cododd Susan ar ei thraed, a deallodd Morus a'i gyfeillion ei bod hi yno yn y cnawd, a dechreuodd pob un ohonynt ei holi pa le y bu, a dweud yr helynt y bu yr holl gymdogaeth ynddi yn chwilio amdani.

"Lle bûm i? Wn i ddim," atebai Susan, â golwg hurt ddiniwed ddigon arni. "Mi es i o'r tŷ yma allan i'r ffordd, am wn i roedd arna i ormod o ofn aros yma fy hun. Mi fûm yn cysgu yn hir hefyd, ro'n i wedi blino, a welodd fy llygad i ddim cimin o lanast ag oedd yma, naddo yn 'y nydd."

Nid oedd diben ar y ddaear holi Susan—nid ymddangosai yn alluog i roddi cyfrif am ei hamser; i bob cwestiwn ei hunig ateb oedd "Dwn i ddim lle bûm i, hwyrach 'mod i wedi bod hefo'r tylwyth teg."

Gan fod y mwyafrif mawr yn credu yn ddiysgog yn y bodau bychain prydferth hynny, cafodd Susan lonydd ganddynt, a dyna y peth a geisiai hi. Ond daeth cerddediad Susan yn fuan yn destun siarad i bobl Bro Einion. Dynes gartrefol dawel fu hi hyd y noson y dychrynwyd Mr. Gwyn, ond wedi hynny ni wyddai neb bryd i ddisgwyl gweld Susan yn tramwy i rywle na wyddai un dyn i ba le. Dechreuodd y peth gael ei drafod ymysg y cymdogion, canys yr oeddynt yn sylwi y byddai gwraig y garddwr yn cychwyn i ffwrdd ac yn cloi y drws ymhen rhyw chwarter awr wedi i Morus adael y tŷ a mynd at ei waith. Dywedai y siopwyr hefyd fod Susan yn prynu llawer iawn o fwyd, a chryn dipyn o ddillad, ond na fyddai byth yn cario ei phecyn adref, ond yn groes hollol, ac na welid byth wedi hynny y nwyddau bwrcaswyd ganddi. Lledaenodd y gred yn gyffredinol fod Susan yn prynu y cyfan ac yn eu cario i'r tylwyth teg, hyd ryw ddydd y penderfynwyd ei gwylio, ac y canlynwyd ei chamau hyd nes y gwelwyd hi yn mynd i mewn yn syth i Dŷ'n y Coed—bwthyn Siani'r witsh. Aeth y newydd hwnnw yn ddŵr i glustiau'r bobl; tybient erbyn hyn mai yr un drwg ei hun oedd wedi cael gafael yn Susan trwy gyfrwng Siani, ac ofnai pawb ei gweld yn agos atynt.

XXVIII.
Aderyn Corff

Daeth yn fuan yn amlwg i bawb fod dyddiau y Sgweiar wedi eu rhifo, ac y byddai eisiau Marchog newydd yn ei le. Cerddai'r hen ddoctor yno bob dydd, ond cydnabyddai fod adfer Rhydderch Gwyn i'w gynefin iechyd ymhell tu hwnt i'w allu ef. Wylai Mrs. Gwyn yn barhaus, heblaw pan ym mhresenoldeb ei gŵr. Faint bynnag oedd beiau Rhydderch Gwyn a'i wraig yng ngolwg dynion o'u mesur yn erbyn rheolau cymdeithas, haeddent eu parchu gan bob creadur moesol teilwng, ac fe gydnabyddai pawb y meddent y gallu o garu ei gilydd yn amgen na llawer. Am Alys, yr oedd ei galar hi yn ddwfn iawn. Er fod ei thad wedi ymddwyn mor anheilwng tuag ati, eto bu yn garedig iawn iddi ar hyd ei hoes. Ni wyddai Alys beth oedd gair croes na cherydd ganddo. Waeth pa faint o'r cnaf oedd yn Sgweiar y Plasllwyd, ni wybu ei ail wraig a'i merch ond am ei diriondeb, ei serch, a'i ofal amdanynt. Nid rhyfedd felly fod gofid y ddwy yn drwm lethol pan yn gorfod cydnabod nad oedd golwg gwella ar Mr. Gwyn. Daeth Laird Munro i lawr ei hun i ymweld â'i chwaer-yng-nghyfraith yn ei thrallod, ac ni fu yno namyn deuddydd cyn ysgrifennu at ei frawd, Colonel Gwyn-Munro, i ddweud ei farn yn bur glir ar y pwnc. Mewn gair, hysbysodd y Laird ei frawd ei fod ef, pennaeth y Clan Munro, yn ei orchymyn i ddyfod ar fyrder i gymryd gafael yn ei ddyletswyddau heb ymdroi rhagor. Gwelodd y Laird fod yno etifeddiaeth deg yn aros ei frawd, ac fod yn hen bryd iddo ddyfod i gymryd y llywodraeth i'w law ei hun, fod yr hen Sgweiar wedi gorffen cynllunio a threfnu. Teimlai y Laird Munro y dylasai Charlie ei frawd fod yn falch o'r eiddo, ac hefyd o'i wraig ieuanc, a dywedodd hynny wrtho. "Cof gwael ddigon fedd pobl ar y cyfan, ond i ni adael iddynt ollwng pethau yn angof. Mae eich dull chi o gadw oddi wrth eich gwraig yn cadw pob peth arall yn fyw yng nghof pobl hefyd," oedd un o'r gwirioneddau a ysgrifennodd. Roedd y Laird yn hoffi Alys, a mynnai wneud hynny a allai ef i gael rhyw fath o drefn ar ei bywyd gyda'i frawd. Fe allai bod ei chyfoeth yn alluog i guddio lliaws o bechodau ei thad o olwg ei brawd-yng-nghyfraith.

Un prynhawn tua'r Nadolig, eisteddai Mrs. Gwyn gyda'i phriod heb neb ond y hi yno. Gorweddai Rhydderch Gwyn ar lwth[*] esmwyth o flaen y tan, a hithau yn penlinio yn ei ymyl, ac yn gafael yn ei law.

"Magdalen," ebe, "mi fyddai'n llawer haws i mi adael y byd yma pe byddwn i yn gwybod rhywbeth am Derfel fy nai, ac yn gweld y Colonel wedi dyfod yn ôl at Alys. Does neb yn meddwl pan yn cyflawni gweithredoedd anghyfiawn fel y bydd y rhai hynny yn dyfod yn lluoedd o'u cwmpas nhw pan ar wely cystudd[†]. Rywsut neu gilydd, mae'r troeon drwg a wneuthum i yn heidio o 'nghwmpas i, yn enwedig y rhai tuag at Derfel Gwyn, mab fy mrawd. Mi garwn i pe bai modd i rai ohonoch chi gael rhyw wybodaeth yn ei gylch."

Siaradai y Sgweiar yn y Saesneg, ei barabl yn floesg ac yn anodd ei ddeall. Cuddiai ei wraig ei hwyneb yn ei ffedog sidan hardd—arferai boneddigesau wisgo ffedogau yn eu tai yr adeg honno—ac ebe:

"Oni bai amdanaf fi, ni fuasech wedi ymddwyn yn anheilwng at eich nai na neb arall, Rhydderch; y fi yw'r achos o'ch holl ofidiau.

"I chi y rhaid i mi ddiolch am gysur ac anwyldeb fy mywyd, Magdalen. Gwir ein bod yn droseddwyr, ond, fy Magdalen, yn fy myw fedra'i ddim dweud ei bod yn edifar

---

[*] *Glwth*: soffa neu *couch*.
[†] *Cystudd*: Salwch.

gennyf. Wedi i mi gael fy nhraed yn rhydd, gwneuthum fy nyletswydd tuag atoch chi ac Alys, ond hwyrach y gallaswn fod wedi bod yn well i Derfel. Ofn oedd arnaf y galliasai fod yn ddraen yn ystlysau Alys a chwithau pe bai yma, a gwyddwn nad oedd obaith ei briodi ef ag Alys; ac heblaw hynny, ni fuasai y fath briodas yn agor y dorau i Alys i gael mynd i'r gymdeithas uchaf, fel y gall gyda Colonel Gwyn-Munro," a chwarddodd Rhydderch Gwyn ryw fath o chwerthiniad rhyfedd. Yna ychwanegodd:

"Mi ddaliais i'r llanc yna yn bur ddel. Tro *cute* oedd y tro, Magdalen."

"Gobeithio yr anghofia fo'r tro, ac na fydd iddo wneud Alys yn annedwydd," ebe ei mam.

"Na, mae o'n ŵr bonheddig, ac yn falch o'i achau; a mwy, mae o'n falch o'i anrhydedd. Na, does dim yn edifar i fod gennyf fi am y gwaith yna. Y ffordd gymerais i oedd yr unig ffordd bosibl. Pryd y mae Mr. Munro yn 'i ddisgwyl o, Magdalen?"

"Mi clywais i o'n dweud wrth Alys ddoe y byddai Charlie gyda hi yn union deg, ei fod yn siŵr o gyrraedd yma nos Nadolig yn barod erbyn y diwrnod hwnnw pryd y dylai pawb faddau i'w gilydd, neu rywbeth fel yna.

"Nos Nadolig," sibrydai Rhydderch Gwyn, "mi fydd yma le braf tua Thre Einion nos Nadolig. Cyfarfod beirdd yn nhŷ Ifan Noah, dyna le hwyliog fydd yno: mi fûm i yno lawer gwaith; mi ddylai Charlie fynd ryw dro. Mi geith Sgweiar y Plasllwyd eitha' croeso yno. A honno ydi'r noson i wneud cyflath gan y bobl i gyd; ac wedi hynny mynd i'r Plygain. Os daw Charlie yma yn ddigon buan, rhaid iddyn nhw i gyd fynd i'r Plygain. Rhaid iddo fo gofio am yr holl hen arferion Cymreig, ac os na ŵyr o ddigon amdanyn nhw, Lewis Pennant fydd y dyn i ddweud y cyfan. Rhaid cadw'r hen arferion yn fyw. Derfel oedd y llanc; roedd o'n gwybod y cwbl, ond mi aberthais i Derfel. Ac mi aberthais i amryw byd yn fy amser, ran hynny."

Ymhen tipyn syrthiodd i led gysgu, ac yn awr ac yn y man sibrydai enwau Derfel, ei chwaer-yng-nghyfraith, ei wraig gyntaf, yna Alys a'i mam, ac weithiau siaradai wrth rywun a elwai yn Hagar, ac erfyniai arni beidio ei felltithio. "Melltith Hagar," ebe, a deffrodd. Ni wyddai Mrs. Gwyn am neb o'r enw Hagar, felly edrychodd yn syn ar ei phriod pan ddywedodd:

"Hagar, Hagar, lle mae Hagar? Fydd 'i melltith nhw byth yn darfod, mi ddywedodd hi na fydd ym Mhlasllwyd ddim llonydd i'w gael. Pan geir anrhydedd yma, na erys o fawr o hyd, ac y bydd pob merch a enir ym Mhlasllwyd yn ddisynnwyr." Gwelodd ei wraig yn syllu arno, ac ebe: "Am beth roeddwn i'n siarad? Peidiwch â dychryn, Magdalen fy anwylyd. Cofio am broffwydoliaeth yr hen Sidi roeddwn i—y sipsiwn, wyddoch. Cofiwch chwithau, Magdalen, os byth y bydd Alys yn debyg o fod yn fam, am fynd â hi o Blasllwyd. Mae'r sipsiwn yma yn beryglus iawn. Well i'w phlant hi, os bydd ganddi rai, gael siawns o'u synnwyr. Cofiwch ddweud wrth Alys, Magdalen. Profedigaeth fawr i rieni yw plant heb synnwyr. Anwyd mo Alys ym Mhlasllwyd. Well i neb arall beidio bod at drugaredd y sipsiwn. Cofiwch, Magdalen! Ni enir merch fyth ym Mhlasllwyd â synnwyr yn ei phen; nid yw'r rhan arall o'r felltith yn bwysig, fydd dim eisiau mwy o anrhydedd ar Alys a Charlie na chael byw ar yr arian ddaw iddynt o'r etifeddiaeth. Well i'r un ohonynt beidio cymryd 'u temtio i ddymuno teitlau ac anrhydedd. Ie, well i chi ddweud y felltith yn gyfan wrth y ddau."

Tybiai Mrs. Gwyn ar y cyntaf ei fod yn drysu yn ei synhwyrau, ond bob yn dipyn daeth i ddeall fod y Sgweiar yn rhoddi gorchmynion iddi yn eithaf difrifol ac mewn meddiant o'i iawn bwyll, ac addawodd gofio y cwbl. Clywai Mrs. Gwyn y Laird ac Alys yn dyfod i mewn, a thybiai ei bod yn amser te. Cododd, a goleuodd ganhwyllau, canys yr oedd y nos eisoes yn dechrau taenu ei mantell. Y foment y goleuwyd y canhwyllau, clywai sŵn megis adenydd yn curo ar y ffenestr, ac wedi hynny dair sgrech, y naill ar ôl y llall—sgrechfeydd megis bloeddiadau porchell. Disgynnodd y gannwyll o'i llaw ar y carped—ni allai ymaflyd ynddi, gan fel y crynai mewn ofn. Daeth o hyd i'r gloch, a chanodd hi yn gynhyrfus, a phan redodd un o'r morwynion yno, archodd iddi anfon y *footman* i edrych beth oedd oddi allan yn gwneud y fath oernadau annaearol.

"Y 'deryn corff sy yna, ma'm," atebai'r ferch, "maen nhw yn y coed yma bob amser, luoedd ohonyn nhw."

"Ond chlywais mohonynt yn fflapio 'u hadenydd ar y ffenestri o'r blaen," ebe ei meistres.

"Mi wŷr pawb yng Nghymru yma beth yw neges 'deryn y corff, fy anwylyd," ebe Rhydderch Gwyn.[*]

"O, Rhydderch, peidiwch â thorri fy nghalon, rwyf yn sicr y gallwch wella eto am dipyn."

Cyn iddi orffen llefaru, clywai yr adenydd yn fflapio ar y gwydr unwaith yn rhagor, a'r oernadau yn union fel cynt. Y foment nesaf clywid sŵn cerbyd yn dynesu ar hyd y rhodfa lydan at ffrynt y Plas, a'r aderyn gydag oernadau yn ehedeg ymaith tua'r coed. Roedd Colonel Gwyn Munro yn y Plasllwyd y tro cyntaf wedi ei briodas, ac yn lle y croeso ardderchog a baratowyd iddo gan yr ardal erbyn ei ddyfodiad pan ddisgwylid ef o'i fis mel, daeth yno yn sŵn oernadau dychrynllyd aderyn y corff.

---

[*] Yn ôl traddodiad byddai'r Aderyn Corff yn canu y tu allan i dŷ rhywun oedd ar fin marw.

XXIX.
Siwrnai'r Pedlar

Nid yn aml y gwelid ymwelwyr yn Hen Ynys y Seintiau; ofnai trigolion y tir mawr fentro tuag yno, rhag iddynt fethu croesi'r ras yn ôl mewn rhyw amser rhesymol. Gwyddent fod aml un wedi gorfod aros yn yr Ynys dros wythnos gyfan, a'r adeg honno o'r byd ni chlywid sôn am wyliau wrth lan y mor, nac o gwmpas y ffynhonnau ymysg pobl gyffredin Cymru: diau y buasai yr hen bobl yn agor eu llygaid yn llydan iawn pe gwelsent gychod Ynys Manaw, a thrêns rhad yn cario eu gweithwyr i dreulio pythefnos ynghanol yr haf, heb afael mewn un math o waith ar eu hyd; dim ond ymrodio o gwmpas mewn dillad gwychion. Dyma fel yr êl y byd ymlaen neu yn ôl, barned y doethion pa un. Ond unwaith yn y pedwar amser byddai hen ŵr yn croesi'r mor, ac yn glanio yn Ynys Enlli, a rhyfedd iawn tua Chalan gaeaf, neu o hynny i'r Nadolig, oedd ei amser dewisol. Hen ŵr glandeg yr olwg arno oedd, a'i ddillad hefyd mor laned a'r carlwm. Waeth pa un ai gwyl ffair, gwyl Ifan, canol haf, neu ganol gaeaf y gwelid Siôn Ffowc, byddai wedi ymwisgo mewn dillad melfered gwynion, o'r got a'r wasgod hyd at y clôs pen glin. Hosanau gwlân gwynion hefyd fyddai am ei goesau, crafat gwlân am ei wddf, a chap o wlanen plancedi cartref, gyda dwy laped un o bob ochr iddo i gadw'r clustiau yn gynnes, a wisgai am ei ben. Cariai fasged ar ei fraich, a baich o rywbeth mewn cwd o liain gwyn ar ei gefn. Adnabyddid Siôn Ffowc gan yr holl wlad oddeutu Bro Einion. Gelwid ef fynychaf "Sionyn y Siopwr Sionc," canys wrth gario ei nwyddau o'r naill dy i'r llall yr enillai yr hen wr ei fywoliaeth. Galwai eraill ef yn "Siôn y Siop Wen," er nad oedd hynny mor briodol â phe galwasent yr hen ŵr gwyn arno ef, fel y gwnâi rhai o'r plant yn y ffeiriau. Cariai Siôn dipyn o bopeth yn ei fasged, ac yn ei becyn. Byddai yn cael marchnad dda, fel rheol, ar y lesia llin i addurno capiau'r merched â hwy. Ni welid un wraig heb ei chap a'i fordor o'r les lin werthfawr wedi ei chwicio yn ofalus erbyn y Sul, a Siôn Ffowc o bawb oedd yn sicr o gael gafael ar y brydferthaf. Felly croesawid yr hen ŵr a'i fasged ymhob man o'r bron.

Heblaw y trysor amhrisiadwy i addurno'r cap, cariai Siôn y byclau angenrheidiol i brydferthu yr esgidiau, pinnau brest mawr (*brooches*) gymaint â chledr llaw gŵr, cribau i ddal y gwallt yn ei le, gardysau gwaith cartref wedi eu gwau yn hardd gydag edafedd coch, neu las, a gwyn. A byddai ganddo ddigon o felfed i wneud gwasgod i'r gŵr at y Sul, a llathenni o sidan symudliw ar gyfer *gown* i'r wraig yn y pecyn; ond odid fawr, os digwyddai fod rhai teuluoedd lled gefnog yn byw ynghylch ei siwrnai, gwyddai siôn Ffowc i'r dim pa fath nwyddau i roddi yn ei becyn, ac yn ei fasged, ar gyfer ei wahanol siwrneion yn ôl fel y byddai y gwahanol dai ar ei ffordd. Deallai yr hen ŵr holl wendidau dynolryw yn gystal â'u rhinweddau. Gwyddai fod aml i brynwyr yn hoffi clywed hanesion y wlad yn anad un peth, a gofalai Siôn fod ganddo doreth o newyddion cyn cychwyn i'w daith. Deallai nad oedd obaith gwerthu i eraill heb arfer pob gweniaith, a gor-ganmoliaeth, ac nid oedd Siôn byth yn arbed y cyfryw rai: tywalltai iddynt ryw ystôr o huodledd ynghylch eu rhagoriaethau fuasai yn eu darbwyllo mai ffalster oedd, oni bai fod eu hunanoldeb, heb sôn am eu penwendid, yn eithafol. Fodd bynnag, roedd Siôn Ffowc yn alluog i werthu ei nwyddau, ac nid oedd eisiau un prawf amlycach o fedr dynoliaeth i lyncu gweniaith na hwnnw. Gwerthodd Siôn aml i lathen o ruban amryliw tra'n canmol tlysineb y wyneb: roedd y ruban i'w glymu oddi tan yr ên i'w harddu yn fwy fyth; a llawer o fotymau a byclau, a llu o fân addurniadau corfforol eraill am yr un rheswm, sef ei fod yn deall ei gwsmeriaid i'r dim.

Yr adeg ryfedd honno ym Mro Einion, pan gafodd Rhydderch Gwyn y Marchog ei daro â'r parlys, ac yn ôl y trigolion, yr aeth Susan, gwraig y garddwr, i gynghrair â'r Gŵr Drwg, nid oedd Siôn Ffowc wedi cael amser i groesi i'r Ynys hyd drannoeth wedi dychweliad y Colonel Gwyn-Munro i Blasllwyd, ond wele ef ar y cei yn ei ddillad gwynion, y pecyn ar ei gefn, a'r fasged ar ei fraich, fel arfer, yn gweiddi ar Ifan Dafydd am hwylio'r cwch. Digon ystyfnig oedd yr hen bysgotwr i groesi, ond eto cyfaddefai fod y môr yn ymddangos yn eithaf tawel y diwrnod hwnnw. Clywodd Betsan Morus y *Ship and Castle* yr ymdrafodaeth, ac wedi iddi ddeall fod y cwch yn mynd tua'r ynys, rhedodd i'r tŷ gorau y gallai hi, a dechreuodd bacio Gayney ei merch yn barod i fynd drosodd gyda hwy.

"Cofia di, Gayney, y cwbl ddeudais i: aros di yno, rhaid i ti golli'r cwch, a mi fyddi yn ddigon siŵr o dy groeso, ond i ti fod o gwmpas dy bethe. Mi wyddost yn eitha' beth ydw i'n ddisgwyl, a mi fedri neud yn iawn. A does wybod, hwyrach y medri di dwmo lie i ti dy hun 'run ffordd, rydw i wedi sylwi dy fod di a Josh ers tipyn yn llygad-rythu o'ch cwmpas: dyna ydi ffordd y byd, ond rhaid i chi'ch dau gweirio'ch gwelyau yn drefnus. Mi ddeuda i hynny cyn y gellwch chi 'mhlesio i."

Ffwrdd â Betsan Morus allan i'r drws, a gwaeddodd ar Ifan Dafydd ar uchaf ei llais:

"Ifan Dafydd, mae Gayney am droi tua'r Ynys hefo chi'ch dau. Mae arna'i eisio siawns iddi hi i fynd ers dyddia, ond 'mod i'n disgwyl am *bass* go braf."

Aeth Ifan Dafydd i mewn am foment neu ddwy i'r *Ship*, a chafodd ddiferyn cynnes cyn cychwyn "yn y munud," yn ol arfer yr hen dafarnwraig. Hefyd fe sibrydodd yn ei glust, "Gâd Gayney yno ar d'ôl, Ifan, paid â mynd i drafferth i chwilio amdani hi. Tro yma pan ddoi yn d'ôl drosodd, mi gawn ragor o sgwrs."

Felly aeth Gayney dros y dŵr gyda'r pedler a'r cychwr, ac yn y man bu iddynt lanio yn ddiogel yn yr unig fan arferedig gan bob dyn call, a garai fod yn sicr o'i gwch.

Aeth yr eneth ymaith un ffordd oddi wrth y lan, a chychwynnodd Siôn Ffowc ac Ifan Dafydd tua'r Llety.

"Yno byddai'n mynd yn gynta, wyddoch," ebe Siôn. "Yno mae mwya' yn y boced, ac felly y nhw raid gael 'u dewis o flaen pawb arall."

"Bryd bydd y troi'n ôl i fod, Siôn?"

"O, does wybod eto—fel y bydd y croeso, hwyrach ca'i burion c'lenig yma, pwy ŵyr? Ambell i dro mi fydd siawns gwagio'r fasged yn yr Ynys yma."

Wedi cyrraedd y Llety, cafwyd pryd o fwyd ar unwaith. Teuluyddes dan gamp oedd Ceridwen Rhys—ni fyddai raid i neb ddisgwyl ar ei gythlwng am fwyd yn y Llety, ac nid oedd Tegwen ieuanc yn ôl i'w mam yn y gallu hwnnw ychwaith. Peth annedwydd iawn ydyw edrych ar ambell i ferch yn troi ac yn trosi yn ôl ac ymlaen, a dieithriaid ymron yn newynu heb damaid na llymaid ers oriau, yn gwylio y symudiadau dibwrpas cyn y bydd y lluniaeth yn barod iddynt. Daeth Hywel Rhys i mewn tra y bwytâi y ddeuddyn wrth y bwrdd, ac ebe:

"Wel, ffrindia, sut drefn sy arnoch chi tua'r tir mawr? Welais mo dy fath di, Siôn; dyma'r siop wen eto, a gwae 'i boced pob un ohonon ni yn Enlli yma. Mi fydd hynny o geiniog sy yma wedi newid dwylo, mae Siôn yn medru troi'r merched yma o gwmpas 'i fys bach fel fyd y fynno fo."

"Na, digon prin, digon prin, Hywel Rhys: mae yma waelod go lew i'ch pocedi chi i gyd," atebodd Siôn. "A dydi o ddim byd ond rhyw ffasiwn rhoi'r bai ar y merched. Mi fydd y meibion yma yn gwneud llygad bach ar amal i beth; welsoch chi 'rioed fel y spotian nhw yr hancesi sidan a'r botymau pres. Bryd mae'r teiliwr yn dŵad yma, Hywel Rhys?"

"Does wybod yn y byd. Ddaw o ddim dan ddechra'r flwyddyn, felly mae yma dipyn o amser i neud hafit ohoni hi, Siôn, cyn iddo fo ddŵad ar dy wartha di."

"Glywsoch chi fod Marchog y Sir yn 'i wely anga, Hywel Rhys?"

"Rhydderch Gwyn? Naddo. Be sydd arno fo? Ydi o wedi taro ar un mwy na fo'i hun o'r diwedd?"

"Ydi, mae'r hen Rhydderch wedi 'i ddal, Hywel Rhys. Maen nhw'n deud mai drychiolaeth 'i wraig gynta ddaru ddychryn o allan o'i groen. Mi fuo mi yn y Plas ddoe yn gwerthu tipyn o'r fasged i'r morwynion, a roeddan nhw'n deud fod o'n gweiddi am 'i nai, Mr. Derfel wyddoch, a ŵyr neb i beth mae'r hen gnaf yn geisio, ond roedd Martha, hen forwyn y Tŷ Gwyn, yn deud fod mwy o ddrwg yn y caws na ŵyr neb."

"Mae'r Cyrnol wedi dŵad yno neithiwr," ebe Ifan Dafydd, "a ma'r brawd hwnnw yno hefyd. Dyna fel rydan ni yng Nghymru—mae yr holl wlad yn mynd yn eiddo i Saeson a'r Sgotiaid trw'r merched yma. Neith Cymry mo'r tro yn wŷr i'r merched yma. Fasa ffitiach fod y Marchog wedi ymddwyn yn addas at ei nai—doedd dim yn rhwystro gwneud *match* rhyngddo fo a'i gyfnither, yn lle rhyw hen sgiams fel hyn."

Cyn bod y gair olaf o enau Ifan Dafydd, dyna'r ddysgl a'r cig yn syrthio ar y llawr o ddwylo Tegwen, ac yn torri yn deilchion.

"Beth sydd arnat ti, Tegwen?" gofynnai ei mam, tra y codai yr eneth y darn o gig biff a'r hanner ham oddi ar y llawr, ei dwylo yn crynu a'i hwyneb yn welw.

"Yn wir, petha diwerth iawn ydi'r llestri pridd yma, Ceridwen," ebe Hywel Rhys; "mae'r hen ddysgla piwtar yna yn fil amgenach, ac o'm rhan i, mae'n well gen i'r olwg ar y cig hefyd ar y piwtar, serch bod y llestri pridd yma mor ffasiynol.”

“Mi wyddoch yn burion, Hywel, na phrynais i’r un o’r petha pridd yma fy hun, ond mae un peth i ddeud amdanyn nhw, mae llai o drafferth ’u cadw nhw’n lân nag un siort arall. Mae tipyn o waith sgleinio ar y piwtar, a sgwrio ar y prenia, ond am y llestri pridd, does ond ’u rhoi nhw dros ’u pennau yn y dŵr poeth, a dyna ni ar i fyny, heb eisio dim rhagor na lliain glân i’w sychu nhw.”

“Fel yna mae tyniad yr oes, ynte? Pawb yn rhedeg ar ôl y didrafferth a’r hwylus,” ebe Ifan Dafydd, “mi fase’n syn gan lawer o’n teidiau weld cryn dipyn o’r petha newydd yma, a dydi hi ond dechra eto arnom ni, ran hynny. Wrth sôn am ddysgla, mae acw nythaid o ddysgla Newcastle— rhai does mo’u gwell, wedi i Huw ddŵad adre hefo fo.”

“Yn wir, mi fydda yn eitha peth ’u cael nhw. Biti na fasech chi wedi meddwl ’u taro nhw yn y cwch, Ifan Dafydd. Does dim curo ar ddysgla’r llongwrs, ma nhw’n gry ac yn lanwaith.”

Erbyn hynny yr oedd Tegwen wedi dyfod ati ei hun yn weddol, ac yn edrych ar rai o’r pethau ddangosai Siôn Ffowc iddi yng nghwr ei fasged, tra y torrai ei mam y cig.

“Dyma bisin o edgin lîn glysa yn y wlad, ’ngeneth i,” ebe’r hen ŵr, “mi fasa’n snobog wedi’i gwicio rownd gwddw’r ffroc ddu yna. Gwisgo du ar ôl y ledi o’r Tŷ Gwyn, ynte? Wel, un nobl oedd hi. Paid ti â hidio, Tegwen, beth ddeudith hen ddyn fel fi, mi wn i gryn dipyn o helyntion y Plasllwyd yna; mi fedra i roi ychydig o oleu i ti pan gawn ni gyfle.”

“Hylô, mae Siôn Ffowc am wagio’i fasged yma, ’ddyliwn i, cyn dechrau cymeryd tamaid. Beth ydi’r gyfrinach ddistaw yna sydd rhyngoch chi’ch dau?” gofynnai Hywel Rhys yn chwareus.

“O, rhaid i ni dendio, yn rhaid, Tegwen? Fiw deud y cwbl wrth y brenin, ne hwyrach bydd o am y’n gwaed ni.

Dynion peryglus iawn ydi brenhinoedd wedi bod ymhob oes, hyd y gwybûm i.”

“Wrth sôn am frenhinoedd,” ebe Ifan Dafydd, “mi fydd acw holics o le pan awn ni i ddewis Marchog newydd: mi rydd y Toris eitha treial am y lle, ’dwy’n siŵr, a synnwn i ddim na fydd siawns iddyn nhw amdano fo hefyd. Mae pawb wedi syrffedu ar yr hen ddyn.”

“Beth ydi’r Cyrnol acw? Oes arno fo ddim blys treio?”

“Na, threith y Cyrnol am ddim ddaw â fo i wydd y byd, mi na’i lw. Mae o’n fwy na feder ’i stumog Sgotaidd o ddal clywed sôn am ’i wraig fel merch anghyfreithlon yr hen Rhydderch Gwyn.”

“Ond roedd rhywun yn deud fod ’i thad hi wedi mynd i ryw gostau dychrynllyd i geisio glanhau petha yn symol.”

Chwarddodd Shon Ffowc.

“Wel, rydach chi yn bur ola yn y’ch Beibl, Hywel Rhys, dyma i chi ddifai adnod ar y pwnc: ‘Pwy a ddyry beth glân allan o beth aflan? Neb.’ Fel yna mae’r adnod, ynte, a waeth i Rhydderch Gwyn faint o arian ddaw allan o’i boced o, does dim posib byth iddo fo neud mam ’i ferch yn wraig rinweddol. O, mi wn i bod posib cadw ’i henaid hi—mae digon o rai ’run fath â hi wedi ’u hachub; ond fedrwch chi ddim peidio cofio tra byddan nhw yn y byd yma fod staen ar ’u cymeriad nhw. A dydi bod un ohonyn nhw yn Mrs. Gwyn, Plasllwyd, yn altro dim ar y pwnc. Na, mi ellwch chi fod yn siŵr mai bywyd digon swat fydd bywyd y Cyrnol. Mae o ddigon call i wybod mai dyna’r unig ffordd i gadw’i fam-yng-nghyfraith o olwg pobol.”

“Ydi’r ffermwyr acw wedi danfon y bustych i ffwrdd yn o symol leni?” gofynnai Ceridwen Rhys.

“Wel, do yn wir, mi gychwynnwyd gyrr da iawn y dydd o’r blaen. Bustych dan gamp oedd y lot hefyd, yn enwedig rhai Lewis Pennant, does dim curo arnyn nhw am godi anifeiliaid yn y Llys.”

"Rhaid i mi droi tua'r cwch yna, beth bynnag," ebe Ifan Dafydd, wedi peth amser yn ymgomio ynghylch gwahanol faterion, "gobeithio y cei di fasged wag, Siôn, cyn i ti adael yr Ynys. Maen nhw'n deud fod yma doreth o aur yni hi, yn enwedig ers pan gollodd y llong fawr honno ers tipyn yn ôl."

"Yna ma nhw'n deud anwiredd noeth, Ifan," ebe Hywel Rhys. "Fuo yma 'run enaid o'r Ynys yma yn agos i'r llong; mewn difri, does bosib bod pobol Porth Einion acw yn meddwl mai lladron sydd yn byw yma? Mi ddymunwn iti ddeud wrth bob un, Ifan, bod pobol Ynys Enlli yn ddigon glan oddi wrth anfadwaith o'r fath. Pobol onest sydd yma, yn gweithio bob dydd ar y tir, fel y meddyliodd y Creawdwr mawr i ddynion weithio o'r dechreuad, ond fel y deudodd y gŵr doeth, 'Hwy a chwiliasant allan lawer o ddychmygion.' Fy hun, newidiwn i mo 'mywyd ar yr Ynys yma am yr un siort arall o fywyd y gwn i amdano fo. A dydi o ddim gormod i mi ddeud y gallai ateb dros bob un o deuluoedd yr Ynys chwaith."

"Eitha gwir, Hywel Rhys, eitha gwir," ebe'r pedler. "Fûm i yn f'oes yn canu ffarwel â chi yn yr Ynys yma na fydda'n chwith ofnadwy gen i feddwl am gefnu ar yr hen fangre. Mae yma ryw gysur a llonyddwch allan o firi a bloddest y tir mawr, mi fydda i'n dyheu am gael dŵad yn f'ôl, bydda'n wir. Ond fiw i'r hen bedler droi'n rhy amal o gwmpas 'i gwsmeriaid, ne mi fydd yn sicr o fyta'i groeso."

"Mae croeso purion iti, Siôn, yn yr hen Ynys. Mae'r gornel yn y llofft wlân at dy wasanaeth di fel arfer, a chymith hi fawr o amser i'r merched yma rigio gwely iti, mi wn. Mae'r bachgen Ednyfed o gwmpas y tir yma yn rhywle, ac wedi i ni gadw noswyl, mi gawn noswaith ddifyr oddeutu'r tân. Nosweithiau difyr iawn geir pan fydd Siôn yn dechrau arni hi hefo'r straeon, Ifan Dafydd does ryfedd yn y byd 'i fod o mor siŵr o'i lety."

“Y Lletygora ar y ddaear ydi hwn,” ebe’r hen ŵr. Cododd Ifan Dafydd, a chanodd yn iach i’r oll ohonynt, a dymunodd iddynt wyliau’r Nadolig heb ei ail gyda’i gilydd, ac addawodd groesi cyn pen hir iawn os byddai’r tywydd yn rhoi, a rhyw newydd o bwys gwerth ei adrodd: ond i chi beidio codi’ch gwrychyn wrth i rni deud nhw, ynte? ’Ran hynny, mi ddowch â fflît o wyddau i’r farchnad cyn y Nadolig, Hywel Rhys. Wrth sôn am y Nadolig, mae acw Gyfarfod Beirdd i fod yn nhŷ Ifan Noah’r drygist, ac ma nhw’n disgwyl rhyw hwyl tu hwnt acw. Mae sôn bod y beirdd gora yn y wlad yn dŵad yno i dynnu torch hefo’i gilydd. Roedd yr hen Rydderch Gwyn wedi meddwl am fynd yno, ac wedi addo papur pum punt i’r gora: ’dŵyr neb sut fydd hi rŵan, ond mae’r papur pum punt yn saff. Roedd Sara Tŷ’r Capel yn deud fod Ifan Noah wedi gael o, a phwy ŵyr os na ŵyr Sara? Mae Sara ar ben pob stori yn wastad, druan.”

Aeth Tegwen allan i ddanfon yr hen bysgotwr at lidiart yr ardd o flaen y tŷ, a phan oedd ar gychwyn i ffwrdd, ysgydwodd law ag ef, ac ebe hi:

“Ifan Dafydd, ydi Martha Tŷ Gwyn yn y Plasllwyd o hyd?”

“Ydi, o ydi, yno bydd hi rŵan, am wn i.”

“Fydd hi’n mynd yn amal i’r *Ship*, Ifan Dafydd?”

“Wel, mae hi a Betsan Morus yn gryn ffrindia, a mi fydd yn troi yno rŵan ac yn y man.”

“Os digwydd i chi glywed. Ifan Dafydd, fod yna ryw air oddi wrth Derfel Gwyn wedi dŵad i’r Plasllwyd, neu i rywle arall, newch chi dreio gadael i mi wybod? Mae ei fam wedi ymddiried llawer cenadwri i mi iddo, ond mae o mor bell,” a llanwodd ei llygaid prydferth hyd yr ymylon. “Mi fase’n dda iawn gen i wybod pam mae Martha yn y Plasllwyd. Mi ofynnais i iddi hi alw rŵan ac yn y man yn nhŷ Ifan Noah Ifans i ofyn oedd yno lythyr i mi, ond rydw i wedi newid fy meddwl, Ifan Dafydd, a dyma air ne ddau i'r drygist i ddeud wrtho fo. Newch chi roi o iddo fo, Ifan Dafydd?"

"Gna, fel dwy byw, 'ngeneth i, mi 'na hynny fedra i i ddrysu priciad pawb sydd heb fod yn ffrind i Mr. Derfel. Bachgen nobl oedd o, yr un fath i dlawd a chyfoethog yn union, a does yma ond 'i gefn o, fel mae gwaetha'r lwc. Daw eto haul ar fryn, 'ngeneth i; synnwn ni ddim tae'r Marchog wedi cau ei lygad, pe bai rhywun yn deud tipyn o hanes Derfel Gwyn wrth y Cyrnol, na rodda fo help llaw. Mae mwy o'r gŵr bonheddig yno fo, Ysgotyn ne beidio, eitha' llanc ydi o."

Ac felly yr ymadawsant: Tegwen yn ei hôl i'r tŷ i helpu ei mam i drefnu gwely yr hen bedler, ymysg y gwahanol ddyletswyddau eraill; a'r hen bysgotwr at ei gwch. Er ei syndod, gwelai Gayney, merch y *Ship*, yn eistedd yn y cwch yn barod.

"Wyt ti yna, Gayney, o fy mlaen i? Ron i'n meddwl i dy fam ddeud nad oeddet ti ddim am groesi'n ôl y prynhawn yma. Sut na faset ti yn troi i'r Llety?"

"Mi fydd mam yn deud amal i beth ar 'i chyfer, Ifan Dafydd. Beth 'na i yn yr hen Ynys yna yn hwy, tybed? Am y Llety, does yno neb eisio 'ngweld i, am wn i. Os ydi mam wedi cael digon arna'i yn y *Ship*, mae'n hawdd i mi hel 'y mhethau, raid i mi ddim gweithio yn galetach yn unlle nag hefo hi. Ond mae lle amgenach nag yn yr hen Ynys yma, goelia i. Mae hi'n eitha i hen bedler i werthu 'i bethau, does yma oliad am ddim arall hyd y gwela i. Mi ges i bryd o fwyd symol, ac ma'n rhywyr gen i weld yr ochor arall i'r dŵr, dyna i chi, Ifan Dafydd."

Ni ddywedodd Gayney ei bod wedi gweld Ednyfed Rhys, ac iddi ddeall nad oeddynt yn disgwyl Ieuan Meurig i Ynys Enlli am rai wythnosau ar ôl y Nadolig. Glaniodd y cwch yn ddiogel ym Mhorth Einion, ac agorodd Betsan Morus ei llygaid pan welodd ei merch, ond cyn iddi gael amser i ddweud yr un gair wrthi, safodd Gayney o'i blaen, ac ebe:

"Rydw i wedi dŵad i ben â hynny o fusnes allwn ni yn yr hen Ynys wirion yna, a 'dai ddim ar draws tai i'ch plesio chi, mam. Mi gewch fynd y'ch hun, dyna chi. Tra bydd 'y nwy law gen i, 'dai ddim i bwyso ar neb—ac rydw i wedi blino ar amal i rai o'r hen dricia yn y lle yma. Mi fydda'n llai o drafferth i bawb, heb sôn am ddim arall, i geisio byw yn iawn hyd y gall dyn, a dyma ydw i'n mynd i neud."

Cymerodd Betsan Morus ei gwynt ati mewn syndod. Dyna'r tro cyntaf erioed i neb yn y *Ship* feiddio siarad â hi yn y fath fodd. Ond daeth cwsmer i mewn, a chlywid ei gair arferol, "yn y munud," a ffwrdd â Gayney i fyny'r grisiau cerrig i'w hystafell.

XXX.
Cyfarfod y Beirdd

Y dydd o flaen y Nadolig cyrchai llu o ddieithriaid i Dre Einion. Yn un rheswm dros hynny, hwnnw ddigwyddai fod yn ddiwrnod marchnad yno, ond yr oedd ymysg y lliaws gryn lawer o ddynion nad oedd a wnelent â ffair na marchnad, ac i'r un lle y tynnent hwy oll—i dŷ Ifan Noah Ifans y drygist, ac oddi yno i'r *Inn* a dau neu dri o dai rhai eraill o'n cydnabod i sicrhau llety noswaith, wedi gorffen eu huchelwyl. Gwyddai eu lletywyr nad oedd gobaith eu gweld yn troi i orffwys hyd nes y byddai i'r Plygain fynd drosodd fore Nadolig, ac yr oeddynt mor sicr â hynny hefyd na fyddai eisiau gofalu am na thamaid na llymaid iddynt cyn eu brecwast y bore hwnnw, yna y cysgent yn ddedwydd hyd amser cinio. Bu aml i gwrdd Beirdd yn nhŷ'r drygist, a chan fod yr hen frawd mor frwdfrydig ei ysbryd gwladgarol, ac yn gystal bardd a llenor ag oedd o ddrygist—yr hyn sydd yn dweud cryn dipyn—byddai ei drefniadau ar gyfer Cyfarfod y Beirdd yn rhai tra rhagorol. Meddai ystafell nad oedd ei gwell yn yr holl ardal—ddigon helaeth i gynnwys deugain neu hanner cant o ddynion yn eithaf cysurus. Wedi i'r telynor roddi'r delyn mewn lle hwylus yn y gornel, a'r crythor benderfynu ar y man gorau iddo yntau, gosodid y cadeiriau yn gylchau oddeutu'r tân yn yr hen simdde fawr. Nid oedd yno ddim byd tebyg i'r grât ddiweddar—sydd mor hynod o alluog i gadw'r gwres yn y cilfachau mwyaf diwerth i drueiniaid ymron rhynnu gan anwyd—ond roedd sôn am dân nos Nadolig Ifan Noah ymhell ac yn agos. Boncyff hen goeden dderw yn y canol, a'r mawn sychion wedi eu hadeiladu yn daclus o gwmpas y boncyff.

O bobtu i'r tân ceid pentan mawr, a digon o le ar y ddau bentan i roddi stôl dri throed neu gadair arno. Pen y pentan oedd y fan a hoffid fwyaf gan y beirdd, ac ystyrid y dyrchafiad iddo yn fraint fawr. Un ochr i'r ystafell o flaen y ffenestr safai bwrdd hir wedi ei sgwrio yn wyn a glân gyda thywod, yn ôl arfer yr hen bobl. Ar y bwrdd byddai treinsiwr pren â chosyn cartref cyfan arno*, digon o fara ac ymenyn, a'r hyn oedd yn ddiau yn llawer pwysicach, digon o gwrw cartref hefyd, mewn casgen o dan y bwrdd, a rhyddid i bob un gymryd yr hanner peint piwter—o'r rhai yr oedd cyflawnder ar y bwrdd—a helpu ei hun pan y mynnai o'r gasgen. Heblaw y bwyd a'r ddiod, a ystyrid fel anhepgorion y bwrdd, ceid yno ar nos Nadolig borchell pêr wedi ei stwffio yn flasus, a darn mawr o gig eidion wedi ei rostio, y cyfan yn oer, er mwyn hwylustod i deulu'r tŷ a'r gwahoddedigion.

Ond y tro hwnnw yr wyf yn ysgrifennu amdano yr oedd Ifan Noah mewn penbleth ynghylch y gasgen gwrw, gan ei bod yn rhy fawr i fynd o dan yr hen fwrdd cegin fel arfer. Penderfynodd Sgweiar Plasllwyd ragori mewn haelioni y Gwyliau hynny yn anad yr un Nadolig a fu erioed o'r blaen, er iddo ef arfer cofio am ei gymdogion tlodion yn dda iawn yn nhrymder y gaeaf bob amser er pan ddaeth i feddiant o'i etifeddiaeth. Gwyddai Rhydderch Gwyn yr ystyrid y beirdd yn greaduriaid pur wlybion, ac fe wnaeth hynny a allai i baratoi ar gyfer torri eu syched. Fe allai fod y Marchog hefyd yn fwy agored ei galon am fod ei fab-yng-nghyfraith wedi dyfod i'r Plasllwyd: roedd gweld wyneb ei ferch yn falm i enaid Rhydderch Gwyn, a mynnai wneud yr oll a ellid i ddathlu yr amgylchiad. Gwnaeth ymdrech fawr i godi i'w ystafell, ac yno lled orweddai ar esmwythfainc â'i wraig yn gweini

---

* *Trensiwr.* Plât hir i weini oddi arno (Saes. *Trencher*). Gair arall am gaws yw cosyn (ynr enw unigol gwreiddiol).

arno yn ddiflino, tra yr elai y paratoadau ymlaen ar gyfer dydd Nadolig ymhobman yn y Plasllwyd.

"Rhydderch," ebe Mrs. Gwyn, "bydd pob peth yn iawn, peidiwch chwi â blino dim yn eu cylch."

"Mae'n rhaid i Colonel Gwyn-Munro gael gweld Nadolig Cymreig o'r iawn ryw; Magdalen; os na ŵyr efe sut y byddwn ni'n cadw'r Nadolig, mi fydd pethau yn drysu wedi i mi gau fy llygaid. Yn y Tŷ Gwyn bydd raid i chwi fyw wedi i mi fynd, Magdalen, does mo'r help. Yma y carwn i feddwl eich bod, ond mi fyddwch yn fwy hapus yn y Tŷ Gwyn pan fydd Colonel Gwyn-Munro yn feistr yma."

Ymddangosai y Sgweiar fel pe yn ymhyfrydu yn sŵn enw ei fab-yng-nghyfraith.

"Mae o'n lled debyg o ymddwyn yn iawn tuag at Alys, ac mi fydd yn feistr tir da: mae o'n meddwl y byd o fod yn un o epil Robert the Bruce. Ysgotyn ydi o, ac Ysgotyn fydd o, ond mae o'n ddyn o gydwybod, ac mae o'n siŵr o geisio bod ar delerau da a'r Cymry. Biti na faswn i wedi bachu'r Laird, ynte? Ie, ond dyna oeddwn i am ddweud, ychydig o helynt fydd yn yr ucheldiroedd o gwmpas y Nadolig; y flwyddyn newydd, dydd Calan, yw y dydd mawr pwysig yno: dyna'r pam y dylid hyfforddi Charles yn hen arferion y Cymry y rhaid iddo fyw yn eu mysg o hyn allan. Dyna'r beirdd yn cyfarfod yn nhŷ Ifan Noah, rhaid i'r Colonel fynd yno i weld a chlywed y cwbl. Pe cawn i ond byw tipyn bach, mi roddwn i Charles ar y ffordd i fyw bywyd hen bendefigion Cymru, ond 'rydw i'n mynd yn fuan, fuan."

"Roedd y Doctor yn dweud y'ch bod chi'n well o lawer, Rhydderch, a dyma chwi yn siarad fel hyn; roeddech chi yn methu parablu o gwbwl, yn sicr rydych yn llawer iawn gwell."

"Boed a fo, Magdalen, boed a fo; mae popeth yn eitha' taclus, ond mae'r bachgen Derfel yn pwyso tipyn ar fy

meddwl i. Rŵan, rhaid i ni gael Gwyliau *first-rate* i bawb—
os am y tro olaf i mi—Gwyliau gwerth i Ysgotyn eu gweld.
Ie."

Er fod Rhydderch Gwyn wedi derbyn rhybudd cyntaf
brenin y dychryniadau, eto roedd yn ei wendid yn meddu
dylanwad rhyfedd ar bawb o'i gwmpas. Trefnwyd i
Colonel Gwyn-Munro dalu ymweliad â Llys Gwenllian i
weld y gwneud cyfleth gorau yn y wlad, yn ôl tyb Marchog
y sir, ac yna dyfod i'r Plasllwyd i edrych ar y gweinidogion
yno yn fawr eu bloddest yn myned trwy'r un gorchwyl. Ar
ôl bod yn gweld y cyfleth berwedig yn cael ei drin a'i roi,
ei dynnu a'i foldio nes ei fod or diwedd yn ffit i unrhyw
ŵr bonheddig ei brofi, y peth nesaf oedd talu ymweliad â
Chyfarfod y Beirdd yn Nhŷ Ifan Noah. Ond cyn mynd i'r
fan honno, gofalodd y Sgweiar am roddi gwybodaeth i'r
Laird a'r Colonel ynghylch arferion beirdd Cymru: fel y
byddai gan bob pendefig ei fardd teuluaidd, yr hwn a ganai
fawl i'w noddwr a'r teulu ar bob adeg o bwys yn eu hanes;
ac hefyd ynghylch yr hen ddull o glera, fel y gelwid yr
arferiad o grwydro ar hyd a lled y wlad gan y beirdd.
Gresyn na fuasai Rhydderch Gwyn wedi gallu osgoi
maglau gwragedd prydferth—roedd defnydd dyn lled dda
ynddo, a gwnaethai genedlgarwr rhagorol, oni bai am y
demtasiwn iddo ef, fel i Solomon a llawer dyn mawr arall
ar ei ôl, i garu gwragedd dieithr, a difetha grym ei allu a'i
ddylanwad fel arweinydd pobl oblegid hynny. Wedi
gwrando am hanes y beirdd, a chlywed am y delyn a'r
crwth, cytunodd Laird Munro a'i frawd yr elent i weld eu
cyfarfod, ac oddi yno tua'r Plygain i'r Llan i wrando ar y
canu carolau. Rhybuddiwyd hwy gan Alys am gofio
rhoddi parch dyladwy i holl ddefodau y beirdd, pe ond er
mwyn eu henaint.

"Dynion hen fydd yno i gyd, Alys?"

Chwarddodd hithau, ac atebodd, "Henaint y defodau
roeddwn i'n ei feddwl, Roderic. Mae pob un o'r beirdd yn

barod i gymryd ei lw mai eu defodau hwy ydyw'r pethau mwyaf hynafol yn ein gwlad ni, ie, yn wir, ym Mhrydain i gyd hefyd. Synnwn i ddim na wnewch chwi fwynhau y cyfarfod yn burion. Ac mae yma gantorion da iawn i ganu'r carolau."

"Garech chwi fynd i glywed y carolau, Alys?"

"O, fel y byddai'n dda gennyf eu clywed, Charlie," ebe'r eneth, canys geneth ieuanc oedd hi er ei bod yn wraig, a dychlamai ei chalon bob tro y siaradai ei phriod wrthi. Roedd mor awyddus am ennill ei serch.

"Wel, fe ddeuwn ni yn ôl o gyfarfod y beirdd i'ch ymofyn i fynd i'r Llan. Cofiwch chwithau fod yn barod, a gofalwch am fod yn gynnes."

Yn ôl y trefniant cychwynodd y brodyr gyda'i gilydd i dŷ Ifan Noah erbyn tua hanner nos, a chan nad oedd dim eisiau curo ar y drws, na gofyn cennad neb am fynediad i mewn, aethant ar eu hunion i'r ystafell fawr, a chyda mor ychydig o dynnu sylw atynt ag oedd bosibl eisteddodd y ddau mewn cornel neilltuedig yng nghysgod hen gwpwrdd tridarn yn agos i'r drws, yn ymyl y gasgen gwrw ddaethai yno o'r Plasllwyd heb sylwi arni hi.

Er parch iddo am ei nawdd a'i letygarwch, Ifan Noah fyddai cadeirydd pob cyfarfod gynhelid yn ei dŷ ef, ac i brofi gwirionedd yr hen air, "Meistr pob gwaith yw ymarfer," cadeirydd rhagorol oedd Ifan Noah. Y peth cyntaf bob amser fyddai mynd trwy ryw fath o ddefod heb fod yn annhebyg i agor Gorsedd y Beirdd yn ein dyddiau ni ddiwrnod cyntaf yr Eisteddfod, a hongiai cledd byr y Cymro wastad ar y mur yn ystafell Ifan Noah. Ie, cleddyf byr fu hen gleddyf y Cymro erioed, er i Orsedd y Beirdd ynfydu digon i dderbyn rhyw gawrfil o gledd tramoraidd pan wedi colli arnynt eu hunain rhyw ddydd oblegid i ddyn ddieithr wenu ar eu defod, a chwyldroi yr oll yn ôl ei fympwy ei hun.* Ond druain ohonom, onid oedd y gŵr yn Sais, ac oblegid hynny yn deilwng feistr ar y Cymro, bardd neu beidio?

Wedi agor y cyfarfod gyda rhwysg, a dadweiniad y cledd, ac hefyd bloeddiadau o "Heddwch" o enau pob bardd, er i'w calonnau fod yn llawn gelyniaeth fel heddiw—gymaint yw twyll dynoliaeth ymhob oes—y peth nesaf fyddai cainc ar y delyn, pryd y chwaraeai y telynor medrus gryn hanner dwsin o'r hen alawon. Yna wele rywun yn neidio ar ei draed, ac yn dechrau canu penillion, y canu penillion yn ôl dull yr hen Gymry, y canwr yn cyfeilio i'r telynor, ac yn gywrain tu hwnt i ddim eill y rhan fwyaf ohonom ddychmygu. Canys ag i mi wneud rhyw eithriad neu ddau, nid ydyw canwyr penillion heddiw wedi dechrau meistroli y gelfyddyd, a byddai yn burion iddynt ddeall mai nid canu pennill â'r delyn yn chwarae yr un alaw fel cyfeiliant iddynt hwy oedd yr hen ddull, a thrueni ydyw llurgunio hen arferion. Yng ngeiriau Alltud Eifion gellir dweud, "Buasai Idris Fychan yn neidio at y nen bren fel dyn gwallgof pe yn gorfod gwrando ar ei olynwyr."†

Ond canu ardderchog a glywid bob nos Nadolig yn nhŷ Ifan Noah, a phrin y byddai'r canu drosodd gan un na fyddai y llall ar ei draed. Disgwylid i bob bardd, os gallai wneud rhyw sŵn o gwbl yn ei wddf, roddi un pill bychan‡.

---

* Bu cleddyf yn ran o seremoni'r Eisteddfod Genedlaethol ers un cyntaf Iolo Morgannwg; ond cyflwynwyd y cleddyf seremonïol hir a ddefnyddir hyd heddiw yn 1899; fe'i dyluniwyd gan y paentiwr Almaenig/Seisnig Hubert von Herkomer. Peth newydd fyddai hi wedi bod adeg ysgrifennu *Cysgodau y Blynyddoedd Gynt.*

† *Alltud Eifion* (Robert Isaac Jones, 1815-1905); bardd a fferyllydd; hwyrach y seiliwyd cymeriad Ifan Noah arno, fel arall cyd-ddigwyddiad rhyfedd yw enwau'r ddau fardd-fferyllydd sy'n dilyn yr un patrwm, gydag enw o Genesis yn enw canol arnynt. Idris Fychan (John Jones, 1825-87); telynor a gyfrir ymhlith prif gerddorion Cymreig y ganrif.

‡ *Pill:* pwt o gân neu bennill.

Ar ôl hynny, tro'r crythor fyddai, a gofalai y gŵr hwnnw am roddi miwsig i'r cwmni ollyngai draed rhai ohonynt yn rhyddion, a dawnsient am y gorau nes y gorfyddai iddynt roddi i fyny gan flinder. Wedi i'r cantorion a'r cerddorion beidio â'u twrf a'u sŵn, deuai y beirdd a'r llenorion i'r maes i dynnu torch megis. Eisteddai y beirniaid un ar bob pentan yn ei gadair, a beirniadent yn gyhoeddus yn nghlyw y cwmni, gan ymgynghori â'i gilydd, a'r tân rhyngddynt. Byddai'n ofynnol i'r beirdd nid yn unig allu cyfansoddi eu hawdlau, ond hefyd eu darllen yn ddealladwy yn gyhoeddus. Chwarae teg i'r hen Gymry Fu a'u defodau, mae rhai ohonynt yn wir deilwng o efelychiad, ac yn eu mysg dysgu'r beirdd sut i ddarllen barddoniaeth. Hwyl fawr oedd cystadleuaeth yr awdlau—ymgyrch y cewri ydoedd, ac wedi i'r beirniaid draethu eu barn hwy cadeirid y bardd buddugol ymysg banllefau ei frodyr. Efe oedd eu prifardd ar hyd y flwyddyn, a chawsai'r fraint o eistedd yng nghadair freichiau fawr Ifan Noah o flaen y tân ar nos Nadolig, a phapur pum punt Sgweiar y Plasllwyd yn ei boced i gychwyn adref. Wedi penderfynu tynged y beirdd, dechreuid englynu. Ni chymerid un dyn yn esgusodol, rhaid oedd cyfarch Brenin yr Awen, a dyna lle byddent am ddwy awr neu ragor yn nyddu englynion, am y gorau, ac yn difyrru ei gilydd gyda phob ffurf o'r bron ar huodledd. Ac yn olaf anrhydeddid ef gyda chainc ar y delyn yn folawd iddo, pryd y cenid rhai o'r englynion oeddynt newydd eu cyfansoddi ar yr achlysur. Cyn mynd at y bwrdd i dorri'r cig, gofalai Ifan Noah fod y llenorion yn cael eu hawl hwythau, a darllenai un ei draethawd ef ar ragoriaethau'r iaith Gymraeg; un arall, fe allai, yn traethu am arferion eu hynafiaid, eu campau corfforol a meddyliol, pryd hwyrach y ceid llith wir werthfawr gan ambell un am hanes y genedl yn y gorffennol. Gwyddai'r drygist nad oedd fawr obaith cael nemor o hwyl ar ddim ond sŵn ar ôl y swper, fel a geir yn Senedd Prydain hyd heddiw ar ôl yr awr ginio; ac roedd ef yn llenor rhy dda i fyw ar sŵn yn unig fel ymborth meddyliol ei Eisteddfod fechan. Y gwir yw, yr oedd Eisteddfod fach Ifan Noah, a elwid ganddo ef yn Gyfarfod Beirdd, yn batrwm da o'r hyn ddylai yr Eisteddfod fawr genedlaethol fod—yn unig gallwn hepgor y gasgen gwrw.

Wedi mynd trwy'r gweithrediadau yn lled gryno, byddai y swper yn fawr ei groeso. Ni cheid ond esgyrn y porchell bêr yn aros yn fuan iawn, a chyflymai y cig eidion gyntaf ag oedd yn bosibl i gadw cwmni i'r porchell. Torrid tafell fawr o fara ar gyfer pob un, a llenwid yr hanner peintiau piwter yn ddiymdroi. Ymguddiodd y ddau fonheddwr yn y gornel dywyll yng nghysgod y cwpwrdd tridarn a'r faril gwrw, ond gwelent hwy yr oll, a mwynhaent eu hunain yn rhyfeddol yn y Cyfarfod Beirdd cyntaf y buont ynddo erioed, er na ddeallent yr un gair o'r iaith a siaradai y dynion. Seremoni bwysig oedd torri'r cosyn—ni wnâi neb llai na'r bardd buddugol y tro i wneud hynny, ac nid oedd un offeryn yn gymwys i'r gwaith ond cleddyf gloyw Ifan Noah, fu ychydig amser cyn yr awr swper yn cael ei ddal uwchben y bardd, yn sŵn y floedd o "Heddwch."

Fodd bynnag, rywdro tua'r hanner nos, daeth y bwyta i ben, a thybiai yr Albanwyr fod llawn ddigon o'r faril wedi ei yfed hefyd, ond er eu syndod dyna ddwy ferch i mewn, yn cario padell efydd rhyngddynt, ac yn ei hongian wrth y bachau uwchben y tan. Yna ymlaen at y gasgen, ac yn gollwng chwartiau o'r cwrw melyn i biser godro ddaliai rai galwyni. Wedi cael ei lond yn llawn, aeth y merched â hwnnw wedi hynny rhyngddynt at y tân, a thywalltwyd y cyfan i'r badell efydd. Taflwyd *ginger* a *spices*, a chryn ddeubwys o siwgr i mewn i'r cwrw, tra bu y cymysgedd hwnnw yn codi i ferw rholiwyd i mewn foncyff derwen wedi ei lifo yn wastad y naill ben fel ei gilydd, a gosodwyd ef ar ganol y llawr. Tynnwyd y cwrw berwedig oddi ar y tân, a rhoddwyd y badell efydd i orffwys ar y boncyff derwen; rhoddodd un o'r merched dro da i'r gwlybwr, a daeth y llall â photel o "chwisgi" a thywalltodd ei chynnwys bob diferyn i'r badell. Tro neu ddau wedi hynny i'r ddiod gyda'r ladal bren, yna dywedodd un o'r merched, "Meistr, mae'r dablen yn barod. Nadolig llawen i chwi i gyd."

Ac ategodd y llall:

"Nadolig llawen i'r cwmni oll."

Ac ymaith â'r ddwy gynted ag y gallent o blith y beirdd, gan gau y drws ar eu holau. Gwyddai'r merched mai y cam cyntaf oedd y cam gorau iddynt, gan ei fod yn hen arferiad lladrata cusanau oddi ar y genethod gymysgent y dablen. Nesaodd Ifan Noah at y badell, a thraddododd ryw druth barddol uwchben y ddiod, yna daeth pawb â'i lestr piwter, a chododd y drygist lond y ladal bren i bob un ohonynt, a dwbl hynny i'r bardd buddugol. Y ddyletswydd gyntaf oedd yfed iechyd da i'r gŵr hwnnw, a dymuno iddo flwyddyn newydd na fu ei math erioed o'r blaen i'w ran.

Dechreuodd y telynor a'r cantorion fynd i'r hwyl o ddifri, yna y crythor a'r dawnswyr. Tybiodd y bonheddwyr o'r Plasllwyd eu bod wedi gweld gorau y cyfarfod beirdd erbyn hyn, a dechreuasant ymysgwyd allan o'u cornel, mor ddistaw ag oedd yn bosibl. Ond fel bu'r anffod, baglodd y Laird rywfodd yn y stôl drithroed ddaliai'r faril, a throdd honno â'i thraed i fyny. Neidiodd y beirdd tuag yno, a gwelodd Ifan Noah, yn ei eiriau ef, "pwy oedd wedi anrhydeddu ei gyfarfod â'u presenoldeb."

Mawr fu'r helynt, y croesawu a'r englynu, yr yfed iechyd da i Colonel Gwyn-Munro a'i frawd, y dymuniadau am fywyd hir iddo yn y Plasllwyd, a'r erfyniadau taerion arno am anrhydeddu iaith y Cymry. Gan fod Ifan Noah yn llithrig ddigon yn iaith y Saeson, cyfieithai y cyfan er budd y ddeuddyn ieuainc, ac ymysg banllefau o gymeradwyaeth, addawodd y bonheddwyr dri pheth i'r beirdd, canys nid hapus bardd heb driawd. Yn gyntaf, addawsant gredu mai iaith paradwys oedd yr iaith Gymraeg, ac nad oedd iaith y nadroedd—sef yr iaith Seisnig gyda'i hisian—i'w chymharu â ni. Yn ail, y byddai iddynt ymaelodi fel deiliaid o Orsedd Beirdd Ynys Prydain, ac yn drydydd, fod y Colonel Gwyn-Munro yn ymrwymo i adfer yr hen ddefod o gadw bardd teuluaidd—yn ôl arfer hen bendefigion Cymru—yn y Plasllwyd o hynny allan. Ni fu erioed y fath frwdfrydedd: byrlymid englynion o ddiolchgarwch iddo gan rai, dawnsiai y lleill, tra 'r delyn a'r crwth am y gorau yn tywallt ffrydlif o fiwsig allan.

Cyfarfod Beirdd i gofio amdano oedd hwnnw, a soniai Ifan Noah hyd ei fedd am y daioni a gafwyd trwyddo. Onid y cyfarfod hwnnw roddodd ail enedigaeth i Orsedd Beirdd Ynys Prydain, a bywyd newydd yn yr Eisteddfod? Os ydym i gredu Ifan Noah, ac nid oes gennym un rheswm dros beidio, canys carai ef ei wlad a'i defodau gyda chariad angerddol, y Cyfarfod Beirdd hwnnw yn ei dŷ ef roddodd fod i'r adfywiad Cymreig, pan oedd yr hen iaith a'r teimlad cenedlaethol megis ar drengi rhwng llwfrdra Cymry a thraha gormesol y Saeson. Ymadawodd y ddau fonheddwr ynghanol twrf y dawnsio, melodi'r offerynnau, a llais cân, gan feddwl mynd i ymofyn Alys i'r Plygain. Ond erbyn iddynt gyrraedd y Plasllwyd, deallasant yn fuan fod yno ryw gynnwrf nid bychan. Gweinidogion yn rhedeg yn ôl ac ymlaen, wylofain merched i'w glywed, a llais Dr. Prys yn siarad wrth rywun.

"O, Colonel, o syr," ebe un o'r gweision, "mae'r Sgweiar wedi marw. Wedi marw ers hanner awr; roeddwn i'n mynd i chwilio amdanoch chi."

Ni fu Plygain na chlywed carolau i neb o breswylwyr y Plasllwyd y bore Nadolig hwnnw.

XXXI.
Hagar

Buasai yn anodd i neb o breswylwyr Bro Einion adnabod bwthyn Siani'r witsh pa cawsai un ohonynt gipolwg arno wedi i Susan a Siani fod yn ei drefnu yn gysurus er mwyn y ddynes ddieithr, ond arferwyd y fath ofal fel na fu i neb gymaint â deall fod yno neb yn trigo ynddo heblaw Siani ei hun. Er i Susan gael ei dilyn i'r bwthyn, a gorfod, oblegid hynny, edrych ar ei chymdogion yn ei hosgoi megis pe buasai'n wahanglwyfus, eto ni chafodd yr un ohonynt ragor o wybodaeth nag oedd yn bosibl i'r olwg ar Susan yn rhedeg i Dŷ'n y Coed bob awr o'r dydd roddi iddynt. Daeth y peth i glustiau Morris ei gŵr, a gorfu i'w wraig ddioddef llawer oddi wrtho yntau, ond bu Susan yn ffyddlon i'w llw drwy'r cwbl. Drwy drugaredd, yr oedd yr amser y gellid llosgi dynes a gyfrifid yn witsh wedi mynd heibio, neu yn ddi-os ni fuasai Siani druan yn ddiogel yn ei bwthyn. Mor barod ydym i gamfarnu ein cyd-ddynion, os heb ddeall yr oll o'u hamgylchiadau. Tra y cerddai Sara Tŷ'r Capel o'r naill dŷ i'r llall i ddweud y cwbl a wyddai hi am yr ymdrafodaeth rhwng Susan a Siani Tŷ'n y Coed, ac y triniai y cymdogion eu hachos yn eu ffordd enllibus eu hunain, roedd y ddwy ddynes a erlidid yn gwneuthur gwaith y Samariad trugarog yn hen fwthyn Siani, un bob yn ail yn gweini ar y greadures unig, ac heb feddu cyfaill ar y ddaear, am a wyddent hwy, i wneud un gymwynas iddi.

Gwir fod gan y wraig arian at ei chynnal, ond mae ambell fath o garedigrwydd na fedd hyd yn oed golud y gallu i'w brynu, er mor bell yr estyn hwnnw fraich o gymorth ymhob trallod. Dechreuodd y ddynes wella ychydig, deuai o'i gwely at y tân tua chanol dydd, ond ni fyddai yn croesi rhiniog y drws rhag i undyn ddigwydd ei gweld. Ymddangosai yn gynhyrfus iawn pan glywent gerbyd yn pasio ar hyd y ffordd fawr, rhedai o'r golwg hyd yn oed pan ddeuai Susan i guro ar y drws, ac ni ddeuai i'w lle at y tân yn ôl nes y clywai Siani yn rhoddi'r barrau pren yn ddiogel ar draws y ddôr. Holai lawer ar Susan ynghylch y Plasllwyd, ac iechyd y Sgweiar, a thra fyddai Siani yn cyrchu i'r ffynnon i ymofyn dwfr, siaradai y ddynes ddieithr yn fwy rhydd gyda gwraig y garddwr am ei sefyllfa, a rhybuddiai hi yn feunyddiol fod ei hamser yn dirwyn i'r pen, a pha fodd i ymddwyn pan ddeuai'r diwedd. Nid oedd diben ceisio ganddi obeithio yn wahanol—mynnai fod ei seren hi yn datguddio'r cwbl iddi; ni wyddai Susan druan am gyfrinach y sêr, na'u cysylltiad â dyfodol neb; tybiai hi mai pen-wendid y ddieithr a barai iddi ddweud pethau o'r fath, ofnai Susan mai rhyw fath o ffurf ar ei hanhwyldeb ydoedd. Er hynny, ceisiai wneud yr oll o'r cyfarwyddiadau yn union fel y rhoddid hwy iddi, a hwyliai bopeth ar gyfer yr ymwelydd olaf y mynnai y ddynes iddi gredu oedd yn dynesu megis at y drws. Y diwrnod o flaen y Nadolig meddiennid y wraig gan ryw ysbryd diorffwys na ddeallai Siani ddim amdano, ac na allai ei holl swynion tybiedig leddfu dim arno. Cafodd Susan groeso mawr gan yr hen wreigan, yr oedd yn amser iddi hi "gario'r dŵr, ne mi fydd yn rhy dywyll," ebe; ac ymaith â Siani â phiser un ymhob llaw tua'r ffynnon, a gwnaeth Susan a'r ddynes ddieithr y gorau o'r amser yn ei habsenoldeb fel arfer, yn unig nid ymddangosent yn gallu cydweld â'i gilydd lawn cystal.

"Mae'n amhosibl i chi na neb arall gael gweld y Sgweiar," ebe Susan; "er ei fod yn well nag y bu, mae yn cadw yn hollol yn ei ystafelloedd neilltuol ei hun, a Mrs. Gwyn yn gweini arno bob munud."

"Fe allai y gallwn i gael un gair hefo fo, er hynny. Na, does wnelo i ddim â hi, y hi ydi'r achos o'm holl boen i,

Susan; na, well i Magdalen gadw ymhell o fy ffordd i, does wybod beth fyddai'n bod pe cawn i hyd iddi hi cyn i'r seren roi'r tro crwn. Ond o, mae arna'i eisie unwaith eto gael golwg ar Mr. Gwyn—buom ni yn ffrindiau, o do; a mi ddeuda i ragor, Susan: mi fydd y Sgweiar a minnau yn gadael y byd yma yn union yr un amser. Mae'r seren yn ddigon plaen, ond nid pawb sydd yn 'i deall hi. Rhaid i Rhydderch Gwyn a minna fynd hefo'n gilydd, ac mae'r amser yn ymyl. Rhaid i mi gael 'i weld o, a rhaid i mi gael help, Susan."

"Ond mae'r tywydd yn oer, a fyddwch chi ddim yn arfer mynd allan."

Chwarddodd y ddynes, ac ebe:

"Hynny wyddoch chwi, Susan; mae'n wir na fydda'i byth yn mynd allan nes bydd hi'n nos dywyll, dywyll, a phawb yn cysgu, ond un o blant y gwynt a'r glaw, y coed a'r creigiau ydwyf i. Hwyrach gallaswn i fyw yn hir eto, ond rhaid i mi fynd yn gwmni i'r Sgweiar. Mi fuo ni yn dipyn o gwmni cyn hyn—ef a minnau."

Edrychodd Susan yn syn arni, ac atebodd yn ddistaw:

"Rydach chi mor glws. Roedd y Sgweiar yn ffond iawn o ferched clws ers talwm, medda nhw, ond wn i ddim llawer amdano fo fy hun."

"Susan, os byddwn ni'n dau yn cychwyn heno, cofiwch chi byddai'n disgwyl fod pob dim yn siŵr o fod yn iawn."

Dychrynwyd Susan gan ei gwedd, a cheisiodd ganddi ymfodloni i alw ar Doctor Prys i'w gweld os oedd mewn perygl.

"Doctor Prys? Na, ŵyr o ddim am y'n teulu ni, na wyr ddim. Does arna'i eisio neb. Ond wedi i mi gychwyn hefo Rhydderch Gwyn, cofiwch chi, Susan, fynd â'r pecyn sydd o dan ben fy ngwely i i Lewis Pennant y Llys. Mae o'n ddyn da, ac mi fydd yn siŵr o ofalu am wneud pob peth yn iawn. Un felly ydi o, ac mae Margaret Pennant yn llawn cystal â fynta, mi fu yn garedig iawn i mi cyn i mi ddigio fy nheulu, a gadael pawb er mwyn y Sgweiar."

"Gaf fi ofyn i Margaret Pennant ddyfod yma?" gofynnai Susan. Neidiodd y ddynes ar ei thraed, a dywedodd:

"Na, chaiff neb fy ngweld i, neb ond Rhydderch Gwyn; rhaid i mi fynd i'w gyfarfod o cyn hir. Un tro eto, Susan, y tro olaf, ynte?"

Yn ddiau, tybiodd Susan fod y wraig o'i phwyll, ac er mawr esmwythâd i'w meddwl, clywodd sŵn troed Siani yn dynesu at y drws gyda'i phiserau dwfr.

"Cofiwch," sibrydai y ddieithr, "cofiwch mae heno yn ymyl. Fyddwn ni ddim yn anghofio.

> 'Hir, hir fu'r disgwyl,
> Ond mae'r dial yn dod.'

Ydi, mae'r dial yn ymyl, well i neb beidio rhoi achos dial. Mae'r seren yn ddigon siŵr, os ydi hi'n dywyll i lawr, mae'r cwbl yn olau yn y sêr. Cofiwch."

Ni fu Susan yn Nhŷ'n y Coed yn hir y noson honno: druan ohoni, yr oedd yn groes drom i Susan golli ymddiriedaeth ei gŵr ynddi, a gweld ei chymdogion yn ei drwgdybio. Nid hawdd ei beio os oedd yn teimlo yn ddigon parod i'r sêr neu rhyw allu arall ei gwaredu hithau hefyd trwy roddi gollyngdod i wrthrych ei gofal parhaus. Eto, wrth ymadael, sibrydodd yng nghlust y wraig am iddi geisio bod yn dawel yn y tŷ, y byddai rhywrai o hyd yn cerdded o gwmpas y wlad nos Nadolig, naill ai i wneud cyfleth, neu yn ôl ac ymlaen tua'r Llan, am fod yno blygain. Gwenodd y ddynes, ac ysgydwodd ei phen, a sibrydodd hithau hefyd, "Cofiwch."

Aeth Susan tuag adref, lle y derbyniwyd hi gan ei gŵr gyda geiriau chwerwon iawn, ac y cyhuddodd hi o fod wedi ymwerthu i'r diafol; yna, wedi i'w huodledd dynnu tua'r terfyn, ymaith ag ef i gegin fawr y plas i geisio anghofio ffaeleddau ei wraig ymysg ei gydweinidogion yn y miri cysylltiedig â'r paratoadau at drannoeth. Eisteddodd Susan ei hunan o flaen y tân am awr neu ragor, heb fawr o galon ganddi i afael mewn dim gwaith, na chwaith i wau pwyth ar hosan. Ond agorodd rhywun y drws, a throdd Susan i edrych pwy oedd yno, ac er ei syndod safai y wraig ddieithr o Dŷ'n y Coed yn ei hymyl ar ganol y llawr. Tynnodd becyn bychan o dan ei mantell laes, a dododd ef ar y bwrdd crwn ger penelin Susan, ac ebe:

"Dyma bopeth yn hwn; cofiwch eich addewid i mi. Mae'r amser wedi nesu, mae'r Sgweiar yn disgwyl. Y fi fuo'n disgwyl, ond Rhydderch Gwyn sy'n disgwyl heno."

Ac i ffwrdd â hi allan, ac i fyny'r rhodfa lydan at y Plasllwyd heb ymdroi, yn syth at y ffenestr a agorai i'r lawnt o lyfrgell Rhydderch Gwyn. Ymddangosai fel un yn deall ei ffordd yn dda, canys gwyddai sut i agor y ffenestr, ac aeth i mewn drwyddi heb ragor o seremoni.

Gwelodd nad oedd neb yn yr ystafell, ac aeth trwy'r drws yn ddistaw, gan dremio o gylch y neuadd. Ond nid oedd neb i'w weld yn unman. Clustfeiniodd eilwaith wedi cyrraedd pen y grisiau, yna anelodd at ddrws ystafell y Sgweiar. Safodd yn y fan honno am ennyd yn edrych o'i ddeutu ac yn gwrando. Ni chafodd ond prin neidio i gornel dywyll cyn i Mrs. Gwyn agor y drws, a mynd heibio iddi ac i lawr y grisiau, â chwpan wag yn ei llaw. Fe allai mai cyrchu rhyw fath o'r amryw fân ddysgleidiau y byddai bob awr o'r dydd yn estyn i'r Sgweiar â'i dwylo ei hun oedd ei hamcan, ac am mai nos Nadolig oedd, ei bod yn mynd i lawr i daflu golwg ar bethau yn lle canu'r gloch. Fodd bynnag, rhoddodd ei hymadawiad gyfleustra i'r ddynes felynddu i fynd i mewn i ystafell Rhydderch Gwyn. Gorweddai y Sgweiar ar ei esmwythfainc; aeth hithau tuag ato. Yr oedd ei lygaid ynghau, ond agorodd hwynt wedi iddi roddi ei llaw ar ei dalcen. Hanner gododd bron ar ei eistedd, ei wedd yn welw ac yn ddychrynedig. Ceisiodd siarad, ond ni ddeuai gair o'i enau. Ebe hithau wrtho:

> "'Hir, hir fu'r disgwyl,
> Ond mae'r dial yn dod.'

Mae hi'n amser i ni gychwyn am un tro eto, Rhydderch Gwyn. Ydych chi'n barod?"

Anodd fuasai i neb benderfynu pa wyneb oedd y mwyaf gwelw. Estynnodd y Sgweiar ei freichiau, a chydag ymdrech fawr dolefodd un gair, "Hagar!" a'r foment nesaf syrthiodd yn ôl ar ei orwedd. Pan ddaeth Mrs. Gwyn yn ei hôl i'r ystafell, canfyddai ddynes â'i breichiau am y Sgweiar, a'i phen ar ei fynwes. Canodd y gloch unwaith ac eilwaith, a phenliniodd yn ymyl y ddau, gan waeddi ar y ddynes am symud. Ond nid oedd yno ond clust fyddar i'w holl erfyniadau. Rhedodd rhai o'r gweinidogion i'r ystafell mewn braw, ond roedd Rhydderch Gwyn wedi mynd ymaith am byth mwy yng nghwmni "Hagar," canys yr oedd hi mor farw ag yntau pan lwyddodd y gweision i gael eu meistr yn rhydd o'i breichiau. Pwy bynnag oedd Hagar, bu ei hymweliad olaf ag ef yn angau i'r Sgweiar Gwyn.

XXXII.
Dydd Nadolig

Diwrnod rhyfedd fu'r dydd Nadolig hwnnw yn Nhre Einion. Ymddangosai'r ardal megis wedi ei syfrdanu gan y fath newydd o'r Plasllwyd, ac nid oedd yn bosib cadw yr hanes yn ddirgel, er mor dda fuasai gan bawb o deulu'r Plas allu gwneud hynny. Ond aeth y si fel tân gwyllt trwy yr holl gymdogaeth fod y Sgweiar wedi marw ym mreichiau rhyw ddynes ddieithr, ac fod y ddynes mor farw ag yntau pan gafwyd hwynt gan Mrs. Gwyn a'r gweinidogion. Ac yng nghanol y miri, daeth Susan, gwraig Morris y garddwr, yno, ymron colli ei gwynt i chwilio am ei gŵr, ac fel creadur hanner gwallgof yn gwasgu ei dwylo ynghyd mewn ing. Yn yr helynt daeth Laird Munro a'r Colonel Gwyn-Munro adref o gyfarfod y beirdd, a da oedd cael rhywun i ymafael yn yr amgylchiadau, a cheisio eu cael i ryw fath o drefn. Pe buasai yn sobr, gallasai yr hen feddyg fod o ryw gymorth, ond deallodd y bonheddwyr mai'r peth doethaf oedd i un o'r gweision ofalu amdano, a'i hwylio tuag adref gynted ag y gellid, gan obeithio cael gwell hwyl yn y bore, canys yn ddiau byddai yn ofynnol cael rhyw fath o reswm dros farwolaeth y ddynes ddieithr na wyddai un dyn ddim amdani. Y noson honno, neu yn hytrach yn oriau man y bore, rhoddwyd corff y ddynes mewn ystafell fechan o'r neilltu heb fod nepell oddi wrth yr un fawr y gorweddai y Marchog ynddi. Adferwyd tawelwch yn y Plas ymhell cyn i'r plygeinwyr ddyfod allan o'r eglwys, ac ni thorrid ar y distawrwydd gan un o'r preswylwyr, oddigerth clywid sŵn wylofain ac ocheneidio yn ystafelloedd y boneddigesau yn awr ac yn y man. Ond ceisiai y Colonel a'i frawd wneud a allent hwy i'w diddanu yn awr y brofedigaeth. Nid oedd gan Alys Gwyn-Munro un achos i gwyno oblegid ei phriod y bore hwnnw, canys bu yn dyner iawn ohoni, heb gofio dim ynghylch y dull y bradychwyd ef gan ei thad. Hyd nes i'r dydd wawrio, ac i'r tywyllwch roddi lle i'r goleuni, bu Colonel Gwyn-Munro a'i frawd yn eistedd yn gwmni i'r merched galarus, wedi hynny galwyd ar y morwynion i weini arnynt, ac aeth y bonheddwyr i geisio bwyta brecwast, ac i ymddiddan a'i gilydd ynghylch y sefyllfa. Bu'n dda i Colonel Gwyn-Munro fod ei frawd hynaf yn y Plasllwyd gydag ef ar yr awr derfysglyd honno yn ei hanes: yr oedd doethineb y Laird, a'i benderfyniad o wneud y gorau o'r cyfan, yn gymorth i leddfu ysbryd mwy cynhyrfus y milwr.

Tra yr oeddynt hwy yn brecwesta yn y Plas, trefnai Susan ei thŷ bychan yn y *Lodge*, gan arfer cwbl ddiwydrwydd i'w wneud yn lanach, pe hynny yn bosibl, nag y gwelwyd ef erioed o'r blaen. Yna rhoddodd y brecwast ar y ford gron o flaen y tan erbyn y deuai Morris i mewn wedi ei ymweliad boreol â'r tai gwydr o gylch y Plas. Fe allai fod profiad wedi dysgu i Susan y ffordd orau i gael Morus mewn tymer dda, Ymhen tipyn daeth y garddwr i'r tŷ, ac wedi eistedd wrth y ford, a dechrau bwyta, ebe wrth ei wraig,

"Rhyw Nadolig digon syml sy'n y Plas y bora yma. Mae'n gimin o lond dwylo fedar y byddigions yna ddŵad i ben â fo. Mae'r ledis yn ddrwg ofnadwy, medda'r bwtler. Debyg mai gŵr Miss Alys fydd y Sgweiar newydd. 'Sgwn i sut y bydd petha o'n cwmpas ni? Mae golwg eitha ar y gŵr bynheddig ifanc."

"Morris," ebe Susan, "ddoi di hefo mi i'r Llys toc? Mae'n rhaid i mi fynd at Lewis Pennant."

"Beth sy' arnat ti eisio yn fan honno, Susan? Rwyt ti'n llawn o ryw 'strywia byth er y noson honno y syrthiodd y Sgweiar. Rwyt ti wedi 'ngwneud i fel na fedra i ddim codi ’mhen ymysg ’y nghymdogion yn y fan yma yn y dre na’r wlad.”

“Raid i ti byth wyro dy ben o f’achos i eto, Morris; doedd mo’r help, mae hi wedi bod yn waeth arna i nag ar neb arall. Ond diolch i’r nefoedd, mae’r cwbl drosodd erbyn hyn, a finna yn rhydd.”

“Am beth rwyt ti’n siarad, Susan? Fydd yr hen was ddim yn gollwng neb yn rhydd ar chwara bach, ac os na ddaru ti werthu dy hun iddo fo wrth hel hefo’i betha fo, yr hen Siani’r witsh a thitha, wel, ’dwn i ddim beth arall oedd yn mynd ymlaen yno; na wn i.”

“O, Morris, Morris, paid â deud dim fydd raid i ti fod yn ’difar amdano. Dydd Nadolig ydi hi, a mi ddylai pawb fadda y naill i’r llall heiddw. Doedd mo’r help ‘mod i’n gorfod dy frifo di, roeddwn i’n diodda llawer mwy fy hun, mi wn. Ond pan awn ni i’r Llys mi gei glywed y cwbl i gyd, y cwbl fel y bu, bob gair. Mae’n well i mi ddweud yr hanes i gyd yng nghlyw Lewis Pennant. Mae o’n ddyn da, a neith o ddim cam â neb.”

“Fedrai ddim gadael y tai gwydr am ddwy awr. Os oes rhaid i ti fynd i’r Llys, mi ddo i yno ar dy ôl di gynta medra i. Y Tad a’i gŵyr, rwyt ti yn cyrchu yn ôl ac ymlaen yn ôl rhyw chwilan sy’n dy ben di.”

“Oes arnat ti gywilydd cerdded hefo mi i’r Llys, Morus? Ydi straeon pobol wedi ’ngneud i’n rhy ysgymun o beth i ti gerdded y ffordd fawr hefo mi?”

“Wel, Susan, rhyw dipyn o gnoc ydi clywed pawb yn deud fod gwraig dyn wedi ymwerthu i’r cythraul. Dydw i ddim yn deud fod arna’i gywilydd, ond mi dynnwn lai o sylw pe tae ni’n dau yn mynd i’r Llys ar wahân. Dyna ydi ’marn i.”

“Fydd raid i ti byth glywed yn rhagor ddim byd tebyg yn ’y nghylch i, Morris. Ddoi di hefo mi’r bora yma? Ac wedi peth ychwaneg o ymddadlau, ac i Susan atgoffa eilwaith ei bod yn ddydd Nadolig, yn ddiwrnod i bawb faddau i'w gilydd, addawodd Morus fynd gyda hi ymhen dwy awr. Ac felly y bu. Cyrhaeddodd y ddau Llys Gwenllian ynghanol y prysurdeb o hwylio cinio'r Nadolig, a'r morwynion heb fawr amser wrth gefn i gymryd sylw ohonynt, ond arweiniwyd hwy i ystafell y teulu—y gegin orau, fel eu gelwid hi yn hen ffermdai Cymru ddyddiau fu.

Yno eisteddai Lewis Pennant a'i wraig, un o bobtu i'r tân yn ymddiddan ynghylch y newydd pruddaidd o'r Plasllwyd, a Gwenllian a'i brodyr yn ymyl y ffenestr, y tri newydd fod yn danfon tafelli o bwdin i amryw o dai tlawd yr ardal, ac i Dŷ'n y Coed ymysg y lliaws, lle roedd Siani druan dros ei phen mewn helbul, y ddynes ddieithr wedi mynd i rywle y noson cynt, ac heb byth ddychwelyd; a Susan heb fod yn agos yno i'r ddwy gael trefnu gyda'i gilydd yn wyneb y dirgelwch. Diolchodd Siani i Gwenllian am gofio amdani, ond wrth gwrs, ni allai yngan gair wrth neb ynghylch y ddynes na fynnai i un dyn wybod am ei bodolaeth. Gwaith y plant ar ôl dyfod yn ôl o'u negesau fyddai cymharu'r bendithion fu'r hen bob syml yn dymuno iddynt, a chaent gryn lawer o ddifyrrwch gyda'r gwaith; felly, er bod eu tad a'u mam yn edrych yn ddigon sobr a difrifol, chwarddai y plant yn galonnog, a mwynhaent eu hunain fel y gall yr ieuainc wneud ar bob adeg, o'r bron. Heblaw hynny, disgwylient am weld y gwyddau tewion ar y bwrdd, a'r pwdin fu'n berwi ers oriau lawer iawn, a thraethai Gwenllian ar rinweddau y naill a'r llall wrth y bechgyn.

Ond ynghanol y dweud storïau a'r disgwyliadau am y wledd, wele Morris, garddwr Plasllwyd, a Susan ei wraig yn dyfod i mewn â'u gwedd yn dangos yn bur blaen fod rhywbeth ymhell o fod yn iawn. Distawodd y plant yn eu cornel a chododd Margaret Pennant i estyn cadeiriau i'r ymwelwyr gan gyfarch gwell iddynt eu dau. Ond ni fynnent eistedd. Safai Morris yn syn fel dyn eithaf anfodd yr olwg arno, fel yn wir yr oedd, gan na feddai yr un ddirnadaeth paham y bu i Susan ei lusgo ef i'r Llys. Tynnodd hi becyn o dan ei siôl, a rhoddodd ef ar y ford gron—nid oedd tŷ mawr na bach heb ford gron ynddynt yng Nghymru Fu—a gosododd ei llaw arno, yna edrychodd ym myw llygaid Lewis Pennant, a dechreuodd siarad:

"Mae'n anodd i mi ddeud wrthoch chi, Lewis Pennant, faint o bwys gofid sydd wedi bod ar fy 'sgwydda i ers tipyn bellach. Ond fedrwn i neud dim ond treio'i ddal o, dyn a'm helpo, gore byd y gallwn i. Diolch i'r nefoedd, raid i mi gario dim rhagor ar y baich. Fel hyn y bu petha, Lewis Pennant, a rydw i wedi gneud i Morris ddŵad yma hefo mi iddo fo gael clywed y cwbl yn y'ch gŵydd chi. Y noson honno y cafodd y Sgweiar 'i gymyd yn sâl ar y ffordd o'r *Lodge* i'r Plas, mi welodd Morris a finna betha pur ryfedd: drychiolaeth yr hen ledi oedd pob un ohonon ni'n dau yn feddwl oedd yn rhodio yn y coed. A dyna beth ddaru ddychryn y Sgweiar nes yr aeth o fel marw, mi wn hynny rŵan. Yr oedd arna'i ofn y noson honno, Lewis Pennant, nes bûm i bron colli hynny o synnwyr ges i, ond fe wrthododd Morris aros hefo mi, er i mi grefu arno fo. Wedi i mi fod am dipyn yn y tŷ fy hun, wn i ddim faint, dyma'r drws yn agor, a dynes neu ddrychiolaeth yn sefyll yn fy ymyl i, wyddwn i ddim p'run; a'r peth cyntaf fu orfod i mi neud oedd mynd ar fy llw na ddeudwn i byth wrth undyn tra byddai hi byw ddim amdani hi. Mi eis i ar fy llw, Lewis Pennant, ac rydw i wedi aberthu pob peth oedd yn werthfawr ac yn annwyl i mi i gadw'r llw hwnnw.

"Wedi ymg'leddu tipyn arni hi, druan, a rhoi ychydig o fwyd iddi hi, roedd yn rhaid meddwl am do wrth 'i phen hi yn rhywle. Doedd dim diben ceisio'i chuddio hi yn y *Lodge*—does yno ddim lle i guddio neb—ac yn fy mhenbleth mi 'ddyliais i am Dŷ'n y Coed. Mi wyddwn fod Siani yn cael eitha llonydd i fyw 'i hun heb neb yn 'i phoeni hi. Ac yno yr euthum i â'r wraig; roedd hi'n meddu arian—

ddigon beth bynnag ar gyfer 'i heisio hi—a fûm i ddim yn hir yn perswadio Siani i gymryd trugaredd arni hi. Mae Morris a phawb wedi bod yn fy nghyhuddo i fod yn ymwerthu i'r Gŵr Drwg, ac yn dysgu mynd yn witsh a phopeth. Ond dydi Siani na witsh na dim arall, a fuo hi na finna yn gneud dim ond gofalu am y ddynes druan hyd neithiwr. Mi agorodd y greadures ddrws y tŷ acw neithiwr, a mi ddeudodd bod hi'n mynd i nôl y Sgweiar i roi tro hefo hi, 'am y tro olaf,' a mi aeth i'r Plas er fy ngwaetha i, ond mi adawodd y pecyn bach yma i mi roi i chi, Lewis Pennant, am y'ch bod chi'n ddyn da, medda hi. Does dim eisio i mi ddeud dim rhagor, mi awn ni adra rŵan, Morris. Ond rhaid i rywun fynd i Dŷ'n y Coed; mae Siani yn siŵr o fod yn anesmwyth yn 'i chylch hi, a mi fuo'n ffeind iawn wrthi hi."

"O, Susan, Susan," gwaeddai Morris, "fedri di byth fadda i mi am yr holl fryntwch, na fedri?"

Cymerodd Lewis Pennant y pecyn o law Susan, ac agorodd ef. Wedi edrych ar rai o'r pethau a gynhwysai, caeodd ef yn ôl yn ofalus, a throdd at Susan.

"Wyddost ti pwy oedd y ddynes, Susan?"

"Gwn, Lewis Pennant."

"Wel, raid i mi ddim gofyn am i ti gadw'r gyfrinach: rwyt ti wedi dangos y medri di wneud hynny. Ond rhaid i mi adael i bethau hyd yfory, ac yn y cyfamser gael gweld Colonel Gwyn-Munro. Mae hyn yn wir ddifrifol."

XXXIII.
Cyfnewidiadau

Yn unol â'i air, aeth Lewis Pennant i ymweld â'r Colonel Gwyn-Munro ar unwaith wedi i'r dydd Nadolig fynd drosodd. Bu ef a Margaret Pennant yn ymgynghori cryn dipyn wedi i Morris a Susan fynd tuag adref, a synnodd y wraig dda yn aruthr pan ddeallodd beth oedd cynhwysiad pecyn Hagar; eto, cytunai mai doeth fyddai dweud y cyfan wrth y Sgweiar newydd, fel na allai un dyn yn y dyfodol beri braw iddo trwy ddweud storïau na wyddai ef ddim amdanynt. Canlyniad yr ymdrafodaeth fu i'r wraig ddieithr gael ei chladdu yn barchus mewn congl o hen fynwent y Llan ar draul Colonel Gwyn-Munro, ddiwrnod o flaen cynhebrwng ei dad-yng-nghyfraith. Hebryngwyd Rhydderch Gwyn i dŷ ei hir gartref gan dyrfa fawr—onid oedd yn Farchog y Sir?—ac wedi ei farw, cofiai ei gymdogion am lu o rinweddau a feddai, a thueddai y mwyafrif i daflu yr oll o'r bai am ymddygiadau anheilwng y Sgweiar Gwyn ar ysgwyddau ei ail wraig.

Amdani hi, druan, yr oedd ei thrallod yn fawr iawn, a'i hiraeth am ei phriod yn ei llethu. Er i Alys fod yn eilun ei thad, eto yr oedd hi yn alluog i dynnu cysur o garedigrwydd ei gŵr ieuanc iddi, a'i ofal amdani; ac ymhen ychydig o wythnosau daeth y Plasllwyd drwy lawer iawn o gyfnewidiadau. Arhosodd Laird Munro yno hyd nes y deallodd y gallai gyda phob diogelwch adael cysur ei frawd a'i wraig yn eu dwylo eu hunain o hynny allan. Symudodd Mrs. Gwyn i'r cartref prydferth—y Tŷ Gwyn, ac aeth Martha yn ôl gyda hi i'w hen gynefin, a morwyn arall hefyd, canys ni fynnai y Colonel ymddangos fel pe bai'n ymddwyn yn anheilwng tuag ati, er ei fod yn casáu yr olwg arni. Roedd hi yn fam i Alys, aeres y Plasllwyd, ac oherwydd hynny rhaid oedd ei pharchu. Daeth cynrychiolaeth o Ryddfrydwyr y sir, neu'r Whigiaid fel eu gelwid, i gynnig y fraint o ymladd drostynt i'r Sgweiar newydd, ond nid oedd ef amdani, a gwrthododd yn foesgar.

. "Na, diolch i chwi, dyn ieuanc wyf fi; y peth cyntaf a gorau i mi wneud ydyw ceisio trin yr etifeddiaeth yma yn deilwng, cyn barnu fy hun yn atebol i drin materion cenedlaethol neu ymherodrol. Gwell i chwi gael dyn o'ch mysg eich hunain, yn deall eich anghenion yn well nag y gall dieithryn fel myfi. Gobeithiaf i cyn hir y byddwn yn gyfeillion, canys byddaf yn treulio fy oes yn eich plith yn ôl pob tebyg; ond er i mi wneud yr oll a allaf fi i fyw fel Cymro yn eich mysg, a bwriadaf wneud fy ngorau eto, Ysgotyn wyf fi. Ac heblaw hynny, nid wyf yn awyddus am fod yn Aelod Seneddol o gwbl. Gwell gennyf fod yn dirfeddiannydd da nag yn wladweinydd gwael."

Diolchodd y ddirprwyaeth i'r bonheddwr ieuanc, ac ymadawsant a'i gilydd ar delerau da iawn.

"Fuasech chwi ddim yn hoffi, Charlie, cael bod yn Farchog y Sir?" gofynnai Alys iddo ymhen ryw awr wedi hynny.

"Nid oes eisiau sôn am yr hyn fuaswn i'n ddewis, Alys, o dan amgylchiadau gwahanol. Ond fel y mae ein hanes ni, y peth gorau i ni ydyw byw yn dawel yn ein cartref, a cheisio gwneud ein dyletswydd gystal ag y gallwn."

"Gymaint wyf wedi eich poeni, Charlie, er heb yn wybod i mi fy hun."

"Gadewch y gorffennol yn llonydd, Alys. Nid oeddech chwi na minnau yn gyfrifol amdano, ond mae'r dyfodol yn eiddo i ni, ac ond i ni geisio, gallwn fod yn ddefnyddiol yn y cylch distaw y bydd raid i ni fyw ein bywyd ynddo. Mae digon o waith i ni yn rhandir ein hetifeddiaeth."

A gwenodd arni, gan ychwanegu:

"Nid oes eisiau i chwi ymofidio: mae bywyd tawel defnyddiol yn werth ei fyw i ni i gyd."

Hwnnw oedd y tro olaf i'r ddau fyth siarad am bosibiliadau bywyd y tu allan i gylch eu hetifeddiaeth eu hunain. Codwyd maen o fynor gwerthfawr ar feddrod Rhydderch Gwyn, cyn-Farchog y Sir, a'r olaf o'r gwŷr mawr hynny i drigo yn y Plasllwyd. Ar y garreg fechan uwchben y lle gorweddai Hagar, cerfiwyd dwy lythyren— H.W.— a dim ychwaneg yn ei chylch.

Wedi cael pethau i'r drefn y dymunai Colonel Gwyn-Munro iddynt barhau ynddi, aeth y bonheddwr un bore i ymweld ag Ifan Noah Ifans y drygist, a synnodd yr hen lenor trwy ofyn iddo pa un o'r beirdd a welodd ef yn y Cyfarfod Beirdd nos Nadolig fuasai Ifan Noah yn ei gymeradwyo fel bardd teuluol y Plasllwyd? Yr oedd Colonel Gwyn-Munro am ail-sefydlu yr hen fardd teuluaidd Cymreig, ac hefyd am gadw un o'r hen chwaraewyr ar y *bag-pipes—piper—*yn ei gartref newydd. Ymgomiodd yn hir gydag Ifan Noah, a thra bu fyw, syniad uchaf y drygist am fonheddwr oedd y Colonel Gwyn-Munro. Canlyniad yr ymdrafodaeth fu i fardd Cymreig gael tŷ ar y stad yn rhodd, a rhyw gymaint at ei gadw yn weddus. Nid oedd y tŷ ond ergyd carreg oddi wrth y Plas yn y parc, a than yr un to y trefnwyd cartref y *pipers*. Nid oedd eu dyletswyddau yn drymion. Tra'r tywydd yn sych, cerddai yr Ysgotyn yn ei ddillad cenedlaethol ar lawnt y Plas o flaen ffenestri yr ystafell ginio yn chwarae ei offeryn mewn hwyl ryfeddol, tra byddai ei feistr yn ciniawa; os byddai'r tywydd yn wlyb, y neuadd fyddai ei le. Chwaraeai lawer ar adegau eraill hefyd, ond yr awr ginio oedd yr amser neilltuol pryd y mwynhâi'r Colonel fiwsig ei wlad ei hun. Am Alys, buasai hi yn mwynhau rhywbeth tebyg o foddio ei phriod, gan mor fawr oedd ei hawydd am wneuthur yr oll a allasai hi fel at-daliad iddo am a ddioddefodd o'i phlegid hi trwy gynlluniau ei thad, ac ymhen tipyn daeth i hoffi sŵn y *bag-piper* hefyd.

Meddai'r bardd fwy o ddyletswyddau na'r *piper*. Byddai yn rhoddi gwers bob dydd i'r Colonel yn yr iaith Gymraeg, er mwyn i'r meistr fedru siarad gyda'r rhai ymddibynant arno yn eu hiaith eu hunain, heb eisiau dehonglwr rhyngddynt. Dyna pham y bu raid i Ifan Noah ofalu cael dyn cymwys i fod yn fardd teuluaidd i'r Plasllwyd. Heblaw hynny, yr oedd y feistres ieuanc mor awyddus i ddysgu a'i phriod, a chan ei bod hi yn deall yr iaith yn lled weddol i ddechrau, cymerodd yn ei phen y buasai yn dysgu y mesurau cerdd dafod, ac yn enwedig y cynganeddion. Treuliai ddwy awr dda gyda hynny bob dydd—ni fu gwell disgybl erioed na Mrs. Gwyn-Munro yn ôl barn ei hathro, ac yn bur fuan daeth i ddeall y rheolau, ac yn alluog i ganu englyn cywir, er mawr foddhad i'r bardd a'r Sgweiar.

Ond yr hyn a hoffai Alys fwyaf oedd ei miwsig. Meddai *spinet* fechan dlos, a phiano da, ac ni flinai ar drin y nodau persain. Bu Mrs. Gwyn yn ddigon call i adael i'r ddeuddyn ieuanc geisio dechrau eu bywyd eu hunain, heb i'w phresenoldeb hi ymyrryd â hwy, ac fe brofodd y cam yn un doeth. Elai Alys i ymweld â'i mam yn aml, tra byddai'r Colonel yn gofalu am yr eiddo, a llawenhâi Mrs. Gwyn fod ei merch yn ymddangos yn ddedwydd. Ond wrth holi yn ofalus, deuai i ddeall nad oedd ond ychydig iawn o gymdeithas, wedi'r cwbl, rhwng y Plasllwyd a boneddigion y sir a'u teuluoedd, ac nid oedd yn rhyw sicr iawn a fuasai Rhydderch Gwyn wedi mynd i gymaint o drafferth i briodi Alys gydag un o ddisgynyddion Robert Bruce pe gwybuasai hanes y dyfodol yn well. Tybiai hi mai gwell gan yr hen Sgweiar fuasai meddwl amdani hi a'i merch yn teyrnasu ym Mhlasllwyd, pe bai yn y golau am y canlyniadau. Fodd bynnag, nid oedd Mrs. Gwyn yn gweld lle i gwyno llawer, gan fod ei merch yn ymddangos yn mwynhau ei bywyd yn gysurus. Eto poenid hi oblegid un peth yn fawr iawn, a phan oedd Alys ar ymweliad â hi ryw ddiwrnod, gwnaeth iddi addo iddi am gofio geiriau ei thad fod plentyn a enid ym Mhlasllwyd yn sicr o fod dan felltith. Wedi dweud yr hanes wrth ei merch, teimlai Mrs. Gwyn wedi cael gwared o'i rhwymedigaeth hi ynghylch y mater. Ni feddyliodd am natur ei mab-yng-nghyfraith, na'i benderfynoldeb meddwl i fynnu ei ffordd ei hun, heb ryw reswm digonol dros weithredu yn wahanol. Yn ôl barn y Colonel, cartref eu rhieni oedd yr unig le priodol i blant bychain agor eu llygaid gyntaf ynddo, a phan ddywedodd Alys wrtho am eiriau ei mam, ni fynnai wrando ar y fath ffolineb. Storïau gwrachaidd oedd y cyfan, ac nid oedd Alys i feddwl rhagor amdanynt.

Yr un peth a'i gofidiai ef oedd ei anallu i gael gafael ar Derfel Gwyn. Gwnaeth ei orau i chwilio amdano. Meddyliai y Colonel ei bod yn ddyletswydd arnynt gael y dyn ieuanc yn ôl i'w hen ardal o leoedd pellennig y ddaear, ond nid oedd un ymgais yn tycio. Byth er pan ysgrifennodd ei ewythr ato ar ôl marwolaeth ei fam, yr oedd Derfel Gwyn wedi bod hefyd fel un marw i fro ei enedigaeth. Ni wyddai y Colonel fod geneth ieuanc annwyl yn Ynys Enlli ymron yn torri ei chalon am nad oedd un gair o'r wlad bell yn dyfod ati hithau chwaith, ac ofnai fod Derfel wedi colli ei fywyd wrth geisio ennill ffortiwn.

Tra fu Sgweiar newydd y Plasllwyd yn cael trefn ar etifeddiaeth eang ei wraig, ac yn paratoi ei hun i fod yn dir-feddiannydd Cymreig, elai'r amser heibio yn lled dawel ar y cyfan ym Mro Einion. Nid oedd hyd yn oed Sara Tŷ'r Capel wedi gweld yr un ddrychiolaeth yn mynd heibio iddi fel olwyn o dân, na chwaith yn swnio mewn gwisg o sidan. Tybiai yr hen ardalwyr fod ysbryd Mrs. Gwyn wedi peidio ag anesmwytho wedi i'r hen Sgweiar fynd i'w orffwysfa ac er y byddai cryn lawer o straeon ysbrydion i'w clywed yn y gwanwyn bob amser, nid oedd sôn am ddim gwaeth na dawnsfeydd y tylwyth teg ar ochrau'r mynyddoedd, ac ychydig o ofn y rhai hynny fyddai ar yr hen Gymry—yn hytrach, gobeithient, trwy ofalu peidio eu cythruddo, y gallent gael cryn lawer o dda bydol, rhoddion o arian, a'r aml bethau eraill arferai y tylwyth teg—greaduriaid bychain caredig—roddi i'w cyfeillion, fel ad-daliad am garedigrwydd tybiedig iddynt hwy yn gyntaf.

Adferwyd Susan, gwraig Morris y garddwr, yn ôl i ffafr ei chymdogion yn bur ddiseremoni—ni fynnai Morris i neb sôn am a fu yn ei hanes, a chan i'w feistr newydd amlygu i'r garddwr na fyddai, yn unol â'i ddymuniad ef, i helynt Hagar, pwy bynnag oedd, fod yn rhagor o destun siarad, bu arhosiad y greadures ym mwthyn Siani'r witsh yn ddirgelwch, ond rhwng rhyw hanner dwsin, a chyfrif Siani ei hun yn eu mysg.

Ar ôl claddu Rhydderch Gwyn, ymollyngodd yr hen feddyg i feddwi mwy nag erioed, ac i yrru ei gerbyd ar ôl gwŷr, gwragedd, a phlant, nes iddo fynd yn ddychryn i bobl yn yr ardal—ofnai pob un gyfarfod y Dr. Prys, rhag iddo gymryd yn ei ben i geisio gyrru ar eu traws; a gorfu ar Lewis Pennant a Mr. Lloyd y Person fynd ato i gael rhyw fath o drefn arno, a'i rybuddio yn enw'r Frenhines am barchu bywyd ei deiliaid yn well. A threfnwyd nad oedd y Doctor o hynny allan at ei ryddid i drin ei geffylau ei hun: fod y gorchwyl o yrru'r cerbyd i'w ymddiried i was cyfarwydd â'r gwaith. Yr oedd y bobl wedi blino byw mewn perygl am eu bywyd, a chodasant i fyny fel un gŵr i roddi pen ar y fath ormes. Eto, er ei hynodrwydd, meddai Dr. Prys lawer iawn o rinweddau, ac ni fu i neb a'i holynodd feddu'r gallu i ennill ymddiried y cleifion yn eu medr fel meddygon, yn debyg i'r hen Ddoctor.

Ni flinwyd y gymdogaeth ag un math o drychineb ar y môr yn ystod y gaeaf, a phriodolid hynny i ddylanwad ymweliad y telynor â'r traeth. Credent oll fod a wnelai'r delyn rywbeth â gostegu twrf y môr, felly nid rhyfedd oedd fod pawb yn hoffi clywed am yr hen delynor a'i delyn hardd, ac yn teimlo math o sicrwydd diogelwch rhag ystormydd yn fendith fawr iddynt i gyd.

Wedi i lanw coch Mawrth—y llanw a godai dros y glannau nes cuddio'r ffordd fawr a redai ochr yn ochr ag afon y traeth—fynd heibio, teimlai preswylwyr Porth Einion fod peryglon y gaeaf drosodd, a disgwylient am wanwyn hyfryd. Eisteddai Ifan Dafydd o flaen drws ei fwthyn yn trwsio ei rwydau pysgota. Cafodd ef aml i ddalfa gwerth sôn amdani, ac yr oedd yn prysur baratoi y rhwydau ar gyfer mecryll Mai. Cerddai yr hen wraig ddall yn ôl ac ymlaen o gylch ei gorchwylion teuluaidd, a sibrydai weithiau wrthi ei hun, "Bendith Dduw ar y rhwyd, ie, bendith Dduw ar y rhwyd, mi fu dydd baswn inna'n medru trwsio'r rhwyd, ond dyma fi wedi crïo fy ngolwg i ffwrdd. Wela'i mo 'machgen fy hun pan ddaw o adra, na wela, ond bendith Dduw ar dy rwyd di, Ifan."

"Trwsio'r rhwyd sydd yn mynd ymlaen yma, Ifan Dafydd?" gofynnai Ieuan Meurig yr Hendre. "Oes dim siawns croesi tua'r Ynys yfory ne drennydd? Mae hi'n bryd i mi fynd i roi tipyn o help i f'ewyrth Hywel i drin y tir."

Edrychai'r hen bysgotwr ar y llencyn ieuanc glandeg, ac atebodd, "Wel, rhaid i mi dreio, os bydd sut yn y byd, Ieuan. Hwyrach, does wybod, na cheith yr hen bysgotwr wa'dd i ginio priodas cyn hir. Mae amal i lances ddel yn Ynys Enlli."

"Na, Ifan Dafydd, does yna ond un faswn i'n falch ohoni, a waeth i mi roi'm cardia yn y tô. Mae'r Gwyniaid yma o hil gerdd, â rhyw allu rhyfedd yn eu meddiant i swyno merched. Fedd Tegwen, fy nghyfnither, ond ychydig i'w ddweud wrthyf fi nac arall oni bai na ddeuai Derfel Gwyn yma."

"Mae hi wedi mynd i gredu fod o wedi marw, Ieuan bach. Y tro ola bûm i yn y Llety oedd pan euthum i ddeud tipyn o hanes iddi hi, ac i nol siôn Ffowc a'i fasged drosodd. Un garw ydi'r hen law: fedda fo ddim gwerth ceiniog o binna yn 'i fasged, mi werthodd y cwbwl yno. Ond sôn am Tegwen yr oeddwn ni: mi gerddodd hefo mi at y cwch, a mi soniodd am fam Derfel Gwyn, ac yna dyna hi'n sefyll yn sydyn, ac yn dangos modrwy aur oedd am ei bys i mi, ac yn deud yr hanes rhyfedda amdani hi, anghredadwy o'r bron, oni bai fod Tegwen yn eneth eirwir. A mae hi wedi mynd i feddwi mal rhyw arwydd fod Derfel Gwyn wedi marw ydi'r fodrwy, a'r holl bethau welodd hi. Ond mae'r aur yn ddigon sylweddol, beth bynnag, a mae'n haws gen i gredu mai rhywun fu'n chware tric â hi na dim arall. Mae'r tylwyth teg i fyny â phob rhyw 'stumia, deuded neb y peth a fynno."

"Tybed bod chi'n credu yn y tylwyth teg, Ifan Dafydd?"

"Credu yn y tylwyth teg, Ieuan bach? Wel, ydw, 'machgen i, does na phytae na phytase yn 'u cylch nhw, beth bynnag, mae'u hanes nhw'n llawn o betha rhyfeddach na dim ddeudodd Tegwen, am wn i. O, 'machgen i, dwyt ti a finna na neb arall chwaith yn deall y cwbl sydd o'n cwmpas ni yn y byd yma. Be' sy'n rhwystro i mi gredu yn y petha welodd fy llygaid i, tybed? Mae'r môr mawr llydan yna, a'r hen fynyddoedd yma, yn llawn o ryfeddodau. Mi fydd aml un yr oes sy ohoni hi gystal ag amau bod y fath beth â'r forforwyn yn bod: mi â'n i amau 'u bodolaeth 'u hunain, druain, cyn pen hir, os na thendian nhw, ond dydi'r hyn ma nhw'n gredu yn gneud dim gwahaniaeth. Mi weles i'r forforwyn â dau lygad 'y mhen, do, 'neno dyn, ac roedd hi'n glws, Ieuan, yn eistedd ar dop y graig yn cribo ei gwallt. Dyn annwyl, dyna wallt hir oedd o hefyd, yn felyn fel aur, ac yn cuddio ei chorff hi i gyd ond y cyrliai ei chynffon hi o gwmpas pen y graig. Dim morforwyn wir! Roedd y grib oedd yn ei llaw hi yn disgleirio fel grisial, roedd sbio arni hi mor anodd â phe tase dyn yn dal 'i lygad at wyneb yr haul am wn i. O ydi, mae hi'n bod, a mae'r tylwyth teg yn bod, er i ffyliaid daeru fel arall, Ieuan bach. Fydd byw ar y môr fawr o dro yn tynnu anghrediniaeth o ddyn; mae rhyfeddod ar ôl rhyfeddod yn dangos 'u hunain i ni o hyd. A does un man fel y môr am ddangos i ni sut rai ydi dynion—mae o mor fawr, a ninnau mor fach, a mi neith i ni deimlo hynny er 'yn gwaetha, hefyd, bob rhai ohono ni. Tra bydd y'n traed ni ar dir sych, mi fyddwn yn meddwl peth aneiri ohonon y'n hunain, ond mae yna ots go fawr ynon ni yn y cwch bach ar ganol y môr."

"Wel, mae'n siŵr, Ifan Dafydd, bod chi'n gwybod mwy o gryn lawer na mi. Fuo mi gam ymhellach nag Aberddwyryd o Fro Einion erioed yn 'y mywyd, ond hynny fydda i'n fynd a dŵad i'r Ynys yma. Ac mae pawb yn Enlli yn brysur hefo'u tir a'u hanifeiliaid."

"Ydyn, y maen nhw, fel mae gwaetha'r drefn, maen nhw wedi gneud hen Ynys y Saint yn fath o *Royal Mint*, am wn i, Ieuan, yn lle i neud pres. Pe baswn i'n ddigon o sglaig, mi faswn i'n treio casglu at 'i gilydd dipyn o hanes yr hen ogofeydd a phetha felly sydd yno. Mi fydda i'n synnu sut na fase ni fel Cymry yn ceisio gwybod tipyn o hanes hen leoedd fel hyn sydd yn y wlad yma."

"Wel, Ifan Dafydd, y tebyg ydi y base ni, ond bod hi'n llawn ddigon o job i'r rhan fwya' ohonon ni gael gafael ar 'yn bara beunyddiol."

"Ie, 'machgen i, ond mi fydd rhywun fyw yn fras ryw ddydd ar yr hen drysorau yma ydan ni'n esgeuluso. Sut mae'r Cyrnol yn plesio'r ffermwyr, Ieuan? Ydi'r holl droi tuwyneb yn isa yma wrth fodd pawb?"

"Wel, mae'n rhaid i ni fod yn foddlon, a does dim i gwyno amdano, am wn i: chodwyd rhent neb yn yr ail gymeriad."

"Lewis Pennant sydd yn y'ch curo chi i gyd: does dim tebyg am roi dyn ar 'i draed â chael gwraig a thipyn o eiddo. Os nad oes posib perswadio Tegwen, mi fydda yn burion cyngor, Ieuan, mynd i bysgota i ddŵr arall. Dyna'r *Ship* yma: mae Betsan Morus yn gefnog iawn, a Gayney yn ddigon parod i fynd i ffwrdd, dwi'n siŵr rŵan. Digon prin mae hi a'i mam yn cytuno, mae Josh a'i fam yn fwy o'r un natur."

Ysgydwai Ieuan ei ben, ac ebe, "Na, Ifan Dafydd, nid i dŷ tafarn yr a' i byth i chwilio am wraig."

"Mae Gayney yn eitha' geneth, Ieuan, ond dyna ni, byd y cyfnewidiada' rhyfedda ydi hwn. Roedd Lewis Pennant yn siarad yn y capel pwy noson, ac am wn i nad oedd o am i ni gredu fod o'n bechod i ni gymryd glasiad o gwrw. Wn i ar y ddaear beth fydd y nesa: mae meddwl am ddweud wrth 'i gymydog beth i yfed yn mynd dros ben y llestri, yn ôl 'y marn i, Ieuan. Ond mae Lewis Pennant yn ddyn da, ac mae'n haws gwrando arno fo, achos fydd o byth yn disgwyl i neb fyw yn well nag y bydd o'n ceisio gneud 'i hun, a mae hynny'n beth mawr yn ffordd dyn. Ond dyma fi rŵan wedi bod yn wlyb trwy'r dydd fel pysgodyn fy hun wrth dreio dal pysgod, a ma'n syn gen i feddwl fod neb am warafun i mi gael glasiad o gwrw poeth Betsan Morus cyn i mi fynd i 'nghadw. Welodd neb 'rioed mona i wedi meddwi, naddo neb, a dwn i ddim pam y rhaid i ryw betha newydd fel hyn ddrysu dyn yn f'oed i. Does dim newydd dan haul, medda'r gŵr doeth, ond chlywais i 'rioed fod sôn am rwystro dyn parchus i gael glasiad cynnes cyn mynd i'w wely o'r blaen."

"Wn i fawr am y peth, Ifan Dafydd, ond dyma Lewis Pennant 'i hun. Beth fyddai i ni gael sgwrs ar y pwnc?"

XXXIV.
Cwrw'r Achos

Neidiodd Lewis Pennant i lawr oddi ar gefn ei geffyl, gan gyfarch gwell i'r hen bysgotwr a'r ffermwr ieuanc yn siriol, ac ychwanegodd,

"Mi 'ddylies i y'ch bod chi'n sôn amdana'i pan oeddwn i'n troi'r gornel."

"Wel, oeddwn yn wir, Lewis Pennant—mi roeddwn i'n deud tipyn yn y'ch cylch chi, a mi gwelodd Ieuan chi'n dŵad, ac roedd o'n meddwl basa chi'n 'sbonio petha i ni yn bur symol, mae'n debyg fy hun, dwn i ddim sut i gael pen na chwnffon, fel byddwn ni'n deud, ar y mater yma, yn wir."

"Beth sydd yn bod, Ifan Dafydd, i beri'r fath benbleth i chi? Mae'n siŵr fod y pwnc yn un dyrys iawn, os ydi o'n mynd dros y'ch pen chi."

"Wel, ydi mae o, fel ro'n i'n ceisio deud wrth Ieuan yma, does gen i ddim sôn fod Solomon, y gŵr doeth, wedi gorfod trin pwnc fel yma yn 'i fywyd." Edrychai yr hen bysgotwr yn ddifrifol iawn, ac ychwanegai, "Fedra i yn 'y myw weld fod y peth yn Ysgrythyrol chwaith; wn i ddim am neb mwy na finna welodd y fath air â'r titotal yma yn 'i Feibl, a mae'n siŵr y basa fo yn y Beibl pe tasa'r Hollwybodol wedi ystyried o'n ddigon pwysig i fod yno. Ond ches i 'rioed le i feddwl fod cymyd glasiad o gwrw yn fai ar un dyn nes daru chi siarad yn y Seiat y noson o'r blaen, Lewis Pennant. Mae'n sicir bod chi'n gwybod mwy o beth aneiri na fi, ond digon prin y galla i, beth bynnag, lyncu rhyw gredo newydd: mae'r hen yn gneud y tro i mi yn iawn. Wyddwn i ddim bod yna air yn y Cyffes Ffydd chwaith ar y mater, a mi fûn i'n gofyn i rai o'r Wesla a'r

Llaniwrs, ond roedd y cwbwl yn yr un twll â finna, ac yn deud mai dyna oedd testun siarad pawb. Ac am ddeud bod hanner peint o gwrw yn gneud drwg i ddyn, does dim posib i hynny mo'r bod."

"Wel, Ifan Dafydd, rydd neb fawr well dadl na chi dros y ddiod frag, feddyliwn. Nid wyf yn cofio i mi glywed neb yn deud bod hanner peint o gwrw yn gneud drwg i undyn; ond y drwg ydi, Ifan bach, fod un yn rhy fach o lawer i'r rhan fwya' o ddynion; mae'n rhaid cael dau a thri a phedwar, a'r canlyniad yw fod y boneddigion—pe yn haeddu yr enw—yn gorwedd o dan y bwrdd at ôl cinio, a'u gweision mewn helynt a thrafferth i'w cael i'w gwelyau; a'r tlodion yn gorwedd yn ffos y clawdd ar eu ffordd adre o'r dafarn. Mae yma ormod o'r dull yna o fyw ym Mro Einion, Ifan, a thra y byddwn ni sydd yn proffesu crefydd yn cyfranogi o'r camwedd, ni cheir byth ymadael ag ef chwaith. Ychydig sydd yr un farn â mi ar y mater eto, ond gan bwyll; mi ddaw mwy cyn hir; ond, a bod yn onest yn y lle y gosodwyd fi ynddo gan yr eglwys, Ifan Dafydd, mae yn amhosibl i mi sefyll i fyny i geryddu dyn am feddwi, ac ymhen tipyn wedi hynny rhoddi gorchymyn i Sara am gwrw'r achos ar gyfer y pregethwyr. Rhaid cael dwylo glân, a chydwybod dawel, i geisio gweithio yng ngwinllan yr Arglwydd.

"Mi ddeudsoch chi nad oes dim drwg mewn hanner peint. Cyn i mi ddechrau gafael yn y pwnc yma, mi fûm i mewn tipyn o drafferth yn hel tystiolaethau a ffeithiau at 'i gilydd. Roeddwn i am i Syr John Heidden gael yr un siawns â phawb arall i gael treial teg, ac mi synnodd fy nghalon i mor ychydig oedd i ddeud drosto fo, a chymaint i ddeud yn ei erbyn. Dyna'r hen Ddoctor Prys—y fath ddyn nobl fase'r hen ddoctor oni bai ei fod yn slaf glân i'r ddiod, ynte, Ifan Dafydd? Faint o'r llongwyr yma sydd— druain ohonynt—yn cario'r cwbwl i'r *Ship*, wedi bod mewn perygl bywyd am fisoedd yn ennill eu cyflogau?

Faint sydd yn yr ardal yma, er pan ydych yn cofio, wedi bod ymhob teulu o'r bron yn ofid ac yn warth i'w perthnasau am ddim rheswm ond un— eu bod yn ddynion meddwon? Llawer ohonynt yn ddynion caredig, a llawer calon yn dechrau llymeitian ac yna yn colli llywodraeth ar eu blys. Diolch i Dduw," ebe, gyda theimlad dwys, "gallaf fi ddweud na welodd neb erioed hanner peint yn fy llaw i. Ni wnaeth fy esiampl i help i undyn erioed i yfed a chyfeddach. Mae'm dwylo i'n lân oddi wrth waed pawb oll ohonoch. Does neb ar y ddaear all ddweud fod Lewis Pennant yn cymeryd hanner peint, a pham nad all pawb arall? Mi ddaru chi gyfeirio at y Beibl, Ifan Dafydd, ac mae'n siŵr bod chi'n iawn nad oes yna mo'r gair titotal ynddo. Ond mae'r egwyddor fawr o ddyletswydd dyn i ymwrthod â phopeth all beri tramgwydd i eraill yn rhedeg trwy'r Gair i gyd."

"Ydych chi, mewn difri, Lewis Pennant, yn meddwl y dylwn i neud y tro heb fy hanner peint o gwrw poeth Betsan Morus cyn mynd i 'ngwely, a finna wedi bod yn lyb at 'y nghroen yn y cwch trwy'r dydd, achos bod ffyliaid yn meddwi ac yn rafio? Beth sydd nelo i â hwy?"

"Ifan, Ifan, hen gwestiwn Cain, mab hynaf Adda, ydi hwnna: Ai ceidwad fy mrawd ydwyf fi? Mae'n hawdd gen i ddeall, Ifan Dafydd, fod yn anodd i ddyn mewn tipyn o oed fel chi allu dygymod â thorri ar yr hen arferion, ond mi wn i o'r gorau nad oes yma neb ym Mro Einion parotach i geisio 'gwneud llwybrau uniawn i'w traed, fel na throer y cloff allan o'r ffordd,' na chi, pe baech wedi dŵad i amgyffred gwerth eich esiampl i rai eraill. Ac ond i chi droi i'r Beibl a darllen hanes gweision enwog yr Arglwydd—dynion fu yn gneud gwaith mawr iddo Ef— fyddwch chi fawr o dro heb ffeindio mai llwyr-ymwrthodwyr—dynion titotal—oeddynt bob un. A mwy na hynny, gorchymyn pendant y Goruchaf oedd y rheswm 'u bod nhw felly. Darllenwch chi hanes Samson yn yr Hen Destament, ac Ioan Fedyddiwr yn y Testament Newydd heno cyn mynd i gysgu. Mae yna ddigon yn rhagor, ond mi neith y ddau yna y tro i ddechrau. Na, mae'r Gair yn llawn o rybuddion ynghylch diod gadarn, Ifan bach, a gorau po gyntaf i ni fel Cristnogion sylweddoli mor fawr ydi'n cyfrifoldeb ni yn wyneb Gair Duw."

"Mi ŵyr pawb bod chi'n hyddysg iawn yn yr Ysgrythyrau, Lewis Pennant, ond sut y bu i ni beidio clywed petha fel hyn, os ydyn nhw yn y Beibl? Yn lle hynny, mi fyddwn yn clywed styl fod Iesu Grist yn arfer yfed gwin 'i hun."

"Rhaid i chi gofio, Ifan Dafydd, nad oes rhyw amser mawr er pan ma'r Beibl yn nwylo pobol gyffredin i'w ddarllen drostynt eu hunain, ac mae arna'i ddigon o ofn bod y Gair wedi ei drin a'i droi i blesio mympwy yr offeiriaid am ganrifoedd. Ond mae yma bobol dda yn dechrau gweiddi ar Eglwys Dduw heddiw, 'Deffro yr hon wyt yn cysgu.' Beth bynnag, fedra'i ddim gweld fy ffordd yn glir i aros yn hwy heb ddangos fy ochor i ar y pwnc."

"Mi gewch fyd hefo'r pregethwrs, Lewis Pennant. Dwy'n siŵr na fyddan nhw ddim yn foddlon iawn i neud y tro heb gwrw'r achos."

"O, mi ddôn, mi ddôn gan bwyll, Ifan Dafydd ac wedi rhoi cychwyn arnyn nhw, mi fyddan ar y blaen yn gweithio'u gorau yn fuan iawn. Y peth cyntaf oll sydd eisio ydi dangos mwy o oleuni llusern y Gair i'n gilydd. Ers talwm iawn, pan oeddwn i ond bachgen bach, mi welais i effeithiau'r ddiod gadarn ar un o'n teulu ni—yn wir, pa deulu sydd na wyddant rywbeth am y felltith fawr yma yn ein gwlad?—a mi ddaru i mi addo i fy mam na wnawn i edrych ar 'y gwin pan fyddo coch'. Dyna adnod arall, Ifan Dafydd, ar y pwnc. Wel, mi gedwais i fy addewid, fuo dim anhawster i mi neud, ond fedra'i ddim bod yn llonydd i fyw fy hun allan o'r perygl, mae arna'i eisio helpu fy nghyd-ddynion hyd y galla'i i fod yn rhydd o grafangau'r gelyn, ac fedra'i ddim nes cael yr eglwys—y seiat yr ydw'i yn flaenor arni—â'i dwylo yn lân yng nghynta. Fedra'i ddim rhybuddio'r dynion ifanc i gadw'n glir o'r tafarnau, a rhoi'r hanner peint yn llaw'r pregethwyr yn nhŷ'r capel. Mi fyddai'n arfer meddwl mai bywyd anghyson pobol yn proffesu crefydd Iesu Grist ydi'r peth mwya niweidiol i'r grefydd ei hun o ddim sy'n bod."

"Oni ddeudais i, Ieuan," ebe'r hen bysgotwr, "na fyddai Lewis Pennant byth yn rhoi baich ar ysgwydd neb na fydda fo'n fodlon i'w gario fo'i hun? Wn i ar y ddaear las yma sut drefn fasa arna'i drannoeth tawn i'n mynd i 'ngwely heb fy hanner peint, ond mi fydda'n haws gen i fentro treio ar y'ch archiad chi, Lewis Pennant, na neb arall. Fynnwn i ddim 'mod i'n graig rhwystr i neb, beth bynnag."

"Dydi o nac yma nac acw i mi, Lewis Pennant, o ran hynny o gwrw fu yn fy ngheg i erioed, rydw i'n ddigon parod i ddangos yr un ochor â chi. Mi fydd yn biti garw gen i weld dynion yn mynd yn slafiaid i'r ddiod. Dynion iawn, oni bai hynny, druain, nad ydyn nhw'n elynion i neb ond iddyn nhw'u hunain," ebe Ieuan Meurig.

"Mae'n dda iawn gen i dy gael di, Ieuan, ar yr ochor saff i'r clawdd ond, 'machgen i, fu 'rioed fwy o gamgymeriad na dweud nad yw diotwyr yn elynion i bawb. Yn elynion i'w perthnasau agosaf, dioddefaint y rhai mewn pob ffordd na ellir ei fesur na'i bwyso. Dyna deulu Dr. Prys, mae 'nghalon i'n gwaedu dros ei wraig a'i ferched. Yn elynion i gymdeithas drwyddi draw, dyna'r gwir. Gelyn iddo'i hun, yn wir. Mi fyddai'n meddwl mai'r meddwyn fel rheol sy'n dioddef leiaf o bawb oddi wrth ei bechod."

"Ac rydach chi'n benderfynol o dynnu cwrw'r achos o Dŷ'r Capel?"

"Ydw, Ifan, ydw. Mae'r diferyn olaf am byth, gobeithio, wedi mynd yno. Does dim eisio nofio cwch bywyd ar gwrw, yn siwr ddigon. 'Wrth eu ffrwythau yr adnabyddwch hwynt.' medda'r Gair. Fuo'r un dyn yn meddwl am guro'i wraig a'i blant wedi yfed powliad o faidd neu laeth oer, neu dwym. Na, Ifan, ers pan fu i Satan dymblo Noah gynt trwy ffrwyth y winwydden, mae o wedi ffeindio na fedd o yr un offeryn gwell na hwnnw o hynny hyd heddiw i hyrwyddo gwaith 'i deyrnas, ac mae hi wedi mynd arnom ni os na fedrwn ni gadw teyrnas Crist yn 'i lle heb help *tools* y diafol."

"Yn wir, Lewis Pennant, yr ydw i'n mynd i deimlo 'mod i'n anffit iawn i fod yn broffeswr."

"Ifan Dafydd, does yr un ohonon ni'n ffit, ond mi allwn dreio'n gorau ymddidoli ac ymestyn at y nod. Peidiwch chi â meddwl 'mod i'n cyfeirio atoch chi a'ch hanner peint rŵan, ond y gwir noeth ydi o. Does yr un ohonon ni'n ddilynwyr i Grist mewn gwirionedd, os nad ydyw wedi deall beth yw hunan-aberth, y croeshoelio'r hunan sydd ynom—dyna, ynte, yw meddwl rhoddi ein hunain iddo Ef. Ac os Efe a'n piau, nid oes mwy i ni ran na chyfran yng ngwaith yr Un Drwg."

"Wel, wel," ebe'r hen bysgotwr. "Mae'n rhaid i mi addef ych bod chi'n rhoi golwg wahanol iawn ar bethau i mi, Lewis Pennant. Roeddwn i wedi arfer meddwl nad oedd dim allan o le i mi droi i mewn i'r *Ship* gyda'r nos i ganol y cwmni difyr, tipyn o bawb, fel byddwn ni'n deyd, ond rhaid i mi addef na weles i monoch chi yno chwaith yn 'y mywyd. Ond mi fydd yn ddifyr yno tu hwnt, pawb a'i stori gynta, a Betsan Morus yn hael 'i mesur, â'i than a'i goleuni. 'Tae Betsan wedi cau 'i llygaid mi fydda yno gryn wahaniaeth; rhyw gadw o'r golwg y bydd Gayney, digon prin y bydd hi a'i mam yn cyd-dynnu bob amser. Am Josh, mae llygad Josh yn fawr iawn am fynnu'r cwbwl iddo'i hun. Ond hen gornel braf sydd yn y *Ship* gyda'r nos, a mi deimlwn i yn chwith iawn peidio mynd yno, eto rydw i'n rhyw gasglu bod chi yn credu, Lewis Pennant, na ddylwn i ddim bod yno. Wn i ar y ddaear las yma sut yr ydw i'n mynd i altro hen arfer fel hyn—anodd iawn, wyddoch, ydi tynnu cast o hen geffyl. Am Ieuan yma, mi neith o ddisgybl dan gamp i chi. Mi fuom i'n treio pwnio i'w ben o ora gallwn i y gneutha Gayney siampal o wraig iddo fo, ond doedd gen y gwalch fawr o bwrpas mynd i'r dafarn i wreica, medda fo. Mi newch dipyn ohoni hi hefo'r bobol ifanc, mae'n siŵr, cyn iddyn nhw setlo'u petha."

"Mae hynny'n bur wir, Ifan, ond mae'r Ysgrythur yn deud y bydd yr hynafgwyr hefyd yn gwneud eu rhan yn nydd yr Arglwydd. 'Yr hynafgwyr a freuddwydiant freuddwydion yn gystal a'r gwŷr ieuainc a welant weledigaethau'."

"Yn wir, Lewis Pennant, rydach chi'n 'y nghuro i gwaetha yn 'y nannedd bob cam, rhaid i mi gyfadda. Ond mi faswn i'n leicio gweld ambell i rai o'r hen gonos pan ddôn nhw i Dŷ'r Capel, a Sara heb yr un diferyn i dorri'u syched nhw. Mi na'n wep, 'dwy'n siŵr, a chawn ni fawr o lun ar bregethu ar hyd y Saboth. Oes rhai o'r capeli eraill yma yn gneud yr un peth, Lewis Pennant? Na, ar y'n pen y'n hunain yr ydym ni eto, Ifan, a'r Saboth nesa fydd y cynta i ninnau, hefyd, fod o dan y drefn newydd, ond yr ydw i'n bur siŵr, Ifan bach, pwy bynnag geiff fyw i weld hynny, na fydd yn y man un capel yng Nghymru â sôn am y fath beth â chwrw'r achos ynglŷn ag ef."

"Hwyrach wir, Lewis Pennant, ond mae'n syn gin i os na fydd Satan yn debyg o ffeindio rhyw demtasiwn arall yn 'i le o. Un garw ydi'r hen law."

"Gwir iawn, Ifan; a chan 'i fod o yn un mor effro o gwmpas petha, mwya' yn y byd mae'n gofyn i ninnau hefyd ddyblu ein gwyliadwriaeth."

Crafai yr hen bysgotwr ei ben am ennyd, fel pe yn ceisio trefnu ei feddwl y ffordd honno. O'r diwedd ebe:

"Wel, Lewis Pennant, nid dyn byrbwyll ydw i: fydda'i byth yn gneud addewidion ar 'y nghyfer, ond mi feddylia

i am y peth, ac mi dreia 'ngore gael pen rheswm ar y
cwbwl ddeudsoch chi. I hyn mae hi'n dŵad, ynte: yn ôl
y'ch barn chi, fedra'i ddim bod yn y seiat un awr gyda'r
nos, ac yn y *Ship* yr awr ne ddwy arall, heb i fy siampal i
hwyrach effeithio er drwg ar bobol ifanc y capel. Wel,
fedra'i ddim dygymod â'r meddwl o ddrygu neb. Pe rhaid
i mi fynd i drueni, Lewis Pennant, mi fyddai yn well gen
i fynd yno fy hun, heb dynnu neb hefo mi, o beth aneiri.
Ddeuda i ddim rhagor ar y pwnc rŵan, ond mi gymera'i
lawer o ystyriaeth yn 'i gylch o, a mi gwnaf o'n fater
gweddi hefyd."

"Wel, Ifan Dafydd, does arna'i ddim pryder ynghylch
y pwnc: os ewch chi â fo at droed yr Orsedd, mi gewch
chi'r golau yn y fan honno."

"Pam y bu i'r Apostol Paul roi cyngor i Timotheus i
gymeryd gwin, Lewis Pennant?" gofynnai Ieuan Meurig.
"Ac mae yna amal i adnod yn sôn am win i lawenhau y
galon a geiriau tebyg? Mi fydd 'nhad yn sôn amdanyn nhw
weithiau."

"Wel, Ieuan, does dim golwg arnat ti na dy dad fel fydd
ar ddynion yn dioddef oddi wrth fynych wendid, a'u cylla
heb fod yn gneud ei waith yn iawn. Mi elli di a minnau
aros nes y byddwn ni'n ddynion claf cyn dechrau cymryd
ffisig, ond allwn ni?"

"Wel, gofyn yr oeddwn i fel medrwn i roi ateb fy hun
pan fydd galw."

"Mae'n burion i ti fod yn y goleuni, wir, Ieuan," ebe'r
hen bysgotwr, "achos does yma ddim gair ynghylch pwnc
yn y byd ond y titotal yma i glywed gan undyn er neithiwr,
ac mi fydd yma ddadla' ohoni hi rhwng pawb."

"Rhaid i mi droi ynghylch fy neges, beth bynnag," ebe
Lewis Pennant, "ne mi fydd 'meistres acw yn methu
gwybod lle bydda'i wedi mynd."

Ac i fyny ag ef ar gefn ei geffyl, gyda dweud, "Da bo'ch
ych dau, gyfeillion bach."

Yna carlamodd ar ei daith. Nid oedd brin wedi mynd o'r golwg nad oedd Gayney y *Ship* yn rhedeg tuag atynt, ac yn gofyn bron colli ei gwynt:

"Lewis Pennant y Llys oedd hefo chi?"

"Ie, Gayney, be sy'n bod?" atebodd Ifan Dafydd.

"Wel, roedd arna'i eisio 'i weld o 'i hunan, dim byd arall."

"Mae hi'n rhy hwyr heddiw, Gayney bach," ebe'r hen bysgotwr yn chwareus, "ond dyma fi yn hen greadur profiadol yn f'oed a fy synnwyr, fel 'tae, ac Ieuan yn llanc ifanc spriws, tybed na wna rhyw air o gyngor oddi wrth un ohonon ni'r tro?"

Ysgydwai Gayney ei phen, ac ebai, "Na, digon prin, Ifan Dafydd, eisio cynnig fy hun iddo fo fel un o'i ditotals oedd arna'i ddechra."

"Gayney, Gayney, beth feddylith Betsan Morus o hynny? Merch y *Ship and Castle* yn ditotal?"

"Mi rydw i'n ditotal, beth bynnag, Ifan Dafydd, a wn i am neb sy mewn gwell mantais i weld drwg y ddiod yma na fi. Mi fasa gwedd arall ar lawer teulu yn yr ardal yma pe tasa nhw'n cario llai o'u harian i mam. Lewis Pennant sy'n iawn, does yna ddim sens gweld dyn yn potio 'i hochor hi wrth fwrdd y dafarn un noson, ac ar 'i linia'n gweddïo y noson wedyn. Dydi crefydd dynion sy'n gneud peth fel yna ddim yn werth pisin grôt, ac rydw i wedi blino ar y cwbwl i gyd. Mae arna i eisio lle i weini mewn tŷ tebyg i'r Llys, lle ca'i ennill 'y mara yn onest heb fod arna'i ofn gweld plant y llongwrs yma yn droednoeth ac yn goesnoeth, a'r arian fasa'n rhoi sana' a sgidia' iddyn nhw ym mhoced mam am gwrw."

"Na, rhaid i ti beidio gadael dy fam, ne mi golli dy gynhysgaeth, Gayney. Mi fydd acw geiniog bur ddel i'w rhannu yn y *Ship* acw pan fydd yr hen wraig wedi gollwng y rêns."

"Fydd fawr o ddioni â'r math yna o arian, Ifan Dafydd. Mae Rhagluniaeth yn 'u gyrru nhw ar wasgar ynghynt nag y daethon nhw at 'i gilydd. Does arna'i eisio monyn nhw. Ond mi fase'n dda gen i gael lle ar aelwyd y Llys, y tŷ gora' sy'n yr ardal yma," a ffwrdd â hi heb gymaint a sylwi ar y bachgen ieuanc y gwyddai pawb nad oedd eisiau iddo ond gofyn am law Gayney na fyddai iddo ei chael.

"Mae'r eneth yna wedi rhyw newid yn od iawn. Os na thendiwn ni, fydd Lewis Pennant wedi gneud llanast ohonon ni yma. Mae Gayney wedi colli arni hun."

"Dyna'r sgwrs gallaf glywais i o'i genau hi erioed, Ifan Dafydd. Cael 'i hun mae hi, rydw i'n credu."

A throdd Ieuan Meurig tuag adref.

"Felly, felly," ebe Ifan Dafydd wrtho'i hun.

XXXV.
Yr Hen Sidi

Creodd yr ymwrthod â "chwrw'r achos" yng nghapel y Methodistiaid gynnwrf nid bychan ym Mro Einion, ond nid oedd troi'n ôl i fod ar Lewis Pennant. Gosododd ei law ar yr aradr, a mynnai dorri cwysau union gyda hi er gwaethaf pawb. Sefydlwyd cymdeithas fechan o ddirwestwyr mewn cysylltiad â'r capel hefyd, ac ymunodd amryw o'r bobl o'r gwahanol addoldai eraill hefyd gyda'r dewrion. Un o'r rhai cyntaf i gymryd yr ardystiad oedd Gayney, merch y *Ship and Castle*, a pharodd ei hymddangosiad effaith dwys ar bawb. Dechreuwyd canu gyda hwyl yr hen bennill:

> Mae baner dirwest ar y maes,
> A phechod cas yn ffoi;
> Ac o du sobrwydd wele'n awr
> Mae'r frwydr fawr yn troi.

Collodd Betsan Morus aml i gwsmer da, a gorfyddai i Gayney ddioddef llawer o ddwrdio a ffraeo oddi wrth ei mam a'i brawd o'r herwydd. Ond yr oedd Gayney yn gafael yn dynn yn ei dirwest trwy'r cwbl, ac anfynych yr atebai air yn ôl.

"Rhaid cael dau i ffraeo," ebe hi wrth un o'i chyfeillion, "fedr neb ffraeo â'i sodlau, felly y ffordd orau o lawer ydi gadael i mam a Josh yrru'r cyffylau i'r fan fynnon nhw o'm rhan i. Mi ddaw pen ryw dro ar y tafodi felly."

Athrawiaeth "tawed y callaf" oedd eiddo Gayney, ac nid oes ei gwell ar gael.

Tra yr oedd byddin dirwest yn dechrau rhestru ei milwyr ym Mro Einion, daeth Sidi Wood a'i milwyr ar eu hynt tuag yno, a chawsant nodded fel arfer ym Meudy'r Foel. Cyn pen dwy awr, ceid yr oll a feddent wedi ei drefnu yn y Beudy, y ddau hen geffyl yn pori'r ochr allan, a'r plant yn chwarae o gylch y drws, a Sidi yn llawn prysurdeb awdurdodol yn gorchymyn i'r naill a'r llall o'r tylwyth wneud eu gwaith, a phawb yn ufuddhau iddi, ond yr eneth brydferth Judy. Safai hi yn ymyl yr hen wraig, a phan gafodd foment o ddistawrwydd, gofynnodd:

"Nain Sidi, Nain Sidi, y mae Judy eisio gweld Missie fach."

"Dyna ni, dim dioni o'r siort yma, naddo 'rioed. Planed ddrwg, planed ddrwg iawn. Gwell i ti fynd, Judy, a cofia holi sut mae'r Sgweiar hefyd, ac os ydi o adra, a thipyn o hanes Missie ifanc bert honno, a'r gŵr bynheddig ddaru chymryd hi'n wraig iddo fo. Cofia di, Judy, dipyn go lew o hanes pawb; rhaid i ti fynd allan fory i ddeud ffortiwn— rhaid gwybod yr hanes, Judy tipyn o wir yn gymysg, ynte, Pira?"

"Wn i ddim beth mae Judy'n da, Nain Sidi," ebe un o'r merched, "mi wn i pe baswn i fel Judy, na chawswn i fawr fendith. Bryd mae hi i fod yn wraig i Romo, tybed?"

"Taw, Pira, taw, dos di ymlaen hefo dy waith. O, ie, planed ddrwg, planed ddrwg iawn, ond mae co' Tasso yn un da, da. Sgweiar ddim hitio fawr am weld Sidi, na fydd," a chwarddai yr hen greadures, gan fingamu wedi ceryddu Pira.

Ymhell cyn i Judy gyrraedd yn ôl i Feudy'r Foel, wedi bod yn ymweld â Gwenllian, ac yn holi tipyn ar bawb rhag gorfod dioddef cosb os elai at ei nain heb newyddion ynghylch yr ardalwyr, yr oedd y sipsiwn wedi gorffen pryd o fwyd da, ac yn hwylio ar gyfer rhoddi'r plant i'w cadw hyd doriad y wawr drannoeth. Ni fynnai Sidi Wood i famau ei thylwyth esgeuluso gofalu yn null y sipsiwn am y plant: rhaid oedd eu pacio i gysgu yn llwydni'r cyflychwyr, ond caent godi gyda'r haul. Ni fyddai neb o'r llwyth mwy na'r plant i'w gweld o gwmpas yr ardal yn y nos. Mae'n wir y gofalai rhyw ddau o'r dynion fod yn ddigon effro rhywbryd yn oriau man y bore pan fyddai pawb arall yn sicr o fod yn cysgu—dyna'r adeg y ceid hwyaden mewn un man, ac iar yn y lle arall, a llawer math o fwyd arall ar gyfer drannoeth, na thybiai y sipsiwn fod dim allan o le iddynt eu lladrata i ddiwallu eu hanghenion. Gorweddai y dyn ieuanc a elwid gan ei nain yn Romo ar ei hyd ar y gwelltglas oedd fel carped esmwyth o gylch yr hen feudy yn nyddiau'r gwanwyn. Daeth yr hen wreigan allan ato, ac eisteddodd ar garreg yn ei ymyl.

"Romo, mae Pira eisio gwbod sut mae Judy eto heb fod yn wraig i ti?"

"Dydi'r peth ddim o'i busnes hi, Nain Sidi; mi dorra'i hesgyrn hi os ydi hi'n mynd i siarad."

"Romo, hwyrach y dengys y blaned beth sydd i fod cyn hir. Anlwc i gyd sydd efo'r bobol yma, mae'n well i ni'n pobol y'n hunain. Cadw teulu Abram Wood heb ddim i neud â'r un ohonyn nhw ddylai'n gwaith ni fod. Gwnaet ti a Judy gwpwl hardd, Romo, gwpwl hardd iawn, ond rywsut mae'r plan yn drysu."

"Drysu buo plania ambell i dro, Nain Sidi, os ewch chi'n groes i'r blaned. Mae Judy'n dŵad, dacw hi." A cherddai yr eneth dlos tuag atynt dan ganu pennill mewn llais mwyn lleddf—pennill ddysgodd Gwenllian iddi; a phecyn o dan ei chesail, yr hwn a daflodd ar y llawr wrth draed ei nain.

"Dyna dorth o fara, a darn o gaws, Nain Sidi; na, nid 'i ladrata fo ddaru Judy, mam Missie fach gyrrodd y cwbwl i ni."

"Planed dda wrth ben y Llys bob amser, planed dda, does neb i ddŵad â petha' Meistres Pennant i Sidi Wood heb i Meistres Pennant 'i gyrru nhw, nag oes, neb. Wyt ti'n clywed, Romo: i bob man ond i gartre Meistres Pennant, lle cei di rywbeth. Ond tipyn o'r hanes, Judy. Sut mae'r Sgweiar? Ydi o adre? Fuost ti'n dangos dy hun i'r Sgweiar?

"Mae'r Sgweiar wedi marw, Nain Sidi."

"Wedi marw!" gwaeddai brenhines y sipsiwn. "Wedi marw! Bryd? Y Sgweiar Gwyn wedi marw, a Tasso a minna heb orffen hefo fo? O'r filain, mi fedrodd 'y ngwneud i rŵan eto fel y buo fo yn 'y ngwneud i bob amser. Daethwn i yr un cam o Feudy'r Foel yma pe baswn i'n gwbod bod o'n mynd i farw. Roedd arna'i eisio'i weld o. Beth nath o hefo Hagar? O'r filain, melltith fo arno fo, melltith fo ar y cwbwl i gyd. Wedi marw!"

"Ydi, mae o wedi marw, a Missie ifanc yn byw yn y Plas yn wraig i'r dyn ifanc hwnnw gafodd 'i achub o'r llong. Mi ddaru ddŵad ati hi amser marw'i thad."

"Tad? Tad? Tad pwy? Tad faint tybed?" ebe'r hen wraig yn ddigofus. "Dos i mewn Judy, ac i dy gornel. Na, aros, beth arall glywodd dy glustia di, tybed? Y Sgweiar wedi marw, yn wir! O'r filain!"

"Wel, Nain Sidi," ebe Romo, "dyna ddryswch yn y blaned. Beth ellir neud rŵan? Judy, rwyt ti wedi cario newydd drwg, gwaeth nag wyt ti'n wybod, ar dy les dy hun."

"Fedra'i ddim help, Romo, mae'r Sgweiar wedi marw, beth bynnag, a rhyw ddynes debyg i mi, ond bod hi'n hynach na fi, a dillad sidan amdani hi, wedi marw hefo fo. Do, Nain Sidi, mi ges i wybod y cwbwl, mi ddeudodd morwyn y Plas wrtha'i. Doedd hi ddim yn meddwl am ddeud, ond mi ges i'r hanes i gyd. Meistres Gwyn yn cael y Sgweiar wedi marw, a dynes glws iawn, ac yn debyg i mi," ebe Judy, gan daflu golygon tuag at Romo, "wedi marw hefo fo, â'i breichiau amdano fo. Ŵyr neb pwy oedd hi, ond mae hi wedi'i chladdu yn ymyl y Llan yma."

Cerddai Sidi yn ôl ac ymlaen, gan felltithio rhwng ei dannedd, cau ei dyrnau, a chwythu bygythion ddigon i godi gwallt dyn ar ei sefyll.

"A Nain Sidi," ychwanegai Judy, braidd yn ofnus wrth weld cynddaredd yr hen wraig, "mae Mister Pennant yn dŵad yma fory—mae o eisio siarad hefo chi."

"Siarad hefo mi? Ŵyr o fwy o hanes y Sgweiar? Rhaid i mi fynd i weld y Sgweiar newydd, rhaid, rhaid. O, hi sydd wedi marw, Hagar—prydferthwch y llwyth—rwyt ti'n debyg iddi hi, Judy, wyt, yn debyg iawn. Ond rhaid i ti beidio bod, wyt ti'n 'y nghlywed i? Ges ti fwyd? Do, mi wranta, yn y Llys. Dos i dy gornel."

A ffwrdd â Judy i mewn i'r Beudy, ac i'w chornel fechan ei hun. Ben bore drannoeth cychwynnodd Sidi allan, ac i lawr â hi tua mynwent y Llan, ac yno bu'n cerdded ac yn chwilio ymysg y beddau am amser maith, hyd nes iddi o'r diwedd ddyfod i'r fangre neilltuedig lle y safai'r garreg ar ei phen, a'r ddwy lythyren *H. W.* wedi eu cerfio arni. Ni allai Sidi, druan, ddarllen nac ysgrifennu, ond gwyddai feddwl llythrennau mawr breision yn ei ffordd ei hun, a phenderfynodd mai hwnnw oedd y bedd a geisiai hi yn y fynwent. Bu yn eistedd yno yn ei ymyl yn hir yn gruddfan ac yn melltithio un bob yn ail, yna cododd a cherddodd o gwmpas eilwaith, a chraffodd ar yr oll o'r beddfeini yn ofalus, a safodd o flaen yr un hardd o farmor gwyn uwchben y *vault*, fel y gelwir seleri tanddaearol lle y myn mawrion y byd gysgu eu hun olaf. Gwyddai Sidi trwy ryw reddf anesboniadwy oedd ynddi ei bod yn syllu ar orweddfan Rhydderch Gwyn, Sgweiar y Plasllwyd, a Marchog y Sir. Cofiai yr hen Sidi ef yn ddyn ieuanc hardd o bryd a gwedd, ei allu i ddenu rhianod o bob sefyllfa yn ddi-derfyn. Cofiai ef wedi hynny yng nghyfiawnder ei faintioli, o'r deg ar hugain i'r deugain oed, pryd yr enillodd un o ferched Sidi yn eiddo iddo'i hun, ac y dihangodd oddi wrth ei llwyth i rywle na ddaethant byth o hyd i'w hanes yn iawn, gydag ef. Y funud nesaf cymerodd garreg enfawr, a thaflodd hi â'i holl nerth at yr addurniadau prydferth, ac wele'r golofn wedi ei handwyo. Edrychodd am ychydig amser ar ei gwaith, yna cerddodd yn ôl at feddrod Hagar, ac eisteddodd yno yn sôn am blanedau, ac yn melltithio'r Gwyniaid, wreiddyn a changhennau.

Ymhen ysbaid cododd Sidi ar ei thraed, a cherddodd yn araf tua Beudy'r Foel. Ni welodd neb hi yn mynd i'r fynwent nac yn dyfod allan ohoni, ac ni chyfarfu undyn ar hyd y llwybr coediog arweiniai yn syth i'r Foel oddi wrth gongl y Llan. Wedi cyrraedd at ei phobl, galwodd Sidi hwynt oll ynghyd, a hysbysodd hwynt fod un ohonynt—ei merch hi ei hun, Hagar, na fu ei harddach erioed yn troedio daear—wedi marw, ac wedi ei chladdu fel y cleddid y Cymry yn ymyl y Llan, ac nid fel y cleddid meirwon y Sipsiwn. Meddai hefyd fod Hagar wedi dewis bod yn wraig i ddyn nad oedd yn un o'i thylwyth, a'i fod wedi ei phoeni nes ei lladd; yna byrlymai ei melltithion arno ef, a'r oll a berthynai iddo, melltithion mor debyg i rai ei merch pan flinodd y Sgweiar ar ei chwmni. Parasent ddychryn i'r Marchog pe bai'n fyw i'w clywed. Wedi blino yn melltithio, dechreuodd siarad â'i phobl yn eu hiaith eu hunain, mewn geiriau hollol anhysbys i neb o breswylwyr y fro allasai fynd heibio ar eu hynt. Geiriau pendant ynghylch rhywbeth neu gilydd, gellid meddwl, gan fel y pwysleisiai Sidi rai o'i brawddegau, ac yr atebent hwythau oll mewn ufudd-dod parod i gwestiynau pennaeth eu tylwyth. Tua hanner dydd gwelent feistr y Llys yn dynesu at Feudy'r Foel, ac ar amnaid oddi wrth Sidi, moesymgrymodd y rhai hynny o'r llwyth oeddynt mewn oedran aeddfed o flaen Lewis Pennant, ac ebe'r hen wraig:

"Planed dda ydi planed Mister Pennant; un dda fydd hi, planed dda i'r da, ynte, Mister Pennant? Diolch i chi dros bobol Sidi, Mister Pennant."

“Mae i ti groeso o’r hen Feudy, Sidi, groeso calon,” ebe Lewis Pennant. “Cofia di ofalu na fydd dy bobol di’n gneud niwed yn y gymdogaeth tra byddwch chi yma, neu mi dynni’r cymdogion yn ’y mhen i, Sidi.”

“Sidi na’i phobol byth yn gneud drwg i Mister Pennant, na wneiff mewn ffordd yn y byd. Mister Pennant yn dda i ni.”

Edrychodd Lewis Pennant arnynt y naill ar ôl y llall, yna gofynnodd, “Lle mae Judy’r bore yma, Sidi?”

“Judy, Judy,” a throdd yr hen greadures dro crwn, gan edrych o’i chwmpas. “Oes un ohonoch chi yn gwybod lle mae Judy? Pira, wyddost ti lle mae Judy?”

“Na wn i ddim lle mae hi; dydi hi’n debyg i neb.”

“Taw, Pira, taw, mae Judy o gwmpas, mi wn.”

“Wel, Sidi, rhaid i mi ofyn i ti droi i’r Llys acw. Rhaid i mi siarad hefo chdi ynghylch Judy.”

Curodd Sidi ei dwylo ynghyd, a gwaeddodd:

“Cychwynnwch i gyd, pawb at ’u gwaith, bob un, cofiwch petha clysa pob man. Am y gora.”

Wedi i’r tylwyth oll glirio yn ddigon pell, safodd Sidi o flaen Lewis Pennant, a moesymgrymodd eilwaith, ei gwefusau yn crynu, a’i hwyneb melyn cyn llwyted ag y gallasai fynd.

“Judy deud fod Mister Pennant am weld yr hen Sidi. Does yma neb deudwch y’ch stori fan hyn, Mister Pennant. Haws gwrando hanes Hagar â’r awyr las uwchben nag yn nhŷ neb. Faint wyddoch chi o hanes Hagar, Mister Pennant? A Judy? Wyddoch chi pwy ydi Judy, Mister Pennant? Mae’i blaned wedi drysu, ydi, Sidi’n misio ’i gweld hi’n iawn.”

Pwysodd Lewis Pennant ar hen foncyff coeden oedd yn ei ymyl, ac amneidiodd ar Sidi i eistedd ar y garreg o flaen drws y Beudy, ac ebe wrthi:

“O’r gore, Sidi, ond mae hanes Hagar a’i holl ofid ar ben.”

“Deudwch o, Mister Pennant. O, na fasa Tasso yma, ond mae o’n ymhell, a Hagar yn y fan acw, ynte, y filain,” gan bwyntio â’i bys at y fangre lle’r oedd y fynwent. “Mister Pennant, dydi’r Sipsiwn ddim yn gweld braint fod ’u merch nhw wedi byw hefo Sgweiar.”

“Ac mae’r Sipsiwn yn iawn; ond gwrando di, Sidi;” ac aeth Lewis Pennant dros hanes dyddiau olaf ei merch, y modd y bu i Susan, gwraig y garddwr, a Siani Tŷ’n y Coed fod yn nodded iddi, ac fel y bu i’r olwg arni fod yn angau i Farchog y Sir; a phob tro y dwedai ryw air i gyfleu’r syniad i Sidi fod y Sgweiar wedi gorfod dioddef, mwynhâi yr hen greadures ffordd Hagar o ddial yn neilltuol:

“Ie, ie, nid un i fod yn llonydd oedd Hagar—Hagar, prydferthwch ein llwyth ni.” Aeth Lewis Pennant ymlaen i ddweud y gyfrinach oedd ynghadw ym mhecyn bychan gwerthfawr Hagar: ysgydwai Sidi ei phen, nid ymddangosai fel petai’n gallu cytuno â’r ffermwr ar y pwnc.

“Ddim tra bydda i byw, Mister Pennant.”

“Ie, Sidi, ond wedi hynny, beth ddaw ohoni? Rhyw hanner Sipsiwn ydi Judy: mi fyddai’n well i’r eneth gael byw yn ôl dymuniad ei mam, Sidi, rhag iddi hithau hefyd wneud peth tebyg ryw dro.”

Ar hyn gwelent Judy ei hunan yn dynesu tuag atynt.

“Lle buost ti, Judy?” gofynnai ei nain, tra y moesymgrymai’r eneth i “dad Missie fach.”

“O gwmpas y Plas yn deud ffortiwn; dyma i chi arian, Nain Sidi,” a thaflodd amryw sylltau i law ei nain. “O, mae yna le braf yn y Plas, Nain Sidi.”

“Judy, pe bai’r ddynes honno fuo farw hefo Sgweiar y Plas wedi gadael arian ar ’i hol i neud lle i ti, sut fyw fasa Judy’n leicio? Ym Meudy’r Foel, yn y babell, neu ynte mewn tŷ fel Llys Mister Pennant?”

“Mewn tŷ fel Llys cartre Missie fach, debyg iawn, Nain Sidi, yn dysgu llyfr ac yn gwisgo dillad fel *mistress* ifanc y

Plas. Judy ddim eisio bod fel hyn,” ac edrychai ar ei dillad yn wawdlyd.

“Dyna hi, mi wyddwn i, planed ddrwg, planed Hagar yn ddrwg i gyd. Fasa waeth i mi heb dy ladrata di, Judy, na fasa, mae dy fam wedi cael hyd i ti, ac wedi rhoi Judy o ofal Nain Sidi i ofal Mister Pennant. Wel, mae o’n ddyn da, a ledi wyt ti i fod, Judy—merch i beth fyddwch chi yn galw dyn fel tad Judy, Lewis Pennant?—gŵr bynheddig, ynte? Ha, ha! Gŵr bynheddig! Enw nobl iawn!”

Sylwodd Lewis Pennant fod cryn lawer o dristwch yn yr hen wyneb tywyll, ond ni wnaeth ond dweud:

“Bydd yn sicr o fod yn well ar les Judy, Sidi.”

Edrychodd Sidi ar yr eneth oedd mor brydferth er mewn carpiau, ac ebe, “Dos, Judy, galw ar Romo, ac André, Pira, a Sibil, mae’r lleill wedi mynd.”

Tra fu yr eneth yn gwneud ei neges, ni wnaeth Sidi ond ysgwyd ei hunan yn ôl ac ymlaen, a sibrwd y gair “filain” rhwng ei dannedd. Y funud nesaf roedd y pedwar alwesid, a Judy gyda hwy, yn sefyll yn ei hymyl.

“André, Pira, Sibil, Romo, newch chi gofio mai merch gŵr bynheddig, ie, ydi Judy; ie, merch i Hagar, prydferthwch y llwyth hefyd. Rhaid iddi hi fynd i ffwrdd, i fyw at bobol ’run fath â’i thad, mae hi’n mynd. Mae’i hwyneb hi fel wyneb Hagar, ond mae’r blaned yn deud bod yn well iddi hi fynd at bobol sy’n byw mewn tai, mi fydd yn mynd erbyn nos yfory, ie, nos yfory, i gysgu mewn tŷ. Nid Sipsiwn fydd hi, rhaid i Romo fyw hebddi hi—un o bobol ’i thad fydd Judy.”

Rhedai y dagrau mawr dros ruddiau Judy tra y traddodai yr hen Sidi ei hanerchiad, ac aeth Romo ati, a gafaelodd yn ei llaw, heb yngan gair, ond edrychai y lleill yn wawdlyd arni.

“Dyna’r cwbwl, ffwrdd â chi, cofiwch rhaid bod popeth yn barod.”

Aeth Romo a Judy ymaith law-yn-llaw, ac ebe fe wrthi,

"Dyna pam na chaiff Romo mo'i wraig, Judy: eisio'n gadael ni sydd arnat ti. Mi wyddwn i fod gwahaniaeth rhwng Judy a Sibil a Pira a'r cwbwl, a mi rhwystrodd Romo iddyn nhw dy roi di i mi, nes byddet ti yn dŵad ata'i o dy fodd. Wyddwn i ddim bod chdi am y'n gadael ni, a mynd i ffwrdd, Judy, fy mherl."

"Does dim help, Romo, dim help. Mae ar Judy eisio dysgu llyfr, ac eisio dillad clws, a tŷ i fyw yno fo, Judy ddim eisio mynd at dŷ pobl, a phawb yn clepian y drws. Does arna'i ddim eisio byw fel Pira, nag oes, Romo."

Gollyngodd y Sipsiwn ieuanc ei llaw, ac ymaith ag ef tua'r briffordd arweiniai i lawr o'r Foel, a goddiweddodd Lewis Pennant yn cerdded tua'r Llys. Cyfarchodd ef yn foesgar:

"Mister Pennant, ddaw dim drwg i Judy wedi iddi'n gadael ni? Begio'ch pardwn, ond mae'r Sipsiwn yn ffyddlon i'w deulu; dydi pobol gŵr bynheddig ddim bob amser. Lle mae Judy i fynd?"

"I'r ysgol i ddysgu y petha sydd arni hi eisio eu gwybod, Romo; dowch chi rai ohonoch i'r Llys, mi gewch wybod ei hanes hi gan Meistres Pennant neu fi."

Diolchodd y Sipsiwn yn foesgar ddigon, a gadawodd i Lewis Pennant fynd tuag adref.

"Peth rhyfedd, rhyfedd iawn, Margaret fach," ebe wrth ei wraig wedi cyrraedd y Llys, "fod Rhagluniaeth yn rhoi'r gwaith yn fy llaw i o geisio unioni rhywfaint ar lwybrau ceimion un na fu dim ond cyn lleied ag oedd yn bosib rhyngof i ag ef erioed."

"Yn wir, Lewis, mi fydda'i meddwl yn aml iawn bod chi yn y'ch gwaith yn unioni llwybrau ceimion pobol eraill. Gobeithio bod y cam yma y cam gorau."

Gyda'r wawr bore drannoeth, cyn i neb godi ond y rhai y galwai eu dyletswyddau iddynt wneud, cerddai y Sipsiwn yn orymdaith daclus gyda'i gilydd—nid oedd yr un o'r llwyth yn absennol ond y plant bychain—ar hyd y ffordd tua Llan Einion. Yr oedd yr olygfa yn un hynod iawn. Cerddai Sidi ar y blaen, a Judy yn nesaf ati, yna yr oll o'r gweddill bob yn ddau, a'r cwbl wedi ymwisgo yn y dulliau rhyfeddaf, a chyda phob math o liwiau. Hancesi cochion, rubanau porffor ac ysgarlad, mantelli, a siôls, bychain a mawrion, ond yr oll yn y lliwiau mwyaf addurnol—nid ymddangosai cymaint â lled llaw o ddefnydd tywyll yng ngwisg yr un ohonynt. Aethant i mewn trwy'r porth i'r fynwent, ac yn syth at feddrod Hagar, yno llefarodd Sidi ychydig eiriau wrthynt oll am y marw, tra'r wylai Judy yn hidl, er yn ddistaw.

"Dyna Hagar fy merch wedi ei chladdu gan ei phobol ei hun," ebe Sidi, yna arweiniodd hwy at golofn y Marchog, a throdd ei hwyneb tua'r Plasllwyd. "Mae Judy am fod yn ledi, am fyw mewn tai. Cofia di, Judy, hanes dy fam— dyma'r triciau fydd pobol y tai yn neud â theulu Sidi os bydd y merched yn glws, ie."

Yn gynnar yn y prynhawn daeth dynes tua deg ar hugain oed i Lys Gwenllian, ac aeth Judy ymaith gyda hi i ddechrau bywyd newydd. Cafodd Sidi afael ar Colonel Gwyn-Munro ryw dro cyn nos, a dechreuodd ddweud yr hanes wrtho, ond deallodd yn fuan fod y milwr yn gwybod y cyfan. Aeth yn ôl i Feudy'r Foel, a rhoddodd orchymyn i bawb bacio'r celfi at ei gilydd, ac erbyn y bore dilynol gadawyd y Beudy yn anghyfannedd, a chyn hanner dydd dychrynwyd Mr. Lloyd, yr offeiriad, bron allan o'i synhwyrau pan welodd fod cofgolofn y Sgweiar Gwyn wedi ei malurio a'i hamharchu gymaint ag oedd yn bosibl. Caledrwydd y marmor yn ddiau oedd yr unig reswm na fuasai yn fân fel graean.

XXXVI.
Ymweld ag Ynys y Seintiau

Eisteddai Tegwen ger adfeilion yr hen fynachlog yn Ynys y Seintiau ar nawnddydd hyfryd ym mis Mai, yn gweu hosan yn brysur, ond ei llygaid yn edrych tua'r môr o'i blaen. Ar ei llaw disgleiriai y fodrwy aur roddwyd iddi mewn dull mor anesboniadwy, ond nid ofnai Tegwen yr olwg arni, megis cynt; rywfodd medd y natur ddynol allu rhyfedd i gymhwyso ei hunan i amgylchiadau, a da hynny. Eto, yr oedd yr helyntion y bu drwyddynt wedi gadael eu hôl ar Tegwen. Gwyddai beth oedd galar a gofid, ac ni ellir adfer llonder ieuenctid yn union i'w gynefin fel cyn eu hymweliad hwy. Dyfalai Tegwen lawer yn awr ac yn y man ynghylch y gwahanol droeon dyrys ddaethent i'w chyfarfod, a mwy fyth ynghylch distawrwydd Derfel Gwyn. Trysorai ei lythyr olaf yn fwy na dim a feddai, wylai wrth ei ddarllen fel yr wyla pobl am eu meirw. Dyna oedd esboniad Tegwen ar y distawrwydd—credai fod Derfel Gwyn wedi marw, neu y buasai wedi derbyn gair oddi wrtho ar ôl iddo golli ei fam. Ni wyddai yr eneth fod Sgweiar y Plasllwyd wedi camarwain ei nai er ei gadw draw. Tra'n eistedd ac yn gwau yr hosan y nawnddydd hwnnw, crwydrai meddyliau Tegwen o'r naill fan i'r llall— weithiau'n ymdroi o gwmpas Tre Einion, a'r Tŷ Gwyn prydferth; yna'n croesi cyfandir a chefnfor i chwilio am fan fechan bedd Derfel ei hanwylyd. Ond gorfu iddi sylweddoli y presennol o'i deutu cyn pen hir, canys clywai lais ei mam yn galw arni, a rhaid oedd codi a mynd i'r Llety. Cofiodd iddi weld cwch yn glanio yn yr Ynys ryw hanner awr yn ôl, a thybiai fod rhywrai wedi dyfod drosodd o'r tir mawr, ac eisiau ei help hi i baratoi lluniaeth iddynt, ond yr oedd wedi peidio â disgwyl am newyddion ers misoedd lawer. Er ei syndod, gwelai fonheddwr yn eistedd yn y gegin, ac Ifan Noah y drygist o Dre Einion yn cyflawni rhan dehonglwr rhwng y bonheddwr a'i thad. Nid oedd Hywel Rhys yn deall nemor o'r iaith Saesneg, ac nid oedd Colonel Gwyn-Munro yn ddigon hyddysg yn y Gymraeg yr amser hwnnw i ymddiddan yn rhydd ynddi. Cyflwynodd Ifan Noah Ifans y ferch ieuanc i'r Colonel, a chan fod Tegwen wedi cael addysg bur dda gan ei rhieni, dechreuodd y ddau ymgomio yn rhwydd â'i gilydd. Holodd y Sgweiar y ferch ieuanc yn fanwl ynghylch y cwbl a wyddai am Derfel Gwyn, hanes ei symudiadau yng ngwlad yr aur, a'r newyddion olaf amdano yn ei lythyrau at ei fam. Dywedodd Tegwen hanes yr holl amgylchiadau, canys deallodd yn fuan mai cyfaill i Derfel oedd yn ei holi, ac y dymunai wneud rywbeth i gyfannu bywyd y bachgen ddioddefodd gymaint oddi ar law ei dad yng nghyfraith. Casâi yr Ysgotyn y syniad o Rhydderch Gwyn fel perthynas, ac hyd yn oed dad-yng-nghyfraith iddo ef, Charlie Munro ei ddyddiau dedwydd, er heb lawer o arian—ond teimlai ryw atyniad yn ei galon at y nai oedd, fel yntau, wedi ei aberthu i ddichellion Sgweiar Plasllwyd, a phebai'n bosibl iddo gael gafael arno buasai Colonel Gwyn-Munro yn gyfaill cywir i Derfel Gwyn. Rywfodd, ni fynnai efe gredu ei fod wedi marw; yn ei fyw ni allasai beidio ofni fod a wnelai ei ewythr â'r distawrwydd, er nad oedd ganddo un sail i hynny. Holodd Martha—hen forwyn mam Derfel—yn fanwl, ond nid ymddangosai hi fel petai'n gwybod dim rhagor na bod Mr. Gwyn wedi gwneud pen ar bopeth yn y plasdy bychan ar unwaith wedi claddu Mrs. Gwyn, ei chwaer-yng-nghyfraith, a mynd â hi yn forwyn i'r Plasllwyd. Yn fyrbwyll, bu i Martha grybwyll enw Tegwen, hoffter ei diweddar feistres tuag at y ferch ieuanc, ond nad oedd y Sgweiar am i'w nai gyfathrachu â merch amaethwr.

"Pwy edrychodd trwy bapurau a llythyrau Mrs. Gwyn, Martha?" gofynnodd y Colonel.

"O, y Sgweiar, syr; mi gymrodd bob peth felly'i hun. Y fo ddaru 'sgrifennu'r cwbl i Mr. Derfel am ei fam. Roedd Tegwen wedi gofyn i mi fynd at Ifan Noah i'r Post i edrych am lythyra iddi hi, ond mi berodd y Sgweiar i mi beidio sôn am y peth—y gofala fo am y cwbl. Roedd yno un llythyr i Mrs. Gwyn yr wythnos bu hi farw, ond ddaru Mister Derfel yrru dim yno wedyn. Mi gadwodd y Sgweiar hwnnw."

Canlyniad yr ymddiddan â Martha fu i Colonel Gwyn-Munro fynd at y drygist, ond er y cytunai Ifan Noah a'r Colonel fod Rhydderch Gwyn yn abl i wneud unrhyw gamwri i gario ei ddichellon ei hun ymlaen, eto dywedai Ifan Noah na ddaeth yr un gair o'r Gorllewin i'w lythyrdy ef wedi ei gyfeirio i Tegwen Rhys na neb arall. Penderfynodd Colonel Gwyn-Munro ymweld â chartref y ferch ieuanc, a chafodd gan Ifan Noah fynd yn gwmni iddo tuag Ynys Enlli. Ond cadwyd hwy am rai wythnosau heb roddi eu bwriad mewn gweithrediad. Bu dinistriad y golofn ar fedd y Sgweiar yn un rheswm dros hynny, ac hefyd ystormydd y gwanwyn yn cynhyrfu y môr rhyngddynt a'r Ynys. Nid oedd un amheuaeth ym Lewis Pennant nad gwaith y Sipsiwn oedd malu'r golofn, a chytunai'r Colonel ag ef, ond ni fynnai sôn am chwilio amdanynt i'w cosbi. Gallasai Sidi a'i llwyth fod yn ddigon diogel pe heb symud o Feudy'r Foel o ran y Sgweiar Gwyn-Munro, ond ni wyddai'r hen greadures mo hynny.

"Na, Mr. Pennant, nid myfi yw'r dyn i ddial ar y sipsiwn; rhyngoch chwi a minnau, braidd nad wyf yn eu hedmygu am geisio rhyw ffordd i ddangos eu casineb tuag at y dyn ddi-anrhydeddodd eu llwyth trwy ddarostwng un o'u merched. Dywedais y teimla'r Sipsiwn yn gryf ar y pwnc yma, a da fyddai i'r bobl y trigant yn eu mysg gymryd gwers oddi wrthynt. Fel yr oedd, gorfu i Mr. Gwyn fynd trwy ryw fath o seremoni gydnabyddir gan y Sipsiwn yn briodas cyn cael Hagar Wood i gydfyw ag ef, fel y gwyddoch.”

Caeodd ei wefusau yn dyn, yna ychwanegodd:

“Yn wir, Mr. Pennant, nid oes gennyf mo’r help, ond mae meddwl am gynifer o fywydau yr aberthwyd eu cysur i borthi nwydau a mympwyon tad fy ngwraig yn gwneud golud y Plasllwyd yn faich anodd ei ddwyn i mi. Llongddrylliad i mi mewn mwy nag un ystyr oedd suddiad y *Regina* yn y bae yma.”

“Ie, Colonel Munro,” ebe Lewis Pennant “gwn hynny yn dda. Ond yr wyf yn credu eich bod, trwy’r cwbl, ar lwybr eich dyletswydd, ac y bydd i chwi yn y man gael eich dedwyddwch wrth gerdded ar hyd-ddo.”

“Diolch i chwi, Mr. Pennant, am roddi i mi ond un enw—enw fy nhad, a gadwodd mor ddilychwin. Yr wyf dan orfodaeth i ddefnyddio y llall, wrth gwrs, pan yn arwyddo fy enw yn gyfreithiol, ond gwell gennyf pe gelwid fi Colonel Munro o lawer iawn. O dipyn i beth, gobeithiaf mai felly y gweir. Pethau digon anhwylus yw’r enwau dwbl yma, a chytuna fy ngwraig â mi yn hyn o beth.”

Druan o Alys: buasai yn cytuno ag ef pe rhoddasai orchymyn iddi i adael i’r cwbl, a mynd gydag ef yn dlawd a dinod i eithafoedd y byd, er mor hoff oedd o’i chartref cysurus yn y Plasllwyd. Edmygai gymeriad ei phriod, a gwnâi hynny ei serch tuag ato yn llawer mwy. Efe oedd popeth, byd a bywyd iddi. Wedi iddi ddeall hanes ei thad a’i mam, ni allai Mrs. Munro eu cadw yn yr un lle yn ei chalon, er na fu iddi ymddwyn yn wahanol yn ystod oes ei mam. Teimlai Alys fod Charlie yn ei le, y dylent gydnabod eu rhwymedigaeth i Derfel ei chefnder, ac yr oedd mor awyddus ag yntau am wybod ei hanes.

Barnodd Colonel Munro yn ddoeth hysbysu ei wraig ynghylch Hagar Wood a Judy ei merch. Bu am dipyn yn ceisio penderfynu pa un oedd y gorau—ai ei hysbysu neu beidio, ond gwnaeth ei feddwl i fyny nad oedd dim curo ar fyw yn y goleuni, heb berygl i undyn allu dweud mwy wrthynt nag a wyddent eu hunain; ac ni fu edifar ganddo. Cymerodd Alys ddiddordeb mawr yn Judy a'i dyfodol, a'r un modd hefyd holai ynghylch Tegwen, merch brenin Ynys Enlli, gan y tybiai fod Tegwen hefyd yn dioddef o'i phlegid hi.

"Bu fy nhad yn dda iawn i mi, Charlie," ebe un diwrnod, "ond sathrodd gymaint o rai eraill dan draed ef fy mwyn i, ac mae hynny yn yn boen fawr i mi."

Hoffodd Colonel Munro ymddygiadau Tegwen pan aeth i ymweld â'r Llety—geneth ieuanc lednais, deg yr olwg arni oedd, â chryn dipyn yn ei phen hefyd. Gwyddai y Colonel am "helynt y tylwyth teg," fel y tybiai pawb mai hwy fu'n dychryn Tegwen; a holodd hi am y peth yn brin. Dangosodd y fodrwy ar ei llaw i'r bonheddwr, yna ebe yn wylaidd, â'i llygaid yn llawn dagrau:

"Ni wna'i bod hi yma ddim gwahaniaeth, syr; os ydi Derfel wedi marw, ddaw o byth yn ôl yma; os ydi o yn fyw, bryd bynnag y daw o yn ôl mi fydda i yr un fath. Mi fydda i'n ffyddlon i Derfel yn fyw neu yn farw, nes y cawn ni gyfarfod eto mewn un o'r ddau fyd. Hwyrach mai geneth ofergoelus ydw i, fel yr oedd Dr. Prys a phobol heblaw fo yn deud, ond well gen i adael y fodrwy yma, rhag i mi dynnu'r llwyth teg yn 'y mhen. Mae pawb yng Nghymru 'u hofn nhw, Colonel Munro."

Wedi i Ceridwen Rhys roddi bwyd o'u blaen, ac i'r ddau ymwelydd wneud cyfiawnder ag ef, nid oedd diben aros yno yn hwy. Ond wrth ganu ffarwel, gofynnodd Colonel Munro am ganiatâd i Tegwen fynd am dro i Blasllwyd. Diolchodd ei rhieni drosti, ond dywedent mai amser prysur fyddai'r haf yn yr Ynys, fod yno lond dwylo pawb o waith. Ond ni fynnai y Colonel gael ei droi heibio gydag esgusion: teimlai fod caredigrwydd i Tegwen yn gyfystyr a charedigrwydd i Derfel, ac yr oedd yn dra siomedig na chafwyd un math o ben llinyn ar y dyryswch ganddi hi, mwy na chan Martha.

"Dyma le iawn sydd yn yr hen Ynys yma, Hywel Rhys," ebe Ifan Noah. "Does yma na thlodi na drygioni na dim arall. Doedd dim rhyfedd i'r hen seintiau—coffa da amdanynt—wneud eu cartre yma. Rhaid i chwi ddod â Mrs. Munro yma i weld hen Ynys y Seintiau, Colonel."

A dechreuodd Ifan Noah ddweud y cwbl a wyddai ef am yr hen fynachlog a phreswylwyr Enlli ddyddiau fu, nes iddynt gyrraedd glan y môr lle yr angorai eu cwch yn yr unig gornel diogel i lanio ar yr Ynys. Gwyliai Tegwen hwy am ysbaid—y cwch yn nolio'n ysgafn ar wyneb y dwr, yna trodd yn ôl tua'r tŷ. Er ei braw, safai dyn ieuanc yn ei hymyl, ond nid ymddangosai yn ei gweld. Gwyliai yntau y môr hefyd, a sibrydai, "Mae'r blaned wedi drysu, ond mi ddaw awr â phethau'n iawn, Judy fy mherl."

"Aur," ail adroddai Tegwen. "Aur? Ydi, mae aur yn rhoi rhyw allu rhyfedd i'w berchennog. Pe heb aur yn y Plasllwyd, ni allasid trefnu pethau cystal yno wedi'r fath dorri ar bob cyfraith ddylai dyn barchu. Heb aur yr oedd Derfel, dyna pam y bu raid iddo groesi'r hen fôr yna i chwilio amdano mewn gwlad arall. Aur sy'n gwneud dyn yn feistr ar bawb o'i gwmpas."

Siaradai yr eneth wrthi ei hun, heb ystyried fod y dyn ieuanc safai yn ei hymyl wedi ei gweld, ac yn gwrando yn astud ar bob gair a lefarai.

"Tybed y daw aur â phethau yn iawn i ni?" ychwanegai Tegwen, â'i llygaid yn tremio ar y môr diderfyn o'i blaen.

"Mae aur yn dŵad â phetha'n iawn i bawb, Missie ifanc. Aur yn newid planed, aur yn prynu pob peth i bob un. Pawb yn chwilio am aur—waeth am ddim arall. Aur yn rhoi pob peth arall i ni i gyd."

"Fydd aur ddim yn rhwystro i neb farw, a does neb yn ddim haws o geisio mynd ag aur i'r byd arall. Gadael y cwbwl ar 'i ôl ddaru Sgweiar Plasllwyd, i bobol eraill. Fedd

Mr. Gwyn ddim ond lle yn y pridd heddiw, ’run fath â phobol dlodion wedi marw.”

Edrychai y dyn ieuanc yn syn ar yr eneth, ac ebe, “Neb eisio aur wedi marw. Dyn wedi marw eisio dim yn unlle.”

“Oes, mae arnom ni i gyd eisio rhywbeth wedi i ni farw, ac a erys hefo ni am byth. Wneiff aur mo hynny.”

Gwenodd y dyn ieuanc:

“Missie ifanc deud petha smala iawn. Beth mae dim dda i ddyn wedi marw? Ond Missie eisio aur tra mae hi’n fyw, iddi fod yn hapus. Missie cael peth o’r aur hefyd. Missie yn gwisgo aur ar ’i llaw ‘rŵan. Fasa Missie rhoi’r aur yna i mi?”

Gwelwodd wyneb Tegwen, ac atebodd, “Na, fedra’i ddim tynnu’r fodrwy aur yma. Mae’n rhaid i mi ei chadw hi.”

Chwarddodd y dyn ieuanc yn uchel.

“Raid i Missie ddim ofn. Raid i Tegwen ddim dychryn. Faswn i’n gwneud dim drwg i Tegwen Rhys. Roedd yna lawer o bethau yn y blaned am Tegwen Rhys, a mae hi’n Degwen dlos, a roeddwn i’n fodlon i’r cwbwl ’ramser hwnnw, ond mae’r blaned wedi drysu, ac mae yna lot fawr o waith cael y cwbwl i drefn, a mae aur yn siŵr o wneud y cwbwl i gyd er hynny. Aur, aur, Tegwen dlos.”

Edrychai yr eneth o’i chwmpas. Cofiai y llais peraidd a glywodd o’r blaen, a thybiai ei bod eto yng nghymdogaeth gwlad hud a lledrith, a throdd ei hwyneb tua’r Llety.

“Gwell i Missie ifanc wrando. Faswn i ddim yn meddwl am neud drwg i Tegwen Rhys, ond os gneith Missie ifanc eistedd ar y garreg yma a gwrando arna’i am dipyn bach, hwyrach y gallwn ni’n dau helpu’n gilydd, er fod y blaned wedi drysu. Roedd Nain Sidi wedi meddwl am ddrysu planed Sgweiar Gwyn. Dyn drwg oedd o, a phan oedd Mr. Derfel o gwmpas, Nain Sidi wedi meddwl rhoi Judy fy mherl yn feistres i Blasllwyd, a Romo i fynd â Tegwen, Tegwen dlos, yn wraig. Ie, ond f’ewyrth Tasso yn drysu’r blaned, a Meistres ifanc arall yn dŵad i'r Plasllwyd, a hi'n drysu'r blaned. A neb yn meddwl fod Judy fy mherl wedi mynd i ffwrdd i fyw mewn tŷ, a mae'r awyr las uwchben Romo. Rhaid cael aur i neud Romo'n ffit i fyw mewn tŷ. Rydw i wedi gadael y llwyth, Missie ifanc, am byth. Does eisio dim arna'i ond bod o gwmpas Judy fy mherl. Mae digon o aur, ond rhaid i sipsiwn beidio mynd i siop hefo aur, ne mi fydd y cwnstabl yn 'i ddal o. Neith Missie helpu Romo Wood i fynd yn ddyn fel 'i brawd hi, a Missie'n cael digon o aur am neud?"

Tra y siaradai y sipsiwn ieuanc, edrychai Tegwen arno yn syn, heb symud ei llygaid. Y foment y gorffennodd estynnodd ei dwylo iddo, ac ebe yn erfyniol, "O, mi glywais i'r llais yna o'r blaen. O, deudwch wrtha'i pwy sydd yma? Aur! O, mi hoffwn i gael aur i Derfel Gwyn, ond nid aur anonest, chwaith. Dyma chi yn garpiog iawn—ond mi fydd pobol ag aur mewn dillad da. Dydw i'n deall dim am hanner y pethau. Ond pe byddai raid i mi ddisgwyl am Derfel Gwyn nes byddwn i'n hen iawn, does neb yn mynd i gael Tegwen ond y fo; a dydi 'i fod o wedi marw yn gneud dim gwahaniaeth i mi, nag ydi, ddim. Pwy bia'r llais yna ganodd i mi o'r blaen? Sôn am blaned wedi drysu—mae pob peth wedi drysu, er pan glywais i'r llais yna, beth bynnag."

"Raid i Missie ifanc ddim bod ag ofn Romo, na raid, yn wir, yn wir. Missie ifanc eistedd i wrando, a Romo treio deud hanes i gyd, y gwir bob gair. Bydd Nain Sidi yn deud nad oes dim eisio deud y gwir wrth bobol y wlad yma, ond mae Romo wedi gadael y llwyth am byth. Mae Judy wedi mynd, Judy fy mherl, ac mae Romo yn mynd hefyd, y tylwyth wedi colli Romo er ddoe."

Yn ei byw ni allasai Tegwen wrthsefyll swyngyfaredd ei ddull rhyfedd o erfyn am ei help. Eisteddodd i lawr ar garreg fu unwaith yn rhan o fur yr hen fynachlog, tra y llefarai Romo Wood wrthi; a phan safodd o'i blaen â'i gap yn ei law, cododd Tegwen oddi ar y garreg, ac ebe wrtho, "Gwnaf y cwbwl sydd yn fy ngallu i, ond nid yw gallu geneth ond ychydig iawn ymysg ein pobl ni, Romo. Gwyddoch i Sgweiar newydd y Plasllwyd fod yma heddiw, mae yn lle Sgweiar Gwyn, ond dyn da iawn ydyw, er hynny—da iawn, Romo. Mi âf fi fy hun at Colonel Gwyn-Munro, ac mi ofynnaf iddo ef eich rhoi ar y ffordd, yr un ffordd ag y mae Judy wedi dechrau ei cherdded, ynte, Romo? Ac," ebe'r eneth dan wenu, "gewch chi weld, Romo, na fydd perygl i'ch planed ddyrysu y ffordd honno. A diolch yn fawr i chwi am i chwi ddweud yr hanes wrthyf. Nid hanes yr aur, Romo, achos ni fydd aur o ddim gwerth i ddŵad â Derfel yn ôl—mae o'n siŵr o fod wedi marw."

"Peidiwch â bod yn rhy siŵr, Missie ifanc. Mae F'ewythr Tasso yn un da am fod yn ofalus o'i ffrindiau. Dydd drwg i ni fydd dydd gofid i Tegwen Rhys. Ond i chi, Missie ifanc, gofio am Romo, bydd Romo yn cofio am aur i Missie."

Ffarweliodd y ddau, ac aeth Tegwen yn ôl i'w chartref, ei hwyneb wedi colli yr olwg o arswyd oedd wedi bod arno ers pan ei dychrynwyd gan y weledigaeth ryfedd, a'r canu swynol. Aeth Romo hefyd i chwilio am ei gwch bychan, ond nid aeth iddo. Cyn pen ychydig o amser roedd yn ôl yn ymyl y fynachlog, ac wedi edrych o'i gwmpas rhag bod neb yn ei weld, i lawr ag ef i'r dyfnderoedd i rywle, i ddyfod i'r golwg ymhen tua chwarter awr, â sach ar ei gefn. Ymddangosai yn un drom, os oedd ystumiau Romo wrth ei chario i'w dibynnu arnynt fel dangoseg. O'r diwedd, cafodd ei sach i gornel neilltuedig ar lan y mor, lle roedd hen ogof yn agor ei safn. Ni phetrusodd Romo, ond i mewn ag ef i'r tywyllwch. Ymhen tua hanner awr daeth allan ei hun heb y sach, ac ymaith ag ef at ei gwch. Yn fuan wedi hynny gadawodd Enlli, a hwyliodd tua'r tir mawr.

Drannoeth daeth dau sipsiwn arall i'r Ynys, a'u neges hwythau oedd ymweld ag adfeilion y fynachlog. Ond daethant oddi yno yn waglaw. Tyngai a rhegai André yn ei ffordd ei hun, ac ebe wrth ei gydymaith:

"Mae Romo wedi bod yma, mae'r pethau gadwodd o a minna wedi mynd. Wedi'n gadael ni mae Romo, waeth be mae Nain Sidi yn ddeud. Mae Romo wedi drysu wedi i Judy fynd i ffwrdd, ond mae o wedi mynd a digon hefo fo. Mi wyddwn i nad oedd o ddim yn hidio am weithio na chwilio am gem na dim byd. Dydi o wedi bod yn da i ddim er pan gollodd o Judy. Mae o wedi bod yn fradwr i'n llwyth ni."

Diau i Romo dybied y buasai André yn mynd i chwilio am eu trysor cuddiedig wedi iddo ef ddianc oddi wrth y llwyth, a dyna'r rheswm y gwnaeth achub y blaen arno.

Bu Tegwen gystal â'i gair. Aeth i'r Plasllwyd drannoeth, a chafodd ymgom faith gyda'r Colonel. Cyn mynd yn ôl i Enlli, cyfarfyddodd â Romo y sipsiwn ar draeth Enlli, ac wedi siarad â'i gilydd am beth amser, trodd Tegwen ei hwyneb am Borth Einion i chwilio am Ifan Dafydd i'w hebrwng drosodd, ac aeth Romo yn syth i'r Plasllwyd, lle y bu am tuag awr yn gwrando ar Colonel Munro yn ei hyfforddi ynghylch y dyfodol. Wedi hynny, arweiniodd ef i'w ystafell wisgo ei hun, a rhoddodd wisg gyfan iddo o'r eiddo ei hun. Anodd fuasai adnabod Romo y sipsiwn wedi iddo ymwisgo yn nillad Colonel Munro, oni bai fod ei anwybodaeth o ddull pobl wareiddiedig o fyw yn ei fradychu, gallesid yn hawdd ei gamgymryd am fonheddwr, gan mor hardd oedd. Aeth i Ynys Enlli i ganu'n iach i Tegwen Rhys cyn ymadael i gerdded ar hyd ei lwybr newydd, a rhoddodd focs pren iddi.

"Dyna, Missie ifanc, mae Romo wedi rhannu yn gyfiawn. Daw'r bocs yna â byd da i Tegwen Rhys, a bydd Romo Wood yn mynnu planed heb ddrysu hefo'r rhan arall."

XXXVII.
Neithior Mab y Brenin

Ni chlywyd gair am Sidi Wood a'i thylwyth ym Mro Einion am ysbaid dwy flynedd o amser, ond wele Sidi a'i llwyth unwaith yn rhagor yn gofyn i Lewis Pennant am Feudy'r Foel, ac yn ei gael hefyd, er i'w cymwynaswr caredig rybuddio Sidi na fyddai iddi hi na'r un o'i phobl fynd i fynwent y plwyf i amharchu bedd neb, boed ef waethed ag oedd bosibl yn ei fywyd. Roedd Colonel Munro wedi maddau iddynt, gan ei fod yn gwybod am eu cam, ond os troseddent eilwaith y rhoddid hwy yn ddiymdroi yn nwylo y gyfraith. Addawodd Sidi gydymffurfio â'r telerau, a chymerodd feddiant o'r hen Feudy. Ond nid oedd Romo na Judy gyda hwynt—yn ofer y disgwyliodd y llwyth am ddychweliad y naill na'r llall. Cawsant hanes Judy gan Lewis Pennant ond nid oedd gair ynghylch Romo i'w gael gan neb. Eto, gallesid gweld dyn ieuanc hardd yr olwg arno, ac wedi ymwisgo yn dda, yn ymweld yn awr ac yn y man â'r dref lle'r addysgid Judy. Gwyliai y tŷ y trigai ynddo yn ddyfal nes cael cipolwg arni, a bod yn sicr iddi hithau ei weld ef, yna ymaith ag ef am ddeufis neu dri, heb ychwaneg o ymdroi. Yn y cyfamser, tyfai Judy yn eneth ieuanc brydferth iawn, a meddai allu neilltuol i fanteisio ar yr addysg a dderbyniai. Bu Lewis a Margaret Pennant yn ymweld â hi amryw weithiau, ac yn ceisio cael rhywfaint o hanes y gem roddwyd ganddi i Gwenllian. Wylai Judy yn hidl os sonient nad oedd "Missie fach" i gael cadw ei gwarchau[*]—y gem feddai ddigon o rinwedd ynddo i ymlid pob math o ddrygau oddi

---

[*] *Gwarchau*: Talismon.

wrthi, ac nid oedd dim i'w wneud ond ymfodloni ar adael pethau fel yr oeddynt am dymor, beth bynnag. Yn ystod y ddwy flynedd, tyfodd cyfeillgarwch cynnes rhwng Alys, meistres y Plasllwyd, a Tegwen, merch brenin Enlli, a byddai Tegwen cyn amled yn y Plas ag yn y Llety. Ganwyd merch fechan i Colonel Munro a'i wraig, ac er i'w fam-yng-nghyfraith erfyn arno ar ei gliniau o'r bron gofio y felltith oedd wedi ei darogan, mynnai y milwr herio pob melltithion o'r fath, ond yr oedd yn eglur i bawb nad oedd y baban—er ei bod yn eneth fach dlos flwydd oed—eto mor flaenllaw a rhai bychain tebyg iddi. Byddai Tegwen ac Alys am y gorau ym mwytho y fechan, ond yr oeddynt yn ofni yn ddistaw fod y plentyn yn wahanol i blant eraill, er na ddywedent air y naill wrth y llall. Tua'r adeg honno y daeth Sidi yn ôl i Feudy'r Foel. Ambell waith y cyfarfyddai yr hen wraig y famaeth a'r baban, pan gymeryd y plentyn allan i fwynhau yr awyr iach, ac unwaith arhosodd i ofyn i'r forwyn groesi ei llaw, a syllodd ar y fechan ddiniwed, yna chwarddodd yn uchel, a ffwrdd â hi cyn i'r ddynes gael amser i'w hateb y naill ffordd na'r llall.

Ond ni feddyliodd y forwyn ddim ar y pryd amdani hi na'i hymddygiad. Yr oedd pawb ym Mro Einion yn rhy brysur i roddi fawr o sylw i Sidi a'i phobl, canys yr oedd amgylchiad o ddiddordeb neilltuol i'r holl ardalwyr yn destun siarad pawb. Er i Gayney, merch y *Ship and Castle*, godi gryn llawer yn uwch ym meddwl Ieuan Meurig yr Hendre wedi iddi ymuno a'r "titotals," eto ni allodd lenwi lle ei gyfnither yng nghalon Ieuan ac o'r diwedd gorfu i Gayney gredu na fedrai hi byth ddenu Ieuan Meurig, nad oedd waeth iddi roddi heibio'r syniad. Druan o Gayney— costiodd colli'r gobaith hwnnw ddagrau lawer iddi, ond cadwodd ei gofid yn ei mynwes ei hun. Ac fel llawer un o'i blaen, galliodd gymryd ei chysuro yn y man gan rywun arall. Ryw ddiwrnod dechreuodd Ednyfed Rhys, mab brenin Enlli, weld rhinweddau Gayney Morus, a'r diwedd fu i Gayney hefyd dybied fod yn well iddi hithau ymserchu yn Ednyfed na gwastraffu ei theimladau ar Ieuan Meurig. Da iddi ei bod yn medru cyfnewid gystal, nid pawb o blant dynion all. Y canlyniad fu i briodas fawr Gymreig dynnu sylw pobl Porth Einion a'r holl fro, fel na allent feddwl am ddim arall am rai wythnosau cyn y seremoni derfynol yn y Llan. Fel yr oedd gorau'r lwc, ni luchiai y perthnasau o'r naill ochr na'r llall eu cylchau oblegid y briodas honno. Gwyddai Hywel a Cheridwen Rhys fod Gayney yn eithaf geneth, heb wybod beth oedd diogi, ac y byddai ganddi geiniog ddel ar ôl ei mam. Ystyriai Betsan Morus, o'i hochr hithau, fod y Llety yn gartref da i eneth fel Gayney, na feddai bleser yn y byd ym musnes y dafarn; felly, yn lle hel achau ei gilydd i brofi mor ddiddim oeddynt, bodlonai y ddwy ochr ar ganmol y naill y llall bob cyfle a gaeent— cynllun oedd yn llawer mwy cysurus i'r pâr ieuanc, beth bynnag am neb arall. Gan fod y briodas wrth ei bodd, penderfynodd Betsan Morus ddathlu'r amgylchiad gyda chryn lawer o rwysg. Rhaid oedd cael y neithior, wrth gwrs. Gwyddai yr hen wraig gyfrwys y deuai lluoedd a'u rhoddion i'r *Ship*, ac y byddai neithior Gayney yn un gwerth ei chael; "titotals" neu beidio, cyrchent i'r *Ship* ar adeg felly. Y peth cyntaf oedd anfon y gwahoddwr ar ei daith, yn llawn rhwysg trwy'r holl ardal. Cynigiodd un o'r llongwyr oedd adref ar y pryd ei wasanaeth fel gwahoddwr, ac aeth at y gwaith o baratoi ei hunan gydag ynni cyffredin bechgyn y môr pan yn mwynhau eu hunain ar y tir. Plethodd y llanc goron o flodau, a chlymodd hi gylch ei ben a rubanau amryliw yn hongian i lawr ei gefn bron at ei sodlau. Yn ei law cariai ffon wedi ei thorri o'r mêr helyg—ffon îr â thusw o ddail ar ei blaen. Cariai hi fel y gwna'r dynion esgynnant yr Alpau gario ffyn hwy na'u hyd eu hunain. Clymodd flodau a rubanau wrth y tusw dail ar ben y ffon, a chwifiai y rubanau yn yr awel fel y cerddai'r gwahoddwr o'r naill du i'r llall i ddweud ei neges. Ar ei ôl

rhedai torf o blant, yn gweiddi ac yn bloeddio, a phob tro
y rhoddai'r gwahoddwr y ddalen a'r gwahoddiad arni,
rhoddai'r plant hefyd fonllef fawr o "Hwrê!", nes seinio'r
creigiau o gwmpas.

Gofalodd Betsan Morus fod y gwahoddiad wedi ei
baratoi yn ofalus. Aeth at Ifan Noah Ifans i erfyn arno
wneud dau bennill iddi, ac anfonwyd hwy gyda'r goets
fawr i Gaer Saint i'w printio. Gadawai'r gwahoddwr y
penillion ymhob tŷ, ac ategai yn ei eiriau ei hun, "Cofiwch
fod yno i gyd. Mi fydd yno wledd na fu 'rioed mo'i bath.
Mae Betsan Morus yn deud ma dyma'r tro cyntaf iddi hi
fod ar ych gofyn chi, a ma Hywel Rhys yn deud yr un peth
ac ma'r ddau deulu wedi cofio'n hael amdanoch chi ar bob
achlysur. Mae Hywel Rhys a Betsan Morus yn disgwyl i
chi dalu'r cwbwl sydd arnoch chi iddyn nhw mewn ffordd
o roddion i'r bobol ifanc yma sy'n dechra byw—Ednyfed
Rhys a Gayney Morus."

Fel y gellid disgwyl, daeth tyrfa fawr ynghyd fore'r
briodas, y rhan fwyaf ohonynt o lawer ar geffylau.
Tybiodd Betsan Morus mai felly y buasent yn dyfod, ac yr
oedd Gayney i fynd ar gefn ceffyl i'r llan—nid oedd ei
mam am i'r briodasferch fod ar draed tra'r
gwahoddedigion ar feirch yn yr orymdaith. Tybiai ambell
un y byddai gweld Ieuan Meurig yn was priodas yn lle
priodfab yn dipyn o brofedigaeth i Gayney. Fodd bynnag,
bu yn ddigon call i beidio gadael i neb wybod hynny, a
phan grybwyllodd rhyw eneth benchwiban wrthi y
diwrnod cynt am y peth, chwarddodd Gayney yn
galonnog, ac ebe:

"Waeth pwy fydd y gwas. Fi'n hidio, wir! Pwy ond
Ieuan 'i gefnder fasa Ednyfed yn gael yn was yma? Fuo'
Ieuan a finna ddim ond ffrindia 'rioed. Leicio newid yn
wir, a finna'n mynd i briodi mab y brenin! Paid â chyboli!"

Wedi'r briodas yn y Llan, aeth yr orymdaith yn ôl i'r
Ship and Castle, lle yr oedd cyflawnder o fara a chaws a

chwrw cartref yn barod, a thafell dew o "bwdin plwm" gorau allasai Betsan Morus gymysgu. Ar ganol y llawr yr oedd bord gron, a dysgl helaeth oddi ar silff uchaf y dresel dderw yn gorffwys ar y ford. Eisteddai Ednyfed a Gayney wrth y ford, a deuai pob dim a'i rodd a thaflent yr arian a'r aur, fel y byddai'n digwydd i'r darn fod, ar y ddysgl. Bu sôn am flynyddoedd am bwyddion priodas Gayney'r Ship—derbyniwyd gan y pâr ieuanc dros gant a hanner o bunnau y diwrnod hwnnw, ebe Ifan Dafydd, yr hen bysgotwr. Yr oedd ef yn edrych ar Mr. Lloyd y Person yn cyfri'r arian wedi i'r seremoni fynd drosodd. Treuliwyd y dydd yn cerdded o fan i fan o gylch y fro, a phan ddaeth y nos, dechreuwyd canu a dawnsio yn y *Ship and Castle* am oriau lawer. Ambell waith cymerent egwyl i brynu teisen fechan a glasied o gwrw, yna ail ddechreuwyd ar y dawnsio drachefn. Cafodd Betsan Morus well busnes y diwrnod hwnnw nag a gafodd ers pan sefydlwyd cymdeithas y "Titotals" ym Mro Einion. Fe allai fod Gayney yn deall cynlluniau ei mam, canys ei hateb i Ednyfed oedd—wedi iddo ofyn iddi a ddeuai i'r Llety ddiwrnod y briodas:

"Dof; well gen i fynd drosodd, mi fydd yn ddistaw ac yn dawel yno. Mae arna'i ofn na fyn mam a Josh ddim i'r diwrnod basio fel basa ni'n leicio. Mi awn ni adref, Ednyfed."

A dangosodd wyneb y gŵr ieuanc mor falch oedd o'i hatebiad. Dechreuodd Gayney ei bywyd newydd yn ddoeth.

XXXVIII.
Troi Adref

S

Aeth blynyddoedd meithion heibio, a gwenodd haul mawr llwyddiant, yn ogystal â haul tanbaid Califfornia ar Derfel Gwyn. Aeth yno yn fachgen ieuanc llwm, heb ond ychydig iawn yn ei boced; ond meddai ei berson hawddgar atyniad cryf i'r aur melyn, debygid, canys dylifai ato o bobman. Dyna yw arfer yr aur, o ran hynny, ar hyd yr oesau: crynhoa at ei gilydd i'r man y bydd digon ohono eisoes. Felly y bu yn hanes Derfel Gwyn; cyn bod yn ddeg ar hugain oed, yr oedd yn ddyn ieuanc cyfoethog, a chyn bod yn hanner cant wele ef yn filiwnydd.

Bu Tasso Wood farw yng ngwlad y Gorllewin. Wedi clywed am ddiwedd Rhydderch Gwyn trwy i Derfel ddarllen yr hanes iddo o ryw bapur newydd, ni feddai Tasso Wood un peth i'w dynnu'n ôl tua Chymru. Pe gwybuasai ef a Derfel am yr amgylchiadau, buasai eu hanes yn dra gwahanol. Ond yr oedd mam Derfel wedi marw, a Thegwen yn anffyddlon iddo yn ôl ei dyb ef; beth oedd a wnelai Derfel â gwlad ei enedigaeth ynte? Na, gwell oedd aros i ymgyfoethogi yn y wlad bell, rhoddai hynny waith iddo, beth bynnag; a phan ddaeth trallod yn gydymaith i gydgerdded â'r bachgen, deallodd nad oedd gysur i'w gael tebyg i'r un a roddai digon o waith iddo. Rywfodd, ymserchodd y Sipsiwn gymaint yn y bachgen unig fel y bu iddo yntau hefyd benderfynu bod wrth ei ystlys, yn ei wylio rhag pob cam. Llawer perygl drowyd draw trwy gyfrwystra Tasso na allasai Derfel byth mo'u hosgoi ei hunan, a theimlai y Sipsiwn fod ei fywyd yn werth ei fyw tra yn gofalu am Derfel. Heblaw hynny, i beth, gofynnai iddo ei hun weithiau, y teithiai ef dros dir a môr? Dialwyd ar Sgweiar Gwyn gan rywun heb ei help ef. Yr oedd wedi darfod amdano, ac felly o gyrraedd pawb. Ac nid oedd Hagar brydferth yn fyw chwaith—Hagar ei eilun, Hagar yr aberthodd pob un o'r llwyth gymaint er ei mwyn. Yr oedd hithau wedi marw, ac ni allai Tasso Wood feddwl am ddim yn gofyn am ei bresenoldeb ef yng Nghymru mwy. Felly bu fyw a marw yn y wlad bell sydd a'i hawyr mor iach, a'i blodau mor hardd—cartref prydferthwch y Gorllewin, lle gwelir natur ar ei gorau yn addurno wyneb y ddaear. Bychan ŵyr llawer o fawrion Califfornia mai bedd Sipsiwn yw yr un a edmygir gymaint ganddynt yn un o'u mynwentydd mwyaf parchus. Ni ddywed y golofn o farmor ddim o'i hanes: yn unig cei yn argraffedig arni, "Thomas Wood, Prydeiniwr."

Wedi i'r henwr fynd i dŷ ei hir gartref, wrth archwilio rhai o'i drysorau, daeth Derfel i ddeall fod yn eu mysg gyfrinion na wyddai ef ddim amdanynt. Clôdd hwynt gyda'i gilydd yn ofalus, ac am flynyddoedd ni feddyliodd ragor amdanynt. Ond wedi iddo fynd yn berchen eiddo mor fawr fel na feddai chwant ennill rhagor atynt, dechreuodd Derfel flino ar ei wlad fabwysiedig. Blinid ef gan foethau a gwychder cyfoeth o'i gwmpas. Hiraethai am un olwg ar y Tŷ Gwyn, cartref ei fam—ei symlrwydd tawel a'i brydferthwch. Meddai ddigon o dda y byd hwn i borthi pob awyddfryd, a daeth cynllunio ar gyfer ymweld â Phrydain yn beth cynefin iddo. Eto, bu am gryn amser cyn cychwyn. Ni fu i Derfel allu ymserchu yn un o ferched y wlad: y tebyg ydyw fod ei fryd wedi bod ar ymgyfoethogi i'r fath raddau fel na ddaeth i'w galon feddwl am wneud lle i neb arall ar ôl Tegwen ynddi. Taenodd aml i rwyd o'i flaen, ond ni ddaliodd y merched mo Derfel. Y farn gyffredin amdano oedd ei fod yn gaethwas i'r aur, eto bu rhaid i bawb gydnabod nad oedd Mr. Derfel Gwyn yn gybydd. Nid oedd yr un bonheddwr yn eu mysg mor barod i roddi help llaw i'r gweddwon a'r amddifaid. Ceid ef yn cynorthwyo bechgyn ieuainc, ac yn eu hyfforddi pan yn eu gosod ar ben llwybr llwyddiant, tra y troai eraill eu hwynebau draw, ac y cerddent yr ochr arall i'r ffordd. O bawb, efe oedd y mwyaf haelionus, y rhyddaf ei galon, a'r cymwynaswr gorau. Pentyrrwyd pob anrhydedd ar ei ben allasai gwlad werinol roddi iddo. Pe ym Mhrydain, gwnaethid ef yn arglwydd neu yn syr; yn y Gorllewin agorwyd holl ddrysau defnyddioldeb mewn bywyd o'i flaen. Dywedai y mamau nad oedd ond un peth yn eisiau ym mywyd Mr. Gwyn—eisiau gwraig o'r iawn fath i'w helpu i wario ei gyfoeth yn deilwng. Ond ni chafodd eu sylwadau fawr o ddylanwad ar y bonheddwr, canys hen lanc barhâi ef i fod er eu gwaethaf.

Un diwrnod, tra yn eistedd ei hunan ar y feranda yn darllen hanes ymdrechion ei gydgenedl i gael addysg i'w plant, neidiodd Derfel Gwyn ar ei draed, ac ebe yn uchel,

"Mi af i yno am dro i weld sut drefn sydd ar yr hen wlad. Rydw i wedi blino ar y moethau a'r gwychder sydd i'w gweld ymhob man—y brys, y twrf, a'r helynt. Carwn unwaith eto glywed sŵn y droell yn nyddu yn lle sgrechiadau annaearol y peiriannau yma. Ie, carwn glywed Margaret Pennant yn dweud yr hen storïau am y tylwyth teg, a gweld y plant yn rhedeg am eu bywyd oddi ar ffordd Siani Tŷ'n y Coed. A'r hen Ifan Dafydd yn trwsio'i rwydau, a Betsan Morus hefo'i byrdwn 'yn y munud, yn y munud'," a chwarddai Derfel yn galonnog, fel pan yn fachgen.

Yna daeth cwmwl dros ei wyneb, ac ebe wrtho'i hun,

"Tybed fod rhywun yn fyw yno? A Tegwen? Lle mae hi? Roedd hi yn glws iawn, mi faswn i'n leicio gwybod faint o'i ôl wnaeth yr hen fyd yma arni hi. Fuo'r un roddodd fodrwy iddi mor dyner ag y buaswn i? O, Tegwen, fy merch, gwnest i mi golli gorau bywyd wedi'r cwbwl. Pam y buost anffyddlon i mi? Ac mi ddymunwn weld bedd fy mam. Mae rhywbeth yn fy nhynnu tua'r hen wlad er fy ngwaethaf. Gwir fod gennyf yr oll a all dyn ei ddymuno yma, gormod sydd yma, am wn i, eisiau y tawelwch a'r distawrwydd yn hen ardal gysglyd Bro Einion sydd arnaf, eisio croesi'r ras i Enlli a chael pryd o datws a llaeth enwyn yn y Llety."

Chwarddai yn uchel eilwaith, ond er syndod i bawb o'i gydnabod, gwyddent oll ymhen ychydig ddyddiau fod Mr. Derfel Gwyn ar gychwyn am dro i Ewrop, ac wedi gweld rhyfeddodau y Cyfandir, am ymweld â Phrydain.

"Na, nid felly, gyfeillion," ebe Derfel. "Yr wyf am droi'm wyneb tuag adref tua'r gornel fechan o Brydain a elwir gennych chwi yn *Wild Wales*, yn gyntaf oll wedi hynny cawn weld beth fydd yn canlyn," a pharatoai ei was a'i ysgrifennydd cyfrinachol[*] y cwbl gogyfer â'r daith. Aed i gryn drafferth i brynu anrhegion i lu o drigolion Bro Einion, oeddynt ers aml i flwyddyn yn cysgu'n dawel ym mynwent y Llan, ond ni wyddai Mr. Gwyn mo hynny; ac rywfodd nid ymddangosai fel yn gallu sylweddoli fod y blynyddau wnaeth y llencyn ieuanc teg yr olwg arno'n ddyn canol oed, a'i wallt yn frith, wedi cario aml un o'r rhai adwaenai gynt o Fro Einion i Fro Cysgod Angau. Ond gyda'r lleiaf o'r holl gyfnewidiadau oedd yn ei aros oedd hwnnw pan ddaeth yr adeg iddo gerdded llwybrau ei febyd.

Wedi cychwyn yn y llong, ni allai yn ei fyw ei gweld yn morio'n ddigon buan, er fod cryn wahaniaeth amser rhwng y fordaith a'r un a gafodd ef pan yn croesi Môr y Werydd y tro cyntaf yng nghwmni Tasso Wood.[†] Bachgen tlawd yn ceisio rhyw gornel i roddi ei ben i lawr oedd efe

---

[*] Ysgrifennydd preifat neu bersonol yw'r ystyr yma.

[†] Cymerasai llong Columbus dros ddeufis i groesi'r Iwerydd; gwellhawyd ar hyn rywfaint yn ystod y canrifoedd canlynol ond roedd angen chwech wythnos o hyd ar longau hwylio ar ddechrau'r bedwaredd ganrif ar bymtheg. Trawsnewidiwyd y sefyllfa'n llwyr gan longau ager, ac erbyn canol y ganrif gallai'r llongau diweddaraf gymryd pythefnos yn unig, ac erbyn cyfnod Gwyneth Vaughan, llai nag wythnos.

y pryd hwnnw—erbyn heddiw efe oedd perchennog y
stateroom orau ar yr agerlong, â'i was â'i ysgrifennydd, a
phob swyddog o bwys ar y llong yn gofalu am ei gysuron.

"A'r unig wahaniaeth sydd," sibrydai Derfel yn ddistaw,
"mae gennyf aur heddiw—gallaf brynu y cwbl. Nid wyf
yn rhyw siŵr iawn nad wyf yn rhoddi pris llawer uwch ar
gyfeillgarwch diduedd yr hen Tasso, er nad oedd ond
Sipsiwn dirmygedig, nag ar yr holl wasanaeth—y
gwaseidd-dra, yn wir—a'r parch a delir i'm cyfoeth, ac nid
i mi fel person ar wahân i'm heiddo. Ond dyna hi, daw
pethau i'w lle pan gyrhaeddaf hen Fro Einion."

Ac yna syrthiodd i gysgu ac i freuddwydio am yr amser
gynt pan oedd yn fachgen yn mwynhau ei hun yn y Tŷ
Gwyn, ac yn y Plasllwyd yng nghwmni ei ewythr, cyn iddo
wybod am ofidiau, na deall dim am ymddygiadau
anheilwng y Sgweiar Gwyn. O'r diwedd, wele dir yn y
golwg—glannau'r Ynys Werdd, a chyn pen nemor
ychwaneg o amser, dyna'r llong yn sefyll ynghanol y
Ferswy, a'r teithwyr yn hwylio i lanio ym mhorthladd
Lerpwl—a Derfel Gwyn yn sefyll ar ddaear Prydain.

XXXIX.
Ym Mro Einion

Penderfynodd Derfel Gwyn beidio amlygu ei hun ar unwaith yn hen ardal ei enedigaeth, felly archodd i'w was anfon cais i'r *Inn*, Tre Einion, am ystafelloedd iddynt yn enw ei ysgrifennydd, Mr. Ward. Teimlai awydd am fynd a dyfod ymysg yr hen olygfeydd, a byw ynghanol y trigolion heb i'r un ohonynt wybod pwy oedd y bonheddwr cyfoethog. Druan o Derfel Gwyn: nid oedd wedi dychmygu am y cyfnewidiadau oedd yn ei aros; er iddo ar y siwrnai o Lerpwl i Gymru weld aml i bentref bychan wedi tyfu yn dref, a thai pedwar a phum uchder llofft yn lle y rhai bychain arferent fod yno gynt. Rywfodd, nid ymddangosai y gorsafoedd lle yr arhosai y trên ar ei daith yn meddu ar yr un briodoledd arferai ef gysylltu a'i atgofion am Gymru. Saesneg, a hwnnw yn Saesneg yr digon llipa, siaredid ymhob man, a'r hen yn enwau tlysion Cymreig am y gwahanol gymdogaethau wedi hen llurgunio yn y fath fodd fel ag i atgofio iddo am eiriau Goronwy Owen, "Lled fegyn rhwng dyn a d—l." Unwaith neu ddwy tybiodd ei fod wedi camgymryd y trên, ac mai i rywle yn Lloegr y cludid ef, ond cafodd gipolwg ar Ynys Seiriol, ac adnabyddodd honno. Ymlaen wedi hynny am rai oriau, ac o'r diwedd wele'r cerbyd tân yn aros yng ngorsaf Tre Einion, yn rhywle tua hanner y ffordd rhwng y dref a Phorth Einion. Nid oedd yno sôn am drên pan aeth Derfel i ffwrdd, dim ond y goets fawr yn mynd a dyfod bob dydd, llawer llai yr *hotels* mawrion i'w gweld yma ac acw ymhen pob heol, dybygai ef, edrychai i'r cyfeiriad a mynnai. Ond dyna rywun wedi ymwisgo mewn lifrai yn dyfod tuag ato, yn ymgrymu ac yn moesgyfarch yn ôl dull y *flunkey*, yna yn ei hysbysu fod y cerbyd yno yn ei ddisgwyl—cerbyd y *Tre Einion Hotel Royal*, lle yr oedd Mr. Ward wedi gweld yn dda anfon am le.

"*Hotel Royal*, Tre Einion! *Hotel Royal!* Beth ydyw meddwl y fath enw ar yr hen *Inn*? murmurai Derfel Gwyn. Yna galwodd ar ei ysgrifennydd, yr hwn oedd wedi mynd i edrych oedd y gwas wedi cael gafael ar y *boxes* i gyd.

"Ward, i'r *Inn*, Tre Einion, y darfu i chwi anfon, onide?

"Ie, syr, yn union fel y bu i chwi'm cyfarwyddo."

"O, wel, mynd hefo'r cerbyd yma yw'r peth gore allwn wneud; ceir rhyw wybodaeth yno, yn ddiau," atebai'r miliwnydd. Rywfodd, nid oedd yr olwg gyntaf a gafodd ar Fro Einion yn debyg i'r un a ddisgwyliai y pan yn cychwyn o Galiffornia i ymweld â'i wlad. Ond y foment nesaf ceisiai ddarbwyllo ei hun y byddai'r cwbl yn iawn pan unwaith yn yr hen dref. Tremiai o'i gwmpas fel yr elai'r cerbyd ymlaen, ond yn ei fyw ni allai gofio'r cwmpasoedd. Capeli mawr gwychion, a'r hen Eglwys wedi ymgolli mewn rhyw adeilad newydd sbon, a thair, os nad pedair, o groesau mawr yn sefyll un ar bob pigyn posibl, fel yr arferai yr hen geiliog gwynt sefyll ar y tŵr amser a fu. Ond wele hwynt yn yr hen sgwâr, a'u hwynebau ar y farchnad; adnabyddai Derfel honno'n dda, a gwenai'n foddhaol. Yr oedd mor falch fod yr hen farchnad yn edrych fel hi ei hun. Gyda hynny safodd y cerbyd o flaen adeilad nad oedd dim tebygrwydd rhyngddo a'r hen *Inn* ers llawer dydd: yn unig safent ar yr un sylfaen. Syrthiodd wynebpryd y teithiwr, a chyn mynd i mewn taflodd ei olygon o gylch y fan. Ar y gornel lle safai hen siop y sadler gwelai *Post Office* helaeth, ac nid oedd yno gymaint â charreg o'r hen adeilad i'w gweld yn y newydd. Ond yr oedd meistr yr *Hotel Royal* yn dyfod ato i'w groesawu gyda'r parch a'r gwaseidd-dra arferol a roddir i boced lawn, felly rhaid oedd gadael i'r cyfnewidiadau a mynd i gymryd meddiant o'r ystafelloedd baratoesid ar ei gyfer.

"Gobeithio eu bod wrth eich bodd, syr. Gwnaethom ein gorau. Dyma'r rhai mwyaf cysurus yn yr *Hotel*."

Torrodd Derfel ar ei sgwrs: ni chafodd fynd drwy restr y mawrion fu'n aros yn yr un ystafelloedd; ac wedi cau y drws eisteddodd am ychydig funudau i fyfyrio. Rywfodd nid oedd yr hen amgylchoedd wrth ei fodd. Anghofiodd fod yn bosibl i Fro Einion gyfnewid, ac ni allai beidio teimlo yn siomedig. Nid oedd yn teimlo awydd mynd allan y noson honno, er ei bod yn noson braf a chynnes, fel yr ystyriwn ni y nosweithiau. Crynai Derfel gan anwyd, a hiraethai am awyr a hin Galiffornia. Ond fel aml un ohonom wedi cysgu noson hir dda, heb i'n cwsg gilio oddi wrthym, teimlai Derfel Gwyn yn llawer llai prudd-glwyfus yn y bore drannoeth, ac wedi brecwesta aeth allan ei hun i roddi tro o gwmpas y dref a'r ardal. Edrychodd tua'r sgwâr, enwau newyddion oedd i'w gweld ar y siopau ond er ei lawenydd canfyddai siop y drygist ac enw Ifan Noah Ifans uwchben y drws yn union megis cynt. Aeth i mewn, a gofynnodd am rywbeth—y peth cyntaf y syrthiodd ei lygaid arno—ond ni welai Ifan Noah yn unman. O'r diwedd gofynnodd i'r bachgen tu ôl i'r cownter:

"Ydyw Mr. Ifan Noah Ifans yn fyw?"

"Ydi mae o, ond mae o'n bur hen, wyddoch, syr; fydd o fawr yn y siop yma. Garech chi weld o?"

"Na, ddim rŵan, diolch i chi," atebodd Derfel, ac allan ag ef.

"Rhaid i mi gael golwg ar y Tŷ Gwyn yng nghyntaf oll," ebe wrtho'i hun, a thramwyodd tuag yno. Daeth gwên foddhaol dros ei wyneb pan gyrhaeddodd y plasty bychan prydferth. Nid ymddangosai amser fel wedi cael dim effaith ar ei gartref. Yr oedd yr ardd a'r tŷ mor debyg i'r hyn oeddynt pan breswyliai ei fam annwyl yno. Teimlai Derfel ei galon yn llawn diolchgarwch i pwy bynnag fu yn ddigon doeth i beidio anurddo a chyfnewid ei hen gartref tlws. Safodd am rai munudau yn mwynhau yr olwg arno, yna trodd yn ôl tua'r dref, ac ymlaen at yr eglwys. Nid oedd yno hanes am yr hen borth, a'r ddwy eisteddle garreg un bob ochr iddo, dim ond adwy haearn ffasiwn newydd. Agorodd Derfel Gwyn yr adwy, ac aeth i mewn i'r fynwent—yno y bu am ysbaid yn cerdded o gwmpas hyd nes y daeth at fedd ei fam. Eisteddodd yn ei ymyl yn hir, a darllenodd lawer gwaith drosodd ei henw ar y garreg. Nid oedd blynyddoedd meithion a chyfoeth, na mawredd, wedi lleihau dim ar gariad Derfel Gwyn ei fam, ac yr oedd man fechan ei bedd yn gysegredig iddo bob modfedd. Ymhen tipyn, cododd a cherddodd o gwmpas eilwaith, edrychodd ar feddfaen ei ewythr Rhydderch Gwyn, yna gwelodd garreg wen yn agos at ochr yr eglwys, ac arni'n ysgrifenedig enw Mr. Lloyd, y Person adnabyddai ef pan yn fachgen. Chwiliodd yn ôl ac ymlaen ymysg beddfeini am ychydig amser, a newidiodd ei wedd, ac ebe yn synfyfyriol: "Pwy sydd yn ôl, tybed? Mae yma gymaint o'r hen bobl, ie'n wir, y rhai canol oed, a'r ieuainc adnabuwn gynt yn gorwedd yma ym mhriddau'r dyffryn."

Safodd am ennyd wedi cyrraedd y ffordd fawr, yn methu gwybod pa lwybr i'w gymryd. "Na, mae Porth Einion yn rhy bell cyn y *luncheon hour*, chwedl ein landlord Seisnigaidd yn yr *Hotel Royal*; âf yno y prynhawn—rŵan mi rof dro tua'r hen bandy a'r ffatri."

Ond pan gyrhaeddodd Derfel i'r fan y safai hen bandy, nid oedd yno gymaint â charreg i ddangos y fan lle bu. Gwelai y berllan coed afalau yn aros rywbeth yn debyg, ond dim hanes o'r adeiladau. Nid oedd yno un ffatri chwaith—yr oedd hithau yn ymddangos fel pe wedi gorffen ei gwaith ym mro Einion, a thŷ newydd wedi ei godi ar y tir, i'r hwn, yn ôl pob tebyg, y perthynai y gerddi a'r perllannau oeddynt wedi eu rhannu rhwng y ffatri a'r pandy gynt.

“O, wel,” ebe Derfel Gwyn wrtho’i hun, “rhyw ddyfod adref rhyfedd ydi hwn.”

Aeth yn ôl i’r dref i roddi tro o gwmpas y siopau, ond pobl ddieithr oedd ymhobman. Holodd am ysgol llofft y farchnad, ond ni wyddai neb ddim amdani. Dangoswyd ysgolion iddo ychydig ffordd o’r dref—adeiladau heirdd newyddion, ar gyfer plant bob oed, a chyn pen hanner awr daeth i ddeall mai amcan bodolaeth pawb, tybiai ef, oedd gweini ar y *tourists* Seisnig, Y *tourist* oedd yn bwysig yn eu golwg hwy i gyd, a chyfranogai Derfel Gwyn o’r mawredd y gwisgid y *tourist* ag ef. Aeth yn ôl tua siop y drygist, ac erbyn hynny gwelai Ifan Noah ei hun yn sefyll ar ben y drws, a’i bwys ar ei ffon. Safodd Derfel Gwyn yn ei ymyl, a chyfarchodd well iddo wrth ei enw. Er ei henaint ymddangosodd Ifan Noah yn ddigon sionc, ac mewn meddiant o’i holl synhwyrau; edrychodd ar y dieithr-ddyn, ac ebe:

“Yn wir, syr, meddwch fantais arnaf fi. Wn i ar y ddaear pa enw i’w roddi i chwi. Dowch i fewn, syr, dowch i fewn.”

Dywedodd y bachgen wasanaethai yn y siop air yng nghlust ei feistr. “Mae’r bachgen yma yn deud, syr, mai chi ydi’r gŵr bonheddig sydd yn aros yn yr *Inn*—yr *Hotel Royal* ddylwn i ddweud. Ond yr *Inn* ydi’r lle yna i mi—peth anodd ydi newid i hen bobol.”

“Yr *Inn* ydi hi i minnau hefyd,” atebodd Derfel, a dechreuodd holi yr hen ŵr ynghylch yr ardal a’i thrigolion.

“Pwy sy’n byw yn y Tŷ Gwyn? O, Miss Rhys sydd yn byw yno ers talwm. Dynes dda iawn i’w hardal ydyw hi. Mae hi a Mrs. Munro, Plasllwyd, yn gyfeillion mawr. Mae’n biti na fyddai mwy o’u tebyg.”

“Pwy yw Mrs. Munro a Miss Rhys?” gofynnai Derfel.

“Syr, nis gwn i sut yr ydych yn fy adnabod i, fel y bu i chwi fy nghyfarch wrth fy enw, ond rhaid eich bod yn ŵr dieithr iawn yn yr ardal yma os na wyddoch pwy yw Mrs. Munro a’i chyfeilles Miss Rhys. Mrs. Munro ydyw meistres y Plas, gwraig y Colonel Munro—teulu rhagorol ydyw teulu'r Plas, syr. Unig ferch, ac aeres yr hen Sgweiar Gwyn fu yn Aelod Seneddol dros y sir, ydyw Mrs. Munro. Hi etifeddodd holl feddiannau ei thad. Dyn annwyl, syr, fu dim hanes mwy rhamantus ar gael yn unman na hanes y Plasllwyd a'i drigolion. Dyn hynod iawn oedd Rhydderch Gwyn—hynod yn ei fywyd a hynod yn ei farwolaeth hefyd, 'ran hynny. Gwnaeth gam mawr â llawer iawn o bobl yn ei ddydd, a rywfodd mae gan y cywion fegir ryw hen arferiad digon anhwylus i aml un—maen nhw'n bur siŵr o droi tuag adre i glwydo. Mae yna, er y cwbwl i gyd, ryw fath o felltith yn gorffwys ar yr hen Blas yna yn siŵr, syr, dyna fy esboniad i ar bethau, sut bynnag. Arferai rhai o'r hen bobl ddweud mai melltith y sipsiwn sydd yn gyfrifol am fod merch hynaf y Plas yna heb fod ym meddiant o'i synhwyrau fel geneth arall. Ond dyna, pa ddiddordeb sydd mewn straeon pobl i ŵr bonheddig dieithr fel chi, Mr. Ward."

"Mae'r hanes yn ddiddorol dros ben i mi; gwyddwn dipyn am y Marchog flynyddau yn ôl. Felly nid yw y cwbl yn dywydd teg, er y cyfoeth i gyd."

"Na, mae yna gryn lawer o droeon chwith tua'r Plas, Mr. Ward. Rywfodd neu gilydd, mae'r cyfoeth yn llawer iawn llai nag y bu. Wrth gwrs, mae yna gyflawnder i fod yn ddigon cysurus, ond mae cyfoeth mawr mawr Rhydderch Gwyn wedi cymeryd adenydd, eto does yna neb yn gwastraffu nac yn byw yn anheilwng. Dyn rhagorol ydyw'r Colonel, plant da yw'r plant hefyd, ac fel y dywedais o'r blaen, mae Mrs. Munro yn gymeradwy iawn yn ein mysg ni, y bobl gyffredin yma; ond does yna fawr o ymwneud â hwy gan y pendefigion. Mae'r mawrion yn cadw draw, er i'r hen law feddwl y byddai tro ar fyd wedi iddo briodi ei ferch i ŵr o waedoliaeth mor uchel â'r Colonel."

"Peth rhyfedd yw hynny hefyd," ebe Derfel Gwyn. "Mae'n waith digon anodd, buasech yn meddwl, cael salach achau na fedd mwyafrif pendefigion Lloegr. Gellir olrhain dechreuad y rhan fwyaf o'r teuluoedd i ordderchadon* Charles yr Ail, a'i debyg."

Chwarddodd Ifan Noah, ac ebe, "Yn wir, Mr. Ward, yr ydych yn llygad eich lle dyna fyddai'r hen Sidi y sipsiwn yn arfer ddweud yn aml, y dylasai bywyd Rhydderch Gwyn fod yn *bassport* iawn iddo ef a'i deulu i fysg y mawrion, fel eu gelwir. Ond mae Sidi wedi mynd; yn wir, mae dyn fel fi yn ddigon unig wedi cyrraedd yr oed yma: gwaith digon torcalonnus ydyw chwilio am hen gydnabod yn yr ardal yma. Rhyw brofiad digon tebyg i'r hen broffwyd yw'm profiad innau. Mi fy hun a adawyd. Ond er y cwbl, glynu yn yr einioes tra ceir hi yw'n hanes ni i gyd: ac mae yma ambell un oedd yn ieuanc pan oeddwn tua chanol oed yn dipyn o gwmpeini i mi. Mi fydd Miss Rhys y Tŷ Gwyn yn diddanu llawer ar yr hen bererin."

"O, ie, pwy yw hi sydd yn byw yn y Tŷ Gwyn?" gofynnai Derfel. Rywfodd teimlai yn garedig tuag at y preswylydd ofalai am ei hen gartref.

"Dynes nobl ydyw Miss Rhys—rwyf yn ei hadnabod ers pan oedd yn eneth ieuanc iawn. 'Merch y Brenin' arferem ni ei galw. Welwch chwi yn fan acw, syr, yr ynys fechan yn y pellter? Wel, mae'n arferiad ers cyn cof galw y dyn hynaf yn yr Ynys yn Frenin: mae pawb yn ufuddhau iddo, ac yn gofyn ei gyngor. Tad Miss Rhys fu'r Brenin am amser, ac acw y ganed ac y magwyd hi. Ni wn faint o wir sydd yn y chwedl, ond byddent yn dweud ei bod hi a nai Sgweiar Plasllwyd yn deall ei gilydd. Sut bynnag am hynny, bu Miss Rhys yn y Tŷ Gwyn gyda mam y llanc am dipyn cyn ei marwolaeth, ac yr oeddynt yn gyfeillion mawr. Wedi

---

* *Gordderchad:* meistres neu gariad heb briodi.

hynny daeth i gydnabyddiaeth â theulu'r Plas, a phan bu farw mam Mrs. Munro yn y Tŷ Gwyn wedi hynny, ac y priododd brawd Miss Rhys a mynd a'i wraig i'w hen gartref, daeth Miss Rhys i fyw i'r Tŷ Gwyn ei hunan, a dyma lle mae hi byth, fel mae gorau'r lwc. Cafodd geiniog o bres gan rywun—dynes ddistaw iawn yw hi; ond ni allodd undyn ei pherswadio i fforffetio ei bywyd rhydd annibynnol. Os oedd a wnelai hi â Mr. Derfel Gwyn, mae wedi bod yn ffyddlon iawn iddo ar hyd y blynyddoedd, ac yntau heb roddi gwybod i neb pa un ai byw ai marw yw ers cyhyd. Dyna fel yr ydym ni'r dynion yma, ynte, Mr. Ward? Does fawr o hid arnom ni os byddwn o'r golwg. Ond, ran hynny, fe allai mai leicio bod yn feistres arni ei hun y mae Miss Rhys. Mae hynny yn meddwl cwrs i ambell i ferch, wyddoch. A phwy a all weld bai am hynny, ynte?"

Ond yr oedd Derfel Gwyn yn fud. Ei Degwen ef oedd y Miss Rhys ganmolid gan Ifan Noah. Tegwen wedi bod yn ffyddlon iddo am gymaint o flynyddoedd meithion, er iddo ef fod yn ddistaw ar eu hyd! Nid oedd ond un esboniad i'w roddi: twyllwyd ef gan ei ewythr, a melltithiai ei ynfydrwydd yn credu un y gallasai feddwl na fuasai yn petruso arfer unrhyw foddion i ennill ei driciau ei hunan ar draws pawb a phopeth.

"Pwy sydd yn byw yn Llys Gwenllian?" gofynnai, er ceisio cuddio ei deimladau terfysglyd.

"O, yr un teulu sydd yno. Mae Lewis a Margaret Pennant yn heneiddio, ond maen nhw yno. Mae'r meibion wedi mynd i ffwrdd ers talwm iawn—wedi gwneud eu ffortiwn y ddau, un mewn masnach a'r llall fel meddyg ond mae'r ddau yn byw ar eu harian yn Llundain yna. Mae'r ferch adref wedi priodi rhyw fonheddwr o waedoliaeth uchel, ond mynnai gael ei phrif breswylfod yn Llys Gwenllian. Mae hi yn ei lle hefyd: mae'r hen Lys yn gartref ffit i Frenin."

"Ond mae yma gryn wahaniaeth ymhob man er pan fûm i yma o'r blaen."

"Mae'n debyg iawn, syr, pryd bynnag oedd hynny; does gen i ddim cof y'ch gweld chi o'r blaen fy hun, ond mae'r ardal yn annhebyg iawn i'r peth a fu hi. Mae'r pla hel cyfoeth yma wedi ymledu i Fro Einion fel i bob bro arall, dyn a'n helpo. A phob corgi o Sais all fforddio pythefnos o wyliau yn ysgwyd cynffon ei got o'i gwmpas fel pe tase to yn ŵr bynheddig, a phawb yn rhedeg ac yn rasio i dendio arno fo. Mae'n hen enwau wedi mynd, enw wrth fodd y Sais, rhyw enw fedr 'i dafod anystwyth o, druan, gael gafael arno, raid i bob enw fod, neu gwae ni. Rhaid troi'r addoliad, syr, at wasanaeth y Sais, am ein merched— wfft iddynt—ffasiwn y Sais ydyw'r cwbl iddynt hwy, ac iaith y Sais glywir wrth ddrws pob capel Cymraeg. Am ein Heglwysi, Saesneg sydd y rhan amlaf yn eu pulpudau hwy hefyd."

"Collais y ffatri a'r pandy arferent fod yng nghwr y dref," ebe Derfel.

"Do, mae'n siŵr, syr. Does yma ddim gwaith i'r hen beiriannau hynny heddiw. Neb yn trin eu gwlân, yn gwneud eu plancedi eu hunain, na'u gwlanen na'u linse eu hunain chwaith, heb son am frethyn cartre, ac edafedd hosanau. Hosan o'r siop, bid siŵr, sydd gan bob piwran o ferch, a thwll yn ei sawdl ymhen deuddydd, digon tebyg. Loetran hyd y pentrefi â'u pennau'n y gwynt mae'r genethod yng Nghymru heddiw, syr. Ychydig ohonynt fedr wau hosan, na'i thrwsio yn daclus; ac mae'r hen droell arferai fod ar bob aelwyd naill ai wedi ei throi yn briciau tân neu wedi ei gwerthu i rywun fedd ddiddordeb mewn casglu hen ddodrefn. Dyna'n hanes ni, syr, yr un un yn union â hanes holl barthau Cymru. Yr hen gyfarfodydd beirdd wedi eu llyncu i fyny gan ryw anghenfil o greadur afrosgo a elwir yn Eisteddfod Genedlaethol, yn cadw rhyw sŵn ofnadwy ddigon a byddaru anifeiliaid, heb sôn am ddynion, i fynd yn agos ati. A'r beirdd wedi mynd yn llawn gwanc am arian, yn ymostwng i'w cael hefyd mewn pob ffordd. Eto, ni feddwn un Dafydd ab Gwilym, na Goronwy Owen, er yr holl fwstwr i gyd, ac ni fyddem nemor tlotach fel cenedl pe na feddem yr un o gynhyrchion cystadleuol y deng mlynedd ar hugain diweddaf."

Yn ddiamau yr oedd Ifan Noah yng nghanol ei gynefin, mewn hwyl fawr yn dweud hanes dirywiad y wlad a garai wrth y gŵr bonheddig dieithr. Ocheneidiodd Derfel Gwyn, ac ebe:

"Wel, fuasai waeth i mi beidio trafferthu dyfod i wlad fel hon: dyma'r pethau oeddwn i'n ffoi oddi wrthynt— gwanc am arian, miri a sŵn, a'r byw prysur heb amser i ddim. Meddyliais fod yma dawelwch ym Mro Einion."

Ond cofiodd fod Tegwen yn y Tŷ Gwyn, ac mai hen ferch oedd er ei fwyn ef, a chanodd yn iach i'r hen ddrygist, a diolchodd iddo am ddweud yr hanes wrtho. Anghofiodd am *luncheon hour* yr *Hotel Royal*, ac aeth ymlaen yr ail dro y bore hwnnw tua'r Tŷ Gwyn. Ond ni safodd yn y ffordd i edrych ar ei amgylchoedd: cerddodd ar hyd y llwybr trwy ganol yr ardd flodau at ddrws y ffrynt, a churodd. Er ei fod yn ddyn canol oed ac yn filiwnydd, curai calon Derfel Gwyn hefyd. Clywai sŵn traed yn dynesu, a gwelai ddynes yn sefyll yn y neuadd fechan o'i flaen. Adnabyddodd hi er gwaethaf y blynyddoedd—nid oeddynt wedi hagru wyneb Tegwen er fod ei hieuenctid wedi ymadael.

"Miss Rhys? Ydyw hi i mewn?" ebe, er mwyn dweud rhywbeth.

"Derfel, Derfel! Ai chwi yw? Wedi dyfod adref o'r diwedd!" ac estynnodd ei llaw iddo.

XL.
Yn y Tŷ Gwyn

Ni ddaeth i galon Tegwen Rhys ddychmygu y gallasai Derfel Gwyn fod wedi cyfnewid. Yr oedd ei ffyddlondeb hi mor berffaith fel na fu iddi, ar hyd y blynyddoedd meithion, feddwl am briodoli distawrwydd Derfel i'w angof ohoni hi. Cred ddiysgog Tegwen oedd ei fod wedi marw, a'r foment yr estynnodd ei dwylo iddo nid ystyriodd ddim ond fod yr un "fuasai farw yn fyw drachefn," ac wedi dyfod yn ôl ati hi. Ni chofiodd Tegwen ei bod wedi gadael dyddiau mebyd ac ieuenctid ymhell o'i hôl; mwy nag y meddyliodd Derfel Gwyn nad oedd yn llencyn ieuanc. Camgymeriad ydyw i bobl ieuainc dybied mai yn eu byd hwy yn unig y ceir teimladau gorau dynoliaeth; gwir y gwelir llawer iawn tua'r canol oed wedi ymgolli mewn hêl cyfoeth, neu wedi suro eu tymherau fel ag i golli cred mewn popeth gwerth ei feddu mewn byd a bywyd; ond mae llawer hefyd yn dal eu gafael mewn pethau uwch nag arian, ac yn gallu cadw calonnau dedwydd trwy holl stormydd einioes, a da hynny. Byd anhapus iawn fuasai yr hen ddaear pe bai pawb dros y deg ar hugain oed yn gybydd, yn *cynic*, neu yn greadur hunanol.

Am awr gyfan wedi iddi arwain Derfel i hen barlwr ei fam, bu Tegwen yn holi ac yn ateb gyda holl eiddgarwch geneth ieuanc; a Derfel yn dweud hanes y blynyddoedd y bu yn alltud o'i wlad gyda brwdfrydedd bachgen wedi dychwelyd o'i fordaith gyntaf. Cnoc y forwyn ar y drws yn gofyn i'w meistres beth oedd tynged y cinio i fod y diwrnod hwnnw ddaeth a hwy o ganol y mynedol * rhamantus i'r presennol a'r materol.

"Derfel, gymerwch chwi ginio hefo mi yn y Tŷ Gwyn?" gofynnai Tegwen. "Ynte ydych chwi wedi gollwng yn angof yr hen brydiau bwyd syml, tybed, yn yr America yna?"

"O, Tegwen fy merch, i geisio y syml—yr hen fywyd tawel—y deuthum i yma, ac er fy syndod wele'r *Inn* wedi mynd yn *Hotel Royal*. Cinio yn y Tŷ Gwyn? Waeth pa mor syml—bydd yn wledd i mi."

Cerddai gŵr yr Hotel Royal yn ôl ac ymlaen tua'r drws, yn ei or-ofal am y miliwnydd oedd mor fawr yn ei olwg, oblegid hyd ei bwrs. Curodd wrth ddrws yr ystafell breifat lle yr oedd y Mr. Ward gwirioneddol yn brysur yn ysgrifennu, yn trefnu materion ei noddwr.

"Mae'r *luncheon* yn barod ers meitin, syr, ond nid oes dim hanes o Mr. Ward. Mae arnaf ofn ei fod wedi colli'r ffordd mewn lle dieithr fel yma. Fyddai'n well i ni fynd i chwilio amdano?"

"Na fyddai, na fyddai," atebai yr ysgrifennydd. "Chymerwn lawer a mynd i unlle na fyddwn wedi cael fy ngorchymyn i fynd yno."

"Ond beth pe buasai'r gŵr bonheddig yn colli ei ffordd mewn ardal ddieithr?"

Gwenodd yr ysgrifennydd, ac atebodd, "O, wnaiff ef ddim, gallwch fod yn dawel yn ei gylch, a'i gymryd pan ddaw."

Yn y cyfamser mwynhâi y miliwnydd ei hun yng nghymdeithas Tegwen Rhys, yn tynnu cynlluniau ar gyfer y dyfodol un munud, a'r nesaf yn holi am yr hen drigolion oedd mor adnabyddus iddo gynt. Chwarddodd yn iach wrth gael ei atgoffa am yr hen ddoctor yn gyrru ei gerbyd ar draws pobl, gwrandawai yn astud tra y rhoddai Tegwen

---

* *Mynedol:* y gorffennol.

hanes marwolaeth ei ewythr iddo, a rhedai dagrau mawr dros ei ruddiau wrth glywed am ddyddiau olaf ei fam; dagrau oeddynt yn dangos nad oedd dynoliaeth Derfel Gwyn wedi ei cholli yng Nghaliffornia. Ymhen ennyd cododd ei ben:

"Tegwen, rhaid i mi gael prynu y Tŷ Gwyn yma, os gall arian ei brynu gan Colonel Munro."

"Dyn da iawn ydyw'r Colonel, Derfel ac nid wyf yn meddwl y gwrthodai chwi. Ddeuwch chi yno'r prynhawn yma?"

"Na, ddim heddiw, Tegwen, ddim heddiw. Mae heddiw i fod yn eiddo Merch y Brenin i gyd. Dyna hwyl arferem gael 'stalwm yn Enlli, ynte? Rhaid i ni fynd o amgylch yr hen rodfeydd, Tegwen, ac i chwilio am y tylwyth teg, a'r forforwyn eto, ynte?"

"Mae'r tylwyth teg wedi ein gadael, Derfel. Does yma neb yn sôn amdanynt heddiw; stori gwrach eilw'r bobl sydd yn byw yma heddiw ein hen hanesion ni am y tylwyth teg, a *yarns* y llongwyr ydyw eu geiriau am ryfeddodau'r môr. Does yma neb yn credu dim, am wn i, does fawr neb yn byw yn debyg i bobol yn credu mewn dim uwch nag ymgyfoethogi. Fe synnwch weld yr hen ardal. Mae'r Saeson yma sydd megis wedi cymryd meddiant o Gymru wedi lladrata hyd yn oed ein hen Sabothau tawel ni, a rhyw gyfarfod, elwir yn Gyngor, byth a beunydd yn ceisio gyda'u dwylo halog wneud dydd yr Arglwydd y dydd mwyaf llawn o waith yn yr holl wythnos. Nid dydd yr Arglwydd ydyw Saboth Cymru heddiw, Derfel bach, ond diwrnod er lles y dref," ac ysgydwai Tegwen ei phen. "Byddai eich mam yn cadw'r Saboth yn sanctaidd, ac mae Lewis Pennant eto yn dal yn ddyn yn erbyn gwneud gwas bach o ddydd Sul. Ond 'lles y dref' ydyw'r cri, er hynny, a fy hunan feddai fawr o feddwl o grefydd y dynion sy'n llefain am hynny'n barhaus. Ond fel yna mae pethau: diwrnod i drafaelio, i wledda, ie, i feddwi mewn cychod

am fod y tafarnau ynghau ar y lan—dyna yw Sabothau
Cymru heddiw, Derfel, ac mi fyddai'n ofni clywed eto
eiriau'r Arglwydd wrth y proffwyd Jeremiah yn cael eu
gwirio yn ein gwlad ni. Cynnau tân ym mhyrth Jerusalem
oedd y gosb gynt am beidio sancteiddio'r Saboth, ynte,
Derfel ac ysu ei phalasau. Mi fydd ofn yn fy nghalon i fod
yna gosb fawr yn ein haros ninnau. Lles y dref, yn wir! Na,
lles i bawb ydyw un dydd o'r saith yn dawel i orffwyso
oddi wrth ein llafur."

Ocheneidiodd Derfel, ac ebe:

"Mae popeth wedi mynd, druan o'r hen ardal. Lle yr
hen Gymry wedi ei lenwi gan ryw *snobs* hanner Saeson—
waeth i mi fynd yn ôl i'r fan lle deuthum ohoni, Tegwen.
Rywfodd, ni feddyliais am foment nad oedd Bro Einion
yr un. Beth mae Siani'r witsh yn feddwl o'r dull o fyw sydd
yma?"

"O, mae Siani ym mynwent y Llan ers llawer blwyddyn."

"A Sara Tŷ'r Capel? Ydych chi'n cofio, Tegwen, y
papur newydd oedd enw'r bobl ar Sara Tŷ'r Capel."

Chwarddodd Tegwen, ac atebodd, "Cofio? ydwyf. Wel,
mae Sara yn rhyw led-fyw eto, er ei bod yn bur hen. Mae
hi wedi gorfod mynd o Dŷ'r Capel ers talwm iawn. Does
yna yr un Tŷ'r Capel heddiw. Festri a pharlwr y
pregethwyr sydd yn lle yr hen dŷ'r capel. Mae Sara wedi
blino ar y byd sydd ohoni hi yma. Chaiff hi ddim gweld
ysbrydion yn mynd heibio iddi fel olwyn o dân, na
chlywed arogl brwmstan na dim. Wrendy neb ar straeon
o'r fath. Ac mae Sara wedi colli ei holl hwyl ar fywyd."

"Ddowch chi dros y môr, Tegwen?"

"Wel, waeth mo'r llawer ymhle i fyw, am wn i; ond eto,
rydw i rywfodd yn dipyn bach o help i ambell un yn y fan
yma, lle mae pawb yn fy adnabod. Oes arnoch chwi eisiau
mynd yn ôl, Derfel? Mae'r Tŷ Gwyn yn gartref hapus."

Ni ddeallai Tegwen ei bod yn siarad â miliwnydd allasai
brynu etifeddiaeth y Plasllwyd ac aml un arall heb fod yn

gwybod dim arno'i hun, gan mor fawr oedd ei gyfoeth; a gorfu i Derfel fynd i gryn drafferth i esbonio iddi. Pan ddeallodd, dywedodd yn dawel:

"Wel, Derfel, mae'r cyfrifoldeb yn fawr iawn. 'Na ddyro i mi na thlodi na chyfoeth' ddywedodd y gŵr doeth, ynte? Tybed, Derfel, y gwnaf fi'r tro yn wraig i filiwnydd? Digon prin, rwy'n ofni."

"Tegwen, Tegwen, os ydyw arian yn mynd i godi gagendor rhyngof a chi, ni fyddai waeth gennyf pe suddid hwy ym môr yr Werydd. Deuthum yn ôl i'r hen ardal i chwilio am dangnefedd y dyddiau gynt: heb obaith cael Tegwen yn disgwyl amdanaf. Mae'r hen bethau wedi mynd i ebargofiant, ond mae Tegwen fy anwylyd yma, yr un un union â'r darlun fu yn fy nghalon ar hyd fy oes. Wedi'r cwbl, cefais fwy nag y deuthum i chwilio amdano. Peidiwch â gadael i'r tipyn aur nad ydynt ond pethau o'r tu allan i ni wneud dim gwahaniaeth, Tegwen ond gadewch i ni dreio eu gwario a gwneud hynny allom o ddaioni yn y byd yma gyda hwy."

"Wel, Derfel, os gwnawn ni roddi eu lle priodol i'r aur, bydd popeth yn iawn. Ond cofiwch, ni fynnaf fi ruthro o gwmpas y wlad mewn ceir modur i ddifwyno prydferthwch natur bob cam o'r ffordd, ac i adael ar fy ôl arogl anhyfryd fel pe buasai y pwll diwaelod, am wn i, wedi agor ei safn i daflu allan ei ddrewdod. Ni chaiff fy arian na'm haur i fyth amhuro awyr iach fy ngwlad, na chwaith hau hadau darfodedigaeth o'm hôl, lle bynnag yr af. O, Derfel, Derfel, mae gallu'r cyfoethogion mor fawr i leihau trueni a thrallod, eto nid ystyriant am ddim ond eu hawl eu hunain i fwynhau moethau. Gwir eu bod yn cyfrannu miloedd o'u cyfoeth, ond i beth? Nid y rhoddi ag un llaw na ŵyr y llall ddim am y rhodd, nid chwilio am le i estyn cymorth rhag newyn, ac i leihau dioddefiadau, Derfel. Na, ar ben rhestr rhyw gasgliad mawr, a'r wlad yn bloeddio

Abrec o'u blaen[*]. Neu yn codi adeiladau eang a chostus nad yw'r wlad nemor, os ddim, yn ei hennill o'u plegid! I beth? Wel, Derfel, fy marn onest i yw fod y creaduriaid yn ofni yn eu calonnau nad ydynt yn byw bywyd y bydd unrhyw genedl yn debyg o godi cofgolofnau iddynt, ac felly nad oes dim iddynt i wneud ond gofalu codi'r cofgolofnau eu hunain. O, mae eu difaterwch i ddioddefiadau eu cyd-ddynion yn peri i mi weithiau feddwl fod eu calonnau yn gerrig yn eu mynwesau. Ac am wn i nad y dynion a'r merched yma sydd wedi codi o'r gwaelod megis mewn undydd-un-nos yw'r gwaethaf o'r lot."

"Tegwen, fy anwylyd, nid rhyfedd i mi fethu eich gollwng yn anghof. Ymysg holl grwydriadau'm bywyd, ni welais un ferch yn union fel chwi. Ond nid oes swyn i mi yn y berw a'r helynt a elwir yn *high life*. O'm rhan fy hun, bywyd dipyn yn isel y gwelais i gryn lawer ohono. Ni fyddaf fi yn hidio am eistedd i fwyta, nac i rodianna o gwmpas ystafelloedd yng nghwmni merched hanner noethion. Nid gwareiddiad i mi ydyw gyddfau a mynwesau a breichiau heb ddim dillad i'w gorchuddio. Dewch i ni, Tegwen fach, yn 'nawnddydd bywyd, geisio gwneud i galon ambell wraig weddw lawenychu, a wyneb ambell i amddifad wisgo ychydig o gochni iechyd ar ei ruddiau. Gwelais ddwy ddynes bore heddiw yn pasio trwy'r dre mewn un o'r ceir sydd yn gas gennych, wedi ymddilladu mewn crwyn costus, a daliai pob un gi bychan ar ei glin. Wynebai hyll iawn feddai'r cŵn, a naw wfft i wynebau'r merched. Yr oeddynt yn hagr iawn, fy Nhegwen. Mae yna ddigonedd o blantos mân prydferth yn newynog a noethlwm ymhob tre welais i erioed, ni raid i un ferch fynd i fagu ci ar ei gliniau; fe allai y buasai meithrin y plant yn prydferthu eu hwynebau. Mae wyneb

---

[*] *Abrec:* plygwch, moesymgrymwch (gweler Genesis 41:43)

fy Nhegwen yn dlws iawn, er y blynyddau i gyd. A dywed Ifan Noah ei bod hi yn gofalu am bawb."

"Yr hen Ifan Noah garedig. Mor falch fydd o'ch gweld, Derfel. Ac Alys. Derfel, ni raid i chwi ofni arddel Alys yn gyfnither i chwi. Beth bynnag fu ffaeleddau ei thad a'i mam, mae Alys yn ddiniwed, ac wedi byw bywyd rhinweddol a defnyddiol iawn yn yr ardal. Er i mi gofio y cam a gawsoch chwi bob dydd, Derfel, ni allwn gasáu Alys."

Aeth y prynhawn heibio mewn ymddiddan o'r fath rhwng y ddau, a chyn iddynt feddwl, wele'r forwyn a'r te ar y bwrdd. Ni wyddent hwy, yn y mwynhad o'u dedwyddwch yng nghwmni ei gilydd, fod perchennog yr *Hotel Royal* wedi anfon pobl allan i chwilio am Mr. Ward y miliwnydd—heb ymgynghori â'i ysgrifennydd na neb arall y tro hwn. Aeth plentyn i mewn i siop Ifan Noah i brynu ceiniogwerth o "ddeio palma," a dywedodd fod "y gŵr bonheddig yn y Tŷ Gwyn yn siarad hefo Miss Rhys trwy'r dydd."

Cododd Ifan Noah ei ffon yn uwch na'i ben, a gwaeddodd gystal ag y gallai hen ŵr o'i oed ef wneud:

"Hwre! Y fath ynfytyn fûm i. Gallaswn feddwl. Dyn dieithr o'r America wir; Derfel Gwyn ydi o, mi wnaf lw! Diolch byth! Hwda, 'machgen bach i, dyma i ti lond dy ddwrn o siwgr candi am y newydd. Rŵan am groeso adre i Derfel Gwyn!"

XLI.
Croeso Derfel Gwyn

Aeth y newydd trwy'r holl fro gyda chyflymder y fellten o'r bron fod Derfel Gwyn wedi dychwelyd o wlad y Gorllewin, ac hefyd ei fod yn werth arian y tu hwnt i amgyffred yr un ohonynt. Nid oedd gyrfa gwŷr ariannog y wlad i fyny â delfrydau Cymry Bro Einion, a braidd na ellid tybio y buasai croeso Derfel i'w hen gymdogaeth yn llawer mwy cynnes pe heb ryw ormodedd o dda bydol. Ofnent droed haearnaidd y gŵr cyfoethog yn sarnu yr oll oedd yn annwyl iddynt hwy o dano. Onid dyna oedd hanes y bobl ariannog yn y cwmpasoedd—difaterwch hollol i gysur neb ond yr eiddynt eu hunain? Calon galed heb amgyffred trugaredd at y rhai gweiniaid o'u deutu. Ofn i Derfel fod fel y rhai hynny oedd ar yr hen bobl; am y rhai ieuainc, ni wyddent hwy am ei fodolaeth, a'r unig syniad feddent am filiwnydd oedd creadur yn rhuthro ar draws popeth i fynnu ei fympwyon ei hun, ac yn disgwyl gwaseidd-dra mwyaf i'w benarglwyddiaeth oddi wrth bawb arall. Tybiai Lewis a Margaret Pennant fod yn bosibl gobeithio gwell pethau oddi wrth Derfel Gwyn a phan ddywedodd Ifan Noah fod y miliwnydd wedi bod trwy'r dydd yn y Tŷ Gwyn gyda Tegwen Rhys, ac wedi anghofio holl baratoadau yr *Hotel Royal* ar ei gyfer, roeddynt yn sicr nad oedd cyfoeth wedi difetha Derfel, ac anfonwyd cenadwri groesawus o Lys Gwenllian iddo gyda'r nos. Yr oedd yr ardal yn ferw trwyddi, ac ni fu'r newydd ddigon o hyd cyn cyrraedd y Plasllwyd i Tegwen gael siawns i fynd yno i ddweud wrth y Colonel Munro a'i wraig. Archwyd rhoddi'r ceffylau yn y cerbyd, ac aeth y bonheddwr tua'r Hotel Royal yn ddi- ymdroi. Newydd dychwelyd o'r Tŷ

Gwyn yr oedd Derfel, ond derbyniodd y Colonel ar unwaith, ac ebe yn llon:

"Waeth i mi beidio ceisio ymguddio yng nghysgod Ward na neb arall, Colonel, bellach. Adnabu Tegwen fi y foment y gwelodd fi. Feddyliais i erioed y gallasai neb adnabod y llencyn aeth i ffwrdd oddi yma ymhen cymaint o amser. Rydw i yn bur annhebyg iddo fo, ond nid yn rhy annhebyg i lygad Tegwen. Diolch i chwi a'm cyfnither, Colonel, am fod mor gyfeillgar iddi hi tra bûm i ymhen fy helynt. Ond dyna ni, ces fy nghamarwain."

"Ofnwn i hynny, Mr. Gwyn, er y dechrau, a gwneuthum gryn lawer o ymdrech i geisio cael gafael arnoch, ond yn ofer, er fy ngofid. Waeth i chwi na minnau po leiaf i siarad ynghylch eich ewythr, dyna'r gwir, ynte? Meddai ryw allu rhyfedd i ddifetha bywyd pawb ddeuai i gyffyrddiad ag ef, ond gadawn iddo—dyna'r peth gorau i ni heddiw. Mae'n dda gan fy nghalon eich gweld am y tro cyntaf erioed. Mae eich cyfnither yn chwannog iawn i'ch gweld—byddai'n dda iawn ganddi pe deuech i aros yn y Plasllwyd atom ni."

"Diolch o galon, Colonel Munro, ond gwna'r lle yma y tro yn gampus am dipyn, ac, wrth gwrs, deuaf yn ôl ac ymlaen i'r Plasllwyd. Y gwir yw, Colonel, does diben yn y byd i mi symud i unman ond i'r Tŷ Gwyn. Yno yr wyf fi am fynd—adref at Tegwen. Hwyrach mai'r peth gorau fyddai iddi hi ddyfod acw i'r Plas am ddeuddydd neu dri. Bore fory byddaf yn ymorol am *special licence*, Colonel; fe allai y deuwch chwi ac Alys gyda ni i'r Llan yma am hanner awr. Nid yw yn weddus i bobl o'n hoed ni wneud rhyw rialtwch mawr, pe bai'n weddus i rywun digon prin y byddaf fi yn credu hynny fy hun."

Yna chwarddodd yn galonnog, ac ebe:

"Druan o Rhydderch Gwyn; digon prin y buasai ef yn disgwyl i'r fath beth ddigwydd ag i mi ddyfod i'r Plasllwyd i ymofyn Tegwen. Mae'r hen fyd yma a'i droeon yn bur

annhebyg i'n disgwyliadau ni. Beth ddaeth o'r Sipsiwn ar
ôl helynt Hagar Wood, Colonel? Wyddoch chwi rywbeth
amdanynt? Collais i olwg yn lân arnynt wedi marw yr hen
Sidi: fydd yr un ohonynt yn dyfod i Feudy'r Foel heddiw,
a ŵyr yr un ohonom ni beth ddaeth o Judy yr eneth
brydferth, a'r dyn ieuanc o'r llwyth ymadawodd â'i bobl
pan aeth Judy i'r ysgol. Dymunem ni, pe yn bosibl, wybod
beth ddaeth ohonynt, ond wedi i Judy adael yr ysgol yng
nghwmni un a alwai yn gar iddi, ni chlywsom air o'u hanes."

Wedi canu'n iach i Derfel, aeth y Colonel tua'i gerbyd,
ond wele'r hen ddrygist yn ei ymyl, ac yn ei gyfarch mewn
llais llawn o deimlad:

"Colonel Munro, mae'n rhaid i'r hen fro roddi croeso
i Mr. Derfel Gwyn. Sut yw'r ffordd orau i wneud? Mae
yma rai ohonom ni'n cofio'r cychwyn i ffwrdd, ac mae'n
calonnau ni'n curo yn gynnes yn ein henaint wrth ei weld
wedi troi adref. Does ar Mr. Derfel eisiau dim, ond mi
fuasai mor siŵr o'i groeso ym Mro Einion pe wedi dyfod
yn ôl heb swllt yn ei boced. Choeliech chwi ddim y fath
ffefryn gan bawb ohonom oedd y bachgen."

Hysbyswyd Ifan Noah gan y Colonel na fyddai raid
disgwyl fawr cyn y gallent roddi croeso i Derfel Gwyn, a
dymuno iddo ddedwyddwch priodasol yr un pryd. Yr
oedd yr hen ŵr wrth ei fodd, a dechreuodd gynllunio am
fil a mwy o arwyddion i ddangos parch yr ardalwyr i
Tegwen Rhys hefyd, yn ogystal â'u croeso i Derfel Gwyn.

Ond cyn mynd i gysgu'r noson honno, aeth Derfel am
awr o ymgom gyda'r hen ddrygist caredig, a chwalodd ei
holl gynlluniau.

"Na, Ifan Noah, fy hen gyfaill, nid dyna r ffordd. Beth
pe baech chwi yn penodi ychydig o feibion a merched y
gallwch ymddiried ynddynt i drefnu croeso adref i mi
fyddai yn sicr o fod wrth fodd calon Tegwen a minnau. Y
diwrnod dedwydd y bydd anwylyd fy ieuenctid yn eiddo i
mi, a minnau iddi hi, dymunwn i fod pob cartref ym Mro

Einion mor ddedwydd ag y gall fod, Ifan Noah. Cof gennyf glywed fy mam yn sôn am y patriarch Job, y gallai ef ddweud, 'a'r cwyn ni wyddwn a chwiliwn allan.' Dyna fel y dymunwn innau wneud ym Mro Einion. Oes yma dlodi? O'r gorau, gadewch i mi roddi bwyd a dillad i'r tlawd. Oes yma ddioddef? Yna rhaid ceisio lleddfu'r boen. Oes yma alar? Yna gadewch i ni geisio sychu'r dagrau. Cewch *cheque* am fil o bunnau yn y bore, Ifan Noah, ac mae rhagor i'w gael wedi i chwi wario honno. Ond peidiwch â sôn am groeso adref arall i mi. Os gallaf, dymunwn ddiolch i'm Tad nefol am lwyddo fy holl ymdrechion, a'r ffordd orau i wneud hynny ydyw ceisio gofalu am ei blant Ef. Dyna ddywed Tegwen Rhys, ac mae hi yn sicr o fod yn iawn."

Aeth yr hen ŵr yn fud. Dyma fonheddwr cyfoethog na welodd ef yn ei holl oes ei debyg. Adnabu Ifan Noah liaws ohonynt yn ei ddydd, ond wele un yn deall rhwymedigaeth cyfoeth, wele ddyn yn berchen da lawer iawn, eto heb fod yn gybydd, heb roddi ei serch arno ei hun, heb fod uwchlaw cofio am y tlawd a'r anghenus; yn gallu cydymdeimlo â rhai mewn adfyd. Miliwnydd rhyfedd oedd Derfel Gwyn; fe allai fod a wnelai Tegwen fwy nag a feddyliodd neb i wneud yr hyn ydoedd; ond y geiriau lefarodd Ifan Noah wrtho y noson honno oedd:

"'Ran hynny, mi allaswn wybod sut ddyn fuasai bachgen eich man—coffa da amdani—yn debyg o fod. Nos da, nos da; ddylai neb yn yr hen fyd yma gael noson well. Beth ond cydwybod dawel, calon fawr agored, ac ysbryd diolchgar yn cydnabod llaw'r gŵr bia'r cwbl yn y cyfan all roddi nos da, tybed?"

Drannoeth aeth Mrs. Munro yn ei cherbyd i'r Tŷ Gwyn, a chafodd Tegwen yn gwmni i fynd yn ôl. Ymhen tridiau cyfarfu Derfel Gwyn â Tegwen Rhys wrth hen allor Llan Einion, a thyngasant lw o ffyddlondeb y naill i'r llall, heb neb ond Colonel Munro a'i wraig yn dystion o'r seremoni.

Cyn rhoddi ei modrwy briodasol ar law Tegwen, tynnodd Derfel yr un fu ar ei llaw am gymaint o flynyddoedd, a gwiriwyd y geiriau:

> Pan dynnir y fodrwy oddi ar dy fys,
> Ni'th elwir di mwyach yn Degwen Rhys.

Wedi mynd yn ôl i'r Plas, tynnodd Derfel y fodrwy honno barodd gymaint o ofid i Tegwen o boced ei wasgod, ac edrychodd arni yn fanwl; yna dangosodd hi i'w wraig. Er ei syndod, gwelai Tegwen yn gerfiedig ar y fodrwy mewn llythrennau bychain iawn y geiriau "Neb ond Derfel Gwyn."

Gwenodd yn serchog arno, ac ebe hi:

"Druan o Romo: mi dychrynodd fi, nes bûm bron â drysu yn fy synhwyrau; ond mi roedd yn edifar ganddo. Wyddwn i ddim beth i'w wneud â mi fy hun yn hir, ond gwnaeth iawn gystal ag y gallai ef. I Romo Wood y sipsiwn yr wyf fi i ddiolch, Derfel, am lawer o gysur bywyd. Help Romo roddodd fodd i mi i helpu ychydig ar eraill."

"Ac heb ei ewythr Tasso Wood, lle buaswn i, Tegwen fy anwylyd? Bu y cyfaill gorau i mi yn fy nyddiau dibrofiad o'r byd. Achubodd fi lawer gwaith o ddwylo'r llofrudd a'r lleidr. Bendith ar y llwyth——bob un ohonynt."

Y foment nesaf clywid banllefau megis yn rhwygo'r awyr, a thyrfaoedd o bobl i'w gweld yn dyfod i barc y Plasllwyd, gan waeddi eu llongyfarchiadau a'u diolch am y gorau i'r ddeuddyn oeddynt yn dechrau byw gyda'i gilydd ym mhrynhawn eu hoes.

"Tegwen," ebe Derfel, ei lais yn crynu gan deimlad, "eich ffordd chwi i wario arian y miliwnydd yw'r orau o lawer."

Daeth y Colonel ac Alys i'r ystafell, ac ebe ei gyfnither, "Rhaid i chwi ddweud gair wrth y bobl, Derfel."

Aeth Derfel allan ar lawnt y Plas yn arwain Tegwen, a Charles ac Alys Gwyn-Munro yn eu dilyn. Ar flaen yr orymdaith yr oedd yr hen ddrygist yn eistedd ar gadair, a phedwar o ddynion yn ei gario fel pe buasai'n Farchog y sir. Daliai yr hen ŵr ddalen fawr o bapur yn ei law, ac wedi i fanllefau'r dyrfa ddistewi darllenodd gyfarchiad yr ardal i Derfel Gwyn ar ei ddychweliad yn ôl i'w wlad. Ac yna gwaeddwyd drachefn lawer gwaith drosodd, "Hip, Hip. Hwre!" Yn y man cafwyd gosteg, ac atebodd Derfel y cyfarchiad a'r croeso brwdfrydig; ebe: "Diolch i chwi, fy nghyfeillion, canys cyfeillion i mi yw trigolion Bro Einion, p'run bynnag wyf yn eu hadnabod oll wrth eu henwau ai peidio. Mae yn eich mysg rai o'r hen wynebau adwaenwn gynt, ond mae'r mwyafrif mawr yn huno yn dawel ym Mynwent y Llan yma. Mae Ifan Dafydd wedi gorffen trwsio'r rhwyd pysgota am y tro olaf, does ar yr un o'r plant yma sydd yn mynd i'r ysgolion ofn Siani'r witsh fel y byddai arnom ni ers llawer dydd. Mae Siani yn ei hun olaf, mae'r hen ddoctor yn ddigon hawdd ei drin erbyn hyn, meddai lawer o rinweddau ym mysg y beiau. 'Ran hynny, fel yna mae'n hanes ni i gyd, ynte, ffrindiau, a waeth i mi heb sôn am y blynyddoedd sydd wedi ein gadael. Yma, ym Mro Einion, y gobeithiaf fi gartrefu bellach"—bloeddiadau o gymeradwyaeth— "ond bwriadaf geisio dangos tipyn o olygfeydd yr hen fyd yma i'r wraig orau ennillodd un dyn erioed, yn ôl fy marn i; gobeithio eich bod chwithau yn meddwl yr un peth am eich gwragedd eich hunain, ynte? Ond y Tŷ Gwyn fydd ein cartref ni. Gwyddoch fod gennyf fi yn fy meddiant gryn lawer o aur yr hen ddaear yma, ond nid oes yn unman gastell na phlas allaf fi gartrefu ynddo fel yn y Tŷ Gwyn. Mae yno ddigon o le i ni, a byddwn yn fwy cysurus yn y tawelwch geir yno, na phe byddem ym merw cymdeithas na wêl fy ngwraig na minnau nemor ddim yno i'w hoffi. Gobeithio y gallwn fod o rhyw les i'n gilydd fel cymdogion. Byddwn ni yn barod bob amser i wrando ar gŵyn rhywun fydd mewn caledi, boed ef y peth y bo, ac yn barod i helpu pob un ohonoch. Ond ni fydd cymorth i neb fyn fyw yn ddiog i'w gael o'r Tŷ Gwyn na chwaith i'r rhai wastraffant eu da, trwy fyw yn uwch na'u sefyllfa, neu trwy fyw yn afradlon a gwario eu harian ar ddiod gref. Yr wyf yn gobeithio y bydd i ni bob un wneud ein rhan i fod yn esiamplau i'n gilydd yn ein bywyd. Mae'r hen fro yn dal gafael yn iaith ein gwlad, er fod yma ambell i Sais na all amgyffred gwerth gwybodaeth o ieithoedd ei gyd-ddynion yn byw yn eich mysg; ac ambell i Ddic Shon Dafydd â'i synnwyr i gyd yn ei boced. Ond mae'r hen Fro yn bur symol ar y cyfan, ac mae'n dda gennyf feddwl fod fy nghefnder yng nghyfraith Colonel Munro wedi bod yn gefn da yn ei ardal fabwysiedig i bopeth Cymreig y gwyddai ef amdano, a beth na ŵyr â'm hen gyfaill Ifan Noah mor agos ato i ofalu dweud wrtho? Diolch i chwi am eich croeso a'ch dymuniadau da, ffrindia' bach, yrŵan, gadewch i mi eich gweld yn troi tua'r wledd. Mae yna bob peth cyfaddas ar eich gyfer rwy'n meddwl, ond does yna yr un dafn o ddrwyth Syr John[*] i fod i neb, ac ni fydd byth ar fy nghost i trwy wybod i mi. Ond mae yna de a choffi, llaeth enwyn, a llefrith, dwr glan gloyw, diod Adda, wyddoch. Dyna ni'n deall ein gilydd ynte."

Dechreuodd rhywun floeddio "Hwrê!" ond amneidiodd Derfel Gwyn a'i law am ddistawrwydd. "Hyn oeddwn i am ddweud, gyfeillion, cofiwch chwi bob amser mai fel dyn yr wyf am i chwi feddwl amdanaf ac nid fel miliwnydd; ac i addysg fy mam, ac i galon bur fy ngwraig yr wyf i ddiolch am gymorth i geisio arfer yr hen fyd yma heb ei gamarfer. Bore da." Torrodd y dorf allan i ganu rhai o hen alawon Cyrmru, ac aethant oll yn ôl tua'r dref i

---

[*] *Trwyth Syr John:* diod feddwol. Cyfeiriad, mae'n debyg, at gymeriad Shakespeare, y meddwyn Sir John Falstaff.

gyfranogi o'r danteithion oedd yno yn eu disgwyl, gan fendithio Derfel Gwyn am ei garedigrwydd.

Aeth Mrs. Munro i mewn i'r Plas a'i phriod gyda hi. "Dyna'r croeso oedd fy nhad am i chwi ei gael, Charlie, ond ei fod ef wedi meddwl mwy am yr addurniadau nag am y bobl druain. Ond heddwch i'w lwch. Charlie, tybed eich bod wedi maddau iddo?"

"Ydwyf, Alys, ers llawer blwyddyn."

"Ac yr ydych yn ddedwydd mewn lle fel hyn, heb neb o'r bron, yn gwmni, pryd y gallasech fod mewn llawer gwell lle?"

"Alys, fy anwylyd, yr ydych chwi yma yn gwmni i mi," ebe'r Colonel yn ei ddull Sgotaidd na fyddai byth yn gwastraffu geiriau. Trodd at Derfel ac ebe, "Gwnaethoch yn rhagorol. Mrs. Gwyn, neu Tegwen fel y geilw Alys chwi bob amser, rhaid i ni fod yn ofalus neu bydd Derfel yn sicr gael ei gario tua'r senedd yna i ddangos ei allu fel areithiwr."

Chwarddodd Tegwen ac ebe hi, "Nid dyna yw uchelgais Derfel. Hwyrach ei fod wedi anghofio mai am helpu pawb yr oedd yn enwog pan oedd yma yn fachgen ieuanc. Beth bynnag am hynny, diben bywyd iddo ef yn y dyfodol fydd 'torri ei fara i'r newynog, dwyn y crwydriaid i dy, a dilladu y noeth'."

"Ac os felly, bydd y gwaith yna wrth fodd calon Tegwen," ebe Alys yn serchog. "Wn i ar y ddaear sut y cewch chwi le yn y Tŷ Gwyn i drefnu yr holl gynlluniau, chwaith."

"Os bydd eisiau, fy nghyfnither, mae'n hawdd codi tŷ arall at y gwaith, am dipyn caiff Mr. Ward aros yn yr *Hotel Royal* yma. Pŵ! *Hotel Royal* am yr hen *Inn*. Ond nid diwrnod i gwyno ynghylch dim ar y ddaear ydyw hi heddiw i mi. Ac mae digon o amser yn ôl, gobeithio, i Tegwen ddweud holl hanes yr hen ardal i mi pan fyddwn yn eistedd ar yr aelwyd wrth y tan gyda'r nos yn y Tŷ Gwyn. Croeso adref heb ei fath yw hwn i mi."

Epilog

Un prynhawn braf ym mis Mehefin, cerddai dau fonheddwr gyda'i gilydd heibio'r Tŷ Gwyn, ac ebe un ohonynt, gan gyfeirio â'i fys at y plasdy bychan prydferth:—

"Fuasech chwi ddim yn meddwl fod miliwnydd cyfoethog yn byw yn y plas bychan yna, fy nghyfaill: ond dyna'r fan y trig un o'n dynion cyfoethocaf."

Agorodd ei gydymaith ei lygaid yn syn, ac ebe:

"Miliwnydd yn byw yn y lle yma? Mae'n lle bach prydferth iawn mae'n wir, ond nid lleoedd fel yma ddewisir i fyw ynddynt gan ein cyfoethogion, yn enwedig os byddant y math elwir gennym yn *Self-made men*. Mae eisiau ffrâm lydan o *gild* o gwmpas y pictiwr i ddangos ei ardderchowgrwydd," a chwarddai y bonheddwr.

"Gwir, fy nghyfaill, ond nid miliwnydd fel yna ydyw ein miliwnydd ni. Edrychwch o'ch cwmpas. Nid oes yma am filltiroedd o'n deutu yr un bwthyn afiach di-gysur i'r gweithiwr tlotaf orfod byw ynddo. Yr un to yn gollwng dŵr i mewn trwyddo, na'r un ffenestr dyllog. Feddwn ni yr un enaid yma yn gorfod dioddef eisiau dim byd angenrheidiol. Ond mae pob creadur iach yn gorfod gweithio yn onest am ei gyflog. Ac y mae yma ddigon o waith i bawb sydd yn alluog i weithio. Gofelir yma am ardd y wraig weddw: ei phlannu a'i thrin yn ei hamser priodol, ac nid oes yma un plentyn amddifad yn gorfod cychwyn i'r ysgol heb ei wala o frecwast. Feddwn ni yr un tafarndy yn Nhre na Phorth Einion, a wn i am yr un dyn meddw yn yr holl fro heddiw. Merched meddwon? Na, mae merched Bro Einion yn ddigon dedwydd yn eu cartrefi, ni raid iddynt fynd i unman i geisio anghofio eu hunain. Prynodd Mr. Gwyn yr *Hotel Royal*, a gwnaeth i ffordd â'r drwydded i werthu diod feddwol, ond mae'r *Inn* Dirwestol fel y gelwir y lle heddiw, y gwesty gorau sy'n bosibl gael i bawb aros ynddo, a daw dieithriaid o bob man yma yn yr haf. Gellir dweud yr un peth am y *Ship and Castle*, Porth Einion: mae yno bopeth er cysur dyn i'w gael, ond dim iddo beri golli ei ddynoliaeth. Rhodd Duw i Fro Einion ydyw Mr. Derfel Gwyn, a phe dilynai pob miliwnydd ei esiampl ef i wario arian, byddai gennym ddaear newydd yn fuan iawn. Nid oes o'i gwmpas ef na'i wraig na rhialtwch na bloddest, dim ond symlrwydd tawel a di-ymffrost."

"Beth ydyw enw eich miliwnydd?"

"Mr. Gwyn, Mr. Derfel Gwyn, ganwyd a magwyd ef yn yr ardal yma, ond yn Califfornia y cafodd ei gyfoeth. Aeth yno wedi i'w ewythr, marchog y Sir, ei ddietifeddu er mwyn merch anghyfreithlon iddo'i hun, y Lady Munro y clywsoch ni'n siarad amdani heddiw. Byd rhyfedd ydyw yr hen fyd yma. Nid ydym yn deall fawr iawn am ei droeon rywfodd. Dywedir i hen sipsiwn broffwydo os byddai i ferch yr hen Sgweiar gael rhyw fath o anrhydedd na fyddai ond o fyr barhad, a dyna'r Colonel Munro yn derbyn teitl bythefnos yn ôl, ac heddiw yn gorwedd ym Mynwent Llan Einion."

Nid ymddangosai ei gyfaill fel yn gwrando arno, ond sibrydai, "Derfel Gwyn, Derfel, fy hen gyfaill yng ngwlad yr aur. Ie, un fel yna fuasai ef yn debyg o fod. Rhaid i mi fynd i ysgwyd llaw ag ef. Fe gofia Derfel Gwyn am Will Meredydd." A ffwrdd ag ef i mewn trwy y llidiart ac ar hyd y rhodfa i'r Tŷ Gwyn, y bonheddwr arall yn ei ddilyn.

Amser a ballai i mi arwain fy narllenydd hynaws ymhellach y tro hwn ar hyd hen lwybrau Bro Einion, felly rhoddaf yr ysgrifbin o'r neilltu nes cael cyfle arall i orffen hanes aml un o'r trigolion y ceisiais wneud fy narllenydd a hwythau yn ffrindiau. Hyd hynny rhaid canu ffarwel.

DIWEDD

Ar gael gan yr un awdur o www.melinbapur.cymru:

Gwyneth Vaughan
Plant y Gorthrwm

""Onid gwaith anodd iawn yw i fachgen barchu ei fam pan nad yw mewn uwch sefyllfa na chader neu fwrdd yn y tŷ, neu, os mynnwch, un o'r anifeiliaid oddi allan?"

Y flwyddyn yw 1868 ac am y tro cyntaf mae cyfran fawr o ddynion Cymru'n cael pleidleisio mewn etholiad. Ond mewn oes pan oedd pleidleisio'n gyhoeddus, beth fydd y canlyniadau i'r sawl sy'n bwrw pleidlais dros ryddid a chyfiawnder ac yn erbyn y drefn?

Wedi'i hysgrifennu'n wreiddiol yn 1905, *Plant y Gorthrwm* oedd ail nofel Gwyneth Vaughan ac hon o'i holl nofelau yw'r mwyaf gwleidyddol, a'r un sy'n dadlau gryfaf dros bawb sy'n cael cam: boed hynny oherwydd eu daliadau, eu dosbarth cymdeithasol, eu cenedl neu eu rhywedd. Dyma un o nofelau mawr ei chyfnod yn yr iaith Gymraeg, gan awdures sy'n haeddu ei chyfri ymhlith awduron blaenaf yr iaith.

"Deil [nofelau Gwyneth Vaughan] gymhariaeth â llawer ystori a fu'n dra llwyddiannus yn Lloegr, a rhagorant y tu hwnt i gymhariaeth ar y chwedlau Saesneg am Gymru a ysgrifennwyd gan Saeson neu Gymry Seisnig."
—T. Gwynn Jones

T. Gwynn Jones

Enaid Lewys Meredydd:
Stori am y Flwyddyn 2002

"Draw yn y pellter, fel dwy aden wen fawr, roedd dwy long awyr yn troi ac yn hofran, weithiau'n codi ac weithiau'n gostwng uwchben Sir Fôn, a'r naill fel pe buasai yn ymlid yr llall, fel pe buasent ddwy wylan ar yr aden. Daethant yn nes, nes. Roeddynt o'r diwedd uwchben Menai. "Gwêl!" ebe Ap Rhys. Gwelwyd rhywbeth fel llinyn o dân yn neidio o un llong at y llall, a'r funud nesaf, roedd y naill yn disgyn fel carreg i'r afon, a'r llall yn ymgodi fel pluen i'r awyr."

Y flwyddyn yw 2002. Hyd ei oes, mae Meredydd Fychan wedi bod yn glaf anymwybodol dan ofal meddyg, yn fyw ond heb ddangos unrhyw arwydd o ymwybyddiaeth. Ond un bore, mae'n deffro, ac yn taeru mai ef yw Lewys Meredydd, bonheddwr fu farw bron i ganrif yn ôl. Does bosib ei fod yn dweud y gwir?

Ysgrifennwyd *Enaid Lewys Meredydd* yn 1905, ac mae'n ymddangos yn y gyfrol hon ar ffurf llyfr am y tro cyntaf erioed. Y nofel hon, hwyrach, yw'r nofel ffuglen wyddonol cynharaf i'w hysgrifennu yn yr iaith Gymraeg, ac mae'n cynnig cipolwg unigryw o ddychymyg un o Gymry blaenllaw'r oes ynglŷn â'r dyfodol.

Ar gael hefyd o www.melinbapur.cymru:

Mary Oliver Jones
Nest Merfyn

*"'Tom, tyrd i lawr y funud yma,' meddai llais un a adnabyddai Tom fel eiddo i Bill Tomos, porthor yn y Plas.
'Beth sy'n bod?'
'Mr. Pugh wedi'i ladd'."*

Tra'n ymweld â bro enedigol ei thad, daw merch ifanc dan amheuaeth o lofruddio'r gŵr y mae disgwyl iddo etifeddu cartref ei thaid. Mae'r holl dystiolaeth yn ei herbyn: beth ddaw o Nest?

Nofel Mary Oliver Jones yw un o'r enghreifftiau cynharaf o nofel drosedd yn Gymraeg: mae'n dystiolaeth o gyfraniad yr awdures bwysig hon i lenyddiaeth ei chanrif, ac yn enghraifft bwysig o lais y ferch yn hanes y nofel Gymraeg.

Mae *Nest Merfyn* yn ymddangos ar ffurf llyfr am y tro cyntaf yn y gyfrol hon, sef y cyntaf gan Mary Oliver Jones i gael ei chyhoeddi ers ei marwolaeth dros ganrif yn ôl.

"[Mae] ei gwaith yn ddarllenadwy a difyr; gwyddai sut i orffen pennod ar nodyn cyffrous a fyddai'n codi awydd i ddarllen y rhan nesaf,"
—*Meic Stephens*

MELIN BAPUR

www.melinbapur.cymru

Dilynwch ni ar:

X (@melinbapur)
Facebook (@melinbapur)

www.ingramcontent.com/pod-product-compliance
Lightning Source LLC
Chambersburg PA
CBHW040516170726
48295CB00012B/219